张　　锐　　锋　　作　　品

古灵魂

张锐锋 著

GUANGXI NORMAL UNIVERSITY PRESS

广西师范大学出版社

·桂林·

古灵魂
GU LINGHUN

图书在版编目（CIP）数据

古灵魂：全 8 册 / 张锐锋著. -- 2 版. -- 桂林：广西师范大学出版社，2024. 10. -- ISBN 978-7-5598-7063-6

Ⅰ. I267

中国国家版本馆 CIP 数据核字第 20247NU725 号

广西师范大学出版社出版发行

广西桂林市五里店路 9 号　　邮政编码：541004

网址：http://www.bbtpress.com

出版人：黄轩庄

全国新华书店经销

广西广大印务有限责任公司印刷

桂林市临桂区秧塘工业园西城大道北侧广西师范大学出版社集团有限公司创意产业园内　　邮政编码：541199

开本：880 mm × 1 230 mm　　1/32

印张：97.5　　字数：2 060 千

2024 年 10 月第 2 版　　2024 年 10 月第 1 次印刷

印数：0 001~1 000 册　　定价：598.00 元（全 8 册）

如发现印装质量问题，影响阅读，请与出版社发行部门联系调换。

第

四

册

卿云烂兮

糺缦缦兮

日月光华

旦复旦兮

——《卿云歌》

明明上天

烂然星陈

日月光华

弘于一人

——《八伯歌》

目录

卷二百八十一　庆郑 / 003

卷二百八十二　虢射 / 011

卷二百八十三　秦穆公 / 017

卷二百八十四　穆姬 / 023

卷二百八十五　步阳 / 027

卷二百八十六　卜偃 / 033

卷二百八十七　庆郑 / 039

卷二百八十八　韩简 / 046

卷二百八十九　梁由靡 / 052

卷二百九十　野夫 / 057

卷二百九十一　仆徒 / 062

卷二百九十二　穆姬 / 068

卷二百九十三　韩简 / 074

卷二百九十四　郤乞 / 081

卷二百九十五　丕豹 / 087

卷二百九十六　太子圉 / 094

卷二百九十七　吕省 / 099

卷二百九十八　庆郑 / 105

卷二百九十九　晋惠公 / 114

卷三百　虢射 / 121

卷三百零一　卜偃 / 128

卷三百零二　太子圉 / 136

卷三百零三　晋惠公 / 142

卷三百零四　太子圉 / 149

卷三百零五　狐突 / 159

卷三百零六　秦穆公 / 166

卷三百零七　重耳 / 174

卷三百零八　狐偃 / 182

卷三百零九　赵衰 / 187

卷三百一十　介子推 / 192

卷三百一十一　农夫 / 201

卷三百一十二　叔瞻 / 206

卷三百一十三　赵衰 / 214

卷三百一十四　楚成王 / 220

卷三百一十五　子玉 / 225

卷三百一十六　狐偃 / 229

卷三百一十七　赵衰 / 233

卷三百一十八　秦穆公 / 238

卷三百一十九　胥臣 / 243

卷三百二十　狐偃 / 247

卷三百二十一　秦嬴 / 253

卷三百二十二　介子推 / 258

卷三百二十三　赵衰 / 261

卷三百二十四　狐偃 / 265

卷三百二十五　董因 / 269

卷三百二十六　栾枝 / 272

卷三百二十七　晋怀公 / 276

卷三百二十八　狐偃 / 284

卷三百二十九　钓翁 / 291

卷三百三十　寺人披 / 298

卷三百三十一　赵衰 / 304

卷三百三十二　郤芮 / 308

卷三百三十三　吕省 / 311

卷三百三十四　晋文公 / 317

卷三百三十五　农夫 / 320

卷三百三十六　头须 / 326

卷三百三十七　孩子 / 331

卷三百三十八　介子推 / 335

卷三百三十九　晋文公 / 341

卷三百四十　文嬴 / 347

卷三百四十一　胥臣 / 353

卷三百四十二　晋文公 / 361

卷三百四十三　栾枝 / 367

卷三百四十四　胥臣 / 372

卷三百四十五　狐射姑 / 378

卷二百八十一——卷三百四十五

卷二百八十一

庆郑

一个人应该跟从一个可靠的国君，然后为他忠诚地做事，这样你所在的国就会兴盛，你所做的就会有意义。可是你要跟从一个昏庸的国君，你的所有付出都会使他更加昏庸。我是晋惠公的近臣，或者说，我是他的御戎，从他做国君的时候，我就开始跟随他。国君对我是信任的，可是我却不信任他。但这并不影响我对他的忠诚，这也是他信任我的理由。

我从小就学会御车术，可是我却从没有跟随哪个师傅。可以说，我与自己所驾驭的车辆和马匹有着天然的默契，我从小就理解它们，我也喜欢它们。为了了解我所驾驭的车辆，我曾仔细观察造车的工匠怎样制作每一个部件。高大的车轮，毂、辐和辋精密地组合在一起，长长的单辕和马匹连为一个整体，车轴两头的铁头装着刺矛，它在冲杀中不会被敌人接近，否则就会被绞杀。

我也曾和各种战马相处，知道它们各自的脾性。很多日子里，我就住在马厩里，我的身上沾染了马的气息，它们借着自己的嗅觉就会知道我是它们中的一个。渐渐地，我知道它们和我们一样，有着各自的品性。但它们是忠实的，它们的内心里没有狡诈和诡计，也没有人世间的污浊，它们是清澈的，就像一条激流奔腾的河，你只要在它的身边，它的水里就会映射你的身影和面容。

你从马匹的身上可以看见你自己。马也有快乐的时候，它会兴奋地跳起来，在草地上撒欢儿，不断喷着响鼻。可是它们更多的时候是沉静的、忧郁的，这是它们天生的气质。它们也会抗拒，也会发脾气，但总的来说，它们是忠诚的，对我是毫无保留的。我在马厩里的日子是快乐的，一早醒来之后，就会有一匹马俯下身子，将它的脸贴住你蹭来蹭去。我睁开眼，清楚地看见它的瞳孔里所映照的我的表情。

一匹马也是会笑的。不要以为仅仅人会笑，人所有的，马也拥有。有一次，我在野外的草地上放马，它们吃饱了之后就都围在我的身边，我坐在草地上享受着温暖的阳光。日子在树的阴影伸长之后就会缩短，日头也逐渐偏向了西面，我懒洋洋地坐着，一边安闲地用手指为一匹马挠痒。我挠着挠着，它突然露出了不同寻常的表情，它的嘴巴张大，好像嘴角向两边翘起，眼睛也眯了起来，它笑了，似乎还是大笑，可是这样的笑还是没有发出声音，它的笑也是沉默的，就像它平时的沉默。在我看来，它几乎就要发出笑声了。或者说，它的笑声只有在沉默中显现，让沉默者听见。

马是站着睡觉的，它卧着的时候却是清醒的。我在马厩里一觉醒来，它们仍然站着，好像它们从不睡觉，实际上它们闭着眼睛，已经进入了梦乡。它们也会做梦，我曾看见一匹马突然在半夜惊醒，一声长嘶，它的前蹄跃了起来。显然它做了一个噩梦。它梦见了什么？是

古灵魂

什么怪物闯进了它的梦？我不知道，它也不会跟我说。它只是用它的动作和声音告诉了它所受到的惊吓。它梦见了一头凶兽？或者它看见了人的搏斗和凌空飞舞的剑？看见了鲜血淋漓的场景？还是看见了被刀剑砍下的人头？

很长一段时间，我已经把自己当作了一匹马，我已经不是一个人，而是一匹马。我的脸似乎变长了，我也变得忧郁和沉默。但我和马有着默契和交流，我只要一个眼神，它们就好像理解了我所说的，它们内心的想法似乎也成为我的想法，因为我总是对它们沉默中的表达有着充分的回应。我常常与马对视着，我好像从这个秘密的通道进入了它的灵魂深处，那里有它自己的花园，有它自己的草地，也有它另一个马厩。那里的一切不是现实中的样子，而是有着另外的奢华。

所以我驾驭车辆的时候，就变得得心应手。仿佛我所驾的车可以在水面上行走，可以越过看起来难以逾越的沟壑，也能够在最狭窄的路上飞驰。有一次，国君对我说，我听说你有着非凡的御车术，可是我平时乘坐你所驾驭的车，并没有看见你和别人有什么区别。你总是坐在那里，既没有什么漂亮的动作，也没有什么驾车绝技。别人驾车和你驾车一样平稳，那么你的技艺究竟在什么地方显现？

我说，在平时不需要太多的御术。别人驾车乃是看着车和马，看着自己手里的缰绳，看着眼前的路，而我和他们是不同的。他们所见的，我都看不见，我只看见我内心里的车和马，以及我内心里的缰绳和路，我所行的路，不是真实的路。我熟知每一匹马在想什么，也熟知车上的每一个部件，知道哪一个部件松动了，哪一个部件是可靠的。我只要听着车轮的声响就知道这部车的状况，知道路上碾过了什么，也知道我所走的路。我驾车不是依靠自己的双眼，而是依靠自己的灵魂。

我所听见的，不是我的双耳所听见，而是我的灵魂所听见的。与其说我听见的只是车马发出的声音，不如说是我的灵魂里的声音，我所听见的不在外面，而是在我自己里面的。因为我的灵魂不仅在我自己之中，也在这车和马的形躯里，我们是不能够拆分的，而是连成了一个整体。所以我所看见的也是我灵魂里的路，这样的路连接着天道，它将看起来并不相通的路连为一体，它将窄路变为宽路，又将泥路变为坚硬的路。因而我的车路可以通往四方，它越过沟堑的时候，就像长了翅膀。

国君说，我听不进去你所说的话，因为你所说的就像天书一样，其中的字我一个都不认识。我只认识我所见的，只要我的眼前见了，一切都成为真的，我见不到的都是虚假的。我不相信人世间所讲的一切道理，我只相信我所亲眼见到的。我不知道天道是什么，我也没见过天道，我只想看看你驾车的技艺，我不知道你所说的和你所做的是不是一回事。我从来不相信别人所说的，我只看他所做的事情，很多时候我也不相信自己所说的话，因为我所说的会忘掉，但我所做的却留在那里。现在你就开始驾车吧，不然我怎能相信你能在战场上载着我纵横驰骋呢？

我说，我可以演练给你看，但你应该相信我，因为我相信我所说的每一句话，也相信我自己。我说过的就不会忘记，我所做的和我所说的一样。如果我不能做到的，我就不会从我的嘴里说出。无论是车道、仁道、治国之道还是所有的道，都在天道的笼罩之中，它们是相通的。万物都遵循道，如果没有道，万物也不存在，天下就会一片混乱。你看天上的飞鸿，它们能够在飞行中保持队形；你又看地上的蚂蚁，它们都有各自的分工。即使是草地上的花草，它们也各自遵循节令，它们只在适当的时候才开花。

于是我驾起了我的戎车，又将骏马分别安排在各自的位置。它们的头昂扬而起，马鬃随风飘扬，四蹄踢踏着地面，刨起了地上的尘土。我一跃而起，差不多是飞上了车，双脚就像生根一样，稳稳地钉在了上面。我的身体纹丝不动，我轻轻抖了一下缰绳，我的用力是那么轻，以至于旁观者根本看不出我手里发出的力气，但它已经传递给了前面的马匹。它们心领神会，立即腾跃起身体，戎车几乎在一瞬间飞驰起来，车轮似乎离开了地面，就像贴着地面飞行一样。

我驾车飞腾着，一会儿向左旋转，一会儿向右旋转，然后从一条小路上飞驰而过，又掉转回来，从两棵树中间穿越。前面一道深沟，但对我和我的马车来说，都是毫无畏惧的。我再次抖动缰绳，四匹马步伐一致，在到了沟沿的时刻，同时一跃而起，带着戎车飞了过去，又稳当地落在了对面。车轮在没有路的地方照样穿行自如，草丛和荆棘都拦不住我的车马，马匹身上的铠甲在太阳下熠熠生辉，我就像驾着一道闪电在我内心的路上飞驰。

我既看不见我前面的路，也看不见旁观着的国君，我只是沉浸于自己之中。我的灵魂在飞驰，我的心已经在一片蓝天所飘浮的白云里。我前面的马匹，就像四道金光，从一个地方到另一个地方，既没有障碍，也没有道路，只有伴随我的一片片白云。我的车完全是轻盈的，比羽毛还要轻盈，比飞鸟还要轻盈，比风中的树叶还要轻盈。我的身躯随着戎车飞翔着，路上的所有坎坷和崎岖，都不存在，或者说，我和我的车以及奔腾的骏马也不存在。在这样尽情地飞翔里，世界只剩下了无，即使这无，也是在疾风里飘动。

最后我停住了车，四匹马从飞腾中迅速停住，为了这突然的停顿，它们的身躯差不多站立起来了，并发出了充满了激情的几声嘶鸣。我从车上飞身而下，又稳定地立在地上。国君对我说，我都看不清你究竟怎么做的，我只是看见你立在车上，车在旋转和飞奔，你从我的身边掠过的时候，就像从我的头顶飞过，让我感到十分惊恐。你从两棵树中间驰过的时候，就像一道电光，你好像将树的影子都带走了。你有着非凡的本领，但我不明白，你是怎样做到的？这么惊险的飞驰，你竟然一点儿都不惊慌？

我说，我不知道我是怎样做到的，因为我已经忘记了我怎样做的。因为在驾车的过程里，我每做一个动作都是无意而为，我并没有刻意谋划什么，我只是让玄奥的天道从我的内心释放出来，让我和它一起飞驰。这样的自由，只有我能知道，观赏者是看不出来的。你只看见我驾车的样子，也只看见我的戎车在飞奔，却很难看见其中的奥秘，因为这奥秘在天道里，它只能被领会，不能被看见。

我与自己的车和马从不是分离的，我们彼此成为一体，这是一种玄奥的融合，一种快意的享受，一种融入天道里的自由自在。这样的境界，是在我们的内心里达成的。平时我所许诺马匹的，我必定会给它们；我不能做到的，它们也会知道。所以我们因为彼此的信赖而不发生别扭，它们也从不会违背我的想法。因为我所想的，它们都知道。就像在澄明的天气里，我们一抬眼就可以看见很远的地方的景物。我们都在这样的澄明里，我们从过去就可以看见，一直都能够看见，所以我和它们已经失去了界线，我就是它们，它们也就是我。实际上，我已经用不着苦心孤诣地想着如何驾驭它们，因为我已经住在了它们的形躯里，并为它们点亮了灯，它们的眼前是明亮的。

国君听了我的话，非常不高兴。他的脸沉了下来，他说，你究竟要说什么？然后他就转身走了。我究竟说了什么？难道我所说的话灼伤了他？我只是想告诉他驾车的道理，但他却不爱听。我知道国君喜欢别人的奉承和赞美，但他也应该喜欢天地之间的道理呀。可是他真的不喜欢，我说了他所不喜欢的。但我是忠诚的，我想告诉他，一个人怎样才能遵从天道，而不是顺从自己的本性。一个国君难道不应该这样么？

也许是我的话无意中刺痛了国君，因为他曾许诺秦国的河西五城，只是一个空空的许诺。他所许诺里克和丕郑的千顷良田，也是空空的许诺。他只是给出许诺，却让这许诺只是几句空话而已。他似乎已经忘掉了他说的话，但别人不会忘掉。他只是在自己遇到困境的时候让别人给他恩惠，但这恩惠在他看来是理所应当的——他既不敬畏天道，也不知道仁道，他只知道自己。他不可能是一个好御夫，不懂得驾驭车马的人，又怎能驾驭一个国家？所以他不是一个好国君。

可是这样的国君，我为什么还要跟着他？因为我已经跟随他了，我从马的身上看见了好品性，那就是忠诚于它的主人。我既然选择了这样的主人，就必须跟随。不论他是谁，也不论他有着怎样的坏品行，也不论他是否失去了仁德之心，我仍然要跟随他。我的跟随不是为了别人，而是为了跟随自己，为了保持自己的德行，也为了遵从内心的天道。要知道，我只是一个好的跟随者，是众多马匹中的一匹马，所以要在被驾驭中放出马的光芒。这样，我既是一个驾驭者，也是一个被驾驭者，我被国君所驾驭，而我所驾驭的却是我自己。所以，我在驾驭车和马的时候，看见了自己的命运。

古灵魂

卷二百八十二

虢射

秦国派来了使臣，他们也遇到了饥荒，所以向我们求助。我是晋惠公的舅父，他让我辅佐他治理晋国，可我是一个武将，曾经跟随里克身经百战。我曾是里克的戎右，站在战车上征伐四方，我用长戈将一个个试图击杀我的敌手斩杀。我从来不惧怕任何敌人，因为我有着高强的武艺，有着有力的双手，即使对手有一点阴险的偷袭，也能被我敏锐地发觉，并寻找机会找到对手的破绽，一举击杀他。

我深知在战场上，生存就是获胜，搏杀没有规则，也没有其它秘密的理由，不论你采用什么方法，只要存活就是最后的胜者。一切道义和仁义、怜悯和德善都没有意义，只有残酷、冷漠和不择手段才是最好的获胜秘诀。因为你不杀掉他，他就会杀掉你，你和他谁要死去，只有这一个问题需要抉择。实际上，这是一个毫无疑问的疑问，它用手中的长戈来决定。所以在战场上没有疑问，只有一个最终的决定。

所以我不喜欢那些空谈仁道和德善的人，他们所说的毫无用处。我也不喜欢那些辨别真与假的人，这个世界上有什么是真的？又有什么是假的？所有有用的就是真的，所有无用的都是假的。就说一个人所说的话吧，你能辨别他所说的哪些是真的？又有哪些是假的？他所说的都是对他有用的和对他有利的。他所说的不是为了真，而是为了他自己。他所说的也不是为了去做，而是为了说出。

人世间所有的事情都是这样。一个在战场上的生存者，才不会对真和假去辨别，他活下来了，这就是真的。事实就已经说出了真，还需要你嘴里的言辞么？言辞只是为言辞而存在，如果说言辞具有意义的话，那就是使用言辞来迷惑倾听者。它只是你与别人搏杀的手段，所有的言辞背后才有真，所以真是隐藏在背后的，你不要从言辞里寻找真。从虚假的东西里寻找不虚假的东西是愚蠢的。

国君召我们商量是否给秦国粮食。朝堂上的气氛是严肃的，大臣们发表自己的看法，国君听着众人的话，想着自己的对策。大夫郤芮说，秦国又派公孙支出使我国，就是为了提醒他们对我们的恩惠，也提醒我们没有割地给秦国。以前是公孙支率兵护送国君回国，这一次让他前来就是给我们施加压力。而且他们去年刚刚给我们粮食，帮助晋国度过饥荒，好像我们没有理由拒绝。

大夫吕省说，的确是这样，我们没有给他河西五城，已经违背了诺言，秦国已经不高兴了，或许已对晋国心生怨恨，只是没有说出罢了。丕豹又逃到了秦国，必定会从中挑唆。我听说上次泛舟运粮，他们就很不情愿，只是为了给诸侯们显示他的仁德和宽厚而已。他这样做是为了笼络人心，图谋做天下的霸主。可是公孙支是护送国君归国的参与者，秦国派他出使，已经显露出了秦穆公的心机。可我们遇到饥荒的时候，他们曾出手相助，现在他们天灾流行，如果我们再一次

古灵魂

背弃秦国，就背弃了道义，恐怕就说不过去了。

大夫庆郑说，国君是依靠秦国才登上君位的，但过后就背弃了割地的许诺，这样说，我们已经亏欠了秦国。我们遭遇饥荒的时候秦国援助了大量的粮食，他们从雍城出发历经千里之遥，舟船一艘接着一艘，白帆遮天蔽日，我们又一次亏欠了秦国。可是秦国欠我们什么？难道我们就应该亏欠别人？邻国出现了饥荒，就应该伸手援救，这乃是国家之道，也是做人之道。这还有什么可商量的？晋国不应有任何顾虑，国君决定就可以了。

我说，你们所说的，我都听见了。我听说国家之间的事情只有利益，没有什么道义。道义都是做给别人看的，所以我们不应该只谈论虚假的道义。我不懂得仁义之道，但我知道怎样征战与搏杀。邻国之间的事情都是搏杀之道，你不杀掉他，他就会杀掉你，那么你选择哪一个？先君就很明白这个浅显的道理，所以四方征战，无往而不胜。若我们受困于道义，就不会拥有晋国的今天，虢国和虞国也不会归于我们，晋国还谈什么强盛和兴旺？

国君频频领首，看来他认可我的说法。我继续说，国家之间就和搏杀之中的敌我之间一样，虽然没有冤仇，但仍要搏杀。道义不是嘴里说的，而是只有强者才拥有。你们有谁见过道义？道义是什么样子？你见过河边的水鸟和它嘴里叼着的鱼讲过道义么？它叼着鱼，就不会再鸣叫了，因为它所叼着的，就是它的道义。

国君的脸上露出了笑容，我的想法可能和他的想法是一样的，他让我继续说下去。我说，所以国家之间就是力量的搏杀，要抓住一切可能的机会。往年晋国的饥荒，就是上天赐给秦国的机会，可是秦国不知道这是机会。他不懂得攫取还借给我们粮食，使我们恢复了元气。这是他的错误，因为他浪费了机会。事实上，上天并不会一直给你机会，机会是最珍贵的，也是最稀少的，你浪费了一次，可能就不会有第二次。因为上天对每一样的事物都是节约的，它从来没有慷慨过，也许你挥霍了上天赐予的，就不会再有了。

——现在，这样的机会轮到我们拥有了，但愿我们不要辜负了天神的恩赐。我们不知道天道，但我们能看见天意。秦国已经违逆了天意，我们就不能像他们一样违逆天意了。所以我们必须趁机攻伐秦国。至于秦国和我们的结怨，已经是事实，他们虽然没有说出，但他们的心里已经和我们结怨了。即使我们慷慨地援助他们以粮食，仍不会消除这怨气。因为他们觉得自己已对晋国施恩，晋国所做的一切都是微不足道的。既然我们用一滴水灭不了大火，还不如用火来灭掉火，用怨气来回报怨气。

大夫庆郑反驳说，一个没有道义的国怎么会持久？一个没有道义的人怎样立足？别人帮助你你却不知道感恩，难道你以后不再需要别人的帮助了么？秦国援助我们的时候，怎会知道自己也会遭遇饥荒？我们背弃别人的时候，怎会知道我们将不会再遇到饥荒？若我们失去了道义，谁还信赖我们？这不是与邻国结怨，而是与天下结怨。当初商纣王失去了道义，他也就失去了天下，所以天下才归于周王。若我们也失去道义，晋国将来还不知是谁的晋国。我们救助秦国，就是在救助自己。

此时，国君说话了。他说，你不要再说了，你说的好像有道理，但天下的事情不是你所说的那样。天道就是天意，现在秦国也遭遇了饥荒，这不是天意么？人间的事情是由天神来决定的，这饥荒也是天神所决定。这样的决定有什么理由？我们不知道。但我们知道天意倾向于晋国了。当初秦国派兵护送我归国，就是天意。表面看起来是秦穆公的决定，实际是天神的决定，只不过天神借用了秦穆公的手，来做天神要做的事。往年我们遭受了饥荒，也是天神的决定，秦国援助我们，也是天意。这世间并没有恩惠，只有天神的恩惠。

——所以你们不要再谈论恩惠了，如果天神阻止秦国，他会给我们恩惠么？人世间有无缘无故的恩惠么？你们有谁接受过这样的恩惠？恩惠从来不会在人与人之间发生，而是人与神的事情。所以我们要虔诚地敬畏神，而不是将神的恩惠当作人的恩惠。大夫虢射说的更符合天神的意思，我们就遵照天意来做吧。我们不给秦国粮食，这样它就不会强壮，而我们将自己的粮食给了别人，我们就会减少自己的力量。我们还是趁着他们在饥荒里的日子，去攻打秦国，他们的土地就归于晋国了，我们就会兴旺和强盛。我记得先祖被分封的时候，就有人占卜，说他的后代会繁荣昌盛，这难道不是天意么？

国君还是采纳了我的谏言，准备攻打秦国。看来这一次晋国将得到更多。我们不仅不给他河西五城，还要从秦国手里夺取更多的城邑。国君是睿智的，他的言辞驳倒了大夫庆郑的言辞，他的言辞也说出了我的思路。他借用了天神的智慧，又用天神的威权盖过了仁道的威权。我喜欢这样的国君，不仅是因为我是他的舅父，而是他的想法和我的想法一直是相同的。每当有重大的事情，他总是和我商量，而我也通过这样的国君，实现了我内心的渴望。

我不愿意被虚假的东西欺骗，国君也不愿意。虚假的欺骗只能欺骗相信虚假的人们，那么，什么是真实的东西？就是你手中拥有的，才是真实的，你手中没有的，不论使用多么漂亮的言辞都不会给予你。这需要你用另一只手去拿，直到你的手握不住它。我的手又握住了什么？我想，我握住了手中的剑，也握住了国君内心的想法。我是强壮的，所以我有足够的力气握住自己。

从朝堂里出来，我的心情是愉悦的。那些喜欢虚假的人多么不幸，比如说庆郑，他说了那么多，又有什么用？他所说的只能用来迷惑自己，但他既迷惑不了我，也迷惑不了国君。这个人会因他所说的而死去，因为他已经死在了自己的言辞里。一个人怎能从言辞里找到路呢？我要承认，他是一个非凡的御车者，但他的技艺只在空中飘零，就像秋天的落叶一样。这是失去用处之后的归宿，是被大树抛弃了的无用之物。

这个冬天和以往的冬天一样寒冷，这是晋国的冬天还是秦国的冬天？好像冬天覆盖一切，但我们将把这冬天更多地给予秦国。他们不仅在饥荒里，还在危险中。一阵狂风迎面过来，我转过脸去，避开这狂风。在这寒冷中，我听见了都城里的几声犬吠。它们是机警的，似乎发现了什么，也许是谁的脚步惊动了它们。

古灵魂

卷二百八十三

秦穆公

　　公孙支回来了，他带着满脸绝望，和我诉说了晋国拒绝援助的情形。我异常愤怒，这样的情形是我想不到的。看来还是丕豹更了解晋惠公，他就是这样一个无耻的国君，在他的心里既没有道义，也没有情义，你无论给他多少，他也绝不会回报一滴水。他差不多聚集了一个人所有的无耻，不仅背弃别人的恩德，还背弃自己的诺言。他不仅背弃了仁义，也背弃了天下。这样丑陋的面孔，我却把他扶为晋国的国君。我也恨自己，当初竟然听信了他的话，却没有看清是谁在说话。

　　公孙支说，我在晋国遇见一个老者，他感叹说，晋国就要亡国了。我问道，你为什么说这样的话？他说，我们的国君是一个昏庸的国君，一个昏庸的国君必定断送一个国家的性命。我说，我听说晋惠公是很精明的，怎么你这样说呢？他告诉我，这个国君背弃恩施，也毫无亲情，看到别人的灾祸就高兴，听见不高兴的话就封住别人的嘴巴，看见反对自己的就杀戮，又贪爱私利，不做任何对别人吉祥的事情，不与自己的邻居敦睦，喜好猜忌别人对他的好意，也没有丝毫的仁义,这样的人怎能守护好自己的国家?

——我继续问他,他捋了捋白须,满脸疑惑地看着我说,你还不知道么?据说秦国的使臣来了,现在就住在晋都里,他们和我们往年一样遭遇了饥荒。我说,我也听说了,他来晋国是求助的,希望晋国能援助他们粟米,以度过灾荒。他说,秦国的国君是一个仁义之君,晋国遇到灾荒的时候,他们能不计前嫌,给我们运来了大量粮食,不然我们怎能度过饥荒呢?可现在秦国也遇到了饥荒,晋国理应予以回报。可是我们的国君不但不回报秦国的恩德,还要趁机攻打秦国。

——我说,这怎么可能呢?我想晋国的国君不会做出这样的事情吧?老者说,嗨,他什么事情做不出来呢?我听说力主乘人之危攻打秦国的,是国君的舅父虢射。这个人也是个奸诈之徒,可一个国君只听从奸诈者的话,就说明他也是一个奸诈者。奸诈者不是因奸诈而奸诈,而是为贪利而奸诈。我在这个世间还没有见过奸诈者会有什么德行的,因而这无德无义乃是奸诈者的本性,他不仅不以这奸诈为耻,还因奸诈得利后感到得意。

——我又问,难道这么大的晋国就没有一个贤臣了么?老者说,我听说庆郑是一个贤臣,他力主援救秦国,秦国怎样对待我们,我们也应怎样对待秦国,两个邻国之间,就像两个邻居一样,应该彼此帮助,这是人间的大义。可是他所说的,没有人听。一个贤良的人在一群无德的人中间,他就不会有位置。因为他们的心里没有德行的位置,就不会有德行者的位置,德行者的话语也就随风飘散了。

——在粪坑里,只有蛆虫和苍蝇是快乐的,而君子就会掩鼻而走。我还听说世间有一种鸟,它们聚集在一起,总是让最矮小的做它

古灵魂

们的头领，只要出现一只个头大的，就会被这群鸟一起啄死，最后这样的鸟就越来越小，现在我们的眼睛已经看不见它们了，我不知道它们还存在不存在了。就像庆郑这样的人，他也会被啄死的。

——这个老者转身离我而去，我看着他的白发飘动着，就像白云一样远去了。我甚至没看清他的面容，只看见他浑浊的眼里发出忧郁的光芒，他驼着背，拄着一根弯曲的柱杖，那柱杖敲击地面的声响很久才在我的双耳消逝。老者是忧伤的，他为自己的晋国而忧伤。但我是愤怒的，我因秦国竟然有着这样的邻国而愤怒，也因晋国竟然有这样的国君而愤怒。这个国君的不义之行激怒了我，使我很久还在喘息，感到呼吸急促，我的心里燃起了火焰，我的浑身都在发烫，就像烧红了的炭。

——他所说并不是没有来由，因为很快晋惠公就召见我，对我说，晋国连年遭灾，今年的收成也不好。往年没有秦国泛舟运粟的救济之恩，晋国难以度过饥荒年景。现在秦国也遭遇了饥荒，晋国本应回报恩德，予以援助，但我们实在没有余粮了，秦国的恩德只有来年相报了。我抑制着内心的愤怒之情，用很低的声音说，我知道了，就是晋国不愿意借给我们粮食。他说，不，不是不愿意，实在是没有余粮了，你让我拿什么给你呢？

——我没有向他施礼，转身就走了，然后登上了车，在疾风中一路驱驰，回到了秦国。沿途的山峦是萧瑟的，山势蜿蜒曲折，道路是那么狭窄，车后的尘土很快将晋国遮住了。实际上我不想转回头去多看一眼，那飞扬的尘土和我的悲愤一样，在寒风里一路飘荡。冬天的寒风吹不灭我的火焰，我是一路燃烧着的。我忘记了饥饿，也忘记了自己，我只是一团烈火，被我的马拖着，狂奔着。我又感到十分痛苦，没有完成国君交给我的使命。看来丕豹说得对，我就这样空手而归了。

我听着公孙支的讲述，我也变成了一团烈火，我的身体好像要被焚毁了。我在地上不停走动，却似乎是在水面上漂动，我被一种可怕的力量托着，我漂动着，却不知要漂向哪里。我好像已经不能支配自己的脚步了，我停不下来。我的浑身发抖，手里拿着的东西掉在了地上，可是我不知自己拿的是什么，也不知道是什么掉下去了，我只是听见了砰的一响。

是的，我不是被晋国的国君欺骗，是被我的愿望所欺骗。我明白了，刚才掉到了地上的，就是这愿望。原本我手里拿着的也是这愿望，可是我竟然拿不住它，它掉在了地上，发出了砰的一响。这是碎裂的声响，是对我重重的一击，可是我竟然毫无察觉，我竟然什么都不知道。它是这么突然，这么令人猝不及防。是的，我的愿望太好了，却不知道这好的东西原是不存在的。或者，它原本就是破碎的，但我拿在自己的手上却觉得是完整的，它掉下去的时候，我才获知了它的本相。

我本不该有这愿望，但内心的虚幻滋生了愿望，我将自己给别人的当作别人给自己的，于是这愿望就引发了深埋于地下的愤怒的骚动。我向自己的愿望发出了鸣箭，却发现引来的是空洞的回响，除了这回响之外，再也没有别的响应。我怎么这么傻呢？我从仁义之道出发，却发现这是一条断裂的路，它不通往任何地方。我饮着山间的甘泉，用双手虔诚地将水掬起，它却从我的指缝里漏掉了，或者它从来

古灵魂

都不存在，这水不过是我的幻觉。甚至这泉眼也不存在，我所掬起的，本是一些干涸的石头。

当初夷吾向我求助的时候，是那么卑下，若他不借助秦国的力量，他就不敢回到晋国，即使他回去了，他也必定被别人捆绑着行走，要么就会被别人杀掉，然后再换一个国君。但他利用了秦国，利用了我的感情，他用虚假的语言打动了我，他用虚假的许诺给了我愿望，又将这愿望的骨头抽走了，然后这愿望就沦为虚空。这个卑劣的行骗者，他一直在欺骗我，我却认为这欺骗是可信赖的。他有着一张张假面，我却只看见了其中的一张脸，并以为那张脸就是他的脸。

是啊，不是别人欺骗了我，是我欺骗了自己，是我的愿望欺骗了我，我在这愿望里行路，却踩踏到了猎人的陷阱里。我的智慧呢？我的谋略呢？我的自信呢？原来我所拥有的，就是被自己所欺骗的，那么我还有什么呢？别人的可耻和卑劣仅仅是别人的算筹，我却在别人的计算里。我难道不是可耻的么？有什么还比自己的愚蠢更可耻的呢？

我现在终于没有什么愿望了，我要在那破灭了的地方寻找自己。我似乎看见这破灭了的泡沫里有自己的影子，我的面容不在铜镜里，而在被砸碎的铜镜里。我将用我的剑将这耻辱砸碎。那么，这是不是另一个愿望？另一个即将破碎的愿望？另一个自己营造的骗局？我为什么总是在一个个欺骗里犹豫和迷惘？

那么我究竟需要什么？我不喜欢血腥，但现在需要把装满了血腥的杯盏举过头顶，我就要将这血腥饮下去了。我要将我内心的恶神放出来，让这恶神来说话，并指给我前面的路。我所渴望的不在别处，却要在愿望的尸骨里寻找。雪耻不是复仇，因为我本来就没有仇恨，但我却有了深深的耻辱，而这耻辱却是愚蠢的果实。

现在我充满了雪耻的饥渴，我定要让晋惠公也尝到这样的果实。从前是我的愚蠢结出了这样的果子，现在他的愚蠢也要开花结果。他的愚蠢不在于他的狡诈，而在于他的吝啬、贪婪、幸灾乐祸和背弃别人的恩惠。他所看见的是自己手里的，我要让他手里的东西，像我的手里的东西一样，掉在地上。恶神已经从我的心里站起来了，它曾一直睡着，现在它醒来了，站立了起来。我曾用仁善将它压着，让它变小，可是我的仁善施与别人的时候，被别人丢弃了。于是我从它的身上搬开这块石头。

晋惠公的拳头从我的后面击打我，他甚至不是用剑刃，而是用剑柄击打我，这是羞辱我的开始，但还远不是结果。我的路才刚刚开始，我要在他想不到的路上击垮他。我要突然转身，躲过他的剑，并夺取他的剑，将这剑刃对准他，让他在鲜血、刀剑、长矛、战车交织的云影里躺下，发出一阵阵野兽的哀嚎。让他感到自己所做的、自己所拿的，原本是卑微的、卑劣的、难以忍受的疼痛。我把这血腥饮下去，填满我的肚子，填满我的心，也填满我的饥渴。我再也不能忍受这怒火了，这怒火使我的双目失明，我看不见前面的任何东西，我只看见一团团烟雾在升起。但这烟雾却是我的引路者，我就要行走在这被怒火烧成灰烬的路上了。

卷二百八十四

穆姬

　　我已经没有理由抚慰我的夫君了。我从小就知道，夷吾是一个很自私的孩子，拿到他手里的东西决不肯给别人，他还经常抢夺别的孩子手里的东西。我曾陪他一起玩耍，他既是胆怯的，也是残忍的。可是那时他毕竟是一个孩子，我想他长大之后就会变的。我并不希望他做国君，因为他的本性不适宜做一个好国君。

　　自从我做了秦穆公的夫人之后，就很少见到他。但我一直惦记着我的各个兄弟。在父君的逼迫下，他们曾流散四方，现在我的兄长重耳还不知道逃亡到什么地方。我虽然出身于君侯之家，但我父君匆忙将我嫁给了秦穆公，记得那是一个冬天，尽管占卜者认为卜筮结果是不吉的，但他仍然坚持要让我在冬天出嫁。我怎会有力量抗拒父命呢？

　　那是一个多么寒冷的冬天啊，我一路流着泪，来到了秦国。冬天的日头很小，它是苍白的，好像满脸病容，有着忧伤的、倦怠的表情，不像夏天的阳光那么热烈、开朗、繁盛，能够给地上的万物带来辉煌。我抬头看着天空，它就像一片薄薄的锦帛，被寒风吹动。从此我堕入了一种莫名其妙的恐慌，因为卜筮的卦辞似乎在说着我的命运。我等待着不祥的将来，我等待着卜辞所说的一切，这是眼泪浸泡了的等待。

君王家的儿女是不幸的，也许他们只有一个美好的童年，剩下的时光就变得晦暗。父君是无情的，他只听骊姬的话，他在自己喜欢的女人那里获得了一切，却忘记了我们。他也曾爱过我们，但这样的爱是多么短暂，因为他的爱不够更多的人分享，所以忘记了我们。他甚至逼死了太子申生，又将重耳和夷吾追杀到异国。也许，一个人一旦成为国君，就突然变得冷酷无情了？他得到了一个国，就必定要抛弃自己的感情么？

好在我的夫君对我很好，我似乎暂时获得了幸福。可是秦国和晋国竟然产生了怨恨。我的夫君发怒了，他决心要讨伐晋国。我没有什么理由阻止他。可是我的内心是痛苦的，两边都是我的亲人，可是他们将在战场上搏杀，他们都将在生与死的边缘交锋。我的父君将我嫁于秦穆公的时候，就是为了两国敦睦，能够在姻亲中获得安宁。可是现在他们要刀兵相见了，姻亲的光驱赶不走杀戮的暗影。

我是秦穆公的夫人，又是晋惠公的姊姊，我不能站在任何一边，我又站在任何一边。我既不能说什么，也不能不说。可是我要说什么呢？我只有坐在夫君的身边默默流泪。这就是我一直等待的不吉么？这些事情都是由于我的原因？可是我的原因又是来自哪里呢？要是我的兄长重耳做了晋国的国君就好了，可是他现在又在哪里逃命呢？

夷吾不是一个有仁德的国君，他从来就是一个毫无信义的叛逆者。我的父君同样是追杀他们，重耳选择了逃跑，而夷吾则选择了抵抗。他已经背弃了仁孝。我的夫君派兵护送他归国，并将他扶立为国君，可是他答应割给秦国的河西五城转眼就不认了，他背弃了他的承诺。他所说的都是假话，他从不说真话。这样的人还怎么让别人信赖呢？他许诺了里克和丕郑以土地，可是他不仅没有给他们，还将他们杀掉。谁要想拿走他手里的东西，他就将恶行加于那个人身上。他从来就没有长大，他还是小时候的样子。

可他是一个国君啊，怎么能这样呢？往年晋国遇到了饥荒，秦国慷慨地为他运去了粮食，可是秦国现在也遇到了饥荒，他怎么能拒绝援助秦国呢？秦国对他是有着重恩的，他居然一点儿不念秦国的恩惠，甚至还要攻伐秦国。我的夫君要惩罚这个忘恩负义的人，我又怎能阻拦呢？我想劝阻他，可是我说不出口，因为我也不愿让我的夫君蒙受羞辱。

夷吾这个人怎么尽做一些坏事呢？一个强盛的晋国，就要断送在他的手里了。记得他将要回晋国的时候，我一再叮嘱他，让他做了国君之后要善待太子申生的妃子贾君，还让他收纳重用晋国的公子们。他答应了，而且向我立誓为约。可是他一旦做了国君，所做的事情恰好相反。他看见贾君容貌秀美，竟然将她占为己有，烝为自己的夫人，又排斥众公子，身边聚集了一些利禄之徒。因为这些人也和他一样虚假和奸诈，只知道赞美他，又能揣度他的心事，他喜欢什么，别人就给他说什么。

这仍然是一个冬天，日头还是那样苍白，使得地上的事情一片苍茫。难道人生就是一个又一个冬天么？我好像从没有春天和夏天，因为我的心是苍凉的。我的梦里常盘踞着一头野兽，它在那里卧着，闭着眼，好像睡觉一样，它一直保持着沉默，但我却感到惊骇。我很想伸出手来，触摸它，拨开它的眼睛，想看看它真实的样子，可又害怕把它惊醒。

别人都在等待希望，可我从来就没有希望，而是一直耐心地等待某种不祥的灾祸。我已经把灾祸变为自己的一部分了。我实际上已经不害怕这灾祸，只是对灾祸充满了好奇。我就像在自己的窝边徘徊的蚂蚁，看着阴沉的天空，等待着一场大雨的到来。这大雨将伴随着电闪雷鸣，淹没我的窝巢，淹没我的等待，淹没一切一切。

卷二百八十五

步阳

寒冬过去了，春天来了，天气渐渐暖和起来。农夫们已经开始准备耕播的锄头了，他们从粮囤里拿出了种子，又在冰雪消融了的土地上刨开土地，将那些去年野草的宿根翻到表面，让阳光充分照射。地里的湿气开始上升，暖气是从地下深处开始的，年初是从土地苏醒开始的。可是突然传来消息，秦军已经渡过大河，开始大举讨伐晋国了。

晋惠公惊慌地召集大臣们商议对策，朝堂上充满了慌乱的气氛。国君对众臣说，秦军已侵入我晋国，据说已经到了韩原，我们该怎么办呢？郤芮说，我们现在就发兵，我们有那么多骄兵悍将，又有战车无数，我们还要讨伐秦国呢，没想到他已经来了。虢射说，没什么可怕的，我历经百战，这样的阵势早已见过。秦军越过大河，已经精疲力竭，而我们是以逸待劳，以晋国的强盛，完全可以一举击溃它。这是一个天赐良机，看来秦国将要属于我们了。先君在世的时候，就已将一个个邻国灭掉，现在该轮到秦国了。

庆郑说，秦国曾护送君王归国即位，君王却违背了割地的诺言，

--- 027 ---

秦国没有追究，也没有因此讨伐我们。晋国遭遇饥荒的时候，得到了秦国的无私援助，秦国也没有要求予以回报，更没有乘人之危袭击晋国。秦国遭遇饥荒的时候，我们却背弃了秦国的恩德，无情无义地拒绝援助，反而想趁着秦国的饥荒攻打它。君王已经将事情做绝了，我们还有什么回旋的余地？难道秦军不应该攻伐晋国么？

　　国君勃然大怒，他气得半天说不出话来。他说，你是晋国的大夫还是秦国的大夫？你作为晋国的大臣，本应辅佐国君，忠诚于国君，现在晋国已经遭到了入侵，你却站在秦国的一边说话，对国君也不恭顺，这岂不是助长别人的气焰，而损害晋国的利益么？庆郑说，君王误解了我的意思，我既不是站在秦国一边，也不是站在晋国一边，我乃是站在天道一边。我们曾经所做的，就是秦国攻打我们的原因。我只是想说，晋国因自己的所行，已经触怒了天神，秦国的讨伐有它的理由。这不是我对君王的不忠，而是想向君王说出事情的原因。应对归应对，原因归原因。

　　国君说，秦军已经来了，我召你们来，是为了寻找应对之策，可是你们都在说什么呢？虢射说，谁能说出什么妙计，只有在两军搏杀里才能获知胜负，剑伸向你的时候，只有拿出你的剑，还有什么可说的呢？郤芮说，何不把卜偃请来，他的卜筮之术无人能比。也许他能告诉我们怎么做最好。

　　我是一个驾驭战车的武将，我熟知御车和搏斗之术，但庆郑的技艺远超过我。他有着御车的绝技，也有着正直的品行，我喜欢这个人，也由衷地佩服他。他的言辞太犀利了，太直率了，没有修饰和装扮，所以会让国君不高兴。我知道，国君是喜欢赞美的，可是他却从不赞美。国君喜欢掩饰自己的弱点，但他却用利箭射中国君的弱点，让国君感到痛楚。这样的人，国君怎么会喜欢呢？

这个人是透亮的，你的目光可以穿透他，看见他的内心。他从不躲藏，他总是把自己放在空阔地上，这样的人又怎会不成为箭靶呢？他御车的技艺是诡异的、玄奥的和神奇的，可是他的言辞就不能像他御车那样巧妙么？庆郑是一个直率的君子，他虽然是忠诚的，但他的言辞总是刺痛国君。他虽然身怀绝技，但他说话的时候放弃了所有的技巧。他的心里只有公正的道，没有自己的私情和私心，所以他在说话的时候总是行走在一条直道上。

可是我却学不到他的本领。虽然我也会御车，但我却没有玄奥和神奇。我也说话，但我总是把更多的话藏在心里。我喜欢躲藏，说明我还是弱小的，我还没有他那么强壮，也没有他那样明亮。我需要暗影，以便把自己藏在这暗影里，并在这暗影里沉默。我还不能将自己完全交给一个危险的世界，但我仍然喜欢我眼前的这个人。也就是说，因为他的存在，我不喜欢自己。可是我这样的一个连自己都不喜欢的人，国君却喜欢我。

因为他不是喜欢他所看不见的，乃是喜欢他所看见的。他也不是喜欢他所听不见的，乃是喜欢他所听见的。但是这都是我所不喜欢的，我更喜欢在我内心里藏着的东西，我不敢将这暗影里的放在光亮里。国君身边的许多人不就是这样么？郤芮是这样的人，他知道国君的心里想什么，所以他所说的都是国君想说的，国君似乎只是借了他的口说出了自己的话。那么他的真实的想法是什么呢？谁也不知道。

吕省也是这样的人，他说得很少，但他每说一句话，都在腹中徘徊了很久。也许他在想，国君究竟想听什么话呢？于是当他说出来的时候，已经筛选过了，他将谷子漏到下面，又将秕糠放到了筛子里，只让国君看见这筛子里的东西，因为国君是喜欢秕糠的。他不是害怕国君，而是害怕自己。一个国君喜欢什么人，什么人就会聚集在他的身边。也就是说，国君所喜欢的，是和自己一样的人，他喜欢别人，乃是喜欢他自己。

虢射似乎和他们有所不同。他是一个真实的利禄之徒。他是国君的舅父，所以他所说的从来不曾想过，他所说的都是顺口说出。这个人既愚笨又无智，既鲁莽又蛮横，他所讲的道理都是无德无道的。他也从不修饰自己的语言，看起来也是直率的，却毫无智谋可言，以至于他所说的话过后就忘记了。所以他一会儿说一个道理，另一会儿将是另一个道理，而这两个道理却水火不容。他不知道自己要说什么，因为他自己也是迷茫的，但总是碰巧和国君想说的话一样。

那么我又是谁？我究竟是我的言辞里的我呢，还是躲藏起来的我呢？也许我不是一个，而是两个人。这两个都是我。一个是让国君喜欢的我，另一个是我自己喜欢的我。可是这喜欢的和不喜欢的却是不可分的，我为此而感到痛苦。我想把我躲藏的部分放在能被看见的地方，但我却是怯懦的，我没有勇气和胆魄。我并不怕死，因为我在征战中从没有怯懦。那么我究竟怕什么呢？我不知道。但我觉得自己总有害怕的东西，那个东西就藏在我的身形里。它与我真实的东西一样躲藏着，可是那究竟是什么？

我对自己感到迷惑，老虎和蛇，我究竟是哪一个？老虎是斑斓的，它有着漂亮的花纹，它并不急于捕捉猎物，因为它的力量使它无所畏惧，它随时可以获得自己想要的东西。它即使卧在树下打盹，也不会有其它野兽敢于接近它。它的牙齿和利爪即使藏起来，别人也深知它拥有可怕的东西。可是我没有这样的牙齿和利爪。

而蛇是有毒的，它出没无常，诡异而狡猾，会在你不防备的时候突然出现，让你感到惊骇。如果遇到了厉害的对手，它就会快速逃走，窜入茂密的草丛。它有着可怕的外表，身上的花纹也足以令人恐惧。可是更多的时候我们却见不到它。它总是躲藏在暗处，很少把自己暴露在裸地上。在国君的身边，我看见许多老虎和蛇，可是我不是他们。因为我既不是阴险可怕的，也不拥有令人恐惧的力量。

我既没有漂亮的斑纹，也没有这斑纹中优雅的恶。我既不是顺从的，又是表面的顺从者。我既不是抗拒者，又是内心的抗拒者。我既是勇敢的，也是胆怯的，因为我面对搏杀的鲜血毫无惧色，但在国君的面前却失去了这勇气。因而，我好像既有老虎的影子，也有蛇的影子。我的内心里藏着两样东西，我勇猛，我也阴险狡诈，可我既没有老虎的从容，也没有蛇的毒性，所以我身上的两个影子就在这两个影子的交织中一起丧失了。

唉，秦军已经把刀剑伸进了晋国的衣袍，就要触及皮肉了。国君已经感到了惊慌。看来我很快就要去疆场上厮杀了。面对着生与死的抉择，我是不会犹豫的。我将用我的勇力来战胜内心的另一种恐惧，用面对死的无惧来摆脱生的恐惧，我将驾驭着我的战车前往韩原。我不能预知我的生与死，但我却可以用这样的决绝的血战，来突破自己的迷茫。

春天的云是很高的，它不像严冬的云总是低垂着，而是被上升的地气推高了。这样的天气是开朗的、开阔的，但晋国就要经历一场血战了。我想象着自己将驾驭着战车奔驰于这云端，我将驾驭着云，在天上奔驰，我或许会在这血战里死去。这有什么可怕呢？也许在对手的长矛刺入我胸膛的时候，我会感到一阵疼痛，然后慢慢地倒下，会有一只归来的飞鸿用翅膀掠过我的双眼，那是多么好的一刻，我等待着这一刻。

古灵魂

卷二百八十六

卜偃

　　国君召我去商议战事，秦军已经进入晋国的境内了。其实面对天道，已经用不着卜筮来决出结局了。晋惠公的言行已经决定了晋国的命运，上天已经给了我们很多预兆，这些预兆比卜筮更灵验，还需要多说什么呢？

　　去年秋天的时候，晋国的沙麓山崩塌了，我就对别人说，这是不吉之兆，期年就要遭遇灾祸，差不多就要亡国了。高山意味着艮卦，两山不能合并却长期对峙，彼此的怨恨就不能消除，冲突就必定要发生。现在高山崩塌之后转化为泽地，山泽之间的相遇就必定要带来减损。卦辞里就暗示了不吉——一个人抱住另一个人的腰，却没有获得身体，也见不到这个人的脸，行走在庭院也见不到所要见的人。那就是说，抱住他的腰就会使他疼痛难忍，伤害了他背部的肉，他的疼痛必然要反击，而这反击也必定使抱他的人感到疼痛。

　　而且晋国的山崩塌也意味着一个国家几乎要灭亡，山的崩塌只是一部分倒塌，而山的基座还在，那么，这征兆说明晋国仍将存在。现在我走在去朝堂的路上。刚下了一场春雨，路面还是湿润的，这空气多么好啊。我使劲呼吸着，高悬的日头，发出刺眼的光芒，把它的光亮挥洒在地上。沿途的树木已经有了发绿的外表，一些叶片也已滋生出来了。有时还会有一点寒气，但总的来说不冷不热，也没有蚊虫飞舞，真是个好季节。

唉，可是我已经老了，不能很好地欣赏这春天的景色了。我的胡须已经白了，春天似乎对我来说是遥远的事情了，因为我已到了人生的秋天，我被疾风卷起，被抛往不知之处。我为多少人卜筮，却不知道自己落在何处。占卜者是不能为自己占卜的，因为这将让自己的占卜不再灵验。天神让你知道他的部分秘密，但不让占卜者知道自己的秘密。这是天神的巧妙安排，他将自己的秘密分散到很多人身上，也让天象和地上的意象作为兆头，但不让一个人知道一切。你所知道的只是你该知道的，你所不知的就是不该你所知的。可是，晋国的事情，天神又让我知道多少呢？

面对一个个卦象，我经常感到迷惘。因为每一个卦象都既是吉利的，也是不吉利的，那么究竟是吉利的，还是不吉利的？那么在人世间，没有完全不吉利的事情，也没有完全吉利的事情。事情从来不是完整的，它的内部含着两个互相冲突的部分，就像两军的搏击，胜负似乎已经不重要了，关键是在这搏击中都要死伤，这怎么会吉利呢？也就是说，人世间的事情从总的方向看，都不可能是吉利的。

就像我这样，一生差不多没有什么波折，但我变得愈加衰老了。这难道是吉利的么？但一切似乎又是顺利的、吉利的，这样慢慢地变老有什么不好呢？我所能做的，就是顺着天意行走，就像沿着道路行走一样，就会省力，就会减少疲惫，就会走得更远一些。可现在的国

古灵魂

君，一次次违背天意，他总是在荆棘丛里行走，就必定要被荆棘划伤，也易于崴了脚，或者掉到暗洞里。他的天性就是悖逆的，怎么会走得远呢？

春天是最好的时节，正是春耕播种的时节，万物从现在开始。它们遵循着天道赋予的节奏，从这里迈开步伐。我看见农夫们已经按照这节令指引的，做自己的事情了。他们用锄头刨开土地，又用手抓起了黑色的土，揣度着种子播下去的时候，能不能发芽。种子的发芽生根和人的死亡相似，它被埋入土地才会看见它的活力。而人的死亡也是被埋入地里，可是他在地上的活力不见了，也许这才是他的真正生机。

因为就要和秦国搏杀了，多少人又将死去。我不想看见生灵涂炭的景象，可是人迟早要死去的，他们来到人间只是暂时居住而已。可是我更愿意让所有的人活得长久。尽管很多人都忍受着痛苦生活，但生活也给他们安慰。可是面对一个失去了道义的晋国，又将这活在其间的痛苦加深了。可谁又能选择他们愿意去的地方呢？就像农夫播下的种子，他的手将种子撒在什么地方，它就只有在那个地方生长。

对失道者的惩罚是必要的天意，谁又能阻止这惩罚呢？据说秦军已经攻入了韩原，他们渡过了波涛汹涌的大河，来到晋国的土地上。我想，晋国的命运要改变了，晋惠公必定要遭受大挫折。他让我占卜，可是占卜只是说明天意，他真正想要的不是能够通过占卜得到的。他让我占卜，仅仅是为了寻求一点儿慰藉，那么我就给他一点儿慰藉吧。可是这慰藉乃是国君的慰藉，祸患仍然属于晋国和它土地上的民众。

我闭上眼睛就能看见国君的结局，可是他仍相信我的卜筮。我不知走了多久，终于来到了朝堂，国君和大臣们都在等待着我。或者说，他们不是等待我，而是等待一个自己想要的结果。说实话，我不愿意让他们失望，因为他们的结果都应该是失望的，所以我希望给他们以希望，以便让他们沉浸于虚假的希望里。希望是残酷的，人世间最残酷的就是希望，因为这希望是易碎的，它转眼就会沦为虚空。因为它的残酷，因而也就尤其珍贵，即使是瞬间的希望，也能让他们从虚空里看见自己。

　　我从他们的眼睛里看见了他们的希望，又从他们的脸上看见了将来。难道他们真知道自己的期待么？他们因期待而等待，而期待却不在他们的等待中。所以我看见他们的目光是空洞的，他们所含有的不过是火焰烧尽之后的灰烬。在春天这样的美好时候，灰暗的云落满了他们的脸上和身上，他们的心也蒙着灰尘。

　　我在地上摆开了蓍草，将这些蓍草摆成了一个个图形，这些图形是神秘的，它与天上的星空是对应的。我把蓍草一次次分开，因为天象不是固定不变的，而是星转斗移，不断暗示着地上的人事。只有这地上的蓍草能够呼应它的变化，并和天上的神说话。天神知道一切，或者说他安排了一切。他将通过这蓍草所展示的卦象，告诉人们还没有踏下的足迹。这意味着，这足迹早已经摆放在那里了，可是人们不知道，他们仅仅是在那已有的足迹上再踏上自己的足迹。

　　国君问我，这次和秦军交锋，不知吉凶如何？我说，这卦象里有几个动爻，说明还不能确定。但这变化里仍有着另外的变化，它太复杂了。可是其中隐含着大凶，可也隐含着大吉。卦辞里说，一个人

古灵魂

将踏到陷坑里，很久不能脱身，其中有坎卦的意象，坎为水，它将在流动里将这陷坑填平。卦象的变化中还有兑卦的意象，兑为泽，它意味着两个大泽会连在一起，这又是吉利的，因为这一卦象就有喜悦的意思。总之，国君的命运将和水联系在一起，看来国君将要渡过大河了。

众臣忽然欢欣起来，虢射说，看来此次出兵就要渡过大河踏上秦国的土地了，这还不是大吉大利么？可是掉入陷坑又是什么意思？我说，这是说可能会陷入困境，但水最后会淹没这个陷坑，人也就脱困了，应该是有惊无险的情境。而且在大河的对岸会有人接应，这样捆绑在身上的绳子也就解开了。郤称说，这就是说，当我们的大军打过河对面，就会有人接应我们，君王的忧虑就没有了。看来秦国就要灭亡了。

郤芮问我，你说得好像还不太清楚，我想问一下最后的结果。我说，这就是最后的结果，我所说的只有这些了。他又问，那就是说，国君将会渡过大河，踏到秦国的土地上？我说，是的，卦象上显示的就是这样。我所说的，并不是我说的，而是卦象所说的。卦象所说的，也不是卦象所说，而是天意所说的。它所传达的就是天意，而天意就是事情的结果。

庆郑说，我知道如何驾车，却不懂得占卜之术。但我相信卜偃的卜筮，天意是不可违拗的，所以一个驾车的人一旦掉入陷坑，他的车也会损坏。不过要是能进入秦国的土地，还是好事情。国君说，你再占卜一次，看看庆郑给我驾车护卫，是不是吉祥？我又一次摆开蓍草，寻找着隐秘中的卦象。经过反复拆解，我告诉国君，这是一个男人把粮食抛到空中的样子，看来是一个吉祥的卦意。你想吧，把谷子抛撒到空中，风就会把空壳吹到一边，饱满的谷子就会落到地上，应该说，这是一个吉卦。

国君又说，那你再看看别的吧，让我心里知道得更多。我说，不可以了，对同一件事情只能卜筮两次，如果不断问卦，占卜就不灵验了。你要知道，这卜筮是在问天神的意愿，他的意愿不可能都告诉我们。他将最重要的告知，就已经展现了他对我们的垂爱，如果我们想知道一切，这会让天神憎恶我们的贪婪。现在已经知道了将要行的路，剩下的就是顺着这指引，用自己的双脚去行路了。

我从朝堂出来之后，看见南面的乌云已经朝着晋都的方向接近。风越来越大了，春天的风怎么会这么大呢？大树的顶部剧烈地摇晃，仿佛就要被拔起一样。我感到一种巨大的力量从地底开始，摇动着我脚下的土地。大树摇晃的原因和我被摇晃的原因是一样的。也许又要下雨了。我看见那乌云越来越密集了，它们汇聚起来，向这里涌动着，变化着，像无数的乌鸦展开翅膀，飞向晋国。我从中隐约看见了闪电，也听见滚动的、沉闷的雷霆，在地上的搏杀开始之前，天上的搏杀已经开始了。

卷二百八十七

庆郑

我一直在想，卜偃的卜筮究竟在说什么？我是相信占卜的，尤其相信卜偃的占卜。他一直掌管晋国的卜筮事务，几乎每一次预言都被验证了。他所摆放的蓍草里，有着未来的秘密。我不知道他是如何占卜的，但我相信他得出的结果。他说，国君将渡过大河，那么他是怎样渡过大河的？为什么要去大河的另一边？难道我们真的要攻入秦国境内？还是其中含有另外的奥妙？

我听说，卜偃在往年秋天的时候就曾预言，晋国的沙麓山崩塌了，晋国差不多就要亡国了。可是他现在又说国君将走在秦国的土地上。他一面说卦象里含有大凶的兆头，又说是吉祥的，这是什么意思？我希望晋国是强盛的，但我不愿意看见无道者获利。国君所作的恶，也该受到必要的惩罚。否则天下就会是无道者的天下，天道也不能畅行了。

一个人言而无信，贪爱私利，又背弃自己的诺言，不知道别人的恩德，失去了应有的德行，却能够通行无阻，这怎么会有一个美好的世界？如果坏的行为不被制止，好的品行得不到发扬，我们的生活还有什么意义？你一次次违背天意，放弃人的仁德，难道秦国就不应该讨伐你么？而你在被讨伐中失去，难道不是正当的么？

唯一的解释是，卜偃并没有说出全部真实，他只将部分的真实说出来，又将残酷的事实隐藏起来。他没有说出的，并不是没有，而说出的却是浮在水面上的。不过这已经足够了，一个人即使从这水面上也能照见自己的面容，而水底的东西已经和这面容无关了。我的内心充满了矛盾，心情异常复杂，以至于我都不知道自己究竟在想什么。我似乎已经不关心结果了，因为结果能够在等待中看见的。重要的是，在这即将发生的故事里，我在哪里？我能不能把自己的事情做好？

我是国君的御戎，我有着护卫国君的责任。我既不希望在我的护卫中让国君受伤，也不愿意这不义的反抗获胜。可这是多么困难的抉择，甚至这结果只有其中之一，我却在这两者之间犹豫和彷徨。我走在了岔路的面前，我究竟要走哪一条路？很快就要出征了，我仔细检查戎车的每一个部件，车轴上涂好了膏油，车轮的转动没有丝毫的声息。我套上心爱的小骊马，在野外奔跑了一遍，一切都很好。它们将在杀伐中表现自己的力量、步伐、速度、耐力和敏捷，我也将展示自己高超的驾车和搏杀技艺。

我在野外不停地调试车马，旋转和突然掉头，转弯和腾跃过沟坎，想象着眼前的敌人，并在万敌丛中挥舞着自己的长戈，我的目光射向前方，一张张惊恐的面孔从我的眼前闪过。我也听到了来自背后的伸向我的长矛，但我一闪身就躲了过去。一阵高似一阵的杀伐声，就像大河的波涛汹涌澎湃，我漂浮在了一个个声音的波涛上。车轮从

古灵魂

鲜血的河流上漂动，在死亡的深渊上飘动，好像一朵在血的表面上一次次掠过的乌云。

这就是一个惊心动魄的梦幻。我所想象的，将是真实的，可是真实的却未必就在我的想象中。一个梦幻里所包含的，实际上全都有了。那么真实还有什么意义？不过是这梦幻的重演。这梦幻将围绕一个无道的君王，一个背信弃义的君王，一个贪利的君王，就是这个人，将我带入了血泊之中。他将我带入了这梦幻，而这梦幻将成为真实。

既然知道这梦幻，就不会有恐惧。因为恐惧只是梦幻里的恐惧，醒来的时候一切将消失不见。所以我不会在鲜血前有任何恐惧了。梦幻里的恐惧已经足够大了，它已经将我压缩到一个狭小的角落，我就只有向自己的内心窥探了。于是我从内心里看见了足够的空阔，足够的光亮，足够的繁茂，也看见了足够的寒冷和荒凉。那么，这不就是卜偃的卦象里所说的事情么？

可是我还必须护卫这个君王，这是我的职责和使命。不是我要这样做，而是天意这样安排的。我不是为了服从一个君王，而是服从我内心里的天意。我不是服从别人，而是服从我自己。可是我的内心的声音分明不是我想遵从的，而是还有一种我不得不遵从的声音在我的内心回荡。它是一种不可违拗的声音，它压倒了所有其它的声音，所以我必须听从它。车轮碾轧着路面，但我感到它是从我的身上碾过去的，我分明感受到了难以忍受的疼痛。

春天是耕播的季节，可现在却要播撒死亡和恐惧了。春天是温暖的季节，可现在却要面对血腥和寒冷了。虽然天空是晴朗的，但我却感到窒息。因为我的灵魂是压抑的，它被两块巨石挤压着，它试图在这两块巨石之间扎根。它的根是那么柔软，似乎来自土地的力量还不够大，所以它在压抑中犹豫着，在痛苦的选择中徘徊，又在这徘徊中加深了痛苦。

那么我所护卫的不是一个具体的人，而是一个虚幻的君王。他不是那个具体的血肉之躯，而是一个名分，一个譬喻，一个并不存在的君王，所以我必须护卫他。至于那个真实的在我身边的君王，我是厌恶的，甚至是憎恶的。那个虚幻的君王是天道的守护者，所以我守护他，为他挥洒我的热血。可是那个具体的、站在我身边的君王，他已经失去了天道和仁道，他背弃了所有美好的东西，也背弃了天神，我将抛弃他。

在我们就要出征的时候，国君突然告诉我，将不用我来为他驾车和护卫他了，这个位置将由步阳来替代我。步阳同样有着驾车的高超才能，但他不会违背国君的想法，所以在战场上易于动摇自己的想法，而这即使是微小的顾忌，也会让自己犯错。好吧，那就由步阳来驾车吧，我的心里就不会有那么多痛苦了。我只是一个战场上的冲杀者，我将尽情冲杀，而不会想着自己身边有一个君王了。我内心的冲突都是由这个人带来的，现在我已经没有任何顾虑了，我不会想着去护卫任何人，我只是自己的护卫者。

我听别人说，国君这样做，是觉得我对他不恭顺——是的，他喜欢恭顺的人，这一点，步阳是合适的，他的生性是恭顺的。国君又让仆徒作为戎右，因为仆徒也是恭顺的。但在战场上，需要勇力和暴力，需要胆魄和技艺，而不是需要恭顺。原以为卜偃的占卜可以让国

古灵魂

君继续任用我，可是他并不选择天意，而是选择了恭顺。可是恭顺怎能抵御强大的秦军？在刀剑交锋的厮杀中，恭顺怎能抵得过暴虐的血性？

所以，国君此次出征必将不利，甚至是大凶——卜偃的卦象不就包含着大凶么？背弃别人的恩惠，我听说会失去自己的亲人。以他人之灾为自己之幸，也绝非仁爱之道，贪图一己私利而不给予别人，就会埋下祸患。也就是说，大凶之灾不是在交战中，而是在无德之中。我说的都是自己的真话，但国君却觉得我出言不逊。真话和假话就那么难以分辨么？难道真话就不如假话更值得相信么？

为了让步阳驾车的时候更为得心应手，国君竟然选择了郑国赠送的小驷马。出于一个晋国大夫的职责，我还是提醒了国君。我谏言说，自古大战所选用的马匹，都是来自本国的战马，因为它能够服水土，也熟悉人的心灵和习性，更易于听从主人的指令，也能记住自己国家的道路，这些本地的马匹有着外地马匹不可比的优势。尽管郑国所送的是名马，但在大战中，我们不是依靠马的名声，而是依靠马的实在，用有名无实的马匹就会遭祸，这就像国君用人一样。

国君说，名马之所以获得名声，是因为它的力量和速度优于其它马匹，不然怎么能成为名马呢？人世间获得名声的人，必定有着过人的本领，不然他的名声又是从哪里来的呢？我不用名马却用本地的马匹，岂不是让人耻笑？我即使不能识人，但我还不能识得名声么？一个人连名声都不重视，他还能重视一个人的才能么？所以我要用郑国的名马，它必定会在大战中对我有利。

我说，对于人的本领，我不知道。但我熟悉马的品性。若它不懂人心，就不会领会主人的想法，也不能很好地接受命令，它就会按照自己的想法行事，这样就会偏离主人的引导。它没有参加过血战，就不会获得经验和教训，也不会避免可能出现的危险。不熟悉道路，就会迷失方向。因为一切都是陌生的，就会临阵感到恐惧，就会因惊慌而失去规矩。

——那么，马的选择就和人的选择违背，若是人也因此而手足无措，马就会失去温顺的性情，不顾一切狂奔，你不论怎样管教它都会失去作用。名马的样子虽然好看，似乎英武健壮，但它到了关键时刻，鼻子就会乱喷粗气，看起来狡猾而愤怒，血脉偾张，血管就显露在皮肤上。实际上它外表的健壮乃是掩饰内心的虚弱，它的内部已经枯竭。到了那个时候，也许一切就晚了，战车就会进退没有余地、周旋缺少能力，国君悔恨都来不及了。

国君说，我不能听从你的，我要听从我自己的。你出言不逊，不知道恭敬君王，却整天谈论虚假的天道，现在又要用你的道理来改变我的想法，这怎么可能呢？你可以调教你的马匹，但不能用那样的方法改变一个君王。若是你说的是忠告，我还能接受，但我不相信你说的是忠告，而是你在临战前扰乱我的心性、动摇我的信心。你去做好自己的事情吧，不要在我的面前摇唇鼓舌了。

唉，晋国快要亡国了，国君既不听从劝告，也不听从占卜，那么他还听从什么呢？我看出来了，他内心的声音是凌乱的，他似乎已经被我的劝诫动摇了，但他为自己顽谬的天性所驱使，拒绝了好心的忠告，为了顽谬而顽谬，为了荒唐而更其荒唐。他的坚持既没有理由，也没有真的坚持，他既不听从别人，也不听从自己。

古灵魂

既然我不能改变所不能变的，那还说什么呢？我们就沿着春天的路往前走吧。走着走着，就会看见前面究竟会遇见什么了。并不是希望事实验证我的说法，我只是为了国君能改变自己的想法，但这是徒劳的。春天的路是开阔的，因为两边的树木已经开始发绿，道路就越发明显了，这让你看得清楚，也容易辨认。即使是在暗夜，路也会闪着白光，它向你敞开，它迎接你，接纳你，使你不至于迷路。但它也引诱你，窥探你，让你发现每一条岔路，让你困惑和痛苦。

在这样的路上，所有的事情将发生，并被我看见。也许我所看见的是我愿意看见的，也许是我不愿意看见的，但不论怎样，事情都要发生。我是不是更喜欢没有发生的事情？已知的事情已让我厌倦，但我对未知的事情却充满了好奇。我的欢欣在好奇中跃动，它在现在发芽，在现在长出叶子，它希望自己开花。我并不是希望看见我想要看见的，而是感到在时间里充满了我所不知的奥秘。我希望看见这奥秘。

卷二百八十八

韩简

我们距离韩原已经不远了。秦军连破三关，也已经到了韩原。大战一触即发。我是桓叔的后裔，祖父韩万是曲沃桓叔的儿子，我的父亲是赇伯。我现在是下军将，率领着下军，而国君则亲自率领上军，我们将在韩原与秦军决战。

已经是几个月过去了，我们和秦军对峙，并做好了激战前的准备，大军只等一声令下，就会扑向敌军。但是国君心里有点儿胆怯了，他坐卧不安，整天愁眉不展，因为他从来没有经历过这样的激战。他把我召到跟前，不停地问我，我们能够获胜么？我告诉他，我不知道，一场血战不是在血战之前就能够知道结果的，它只有等到最后的时候，我们才可见到结局。若是双方都预先知道一切，就不需要决出胜负了。

天气有点儿闷热，阴云低垂，微风轻轻刮着，国君不停流汗。远处的山峦被云雾笼罩，隐隐现出它的轮廓。好像天神也变得十分紧张。国君让我到前面观察秦军的动向，窥探军情的虚实。我到了一个高地上，又站在楼车的顶部，看见秦军的战阵威严，旌旄飞扬，刀戟发出幽暗的光。我回到了军帐，将我看见的告诉国君。我说，秦军士卒比我们少很多，但士气旺盛，斗士也比我们多。

国君问，这是因为什么？你看得清楚么？我说，我站在高地上，又站在楼车上，从高处向下俯瞰，秦军的阵容一眼可望。他们的军阵齐整，旗帜在风中飘扬。我不能看清每一张脸，但能看见他们的头都向上昂着，微风传来了他们战马的嘶鸣，也听见了士卒发出的呐喊。这呐喊是出自肺腑，而不是虚张声势。尽管声音是微弱的，但我能感受到他们有着内心的愤怒，这声音里运足了底气，从身躯里冲向云霄。

——因为国君逃亡时依靠秦国渡过了难关，入国的时候又是仰仗秦国的护卫和借助了秦军的威严，晋国遇到饥荒的时候，又有秦国千里迢迢运来了粟米，这三次对国君的施恩从没有得到报偿，并且国君还毁弃了自己割地的承诺。现在你又亲自率领大军前来迎战，更加激怒了对方。所以秦军聚集了猛将和勇士，他们充满了愤怒之情，所以他们的气是充足的，勇力也会成倍增加。但是反观我们的军士，阵容松垮，将士懈怠，也没有什么斗志，所以说我们的战车和士卒众多，但斗士却鲜寡。而秦军看起来人数和战车少却斗士众多。

国君说，你说的有道理，但我们必须出击。若要让秦国轻易获胜，秦军就会蔑视我们，不仅蔑视我们的将士，也蔑视晋国，还将蔑视我。任何人都不能接受蔑视和轻慢，何况我还是一个国家的君主。假使我被蔑视，我还怎么去见天下的诸侯？我还怎么面对晋国的民众？我还怎么坐在国君的座位上发号施令？我可以被杀掉，但不能被蔑视。

我说，国君早应想到这样的事情，当初就不会毁弃诺言和背弃恩德。国君说，我不会后悔，当初所想的和现在所想的不一样。我不对从前说话，我只对现在说话。从前的事情已经被秋风吹落，现在的叶子已经是新的了。你就去秦军的阵前挑战吧，把我出击的理由告诉秦穆公。所有的话语最后都要由刀剑说出，刀剑也是最后的理由。

我持着挑战书前往秦军大营。秦穆公怒目圆睁，手持镂花的、镶着金纹图案的长戈与我会面。我代国君说，我们的君王对你的恩惠丝毫不敢忘记，无论是护送国君回国即位，还是帮助晋国度过饥荒，国君都等待时机予以回报。可是你不等晋国的回报，却要率军前来攻晋国，我们就只好迎战了。我们本不想这样，但晋国大军一旦集合就不能随意解散，我们必须给将士们撤退的理由。

秦穆公的目光利剑一样逼视着我，长戈的尖刃上发出了寒光，他的手将这长戈握得很紧，似乎就要捏出了火。我继续说，秦军若能退兵，这是我们的期望，而要不撤兵，晋国的战车和大军怎么敢回避你的进攻？我听说，客人来了就要设宴招待，客人走了就会撤去宴席，这是应有的礼仪，晋国又怎能违背待客之道呢？

秦穆公说，你们国君还没有回到晋国的时候，我就为他感到十分担忧，害怕你们的先君追杀他。他回到晋国而君位未定的时候，我仍然为他担忧，我不知道他会不会就像前几个扶立的国君一样，被他的大臣所谋害。现在他的君主名分已经确立，并且已经安居于自己的宝座，我不需要再为他担忧了。但是他也该自己为自己担忧。可他从来不为自己担忧，也就枉费了我的良苦之心。那么我就不说什么了，请你回去告诉你的国君，让他调整好晋国大军的阵形，磨砺自己的剑载，套好自己的战马，我要亲自去阵前拜会他，为他擦拭一下剑锋，见识一下他的剑还有没有光亮。

秦穆公的声音是洪亮的，他的声音让我的双耳震动，军帐外的疾风卷起了尘土，也让树木的梢头不断摇摆。他的金戈横在腰间，仿佛不是他在说话，而是他的金戈在说话。因为这话音里有着宏朗的金戈之音，满带着血气和暴戾。他似乎胜券在握，他的口气已经是得胜者的口气，他的话音也是得胜者的话音。我转身离去，仍然感受到背后的目光就像一千张强弓搭上了利箭，它正在射向我。可是我只给了他一个背影，一个向远处走去的背影，我又用什么来抵挡？

我回到晋军的军营，将秦穆公的话转告了国君。他似乎陷入了沉思。不知过了多久，他忽然说，一切随天意的安排吧，我们已经做了该做的事情，剩下的事情就由不得我们了。看来他们是不肯退兵了，那么我们就准备出击吧。卜偃已经从卦象里看见了结果，但这结果并不是确定的，大凶中含有大吉，我们拥有这么多战车和勇士，害怕什么呢？无非就是如卦象里所说，我们攻破敌阵，渡过大河，让进犯的秦军为此悔恨。国君转身拿起自己的剑，对着军帐外透进来的光亮看着剑锋上的光芒。

他好像已经几天没有睡好了，眼瞳是发红的，脸上现出几分疲倦。他虽然表现出毫无畏惧的样子，但实际上仍然自觉理亏，没有足够的斗志。临阵前的紧张和焦虑使他内心混乱，但事情已经到了这个地步，也只有孤注一掷了。他的面前已经别无选择了。他看着自己的剑锋，究竟在想什么呢？也许这剑锋上所闪烁的，仅仅是一片空白，因为他的前面所展现的是一片苍茫。

也许一个国君所想的，也是他的将士所想的。这种倦怠和迷惘就像大波浪一样将人卷起，又重重地抛在了谷底。倦怠不是空白，迷惘也不是空白，但却都包含在国君所看见的空白里。这是宝剑锋芒里的空白，是国君焦虑中的空白，但对于天道来说，它的空白里包含着无数，包含着天意的玄奥。我看见士卒们擦拭着自己的长矛和长戟，但动作是懒散的，就像一个个冬闲时节的农夫，坐在自己的屋子里打磨无聊的时光。

激战的前夜推出了天幕上的无数星光，我看着这群星闪耀，看着它神奇的图案，却不能和占卜者一样说出其中的奥妙。它一定有什么深意，只是我不知道。明天是未知的，却已经被这闪烁的星光说出了结果。我问我的御戎梁由靡，明天的血战将会有什么结果？梁由靡说，只有天神知道，可是我已经准备好了。我曾想过几种结果，一种是我们获胜了，秦军溃退了，那么我们应该适可而止，这也是对秦国恩德的回报。另一种是我们失败了，秦军就会夺回国君曾经许诺的河西五城，那么也算是国君用这样的方式兑现了自己的许诺，我们也就不欠秦国的恩惠了。因为我们许诺的，他们已经夺去了。

还有一种可能，那就是我在激战中丧生，我已经什么都不知道了，那么所有的事情就结束了，因为对于一个死者，不用为人世间的事情操心了。我所想的都是最好的结果，也是最坏的结果，但不论怎样的结果，只有在明天的激战中才能获得。若是我能捉住秦穆公，那么我将告诉他，我不会杀掉你，因为你对晋国是有恩的。你必须保证不再进犯晋国，那么我将会把你放掉。可是我这样做，国君会杀掉我么？

我说，国君会杀掉你，但我要先杀掉你。因为你私自做了你想做的事情，而两国交战，不是由我们决定的，而是国君的决定。我们作为晋国的大臣，乃是侍奉国君，所有的一切应该由他做出决定。但我要是杀掉你，我也可能会被杀掉。因为你本应被国君亲手杀掉，我却先杀掉了你。可是决战还没有开始，我们却想着怎样杀掉自己，难道这是两个亡灵的对话么？那么生者和死者还有什么区别？

梁由靡说，在交战中谁都可能死去，我们不知道怎样守住自己的身形，却知道最后还有自己的亡灵。既然生和死不由自己决定，那么我们已经可以把自己当作亡灵了。我们终将死去，终将成为亡灵，迟早都会得到的，就不要着急，那就让我们等待明天的到来吧。你看，那漫天的星斗，都是地上的亡灵。

卷二百八十九

梁由靡

搏杀中的人都不是真实的人，因为他们在搏杀中已经失去了自己。他不仅忘记了自己是谁，也不知道自己在做什么。秦军的军阵严整而庄严，他们的士卒几乎都是屏住着气息，等待着冲杀。晋军的阵容则是宏大的，国君亲率的上军和韩简率领的下军呈现出两头夹击之势，秦军就显得十分孤单、单薄，但他们却毫无畏惧。国君擂响了战鼓，我们从两边冲向秦军，喊杀声在半空震荡，以至于驱散了天上的几朵白云，剩下了一片碧蓝，耀眼的碧蓝，空洞的碧蓝，无边无际的碧蓝。

就在我们冲向秦军的时候，秦军竟然也朝着我们冲来，他们似乎积蓄了充满了躯身的血，睁大了双眼，疾风般地卷了过来。两军的战阵顿时被冲散了，战鼓的声音被喊杀声压住了，变为沉闷的背景。战车和裹着铠甲的马匹，在愤怒中横冲直撞，长矛和长戟在对撞中发出了混乱的响声，一个个飞扬的头盔带着红缨在风中疾驰，就像野地里无数鲜花在飘移。鲜血飞溅着，一个个躯形从站立的姿势中快速倒下，而另一些人却从低下的头颅里又挺了起来。他们从远处看起来并不像一个个具体的人，而是一个个影子，就像灯光照射下墙壁上的影子，互相交织在一起，生动的面孔没有了，被黑色的轮廓覆盖。

我只看见一个个影子纠缠在一起，我的心里已被这一个个影子所纠缠。天空是那么晴朗，它用巨大的、空阔的蓝，笼罩着这无数影子，朝着这些影子盖了下来。这不是一个个人挥舞着兵刃在激战，在生与死的边缘激战，而是一个个影子在激战，它们没有生和死，没有仇和怨，也没有任何理由，在血泊里纠缠。真实被宏阔的激流冲击为泡沫，一切更像是虚假的，更像是一个个幻觉。

我们不是在激战，而是在梦中遭遇了一个个恶影，那么恐怖，那么可怕，那么惊心动魄，却不由自己支配。我似乎一下子被惊醒，我捕捉到了一个影子，一个独特的影子，我看清了，那就是秦军的首领秦穆公。我紧紧盯住了他。我驾着战车向他冲去。战马发出低沉的嘶鸣，类似于虎的咆哮。我抖着缰绳，调整着马匹的步伐和节奏，让它们加快速度。

现在我只看见一个人，其他的人们似乎并不存在。作为戎右的虢射挥动着他的长戈，将一个个影子拨开，不知是哪个人的血溅在了我的脸上，就像火星迸溅到我的脸上，我感到一阵灼烧般的发痛。秦军似乎已经被我军冲散了，甚至击溃了。前面的秦穆公的戎车在奔逃，他已经脱离了大军，冲入了一条小路。我就在他的背后，我的目光已经射向他，我看见他的战马惊慌地狂奔，他的背影发黑，他不时回过头来，看着我。

看来我和韩简所说的话就要应验了，我就要捉住秦穆公了。我就要捉住秦国的君王了。我的内心太激动了，以至于我的手在颤抖。我看见他手持的戈尖在闪光，这蓝天下的闪光不断晃动，就像他举着一盏灯在奔逃。前面的路越来越难走了，不断有凹坑将战车抛起来，又落下去。我将视线放长，发现他似乎不是在奔逃，而是他的前面还有一辆战车，他是在追逐那辆战车。

他追逐着前面的战车，而我又在追逐他，这是多么富有意味的追击。现在是我多么希望前面那辆战车突然掉回头来，这样我们就可以截住他，形成合击之势。这多么像一场快乐的游戏，一个人追着一个人，而另一个人又追着那个追逐者。我看见虢射从自己的箭囊里拔出了一支箭，搭在了弓上。他的箭羽在手中抖动，嚓的一声，箭发出去了。

那支箭从虢射的弓弦上飞了出来，它在空中发出嘶嘶的声响。微风似乎吹得它偏离了预定的方向，但它仍然在飞，箭羽快速变为一个白点，似乎就要消失了。那个白点在即将看不见的时候，一下子钉住了那个我紧盯的黑影。那个黑影一歪，他的戈尖上的光好像黯淡了，我听见那个黑影痛疼的一喊。

秦穆公的战车似乎慢了下来，我和他的距离越来越近了。我听见他的战马发出了悲声，他的战车上的金饰越来越耀眼。我在想，我捉住他之后，将和他说什么？我难道真的会把他放掉么？要是把他放掉，他会用怎样的感激之情对待我？或者他会向我哀求么？一个君王会向我哀求么？我怎样和他说第一句话？也许我会说，你看见了吗，是我捉住了你。我将看着他苍白的脸，看着他悲凉的眼睛，看着他的绝望，他还会有一个君王的神气么？

我将把自己的长戈横在胸前，让他看清我的脸。我用眼睛盯着他，让他垂下眼帘，并低下头。他的傲慢将不存在。不，我不能将他放走，他已经成了我的俘虏，我怎能放掉他呢？我要将他押回晋都，让国君来处置。我记得多年前受里克之托，曾和屠岸夷一起前往梁国，让公子夷吾回来做国君。那时我曾对他说，你要回去做国君，我们都将忠诚于你，你不会有危险的。现在他已经是我的国君，我不能忘记从前所说的话，不能失去一个大臣的职责。我会将秦穆公带到国君的面前，对他说，我捉住了他。

可这时我听见后面有人喊我。我回转头，发现是庆郑在追赶我。他对我说，国君就要被秦军捉住了，你们赶快去营救……可是我就要捉住秦穆公了，就这样将他放走了？韩简说，国君的生死更重要，我们赶快去营救国君吧。我浑身冒汗，汗水从头盔里向脸上直流，我的脸上像布满了河流，但我的心却被更大的河流冲刷着、激荡着，我不得不放弃我所要的。秦穆公不是因为我不能捉住他，而是他获得了逃脱的天意。

这时突然从哪里冲出几百个野人，他们所穿的衣服是破烂的，不整齐的，手里拿着长长的棍棒，迎面截住了我。我看见我的背后，竟然还有跟随我的几辆战车，他们也被拦住了。这些人的面孔乌黑，一个个有着愤怒的表情。我们从来没有和他们结怨，却遭到如此猛烈的攻击。这些人是谁？他们为什么要营救秦穆公？为什么要和我们作对？这些人面对我们毫无惧色，用手中的棍棒作战。他们是天神派遣来的援救者？

我就要因为营救国君而放弃追捕秦穆公了，这样的结果我没有料到。我的内心中的渴望被拿走了，被无所不在的天神拿走了。许多事情就是这样，当你就要将你想要的东西拿到手的时候，你的手却被迫缩了回去。当我驾车调头的时候，我看见我追击的那个黑影笑了。我不能看清他的脸，但我感到他在笑，不是他的脸在笑，而是整个黑影在笑。这是一种逃脱了的笑么？还是在幸运中滋生的藐视的笑？还是俯瞰的嘲笑？他虽然在我的前面，但我突然感到他是站在高处的，他在俯瞰我。

我跟随着庆郑的指引，向着国君受困的方向驾车狂奔。我的战马在奔腾，它们不知疲倦地飞扬着四蹄，有力地叩击着地面。车轮在颠簸中旋转。天光似乎黯淡了，日头已经倾斜，它的光芒已经不是那么热烈了。我手中的缰绳也似乎越来越重了。梦幻般的一刻已经从梦幻中消逝，我好像不是在路上飞奔，而是在我的遗忘里飞奔。

古灵魂

卷二百九十

野夫

我们生活于岐山脚下，依靠种地和狩猎度过一个个日子。我们的身体是健壮的，从来不惧怕死亡。因为每一个人都会死的，既然这样，还有什么可怕的？我们喜欢平和的生活，却不喜欢别人来干扰我们的安逸自在。可是有一次，我们几百人在山里狩猎，发现了一匹漂亮的野马。这是从哪里来的野马？我们带着疑惑杀掉了它。

那个晚上是快乐的，我们在野外燃起了篝火，扯开嗓子唱歌，跳起了我们的舞蹈，并在火上烤着刚得来的马肉。肉香从火焰上飘起，散发到我们的鼻孔里。我们分享着马肉，喝着自己酿制的酒，在野地里随意呼喊，还惊动了树林里的夜鸟。它们从我们的头顶惊慌地飞过，不知飞到了什么地方。

天空是发黑的，它褪去了白日的蔚蓝，露出了它黑暗的本色。但这深邃的黑中点满了星光。夜鸟的翅膀是黑的，树林里的所有树木是黑的，远处的山是黑的，一切都是黑的，这是世界的本来面目，只是白日的太阳赋予了它们各种美好的颜色。这些颜色本不存在，却借用了天上的光给自己披挂了漂亮的羽毛。我们围绕着篝火，火焰的尖端飘忽不定，不断迸溅着火星。在漆黑的夜晚，只有火焰是生动的，我们就像火焰一样跃动，表达着自己的快乐，并使这夜晚也充满了快乐。

有谁想到，我们的快乐是有代价的。这快乐里有着未知的不幸。在火焰的光芒里潜藏着一个个看不见的黑斑，是的，所有的明亮中都藏着看不见的东西，但我们只在看得见的生活里尽享着快乐。我们不寻找未知的事物，只享受已知的、能够看见的快乐。现在我们吃着马肉，在篝火旁享受美好的时光。如果每一个人最后都要死掉，那么我们捕捉到的快乐就像捕捉到野兽一样，它供我们享用，这还不够么？日子一天天过去，每一天都不是从前的日子，我们只住在已经捕捉的这个日子里。

可是，很快秦国的官吏就率兵捕捉了我们。我们被戴上枷锁，押解到国君的面前。我们才知道我们所吃的马肉，乃是秦穆公丢失的一匹名马。押解我们的人说，你们必死无疑，你们吃掉的是国君最心爱的马，你们因为享用马肉而丢失了性命，真是太不值得了。我们中的一个人说，你不懂得快乐的意义，所以你会觉得不值得这样做，可是我们已经获得了一个夜晚的快乐，难道不能为了这快乐去死么？

另一个人说，那一夜真好啊，我永远也忘不了。我说怎么那匹马的肉那么好呢，原来国君的马和别人的马就是不一样。生活本来就是短暂的，现在死去和将来死去有什么不同呢？他还嘲笑那个押解我们的士卒，我们曾捕捉过很多野兽，现在你们捕捉了我们，而你也将会被捕捉，人世间的事情就是这样，所以你也会有这一天。我们踩下的脚印，你也会踩上去。一个秋天落下树叶，另一些树叶在另一个秋天

古灵魂

跌落。

我们见到了秦穆公，也看见了他腰间的剑。但他的脸上却洋溢着微笑。他说，一个君子不应该因牲畜而伤害他人，我的良马丢失了，我曾十分伤心，但现在知道它的下落了，我的心里就不再悲伤。因为你们吃掉了它的肉，它落在了你们的肚子里，所以我看见你们也就看见了我的良马。我听说，吃掉良马的肉而不饮酒，身体就会受伤害，现在我赐给你们美酒，饮了这美酒，就不会生病了。

国君亲自给我们斟酒，又拿来煮好的肉，我们在国君的宫殿里获得贵宾般的招待。我们原以为会被杀头，却得到了又一次享乐。然后观赏了国君的花园和他宫殿里的珍宝，还听了乐师的演奏。临走的时候国君又赠给我们崭新的衣裳。我们从来没有穿过这么好的衣服，回到我们的村庄后，就将这衣裳珍藏起来。

可是我们怎样报答国君的恩德？我们多次请求为国君做些什么，可国君从没有答应我们。他的恩德并没有想着回报，他只是出自他内心的美德，并用这美德熏染我们，让我们的心变得温暖。几年过去了，我们没有忘记从前的一幕，也没有忘记国君赐给我们的美酒。我们一直谈论着这美好的相遇，谈论着国君的微笑和他流露出来的真诚。但他却没有给我们回报的机会。

这一次，我们听说秦国要去讨伐晋国，国君亲自率军征讨，我们感到了欢欣，因为我们终于有了报答国君的机会。听说，晋国的国君是一个暴虐的、背信弃义的人。国君曾庇护他在梁国躲过了他父君的追杀，又把他护送回晋国，让他做了国君，可是这个人从来不思报答别人的恩惠，还毁弃了自己的诺言，当初答应赠给秦国的城邑也毁约了。这真是一个无信无义的国君，秦国早应该讨伐他了。

按照我们的理解，国君并不会追究本应得到的赠礼，他是宽宏大量的，他为别人做好事从来就不贪图回报。可晋国的国君应该记住自己所亏欠的，他该感到内疚。这个人却从不这么想。晋国遭遇饥荒的时候，我们的国君给他们运去了粮食，那是多么感人的场面，那么多的船只，一艘接着一艘，顺着奔流千里的河流，帆影遮住了河上的天空。可是他仍然不知道感恩。秦国也遭受了灾荒，当国君派人去求助的时候，他却拒绝了。这是一个什么样的人？他的心是冷酷的、毫无情义的，他该受到惩罚。

我们悄悄跟随秦军向晋国出发。我们背囊里装满了干粮，背着自己制作的弓箭，还带了我们平时狩猎的木棒。我们曾在山林里和野兽搏斗，这一次我们要帮助国君和晋军搏斗了。他们难道比野兽的牙齿更锋利么？比野兽的利爪更可怕么？我们还准备了绳索，要是捕捉住他们，就用绳索捆绑起来，用捆绑野兽的绳结系牢，他们必定逃不掉。

激战开始了，国君的战车冲了上去，他是勇敢的，他没有任何恐惧。那么多的战车绞杀在一起，骏马在奔腾和咆哮，长矛在交织碰撞，鲜血在流淌。晋军的战车太多了，他们的士卒也多，可是秦军是勇敢的，他们毫不畏惧，毫不退缩，在敌群中冲杀。战车在急转、在冲撞，车轮扬起了尘土，喊杀声震动了树木的梢头，就像几股旋风的相遇。我们埋伏在树林里，观看这从没有见过的两军对决。

晋军依仗的是人多势众，但秦军却依仗着自己内心的愤怒和正义激发的勇猛，他们甚至一个人和几个人搏杀，一辆战车和几辆战车搏

古灵魂

杀。他们已经让晋军感到了恐惧。秦国国君的战车冲入了敌阵，陷入了重围，又从中冲杀出来。一辆晋军的战车在奔逃，国君的战车紧追不放，但后面又有晋军的几辆战车冲了出去，紧紧盯住了国君。后面晋军的战车上，一个人向国君发出一支箭，国君是不是被射中了？

我们一声呼喊，从林间冲了出去，报答国君的时候到了。我们的喊声让晋军的战车感到震撼，手中的大棒砸向敌军的头，有人捡起地上的石头掷向敌人和他们的马匹，这让他们的战马受惊，被攻击的晋军陷入了一片混乱。一个人喊着，我们曾吃了国君的良马，现在我们要吃敌人的战马。在我们的大棒下，一个个敌人露出了惊恐的面容。我们中的许多人涌到了国君的身边，护卫着国君的战车。

其中的一辆晋军战车，突然掉头转向。我们中一个人喊着，不能让他逃走，不能让他逃走……但那辆战车疯狂奔逃，车后掀起了一阵尘土。我们追了一会儿，但他的马太快了，已经追不上了。国君从臂膊上拔出了箭，将它折断，扔到了荒地里。他的脸上没有痛苦的表情，而是对我们微笑着，问道，你们是谁？为什么来救我？一个人说，国君还记得从前吃掉你良马的人么？

卷二百九十一

仆徒

我是国君的家仆，但现在我是国君的戎右。我拿着长戟，护卫着国君，在秦军的包围中左冲右突。秦军是凶猛的，他们看着我的长戟向他们刺去，却不去躲避，而是迎着我的兵刃而来，并狡猾地用他们的矛拨开了我的锋刃。他们看着我的兵刃竟然连眼都不眨，而是愤怒地冲向我。显然他们是冲着国君而来，他们看见了国君，并用必死的心想要捉住他。

原本应该由庆郑驾车，但国君认为他不够恭敬，所以换成了步阳做御戎。步阳的御车术是高超的，但庆郑更胜一筹。步阳更多的是不断躲避，但庆郑却是在直驱中寻找时机。庆郑认为，御车要有大道，即使在狭窄的路上心里也要拥有大道，这样狭窄处就会变得开阔。在军阵中搏杀，也要有大道，不要以为敌军的刀剑就可以阻挡，那样车马就会被挡住，要在刀丛中寻找大道。步阳却是谨慎的，他不是缺乏勇猛，而是顾忌车上所护卫的国君。他不是自己感到畏惧，而是驰车中害怕国君受到伤害。

出征前国君曾让卜偃占卜，结果是任用庆郑做御戎是吉利的。但

古灵魂

国君说，既然任用庆郑是吉利的，那么任用别人也同样吉利。庆郑既然对我不尊敬，那么就任用尊敬我的人来做御戎，这样我就会感到放心。用一个我所信任的，难道不是更吉利么？国君也将护卫他的重任交给了我。我一直跟随在国君的身边，他知道我的勇力，也知道我的忠诚。

庆郑也是忠诚的，但他不能掩饰自己，他是浑身透亮的，心里没有谜，因为所有的谜都已经展现了谜底，这就会让看见这谜底的人受到折磨。他也不是对国君不恭顺，而是以为说出自己要说的话，比恭顺更重要，因为这样的话能够帮助别人。别人的话是用嘴巴说出的，而他的话是从自己的内心里掏出来的，可是却让人感到惊慌，因为这样的话是带血的。可是人们能直视血，却不能直视带血的话，因为这样的话会把他所带的血涂到别人的脸上，人们会觉得自己的脸上有了污浊。

一切都来不及了，我们的战车在躲避中陷入了秦军的重围。我奋力抵挡来自几个方向的攻击，我凭着自己的搏杀之术和浑身的力量，将一个个士卒斩杀，又将一个个刺来的长矛拨开，在弯曲的血路上冲杀。但秦军已经忘掉了生与死，他们不断潮水般涌来，他们的波浪一个接着一个，愤怒地拍打着战车。我看着他们一张张脸在我的四周旋转，他们缠绕着我，就像给我套上了绳索。我感到一阵阵眩晕，我的长戟发出了呼啸，我的声音已经嘶哑了，身上的力量也渐渐枯竭。

战马已经完全惊慌了，它们好像不听步阳的调遣了，这样的情形庆郑已经预料到了。我忽然想起庆郑曾提醒过国君，让他的戎车不要套上郑国赠送的良马，而是仍然用从前的小驷马。他对国君说，自古以来在大战中要用本土的战马，因为它能服水土、善解人意、懂得人的习性并听从主人的驾驭。但要用其它国家的马匹就不一样了，它们遇到大战会惊慌，因它不懂人心，就不会安心听从御者的教训，又不熟悉道路，所以必定要违背御者的意旨，就可能进退周旋都不能得心应手，让主人陷入困境。

可是国君不听从他的话。这不是因为他说的无理，而是因为他所说的所有的话，都让国君厌恶。他越是劝告，国君就越要坚守自己的想法。国君不理解真正的忠诚，也不理解真正的良言，而是只理解让自己满意的语言，或者说，他不是为了理解，而是为了接受。他所不能接受的，就让自己朝着相反的方向驱驰。现在，庆郑的预言已经成了现实，战马惊慌了，它们不听从步阳的指令，在惊慌中失去了方向，步伐也失去了协调一致的节奏，战车作战的规矩没有了，使国君的戎车受到秦军猛烈的发疯般的攻击。

慌不择路的马匹在奔逃中把战车带到了淤泥中，车轮深陷其中。国君大声呼喊庆郑。庆郑说，国君不听劝谏，也违背占卜，本来就要品尝败绩，却还要逃跑，让我怎么救你？我要救你，就将你所违背的又一次违背，我还怎么坚守我的正道呢？那样你不惩罚我，天神也会惩罚我。说完他就掉转战车离去。

庆郑显然是负气而走，他难道不知道他的离去就是背弃了忠君之道么？国君因负气而背离了天道，难道他也因国君的负气而负气，从而背离了天道么？即使他不救国君，也应该救自己内心的道义。可他却转身离去了。即使不是国君，而是一个深陷泥淖中的其他人，他就不该营救么？庆郑太执拗了，就像国君一样执拗。执拗使自己失去了本性，可是执拗又何尝不是自己的本性？

很快庆郑去呼来了韩简和梁由靡。梁由靡驾着战车到了国君的身边。于是国君让梁由靡驾车，而让虢射做他的戎右。我们合力将战车推出了泥淖，可是秦军已经逼近了，秦穆公的戎车也杀了回来，他的战车周围是一群手持棍棒的野人，他们衣衫不整，但一个个就像猛虎一样扑向了我们。晋军已经被击溃了，士卒们四散而去，我们被那么多秦军团团围住，看来已经逃不掉了。

秦穆公大声喊，你们就束手就擒吧。然后他看着惊惧的国君，以获胜者姿态发出了嘲笑。他说，你在梁国避难的时候，我没想到你会这样，我的大军护送你回国的时候，我没想到你会这样，你违背诺言的时候，我也没想到你会这样。你们遭遇饥荒的时候，我给你粮食，也没有想到你会这样。我曾为你一次次担忧，现在只有你为自己担忧了。我听说，一个人拥有德行的时候，不用为自己担忧，但失去了德行就会为自己担忧，因为上天不护佑没有德行的人。你的担忧来自你自己，又要自己来承担这担忧。

天空愈加晴朗了，天上失去了所有的云彩，就连微风也停住了。眼前无数的兵刃也停住了，我感到了喧嚣里的无限宁静。我想起了卜偃的卜筮结果，他说国君将渡过大河，可是谁知道要以这样的方式到秦国的土地上。我们都要成为秦国的俘虏了，我们就要被捉住了，命运的选择不属于自己了。在就要结束的激战中，一个个勇猛的形象走进了我的灵魂，可是我的勇猛又在哪里呢？勇猛可能是毫无用处的东西，它原本是奢侈的，无意义的，因为勇猛不过是生命的表演，它只存在于表演中。一切结束之后，这表演也就结束了。

而忠诚本身也是这样，它就是将自己和别人的命运捆绑在一起。可是这样的捆绑使你失去了自由，失去了本应属于你的选择。我从来没有像现在这样深入到自己的内心，并仔细窥视它里面的黑暗。我也从未见到过自己的内心，可是在这个时候，它出现了，好像仅仅是一点缝隙里透进来的光，它照见了每一粒灰尘。谁又能有机会看见自己的内心呢？

　　紧张不安和恐惧反而也停住了，我突然变得轻松了。这是一种被命运决定之后的轻松，一种放下了全部责任之后的轻松。我不需要护卫国君了，我所护卫的那个形象，已从我的身旁离开，他也要接受未知的安排了。我在战车上的位置也没有了，我本不在那个位置上，但国君将我放在了那个位置上，这个位置现在被抽走了，我所站立的地方原来是一片空白，它仅仅因为我的站立而被填满，现在那里空了。

　　我失去了恐惧，也失去了曾经的勇气，同时失去了自由。这自由原来就没有，现在连那曾经不存在的也失去了。因为那不存在的仍在幻象里存在，现在连这幻象也不存在了。战马、战车和血战中的长戟，都成为别人的战利品，成为获胜者的象征物，连我自己也成为一个譬喻，一个晋国的譬喻。那么国君也是这样，他也成为秦国的俘虏，他也成为一个象征物，一个譬喻。不过他本来就是一个象征物，一个譬喻，他只是因战败而回到了自身，回到了他本来的样子。

　　我只是在和秦军的作战中，看见了一张张闪过的脸，他们有的死了，有的还活着。我不知道他们的命运，我也不可能知道。那些脸只是在我的战车前一个个闪过，他们似乎没有进入我的记忆，或者以另一种方式藏在了我的记忆的背后。我原本就不认识他们，但我在激战中和他们相遇。在平常的日子里，我本是没有机会和他们相遇的，但却在这里见到了他们，这难道不是一个奇迹么？

我又怎知自己会有这样的结果？我从来没有去过秦国，但却以一个俘虏的身份去秦国了，我仍然跟随着国君，只不过这将是以一个俘虏的身份伴随着另一个俘虏，我怎能想到会有这样的结果？这仍然是一个奇迹。不过我既然失去对自己的支配，就没什么要担忧的了，因为我的命运在别人的手里，我还需要担忧么？因为我什么都不知道，所以只能将命运托付给命运，将结果托付给结果，可是我对这一切都一无所知，所以我就没什么担忧的了。若我知道其中的一点点可能，我就会感到焦虑，因为我毕竟对将来知道什么，但我一无所知的时候，就只有在时间中等待，而且我不知道我所等待的究竟是什么。

我被押解着，走上了漫漫长途。路是陌生的，就像我所要去的地方是陌生的。我的将来也将是陌生的。我自己也成为一个我所不认识的陌生人。我要和我重新相识，我每走一步都是与自己的一次重逢。这重逢既是高兴的也是悲哀的。我因自己放下一切的轻松而高兴，却为自己不能理解自己的命运而悲哀。我就像树上的落叶飘荡在风中，我知道自己在飘荡，又怎知自己为什么飘荡？怎知自己将飘荡到什么地方？

卷二百九十二

穆姬

有人来告诉我，夫君已经得胜归来，但我还没有见到他。我还听说，他捉住了晋国的国君，还要杀掉他，以祭祀天神。可是晋惠公毕竟是我的弟弟，我怎能忍心让他死去？我的亲人已经一个个死去了，现在我的夫君又要杀掉我的一个亲人。生于君侯家中为什么会这么不幸呢？

多少年来我一直思念自己的故土和亲人，可是晋国在韩原一战，却战败了，我的弟弟晋惠公也成了秦国的俘虏。自从嫁给了秦国国君，我再也没有回到晋国，却不断听到各种坏消息。我的两个弟弟因为被扶立为国君，被里克杀掉了，我的另外两个兄弟重耳和夷吾流落他乡，至今我还不知道重耳的下落。夷吾依靠秦国做了国君，但他违逆天道，不思报恩，还继续追杀重耳。他回晋国的时候，我曾一再叮嘱他，要善待太子申生的遗妃，也要善待众公子，让逃亡的公子们回到晋国，但他一样也没有做到。

夷吾所做的都和我所期望的相反，他的车和我的想法是背道而驰的，这不仅失去了一个国君的仁德，也辜负了我对他的期望。这让我十分痛苦，我曾怨恨他，希望他得到惩罚。但现在他已经做了秦国的俘虏，就要被杀掉了，我却后悔我对他的诅咒。我再也不愿意看见我的亲人死去了，不是他不应该死，而是我不愿意看见自己的亲人死去。

我为什么会有这一个个不幸的遭遇？出嫁之前，我的父君曾让人占卜，得到的结果是，归妹卦变为了睽卦，太史史苏预测说，这个卦象是不吉利的，因为卦辞说，男人宰杀羊却看不见血，女人拿着筐却白忙一场，受到西面邻居的责难，却又得不到补偿。归妹变为睽卦，意味着孤立无助，而震卦变为了离卦，也就是离卦与震卦的互相转化，谁又能受到雷与火的轰击而不受损伤呢？车子要脱离车轴，敌方的木弓要拉开对准你，大伙要烧掉军旗。这难道不是在说现在发生的事情么？

是不是因为我的出嫁给他们带来接二连三的灾祸？我一想起自己苦命，就会失声痛哭。我不知道自己哭过多少次，我的眼泪就要流干了，我的眼窝成了干涸的湖，我的心里杂草丛生，已经荒芜了。可是我又怎能按照自己的想法行事？我还有怎样的选择？一个女人，一个生于君侯之家又嫁给了君侯的女人，她的根就只能扎在石头缝里么？我的根既缺少泥土，也缺少雨露，我只能在寒冷的秋天飘摇，并一点点落尽了自己的叶子。

我是寂寞的，因为我的内心的苦痛没有人理解，也没有人问我为什么流泪。我的眼泪是从心里往外流的，可是别人所见的却是我眼里的泪水。我的日子靠着泪水的滋润，所以我每天都在尝着自己的泪水的苦涩，谁又能知道这些呢？他们看见我外表的华美，却不知道这所开的花结出来的是一个个苦果。就连这苦果也是寂寞的，因为它是在寂寞的枝头挂着的。我就在这寂寞里照着自己，看着自己寂寞的形象，并藏在这形象里哭泣。

我听说晋惠公要被带到秦宫，就领着我的儿子太子罃、公子弘和女儿简璧登上了高台，并在高台上放满了柴草，我的双脚踩在这柴草上。我穿着丧服在这高台上哭泣。这里的风很大，我的衣服里鼓满了风，就要被吹得飘了起来。我派遣的使者用双手捧着我的丧服去迎候我的夫君秦穆公，并对他说，上天给我们降下了灾祸，让两国的国君不是以礼相待，用互赠礼物来相见，而是彼此动用刀兵相互杀戮。若是晋国的国君早上进入秦都，那么我就带着我的儿女在夜晚自焚，若是晚上进入秦都，那么我就在早上自焚。你知道，我说了就会做，为了我的弟弟活着，我情愿自己死去，我看不见的事情，就不会因其发生而悲伤。请夫君想想吧，想好了就告诉我。

我等待着这个时刻。我已经踩在了火焰上，我的身躯将在这火焰里化为灰烬。我将带着我的儿女一起飞往天庭。我用自己的手抚摸着身边的儿女们，他们还小，还不知道我为什么要这样。我哭着，他们也跟着我哭。我不断为他们擦干眼泪，可我的眼泪却又流了下来。我有着苦涩的泉，这泉眼是填不平的，它从地下以巨大的力量涌向地面。它涌到了土地上，并将土地冲出了沟壑，将我的心冲出了沟壑，我的心里已经是沟壑纵横了。我需要火焰，需要燃烧，需要用自己的灰烬覆盖这万千沟壑。

使者不久就回来了，他说，国君答应了你的要求，决定将晋惠公拘押在郊外的灵台，也许国君会赦免了他的罪。我说，我已经决定了，只要我的弟弟被杀掉，我就将这火点燃，我已经没有别的选择。这样我的灵魂就能与我的亲人们在路上相逢，我的灰烬也能乘着寒冷的西风飘回晋国。我是在寒冬来到了秦国的，我又要在寒冬回到我的故土，来时是我的躯形，归去则是我的灰烬。

他安慰我说，国君得胜归来，你应该感到高兴，你却穿着丧服在哭泣，而且晋惠公毁弃诺言，背弃天道，应该受到惩处。韩原一战，秦国大获全胜，也会让国君的威名传扬于诸侯之间，这岂不是好事？而且穿着丧服无论对国君还是你都不吉利。我说，我想的和你不一样，因为我既属于秦国，也属于晋国，他们都是我心头的肉，他们的互相伤害，都会让我心痛，我忍受不了这样的心痛。我的哭泣是我的心里在哭，我所哭的不仅仅是我自己，我也为秦国哭泣，也为晋国哭泣。我被两块石头夹在了中间，既不能脱身，也不能呼吸。

它们撕裂了我，我变成了两半，已经不是一个完整的人了。你说我该怎么做呢？我的内心里裂开了一道深渊，我正在往下掉。这深渊是没有底的，我一直往下掉，我不知道自己将掉到哪里，可现在我的眼前一团漆黑。我什么都看不见，我也不知道怎么办，所以我渴望火焰，渴望自己成为灰烬。

我为夫君的获胜感到高兴，却也为他感到悲伤，因为他所击败的是我的亲人。我为我的弟弟感到悲伤，却又为他即将面临的死感到疼痛。我曾抱怨他，甚至怨恨他，可是他就要死去了，我发现自己的怨恨乃是对亲人的怨恨，而不是对一个仇敌的怨恨。那么这悲伤、疼痛和高兴怎么会同时在我的灵魂里出现？

所以它将摧毁我，摧毁我的心，也摧毁我的躯形。我要这空洞的躯形做什么？我需要自己的心灵，可是我不需要一个痛苦的心灵，一个不能忍受的痛苦的心灵。我的躯形里放不下这样的心灵，于是我只有将这两者一起毁弃。我曾经的卜辞里有着我的苦命，这苦命若是注定的，那么我就将这苦命毁弃，也将这苦命所连带的一并毁弃。别人的命运归于别人，我的苦命归于我，我的苦命就不会连带别人了。

夫君终于回来了，我看见这张熟悉的脸，他的脸上充满了快乐和兴奋。我理解他的快乐和兴奋，但这快乐和兴奋却加深了我的痛楚。他说，我获胜而归，捕捉了晋惠公，你应该和我一起享受这快乐，而你却满脸悲戚。我说，我的确为你高兴，但我的痛苦远比快乐要多，也更深。你所战胜的是我出生和成长的晋国，你捉住的是我的弟弟，我怎么能用你的高兴压住那么多的悲伤呢？我穿着丧服，是因为我的晋国就要灭亡了；我哭泣，是我的弟弟就要死去了。你杀掉了我的弟弟，也就杀死了我。

他说，我听说你的先祖唐叔虞被分封的时候，狂人箕子就说，他的后代必定会繁荣昌盛，他的国必定会长久。所以晋国怎么会灭亡呢？至于晋惠公的生与死，还需要我和大臣们商议，所以你不必为此悲伤了。你知道，箕子的话是有先见之明的，他说的都应验了。他在商纣王使用象牙筷子的时候，就预言商纣王的天下就要灭亡了。他进谏说，用象牙做筷子，就会用碧玉做杯盏，用宝玉做杯盏，就会想着将天下的珍宝据为己有，天下之王一旦奢侈，就像泼出去的水，再也收不回来了。纣王的国就要亡了，他的话不久就应验了。

我说，现在秦国已经击败了晋国，还俘获了它的国君，这不是已经亡国了么？它的国君死了，还说什么繁荣昌盛呢？我的亲人已经死去很多了，他们已经越来越少，你又要杀掉我的一个弟弟，我一个人活下去又有什么意义？我已经准备好了柴草，你以后看见火和烟的时候想起我，我就十分感激了，因为我就要变为火和烟了。所有的火和烟中都会有我，你会从中看见我，也能看见我的快乐。我的快乐不在现在，不在你的面前，而是在火和烟之中，那时我会从火和烟中呼唤你。

夫君沉默了，他用双手托起我的脸，仔细地看着我。他的眼中也流出了泪水。这是我心里的苦泉也连通到了他的心里么？我说，你不是快乐的么？我自己痛苦，但我愿意你快乐。若我的痛苦连累了你，我也应该死去。他说，我本是快乐的，因为我击败了晋国，但我却因你的痛苦而失去了这快乐。你的痛苦是因为我的快乐而得到的，我不愿自己独自快乐，也不愿让你独自痛苦。你的痛苦淹没了我的快乐，因为我不愿意让你变成火和烟。我愿意你是真实的，你的一切就在我的身边，我能看见你的脸，也能触摸到你的躯身。若是你变为火和烟，我又怎能看见你、触摸到你呢？我不能把我的手伸到火中，也不能从烟里捧起你的脸，那样，我的步伐再快，又怎能追得上散去的烟呢？

韩简

我随同国君做了秦国的俘虏，据说国君将会被杀掉，并用来祭祀天神。原本要将我们押解到秦都雍城，但不知为什么秦穆公改变了想法，将我们拘押在灵台。国君焦虑不安，整夜不能入眠，他一会儿就会站起来，在狭窄的房间踱步。他说，我们怎么会这样呢？他不断发问，好像是问我，也好像是问自己。他的心里始终盘旋着一个谜，晋军有那么多战车和士卒，怎么会被秦军击败？

他还说，若是庆郑能够及时施救，我们也不会被秦军俘获。要是我在出征前将他杀掉，就不会这样了。我说，庆郑还是忠诚的，他只是怨恨你不听他的进谏。你不用他做你的御戎，他仍然提醒你不要用郑国的驷马，可是君王没有采纳他的谏言。要是听从他的话，改用原先的本土驷马就好了。你的戎车陷于泥淖，就是因为战马失去了驱控，它慌不择路，也不熟悉晋国的道路，又不听从御者的指令。何况，他没有及时施救，是一时赌气，这也说明他本性是直率的。但他并没有放弃忠诚，而是呼唤我和梁由靡前去救援。

国君说，可是你们就要捉住秦穆公了，要是我们捉住了秦穆公，事情就不一样了。我说，也许我可以捉住秦穆公，但突然冲出了一些野人，他们用棍棒攻击我们，这些野人不知从哪里冒出来的，我们的阵脚也乱了。我在路上听秦军的士卒说，这是一些曾偷吃了秦穆公良马的贼寇，但秦穆公不仅赦免了他们的杀头之罪，还用美酒招待他们，他们是为了报恩而来的，所以争相赴死。恩德和仁义也是一种力量，而这样的力量在平时是看不见的。

君王应该看见了，我们做了秦国的俘虏之后，晋国的大夫们都披头散发，拔除军营跟随着你，他们为晋国感到悲哀和绝望。他们都是忠诚的，对你是忠诚的，对晋国也是忠诚的。所以晋国不是因为失去了力量，而是君王所做的事情失去了天道，因而击败我们的不是秦军，而是我们所不知的天意。

但秦穆公却派使者来安慰晋国的大夫，说，你们为什么会这么悲伤？我跟随着你们的国君回到秦国，只不过为了几年前所做的一个梦，我所做的难道有什么过分之处么？我并不想和晋国交战，但我不得不这样做，你们也是这样。你们虽然被我们俘获，但这不是你们的过错。晋国的大夫们说，你脚踩后土，头顶皇天，天神听见了你所说的，我们也听见了。我们做了秦国的俘虏，就随时听从吩咐。所以我们不必悲伤，也许秦穆公会免除了我们的死罪。我们在这里等待结果吧。

国君说，你们可能会活下来，但我必死无疑。我不仅没有按照自己的许诺将河西五城割给秦国，还拒绝了秦国遭遇饥荒时援粮的请求，看来我必死无疑了。现在河西五城也不会拥有了，它必为秦国所有。与其这样，我当初还不如把它赠给秦国。若是那样，秦国也不会攻打晋国了。我听说，秦穆公的父君秦德公在位的时候，对是否可以定都雍城犹豫不决，于是在祭神时问卜，占卜者预言他的子孙要在河边饮马。这占卜者的预言不就要实现了么？这一切不就是天意么？看来一切发生的，必定要发生。我的力量太小了，怎能阻止天意的畅行？今天的事情，很久以前已被注定。

我说，过去的事情已属于过去，现在后悔都没用了。重要的是前面的路仍要走下去，秦穆公的做法值得效仿。国君用仁德比用剑好，用剑只是一时的震慑，乃是权宜之计，只有用仁德治理国家才能持久。他说，没有前面的路了，我已看不见前面的路，我就要死去了，以后的事归于别人了。我想，这一切不幸都是由穆姬带来的，她出嫁的时候就占卜不吉，先君如果听从了史苏的占卜，就不会让我沦落到今天这个样子。

我说，龟甲的占卜只是形象，蓍草的占卜不过是数字，事物的成长就会生成形象，有了形象才会有事物的滋长，滋长之后就会用数字的方式显现它的本性。先君已经损坏了仁德，他怎能听得进别人的忠言进谏？即使听从了史苏的占卜，又能怎样？《诗》说，民众的灾祸不是上天所降，乃是因人失去德行所生，如果当面附和别人的话，背后又毁谤，内心从来不敬畏天道，占卜又有什么用？占卜并不是为了让人听从，而是为了让人不违背自己的德行，在两个不同的结果之间权衡，若是选了最好的，你所做的一切就自然符合天意了。

国君说，也许你说的有道理，可是我遇到了这样的结果，就在想着从前所有的事情，似乎每一件事情都有着联系，我总想找到真正的原因。其实我想这么多有什么用？我只是睡不着觉，觉得应该想点什

古灵魂

么。唉，我应该做每一件事情时就多想一想，也许会有一个好结果。结在树上的果子是什么样子，是因树的原由，草木不断摇动，是因风的原由，所有的事情都有着原由，可这事情的原由又在什么地方？

我说，所有的原由要到自己内心去寻找。所以君王就不要抱怨庆郑，也不要抱怨穆姬，更不要抱怨其他人。抱怨不仅无用，而且还伤害自己的形躯。不用怨恨别人了，一株谷子长成了那个模样，是因为它的种子里所含的秘密原由。一个人所做的事情，是他的内心就是那样想的，所以他就会按照自己内心的样子来做事。我们的眼睛总是看着外面，却很少向自己的内心窥探。因为内心是幽深的，甚至是黑暗的，我们能够看见的东西很少，所以就不愿意继续看下去了。

他说，我和别人在一起，总是想着别人就要进入我的内心了，这让我感到恐惧。所以我要遮住自己，不让人看见我的里面，这就尤其使我恐惧。这样我的生命就变得艰难而黯淡，我为什么非要做一个君王呢？其实我在梁国的时候是很快乐的，但我自从有了做国君的心事，一切就改变了。里克请求我归国，我感到了危险，感到了恐惧。于是我就求助于秦国。做了国君之后，又感到别人要将我置于死地，为此我杀掉了里克和丕郑，我以为这样就安稳了，可是我却更加恐惧。

我竟然一直生活在恐惧里。为了不再恐惧，我不断杀人，也不断在梦中惊醒。我杀别人的时候，也想到了别人也要杀我，就觉得自己就要死了，所以就愈加恐惧。我违背了诺言，是因为我不想失去晋国的土地，因为我乃是靠着土地才安稳的，如果失去了土地，晋国就会变得弱小，我也就更加恐惧了。我并不是没有想过报答秦国的恩惠，而是这恩惠中仍然藏着恐惧，这恩惠是报答不完的，我就愈加恐惧。

我所做的一切都是为了消除恐惧，可是我越是想消除它，它就越是缠绕着我。这恐惧为什么就这样顽固，它竟然在我的心里怎么也除不掉。当我除去一个恐惧的时候，另一个恐惧就接踵而来。我和秦国开战，也是为了恐惧。我有着失去自己的恐惧，所以我要去和秦国拼死一搏。我甚至预感到我会失败，但我不知道会以这样的方式失败。我从没有想到死，可是现在死却到了我的身边。一个将死的人，还要说什么好呢？也许我只有一死，恐惧才会从我的心里消逝，因为人所最为恐惧的就是死，但死后就不会再一次死去了。

我说，也许你不会死的，既然秦穆公可以赦免偷吃自己心爱的良马的贼寇，又怎能让一个国君死去？何况，晋国和秦国还是姻亲，他这样做不就损害了自己的名声么？我想他不会这样做的，他既然要做一个仁德的君王，也就应该将这仁德保持下去。也许穆姬也会相救，你毕竟是她的亲人，她怎会看着你死去而无动于衷呢？

他说，不，她不会。她所求我的，我一样也没做，所以她会怨恨我。她的怨恨就会让她放弃对我的拯救。我们曾经是亲密的，可是她已经在秦国这么多年了，怎么会站在晋国的一边？一个女人的怨恨比男人更深，她一定希望我死去，这样她的怨恨才能解除，就像我的死去可以解除我的恐惧一样。我说，可是一个女人的爱远比男人更深，她对你有着怨恨，但她也对你有着爱，这爱可以填平怨恨的陷坑。你记住了怨恨，却忘记了爱，但她不会的。

国君似乎突然想起了什么，他问我，你刚才说秦穆公曾做过一个梦，他做的究竟是个什么样的梦？这已经是多年前的事情了，他生病了，一连五天都没有睡醒，却不断说着人们听不清楚的梦话。醒来之后人们问他梦见了什么？他说梦见了天神，天神告诉他，让他在将来平息晋国的内乱。他记不住梦中到了哪里，也记不清天神的样子，但他却听清了天神的话。天神说话的时候并没有张开嘴巴，他的话是从云里说出的，说完之后云就散开了。他睁开眼后，就看见了一个个模糊的人影，他发现天神是藏在人影中的。也许天神不在别处，而是在我们的中间，只是我们认不出他，也就不会听他的话。

灵台的夜是深沉的、寂静的。在这样的黑暗里，我们借着窗户上微弱的月光来说话。我看见的国君仅仅是一个黑影。他站起来走一走，然后又躺下来，一会儿好像想起了什么，就又站了起来。他的话语从他的黑影里发出，所以这声音就变得像回音一样，邈远、空阔、飘忽。它似乎伴随着风声，伴随着一个个梦。我很难辨别这声音是不是出自国君，因为我太熟悉他的声音了，这既像是他的又不像是他的，那么我究竟在和谁说话？

我们被囚的灵台，乃是周文王所建，它是文王德行的见证和譬喻。《诗》说，开始设计灵台的时候，就有了巧妙的安排，民众一起来兴建，它很快就建成了。所以一切好的事情不用急躁，因为你会得到民众的拥戴。由于文王的仁德，他规划了灵台，民众就来兴建，灵台建成了，民众都来归附。这灵台连接着深邃的天穹，连接着无限多的星群，连接着一个个神奇的命运，也连接着天下万民。

一些事物将注定消逝。这灵台是破损的、衰败的，它已经在凋敝中一点点被遗弃。它留下了一个泥土剥蚀的高台，很少有人能够站在它上面去遥望星空了。我们被囚禁的屋子也是破损的、衰败的，只是因为我们的被囚，它才获得了一点活气。我们笼罩在一片萧瑟之中，腐烂的气息伴随着我们，连同先王建立的德行也在衰败和凋敝中。只有夜晚的星群仍然明亮，它在多少年前被先王仰望，被万千民众仰望，现在依旧被我所仰望。但这是多么寂寥的、清冷的群星，它们寒冷而永恒，它们高贵而遥远，它们只能被仰望而永不可及。

我和国君却被囚禁在灵台。我不再是晋国的大臣，而是秦国的俘虏，我的国君也不再是晋国的国君，他也是秦国的俘虏了。我们在这灵台看不见天上的星象，也在这黑暗里看不见自己。我的眼前曾经是苍茫的，可现在连这苍茫也坠入了黑暗里。我能不能听见文王的声音？这是一个囚徒的渴望。我倾听着，国君已经睡着了，可我仍然沉浸于这深沉的寂静里。我不知道自己的命运怎样，但我现在却拥有这无限的寂静。这寂静是美好的，因为它乃是文王所缔造。我聆听这寂静，就像听见了来自遥远的美德，这是我所渴望听见的寂静。也许这样美好的寂静也应该让国君听见，可他已经睡着了，他只能听见自己梦中的寂静了，甚至他的睡眠已经放弃了梦中的一切，包括梦中美好的寂静。

古灵魂

卷二百九十四

郤乞

秦穆公改变了主意，不杀晋惠公了。我原听说秦国要杀掉晋惠公以祭天，但因穆姬的求情而峰回路转。我听说穆姬带着三个儿女站在堆满了柴草的高台上，只要秦穆公押解着晋惠公进了雍城，就要燃火自焚。这个穆姬不愧是晋献公的女儿，她的决绝动摇了秦穆公的想法，只好把晋惠公囚禁于灵台。

现在秦穆公已经和晋惠公在王城结盟，并答应让他回到晋国。我作为晋国大夫奉国君之命归国传命，主持朝政的吕省让我对着晋国的大臣和民众宣命——秦国已经答应我归国，但我却失去了作为一国之君的尊严，我不能蒙着羞耻归国继续做国君了，所以你们就占卜选择一个吉日让太子圉继位吧。许多人听到这样的话，都伤心地落泪了。

国君已经觉得自己错了，也说出了自己的羞耻，人们还能说什么呢？很多大臣询问国君在秦国的情况，我告诉他们，国君已经从被囚禁的灵台迁移到舒适的地方居住，秦国也以侯王之礼善待国君，危险已经过去了。国君在日夜反省自己从前的过失，并为这过失感到痛心。国君也让人占卜，每一个卦象都是吉利的。一些人不断擦拭着眼泪，听着我所说的每一句话。

是啊，人们对国君原本是不满的，可现在却开始同情国君。人的身体是柔软的，他的心也是柔软的，就像土地一样，只要有雨水滋润，它就会变得柔软，就能够播种，就能够让万物生长，并让生活里充满了繁茂。而用冰冻的方法对待土地，世界就在冰封中变得坚硬而顽固，好的种子怎能发芽开花？国君的谦逊就是美德，美德就能够化解冰雪和寒冷，就能让民众的心舒张和重归柔软，国家就会繁茂。

吕省代国君下令，把土地赏赐给跟随国君被囚禁在秦国的众臣，以及在韩原之战中阵亡将士的遗属，这样可以聚拢人心。又在每个州征收军赋，以恢复战败后的晋军，让晋国恢复以往的强盛。众臣都想让国君回来，于是我和吕省前往秦国去请求国君。

一路上，我和吕省谈起国君，他说，我一直跟随国君，从晋都到屈邑，又从屈邑到梁国，然后又回到了晋国。他不愿意听从和他内心的想法不一样的谏言，他和别人商议的时候，他的心里早已有了答案，只是希望别人的看法和他的想法一样。

我说，预先有了自己的想法，那就不可能接受别人的谏言了。一个人所想的是狭隘的，只有众多人的所想才会让眼前开阔，所以国君才会有了今天的遭遇。他说，国君所想的都是自己，从来不会放弃自己的私利，他乃是依靠自己的本性生活，却不能从自己的本性中推演别人的本性。他想得到的，就不会想别人也想得到，他自己放弃的，也不会想到别人也将放弃，所以他看见了自己，却忘记了别人。

他说，是啊，可是我们都生活在别人中间，每一个人都是由于别人才成为自己的样子。可是国君从来只在自己中间活着，所以他不可

古灵魂

能看见自己之外的事情，他所做的事情就没有德行，就失去了世道人心。晋国被秦国击败是必定的，可是他却不知道。他没有被秦穆公杀掉，已经是十分幸运了。

我说，国君已经成了秦国的囚徒，他会想到事情原委，也会追溯从前所做的事情的对与错，我想，他已经改变了，他不再是以前的样子了，将变成另外一个人。我把他的话说给众人的时候，人们都被感动了。可见人们已经谅解了他，转而同情他了。那么多人流泪了，我的眼睛也湿润了。

吕省说，你们看见的国君还不是真正的国君，因为我比你们更知道真正的国君是谁。他不会重新看自己，他所说的也不是真的要说的。我从来不相信一个人会变成另一个人，一个人就是他本来的样子，难道你见过一株谷子变成一棵树么？你见过一只羊变成一匹马么？国君所变的，是他说的话，而不是他自己。他这样说，是为了试探民众对他的看法，是为了回到晋国并依旧做他的国君，这才是他真实的面孔。

我说，不会吧？他可是诚恳的，他已经蒙受了耻辱，也让晋国得到了羞辱，还怎会用虚假的话来骗取民众和大臣？吕省说，一朵花有着几层叶瓣，你只有拨开一层才能看见下一层，如果你只看见其中的一片，就没有看见花的样子。树上的果子不是每一个都能伸手摘取，高处的东西需要你爬到高处才能拿到。

我一直跟从国君，我就在他的身边，他的每一个举动我都能看得见，而更多的人的视线被遮住了，你们不会看见那真正的果子是被众多的叶子盖住的。国君的话仅仅是他的计谋，为了自己要获取的，他必须使用计谋。有德行的用他的德行来熏染别人，没有德行的用他的计谋来获取别人的信任。他的计谋被他的诚恳的样子藏在了后面。

这样的人只在他遇到危险和困境的时候，才看起来是诚恳的，一旦这危险和困境消逝了，这诚恳也就随之消逝。因为他的诚恳原本就没有，他的诚恳仅仅是为了让人感到他的诚恳。就像一个人的影子映照在水面上，他离开了，他的影子也就从水面上消逝了。所以不要看他摆出的样子，要看他的真实的人在什么地方。这样，你既不要相信自己的眼睛，也不要相信自己的双耳。

我说，那么我们还为什么要去迎候国君？他说，我们是晋国的大臣，职责就是侍奉国君，因为他是国君，所以我们要去秦国迎候他。他的本意并不是让位给别人，哪怕是他的儿子。他是要让别人迎接他回来，这样他就可以恢复往日君王的威严，我们现在就是要去做这件事。我们不要仅仅做他说出的事情，而是去做他心里想的事情。

不愿从自己的内心走出来的人是可悲的，也是可怕的，因为他的一切都被自己的内心所困，他的内心的所有想法不是成为他获得天道的途径，而是成为自己的束缚。他已经用自己的绳子捆绑住了自己。他越是渴望从内心获得光亮，这光亮就越小，而且会渐渐熄灭。这样他就会变得一团漆黑，他既失去了自己，也失去了仅有的光亮。他不知道从别人那里添加柴草，也不知道自己内心的狭小。他就会在这狭小中摸索，找不到自己的路，然后就滥用自身本性中的诡诈和计谋。

而他身边的人们也是不幸的，因为他们也需要围住这诡诈和计谋而旋转，并受到各种折磨和痛苦。他们甚至不知道这诡诈和计谋的来历，也不知它将自己指引到哪里。一个国君拥有了这样的不幸，就会将这不幸给所有跟随他的人，还会因为别人对国君的侍奉，而实际上所侍奉的却是他的诡计和连带的不幸。国君已经因为内心的黑暗而离不开这黑暗，以为这黑暗就是光亮，所以他要把别人内心里的光亮也要熄灭掉。他要让所有的人都喜欢黑暗，并称颂这黑暗，还要跟随他在这黑暗而狭小的屋子里徘徊。

实际上，国君所背弃的既不是仁德，也不是天道，而是他找不到这些他真正需要的东西。他是贫乏的，可又不知道自己的贫乏。他所背弃的，也不知道自己的背弃，他所得到的，也不知道这得到的究竟是什么。他的两手空空，却紧紧攥着不存在的东西。吕省说得对，这样的人，怎会知道反观自己？他所想的从前，不是真正的从前，他所说的现在，也不是真正的现在，因而他所说的一切，都是黑暗里不曾看见的一切。这样的国君，我们为什么要将他迎回晋国？

可是我和吕省就要去迎他归来。他的黑暗仅仅归于他，但这黑暗也要归于晋国了。我们乃是朝着一条通往黑暗的路走去。尽管上方的光亮在闪耀，但那光亮遥不可及，我们想去的地方无法抵达，却要向前面的黑暗里走去。秦国已经想和我们结盟，但这仅仅是秦国的一厢情愿，因为它们想要的光亮，我们这里不会有，它想要的一个和睦的邻居，也不会有。两国已经在韩原进行了激战，虽然晋国战败了，但这战败的耻辱却不会被接受。我想，它要把晋惠公放回来，就是一个错误，它将会为这个错误付出血泪。也许不是明天，也不是后天，但这一天可能会到来。

车轮和路面不断接触的响动，马蹄嘚嘚的节奏，都是未来的伴随者。我们所走的不是现在的路，而是一条未知之路。我感到马车载着我，也载着吕省，也载着将来，乃是走着一条危险的、悬崖边上的路，我们随时可能掉下去。下面是什么？我们将掉到哪里？车行在高处是危险的，而在低谷里行走则显得更为安全。我从来没有和吕省说过这么多话，现在我们是长途中的伴侣，因为不断说话而消除了长途的寂寞。

更深的寂寞却在我们的话语里。吕省显然比我更知道国君内心，这是因为他一直跟随国君，他已经走进了一个人的内心，并在这内心里盘旋了很久。他已经看清了这内心里所藏的秘密，他以前也将这秘密藏在了自己的内心里，现在他和我说出来了。他把这秘密传给了我，我也将像他一样有了要深藏的东西，我感到身躯变得沉重了。

卷二百九十五

丕豹

　　我知道会有这一天的，晋惠公的无情和不义必定会激怒天神，他必将受到惩罚。多少个日夜，我盼望着他遭受天谴，他的罪太重了，以至于这地上已经承载不了他的罪，他踩踏的土地必要陷下去，将他放到深渊里。

　　他不仅毁弃了割让给秦国土地的诺言，也毁弃了封给大臣土地的诺言，为了逃避这诺言，还要杀掉被许诺者。他不仅背弃了秦国的恩德，竟然还和给自己恩惠的秦国刀兵相见，岂不是违背天理？我逃到了秦国，就是为了报杀父之仇，然而却一直没有机会。我想亲手杀掉他，让他品尝被杀的滋味，让他在临死之前看见我和我手里的剑，知道我为什么要杀掉他。我要让他追悔莫及，让他知道，他怎样对人，人也会怎样对他。

　　可是秦穆公太善良了，他的心太软了。一次次遭受晋国的欺辱，却一次次承受了。他对别人的恩德不仅未能得以回报，反而用自己的仁德浇灌了一株毒草，使这毒草在肥沃中长大，并投来了仇视的目光。我知道不论怎样对待这个人，他都不会记住你的好处。他会将你的仁善当作你的愚蠢，因而会愈加鄙视你。

现在终于激怒了秦穆公，他亲自率兵征讨晋国，并以愤怒和勇力击败了晋军，晋惠公也变为了秦国的囚徒。我听说秦穆公要杀掉晋惠公，用他的血来祭祀天神，这真是太好了。他成为秦国的俘虏，让他感到他曾经给别人的羞辱，让他戴上枷锁，被投入囚牢。这不仅是为了让他遭受别人所遭受的，也是将他所犯的罪锁在他的身上，让他感受罪的沉重。让他带着这沉重的罪死去吧，他早应该获得这样的惩罚。

我要看见他临死前的样子，看见他低着头哭泣，也看见他的恐惧。这是公平的，他曾让别人死去，现在他也要死去。他曾让别人哭泣，现在他也在哭泣。他曾经让别人恐惧，现在他的浑身也瑟瑟发抖。他是贪婪的，他以贪婪所得到的，都将化为乌有。他是奸诈的，但这奸诈将随着他一起消失。他是无情无义的，那么就让这无情的变为无情，无义的归于死亡。让一个坏国君变为卑劣的、肮脏的泥土，并让野草覆盖这羞耻的灵魂。

他原想要这世间所有的，甚至想要没有的，可是让他先归于空无，这样他自己也没有了，他就真正得到了所有的，也得到了没有的。让他用死来得到他的贪欲，因为这贪欲只有死能够将其填满。让他用死来获得土地，因为只有土地可以让他的形躯腐烂，让他的死也归于腐烂。他是血腥的，他一直用血腥获得快乐，现在他将自己的血腥放到血腥中，然后在死去的黑暗中畅饮，让他的灵魂也彻底浸泡在血腥中。

大夫狐突曾在去曲沃的途中遇到了太子申生的灵魂，他告诉狐突，他要将晋国的土地送给秦国，现在也许是太子申生的灵魂出现了。他不仅要把土地给秦国，还要让晋惠公成为没有归宿的游魂，让这个行恶的灵魂在空气里游荡，被蚊虫一点点啃啮干净，成为它们的食物，然后在盲目的飞舞里悲鸣。

晋惠公杀掉了我的父亲，我被迫逃到了秦国。在逃命的途中，我的内心被仇恨和悲伤所充满，但却不知道自己能做什么。我是无用的，我发现仅仅有仇恨和悲伤是不够的，还需要有复仇的能力，可是我一直在迷惘之中，因为我不知道从哪里来获取这复仇的能力，也不知道用怎样的办法来平复我的悲伤。我原想借助秦国的力量来除掉我的仇人，可是秦穆公却一次次放过了他。秦穆公有着一个国君的仁德，但这仁德却不能借来复仇。复仇是残酷的，它需要的不是仁德，而是暴戾和残酷，可我从哪里来寻找暴虐和残酷？我的身上没有这样的力量，我所寄居的秦国也没有，或许它的愤怒和力量还没有被激发。

我耐心地等待着。晋惠公的背德和背义终于激怒了秦穆公，他放下了仁德，又以仁德和正义的名义一举击溃了晋国的大军，并俘获了晋惠公。我知道会有这一天的，可不知道这一天会在什么时候到来。现在晋惠公已经在死亡的途中，死亡将像潮水一样将他所拥有的全都淹没。他的一切都将被剥夺。不是我要看见他怎样死亡，而是他要看见自己所有的一切将怎样失去。他已经开始呼吸死亡的空气了，他的每一次呼吸都是死亡给他的恩赐，因而死亡已经在他的呼吸之中了。

这时他会想什么？他会追悔自己所做的事情么？可是追悔已经无用了。他的追悔已经不能将别人的仇恨消解，也不能将冤死的生命复活，也不能改变他必死的命运了。这是多么神奇的事情，我渴望的时候，他却得意地活着，我等待的时候，他也仍然得意地活着，但我感到复仇无望的时候，死亡却到达了他的跟前。

死亡已经占满了他的肺腑，占满了他的躯形，他曾经不曾感受到的，现在感受到了，他会觉得从前的生活是多么快乐和美好，可当时却并不会这么想。他会觉得贪婪是无用的，没有意义的，曾经想要那么多，现在所有的东西都没有了。最好的东西就是活着，甚至连痛苦也是美好的，因为痛苦也意味着他还活着。现在连这痛苦本身也将失去了。

这一切就像农夫收割谷子，飞舞的镰刀在闪光，一片金色的谷子在这闪光里倒下，只剩下了禾茬，甚至连这禾茬也将被刨去，做了冬天的柴火。月亮在暗夜里隐去，但它还会有再次闪光的时候。然而他的死去就意味着永恒的黑暗，他再也没有亮光了。不，他原来的生活就是漆黑的，他从来没有亮光，因为他的内心就是漆黑的。或者说，他的死去仅仅是他原本生活的重复，因为他早已经死去了，我的复仇仅仅是对一个死者的复仇，或者说，我的复仇仅仅是一个个出自我内心的诅咒。

以前我的复仇是隐藏的秘密，是孤独的、彷徨的，因为这秘密的存在，我是燃烧的，我的火焰在我的灵魂里。我已经被烧成了碎片，烧成了灰烬和尘埃，我冒着烟在飘散，我不知道自己在哪里。我说的话别人不相信，因为我带着复仇的秘密。别人似乎知道这秘密，所以对我所说的怀有单一的理解。我曾劝说秦穆公攻打晋国，他对我微笑，我懂得这微笑的含义。即使我仅仅为了秦国的利益，他也认为我乃是为了我内心的秘密。可是我的内心的确有一种强大的我不可抵御的力量，我受着这力量的驱使，我乃是被仇恨派遣的，我只能为仇恨说话。可我也是为着秦国的，因为我逃到了秦国，秦国遮护了我。

我已经不能离开这秘密了，这秘密就是我的生活，现在我所复仇的人就要死了，那么这秘密就要离开我了。我拥有的重要的东西就要被丢弃，我将卸下身上的重负，可以深深地呼吸了。我的呼吸里也是有死亡气息的，因为复仇的希望让这死亡的气息越来越浓了。这既是我的气息，也是别人的气息，既是复仇者的气息，也是仇人的气息，总之它和死亡交织在一起，和我的生活交织在一起。

但是事情竟然出现了转折，当我的希望就要变为现实的时候，现实却又一次抛弃了我的希望。秦穆公押解着晋惠公就要进入秦都的时候，穆姬的使者出现了。他拿着穆姬的丧服，告诉秦穆公，只要带着晋惠公进入宫城，穆姬就会带着她的儿女自焚。穆姬已经在高台上放好了柴草，只等着把这柴草点燃。她竟然忘记了晋惠公给她的怨恨，忘记了这个秦国的囚徒怎样违背了给她的承诺。他一旦做了国君，既没有善待晋国的公子，也没有照顾太子申生的遗妃，而是将太子申生的遗妃占为己有，还要追杀公子重耳。穆姬就这样忘记了发生的一切？她的怨恨是怎样消散的？难道以往的事情都是随风而去的烟雾？

面对穆姬的胁迫，秦穆公妥协了，他将晋惠公囚禁到灵台，甚至还要放走他。我向他进谏说，国君不能将这个人放走，如果你不杀掉他，他会重新露出藏在衣襟里的暗刃。一个猎人不将他所捕捉的凶兽杀掉，它的牙齿仍会伤害他。它不会因为你放掉它而收起自己的利爪和牙齿，它的本性就是坏的，怎会因为你的恩德而变好？以前的许多事情都已经证实了，晋惠公能够背弃你很多次，以后仍然要背弃你。

秦穆公仍然对我微笑着说，他已经受到了屈辱，我已用这样的屈辱惩罚了他。一个人死去是容易的，因为他死去仅仅承受临死前的恐惧，一旦这恐惧过去，他就什么都没有了，也就不会再一次感到恐惧。但他的屈辱将伴随着他，这将比死亡的威胁更严厉。他将带着耻辱去生活，这耻辱将永远会折磨他。即使他仍然活着，他的生命也不会长久。这样他不是在利刃下死去，而是在折磨中死去。

我说，你说的仅仅是你的想法，但不是他的想法。他只要活着，就不会感到这屈辱，而是会为此感到庆幸。只有有德行的人才会感到屈辱，而一个没有德行的人就不会有屈辱。因为他乃是为无耻而活着，无耻就是他活着的理由。无耻能抵消屈辱，因而他会活得心安理得，会将别人看来的屈辱视作自己的更加无耻的理由。我来自晋国，所以更了解他，知道他是什么样的人。他会把失败的原因归于别人，而不是埋怨自己，更不会觉得自己做错了什么。你不应该放他回去，这等于将一头恶兽放归山林，它仍然是原来的样子，你对它的所有恩惠并不会改变它行恶的本性。

秦穆公说，秦国和晋国需要和睦相处，若要把他杀掉，这或许是最容易的，但从此两个邻国就会结仇，秦国就不能向中原拓展，我们就会被困在边远一隅。我需要晋国，需要一个好的邻居。所以我思虑再三，还是要放掉他，至少晋国的民众不会仇视我。难道我不想把他杀掉么？他一再背弃我，毁弃他的诺言，我却要放掉他，这不是违背我自己么？

我说，那就请求国君杀掉这个恶人吧，你的想法是好的，但恶人依然是恶人。你想和他归于和好是徒劳的。秦国的确需要一个好邻居，但一个恶人所统治的国不可能成为好邻居。你不论怎样对他，他都会用恶来对待你。因为一个恶人只是依靠恶来过活，他离开了恶，也就不知道怎样活着了，他的生活里已经离不开恶。杀掉他，就是除掉了恶。与其让恶继续畅行，不如挖掉这恶的根须。

秦穆公微笑着，不再言语。我害怕这微笑，就像害怕我内心的仇恨，因为这微笑和仇恨一起，压得我喘不过气来。我知道我说服不了他，他已经决计将晋惠公放走了。可我还能做些什么呢？我没有更好的语言打动国君的心。他觉得我仅仅是站在我的位置上和他说话，但我不能站在他的高处。国君总是有理由的，所以我的理由总是不充分的。我已经将自己带血的心拿出来了，但他依然不为所动。看来我的复仇已又一次落空，我只能再一次将仇恨注满自己，它将继续伴随我，纠缠着我。但是秦国也要遭殃了。

我觉得自己愈来愈孤独了。也许仇恨本身就是孤独的，因而它只能在孤独中彷徨，我又在这仇恨里愈加孤独，我不能与它告别，因为我不能与自己告别，然而这是多么绝望的孤独。我既不能理解自己，也不能理解别人，所以我的语言是苍白的，我的仇恨也变得苍白，我的孤独也变得苍白，我所看见的一切都是苍白的，没有希望的。我只能把自己的仇恨放在日子里，但一个个日子仍不能将这仇恨磨损，它的分量越来越重了，而我自己却变得空洞，以至于我不知道自己住在哪里，是的，我只是住在仇恨里，可这仇恨却在空中轻轻飘动，就像天上的白云，它好像属于我，我却触摸不到它。但是秦国也要遭殃了。

卷二百九十六

太子圉

　　我的父君被秦国囚禁在灵台，原先秦穆公要将他杀掉，但现在又要把他放回晋国了。这让我高兴又让我担忧。父君做了那么多背弃秦国的事情，秦穆公却要把他放回来，他们真是太傻了。他们好不容易捉住了他，却又要放走他，秦穆公究竟要做什么？父君因背信弃义而和秦国交战，又做了秦国的俘虏，这是多么巨大的耻辱，让社稷蒙羞，他怎么就这样回来呢？先君积攒的家业就这样被挥霍了，他还有什么脸面做国君呢？

　　我要做了国君，就绝不会像他那样，做了那么多蠢事，丢尽了晋国的脸面，也丢尽了自己的脸面，让大臣和民众失去了对他的信任。他已经派遣大夫郤乞回来了，宣称自己不愿意再做国君了，命晋国的大臣选一个吉祥之日让我继承君位。我没想到这个时机来得这么快，我就要做国君了。

　　可是我仍然不太相信父君说的是真话，我知道他从来都是把要说的藏在心里，说出来的并不是他想说的话。那么他真的要把君位让给我么？我的眼前就像是幻觉一样，既不相信这是事实，也不相

古灵魂

信这真的是幻觉。因为他惯常使用的都是欺诈和背信，所以秦国才讨伐晋国，他才做了囚徒，现在我为什么还相信他？就因为我是他的儿子么？

先君所做的一切还犹在眼前，他将自己的儿子四处追杀，我的父君不就是逃到了梁国了么？梁国的国君将公主嫁给了他，生了我和我的妹妹。我们出生之后，曾找卜筮者占卜，说我将成为别人的大臣，我的妹妹将成为别人的妾，于是就给我起名为圉，而给我的妹妹起名为妾。我的名字有着被围起来的含义，我是被围在宫殿里？还是被围在别人的牢狱里？我不知道这个名字究竟是幸运的还是不幸的，也许以后的结果会得到应验。

也许我真的要做国君了，那样我就会被大臣们围在宫中，这是不是对占卜的应验？可是卦象说的是我要作为别人的大臣，国君怎会和别人的大臣联系在一起？可是邳乞分明代我的父君宣称要让我做国君，这岂不是和当初的占卜违背？也许我的父君就像以往一样，所说的话仅仅是为了欺诈，他在欺骗我，也在欺骗晋国的民众。

实际上我的内心矛盾重重，也迷雾重重。我很难理清纷乱的心绪，也很难拨开眼前的迷雾。我既希望我的父君归来，又希望秦国杀掉他。若是他死去，我就可以坐在国君的位置上，但他若要回来，他就不会甘心让位。我知道他是贪婪的人，为了坐在国君的座位上，他不惜许诺把河西五城割给秦国，又不惜毁弃自己的许诺。他为了这君位，不惜杀掉曾帮助他回国的大臣。他的所作所为，太像先君了。先君就是这样的人，我要是做了国君，会不会也像他们那样？也许会有同样的想法，因为我同样想做国君。

现在，吕省已经去秦国了，他将和秦穆公商议放回我父君的事情。许多人都想让他回来，他们都被他的假话感动了。他们已经忘记了他所做的恶，却被他的一滴泪所滋润。民众是愚蠢的，他们只看现在，也只看露出表面的东西。民众也是宽厚的，他们能承受悲惨的命运，也能忘记悲惨的命运。他们唯一的安慰就是遗忘，若是没有遗忘，他们将怎样生活？他们依靠遗忘而生活，也依靠遗忘而获得快乐。

我无法将我知道的告诉所有的人，也无法将我猜测的告诉我自己，因为他们不能接受，我也不能接受。我能接受的就是我想要的东西，不能接受我所不想要的。可是我想要的，却仍然是渺茫的，它在这渺茫中似乎一点点接近我，可是我却不能伸手拿到它。这就像天上的明月，它有时变得很大、很明亮，它好像已经离我很近了，但我却仍然够不着它。我只能抬头仰望。我看着它，它却突然躲到了云中。我想看见它的时候，它却没有了，给我留下了漆黑的天空。但我忘记它的时候，它又出现了，在遥远的天边闪耀，并将它的光芒披在我的身上，我感到了它的明亮、它的诱惑。

但它已经是我的一部分。我经常为它所折磨，我的心已经属于它。它是冰冷的，但我的灵魂在它的里面，它又变得充满了活力。它像火焰般跃动，我的心似乎被它点燃，可是这火焰仍然是寒冷的。我仿佛看见了希望，但我的心依然是漆黑的。我想离开它的时候，它又向我微笑。我已经是太子了，国君的宝座似乎只有一步之遥，可是这一步我却迈不过去。我想到了多少从前的事情，太子申生不也是太子么？可是他却被逼身亡，他的冤屈不会成为我的冤屈么？我既在他的希望里，也在他的冤屈里。

我的父君究竟是怎样想的？我捕捉不住他的内心，因为他自己也捕捉不住，它是飘忽的，它是无形的，又是在各种形象里变化的，我不知道哪一个是他，哪一个是他将要抛弃的自己。我既认识他，也不认识他。他永远是陌生的。因为他乃是一个捉摸不定的形象，我在这捉摸不定的形象里寻找我的道路，我将从哪里开始，又到哪里结束？所有的事情都在我的猜测里，却不在现实里。

我身边的仆从对我说，太子就要做国君了，晋国需要改变了。我说，我不需要晋国改变，我只需要改变自己。一个连自己都不能改变的人，怎样去改变他人？是啊，我仅仅是一个等待者，一个焦虑的等待者，我不能改变自己，只能等待自己的改变。我不能改变自己的命运，只能在等待中，接受命运的安顿。我就像田地里的谷子，只能随风摇摆，等待农夫的锄头和来自天上的雨水。

可是地下的虫子在啃着我的根须，地上的虫子把我的叶子吃掉，谁又知道我等待中的疼痛？别人只看见谷子上飞舞的漂亮的蝴蝶，却不知这漂亮的蝴蝶只是为了饮去我心中的甘露。我的面前没有镜子，我却生活在镜子里。我想打碎这镜子，但这镜子却是无形的，我在这无形之中找不到它存在的证据，也不知用什么东西可以击破它，然后我就可以从中逃脱。我就像我的名字一样，被四面的墙壁围住了，被无形的镜子困住了。

不，我是被我的名字困住的，因为我的名字乃是因占卜而得，所以我的名字就是我的命运。我被自己的名字困住了。它看起来仅仅是一个字，它的每一个笔画都在指引我，其中有我的路，也有我的迷途。其中有我的灯，也有我的漆黑。它就像地上的山峦，我还不能站在高处，一眼看见它的面目。我所看见的，乃是我所在的地方看见的，而站在高处的只有我看不见的神灵，而我永远不可能站在神灵的位置上。

一个字既是一道光，也是一个人，一个具体的、不断呼吸、不断等待的人。这个字用来描述我，又夺去了我的所有。它将我收入了它的笔画里，又让我在这笔画里寻找自己。它给出了预言，又要让我寻找答案。它一眼就可以被我看见，也曾被别人一次次呼唤，但它是那么玄奥，谁也看不见它，也不能呼唤它。因为你看见的是错的，你呼唤的应不是真正的它，可是你看见的、呼唤的又是谁呢？

吕省已经去了秦国，我等待他回来，给我带来确实的信儿。也许他已经在秦国了，他正在和秦穆公说话，也许已经见到了我的父君，他们在交谈。他们说什么呢？我想知道他们所说的话，也想知道他们心中所想。一切不可能知道。我所在的地方，不是他们所在的地方，我只能在这里等待，只能倾听他们的脚步，倾听越来越大的风，以及大风从屋顶掠过的声音，它的呼啸盖住了我内心的声音。

卷二百九十七

吕省

　　自从国君被秦国捕获，我就开始主持晋国的朝政。国君在位的时候，晋国的人心已经混乱，大臣们也都满腹怨言。一个国家不可没有君王，不然就会人心惶惶。人们需要看见坐在那里的君王，他是谁并不重要，但那里必须有一个人坐着。人们需要的是一盏灯，它必须放在最中间的高处，晋国才变得明亮。否则人们不知道自己该做什么。可现在国君已经成为秦国的囚徒，晋国的心被取走了，寄放到了另一个地方。

　　我能够做的，就是把散失的人心重新聚拢，把失去的东西重新找回来。与秦国韩原一战，晋国的军队已经损失殆尽，死去的将士还没有得到安抚，国君做了俘虏，生死未卜。我便以国君的名义做了两样事情，就是做爰田和做州兵。也就是为了援救已成为秦囚的晋惠公和跟随他的众臣，缓解国人对国君的仇怨，就以国君的名义把土地赏赐给那些在韩原之战中阵亡的将士遗属。让这些为晋国而死去的人们魂有所归，让他们的遗属有所抚慰。

　　即使是死去的将士得以安慰，但晋国的兵卒已经严重不足。若是没有兵卒，仅仅有战车、长矛和弓箭有什么用呢？所以必须通过作州兵而恢复战力。以前只有城邑及周边的国人参与战事，现在需要扩大兵源，允许山野之人开垦荒地并缴纳军赋，就能打破田制的困局，丰蕴国库的储备，让州郡和贵族采地自行征集州野之兵，既让每一片州野的民众缴纳军赋，也能补充在韩原之战中损失的兵甲，使晋国度过危机。

这样做有很多好处，也许还是长远之计。它不仅能够将散失的人心得以聚拢，也让天下不因我们的战败而歧视和责骂晋国。这样的好事情，能够让晋国重整旗鼓而获得天下先机，我们为什么不做呢？现在国君仍然在秦国被囚，但晋国的民众开始振奋，朝堂上众臣也似乎突出了悲伤和绝望的重围。人们都在等待国君被秦国赦免，早一天回归。这时候，郤乞请命归来，宣布了国君的新令，国人都受到了感动，很多人都掉下了眼泪。

一个国家就像一个人一样，需要盈满了的气，它才有足够的力量和生机。一个死去的人乃是他失去了气，而一个活着的人则是他有着充足的气。失去了气就意味着死亡。与秦国的交战，让晋国变得气息奄奄，所以它需要休养生息，需要养足自己的气。缺少气息就不会有力量，没有力量就没有生机，也就不会有繁茂和旺盛。我们必须借助国君被秦国俘虏的时机，将天地之间的气注入晋国的人心里。这需要爱而不是恨。培植爱是养气的根基，只有爱和温暖才能使晋国获得足够的气息。

从前国君只是用吝啬和贪婪对待自己的民众，也同样对待自己的邻国。人们不能从中获得爱，所以这气息就渐渐虚弱了。所以我们不能再用严苛的办法，而是用赏赐的办法，才能获得气息。这曾是国君所厌弃的，可是这厌弃赏赐的时候，也厌弃了残剩的气息，厌弃了慷慨的时候，也就厌弃了生机和活力。我们不能让民众生活在枯干的土地上，那样一切就变得毫无趣味，他们就失去了追随国君的心力。

不论任何时候，慷慨的赏赐都有着温馨的美丽。赏赐不仅仅是简单的给予，而是一种能够感受到的爱，让寒冷和干涸远离，让月夜的光辉接近人心。这样天空将有着令人向往的东西，不仅有蓝天，还有云和雾，还有太阳的光芒。人们既需要照耀，也需要甘霖，也需要云翳的遮蔽。远方既有浑浊和模糊，也有清晰的希望。民众将因此获得自己的国，或者把君王的国视为自己所有，也会将暂时的苦恼抛入希望，希望就会淹没了悲观和绝望，灵魂里就营造了处处都在萌芽的花园，而且花园里的草木也变得旺盛。

这是他们能够看见的事物，他们需要用自己的双眼看见，也能够用自己的手触摸。在深绿的树叶上，含有自己的掌纹，因为他能够摘下这树叶，并紧紧攥在手里，只是这掌纹早已落在了树叶上。他能够看见树上的果子，即使自己摘不掉所有的果子，但果树的意义在于经常赏赐给他可以品尝甘甜的果子，并能够用自己的鼻孔呼吸果子散发的芬芳。这样的景象太壮观了，每一个人都愿意谈论自己以及自己所在的国家，也愿意用自己的泉水浇灌它。那么，这个国家就会充盈，就会丰富，就会生机勃勃。

国君就可以藏在这花园的深处，窥视自己给予别人的东西，但它也属于自己，因为自己才是这一切的真正主人。只有别人拥有，你才能拥有，只有别人拥有那么多，你才能拥有更多，这难道不是一个国家和一个人气息的源泉？所以我们不仅要寻找这源泉，还要用心去开掘隐藏在石头中间的源泉。

　　我知道国君想的和我不一样，但我先做几件事情，让国君看见这事情的效果。事情的结果就是最好的谏言。你不能单单用话语说服他，因为国君不相信话语，他甚至也不相信自己所说的。所以你不能把他所不相信的给他，这样他就会将你所说的都丢弃到看不见的地方。现在，晋国的气息已经渐渐转强，你已经可以听见民众的呼吸，也可以听见花园的呼吸，河流的呼吸和山峦的呼吸，天地之间的呼吸已经融合在一起。那么，我就可以将国君迎回来了，让他看见他的园子已经是生机盎然了。

　　天道不在别处，就在这无所不在的气息中，就在这充满了呼吸的繁茂中，就在万民之中。可是国君从不想这些，他所想的就是眼前的事情，就是镜子里的自己。他在自己的形象里彷徨，所以不知道自己为什么会失败，又为什么会成为秦国的囚徒。我不知道他在被囚禁的生活里是不是有所感悟，但他是从被自己的囚禁中，走向了被别人的囚禁。他原本就是囚徒，现在却成为现实里的囚徒。现在我来到了秦国，就是为了解救他。因为他需要解救，晋国需要解救，晋国也不能没有一个主人。

　　我见到了秦穆公，他的热情是真诚的，脸上露出胜利者谦逊的笑容。这笑容里既有敦厚宽容，也有一个君王的威严。我不知道这两者是怎样融合在一起的。他说话的语调缓慢、稳重而低沉，似乎含有土地般的深厚力量。他没有居高临下的傲慢，却是采用推心置腹的交谈。他轻轻地问我，现在晋国的情况怎样？国君离开了他的国，人们还能和睦相处么？人们有什么想法？

古灵魂

我说，晋国现在人心浮躁，因为国君来到了秦国而不在他本应的位置上，民众担心失去自己的君主，表示宁愿侍奉戎狄，也要报仇雪恨。大臣们也因爱护自己的国君而觉得自己是有罪的，没有将事情做好，期盼着秦国能够释放国君，让他回到自己的国家。若能这样，他们说必定报答秦国的恩德。这两种想法截然相反、彼此冲突，怎么可能和睦呢？

　　秦穆公想了想说，我能理解这两种想法，因为它们各有理由。若是秦国出现这样的事情，我的民众也会这么想。人心和人心是可以比较的，所以可以通过自己来推及他人。我要是他们，也许也是这样的想法，毕竟一个国家需要它的国君，不然这个国就会因失去国君而变得空洞，民众就会失去自己的主人，就不知道究竟该做些什么。可是秦国的民众却另有想法，他们觉得你们的国君屡次背德毁诺，没有信义，违背了天道，应该受到惩罚，很多人希望将他杀掉，这样才能够消除愤怒。

　　我说，君王说得对，我们的国君以前的确做错了很多事情，违背了秦国对我们的恩惠。但在韩原战败，又做了秦国的俘虏，他已经后悔做了这么多错事。一个知道了自己过错的人，应该得到原谅。谁能把所有的事情都做好呢？任何人很难成为圣贤，不可能将自己所做的事情想得周全，甚至还凭着自己的私性伤害了恩人，可是他能够悔过，就说明他仍然想做一个好的国君。何况，我们的头顶还有神灵在看着，他不会偏袒有罪过的人。一个国君做了别人的囚徒，这已经是绝大的惩罚了，也许这比他死去还要让自己痛苦。这么大的痛苦和教训，我们的国君怎会遗忘呢？所以你若对他的罪过予以赦免，就必定被他牢记，并期待报答的机会，晋国的民众也一定和国君所想的一样。

他说，我听说你在主持朝政中做了很多事情，晋国的人心已不再涣散，绝望和悲伤也渐渐远离。我说，我做得不够好，我只是代国君做了一些小事，但即使是这些小事也是效仿你的德行。晋国好像遭受了一场寒风，树上的叶子都被刮到了地上，我只是拿起了扫帚，把这些落叶归拢在一起，把它们放在炉灶里，燃起火焰。但是它们已经很难再回到树上。让我不会绝望的原由是，树上还会长出新叶，这需要你给我们送来温暖和春风，就像你从前所做的那样。难道万物不会因春天的到来而欢欣和感激么？

听了我的话，秦穆公频频点头，看来他已经接受了我所说的，国君就要迎来他的新生了。果然，秦穆公很快就改换了我们国君的住所，并赠送了七牢之礼，也就是牛羊豕三牲各七头。这是天子赠给诸侯的礼物，说明秦穆公已经有了雄主天下的雄心了。他以诸侯的礼节对待国君，也说明他已赦免了我的国君。国君虽然还没有离开秦国，但已不会被杀了，被释放回国已是指日可待了。

秦穆公的确是宽厚的，他的仁义之举让人感动。然而这样的国君也是可怕的，一个能够用仁德治国的君主，必然会让他的国强盛，也会让他自己成为一代雄主。因为他有锋利的剑，但这剑却是用仁德铸造。他有仁厚的心，但这心里却藏着锋利的剑。你不能分清他的剑和心，因为这两者已经合为一体，它既柔软又锋利，既能够伸长也能够缩短，它变化于无形之间，升腾于万物之上，翱翔于重峦之中，化生于繁茂之里，播撒于垄亩万顷，他气息的馨香已经散发于天下了。还有什么比这更厉害的君王呢？

古灵魂

卷二百九十八

庆郑

别人告诉我，国君就要回来了。我知道他回来就会杀掉我，所以我身边的人就劝我逃走。在韩原之战中，他的戎车陷入了泥沼，我却没有去救他，他必定要忌恨我。我之所以不救他，是我不愿意违背自己的内心，不愿意去救一个没有德行的人。可他又是我的国君，所以我就呼唤梁由靡去救他。他还是被秦国俘虏了，这是他的宿命，他的所做所行，应该受到秦国的惩罚，不然人世间还有什么公理？

他背叛了仁德和天道，毁弃了自己的诺言，远离了信义，把别人对他的恩惠视作理所当然。而秦国需要他援助的时候，他不仅没有报恩之心，而且要趁着秦国的灾祸攻打秦国，这是怎样的恶行？我从来没有见过这样忘恩负义的人，难道他不该得到惩罚？我为什么要去救这样的人？我若去救他，我就违背了自己的良知，那样我就不能理解自己，也不能顺应天意。但若不去救他，我又违背了一个大夫的忠诚，所以我让别人救他，这样我已经尽责了，也成全了自己的完整。

那一刻，我已经知道自己必将因这件事而遭祸，但我仍然这样做了。一个人不能因畏惧自己的死而放弃自己的本意，也不能因为自己可能的遭祸而背离天道。不然一个人活着又有什么意义？我不愿意逃走，尽管我可以逃走，别人也会理解我的逃走。看起来我的逃走是为了逃命，为了躲避死，可我不能接受这样的结果。因为我的逃走乃是我的灵魂的逃走，我的躲避乃是对自己的躲避，那意味着我不承认自己所做的事情是正当的，也不愿意面对自己所做的事情。

难道我不记得自己所做的一切了么？难道我不承认自己所做的事情了么？我有着清晰的记忆，我也承认我所做的，所以逃走的不是我的生命，而是我的灵魂，这样的逃走是多么可耻。那样我不就要成为国君那样的人么？我所做的就不再是正当的了，因为我的逃走就是说明我自己就不是一个有德行的人，可我却借了德行的名义来违背国君，这是多么虚伪的德行，这将让我如何面对自己。我不愿逃走，乃是不愿做一个我自己厌弃的人，我也不愿厌弃自己的灵魂，我愿意为了我的灵魂的纯净而赴死。

死并不是可怕的。人世间的所有事物都会面对死，死是一开始就注定了的。我们的出生就意味着将来要死去。所以我们从来到这个世界上开始，所做的一切都是对死亡的认识，对死亡的理解，我们所做的每一件事都和死亡相关。我既然认识了它，理解了它，又有什么可怕的？我所恐惧的不是别人，也不是死，而是我自己。我是一个怎样的人？我自己在内心里是怎样的形象？我从镜子里照见的自己和真实的自己有什么区别？我是自己么？或者我是不是还有另外的面目？

不，我是单一的，我迷恋自己的单一，我灵魂的单一。因为我有着这样的单一，我才变得丰富和具有意义。天神所创造的每一个人都应该是单一的，这样自己才能得以确认。一个不能被确认的自己是不能接受的。若我都不能接受自己，又怎样会被别人接受？那么你可能要面对痛苦的生活，这乃是要被别人所抛弃的生活，也是自己想要抛弃的生活。

我决心抛弃自己应该抛弃的，而留下不能抛弃的。我曾在野地里见过蛇的行迹，也在它经行的路上看见过它的蜕下的躯壳。这躯壳里的生命逃走了，留下了包裹着生命的衣裳。死亡不就是脱去自己华美的衣裳么？这有什么可惜？那躯壳里原本就是空洞的，只不过看起来有着什么。它由一个迅速逃窜的形象变为了真实的逃窜。它的生命就是为了逃窜，它终于逃窜到我们看不见的地方了。它到了哪里，我不知道，但我知道它真的逃窜了。因为它的一切就是为了逃窜，它因自己的死而获得了生的本意。

它将自己的意义逃走了，获得了永恒的意义。它留下了自己原本厌弃的东西，供我们观赏它的表面，表面的花纹、表面的形状，表面的一切不过是本该被抛弃的。这些原来我们认为是生活的样子，仅仅是一个空空的躯壳。它逃走的乃是最重要的东西，而抛弃的却是可以抛弃的。天神总是用其它形象说话，他借用了这个躯壳发出了启示，告诫生活的真义。

我也曾看见过夏天的蝉，它们在树上欢叫，不停地欢叫，它们是欢乐的使者，整天沉浸于毫无理由的欢乐中。可是它们为什么欢乐？它们从不追问欢乐的理由，也不会相信这欢乐有着另外的目的。仿佛自己欢乐仅仅是为了欢乐本身。它们永不厌倦自己的欢乐，却让我们十分厌倦。这样的欢乐来自它的本性，它只是出于本性而感到了欢乐，并不因为自己的命运而担忧。该到来的事情就会到来，有什么可以担忧的呢？

但我也看见了它们的死亡。它们即使在死亡到来的时候仍然在欢叫，因为它们不知道自己的死亡，也不知道死亡的含义。它们的死亡也是神奇的，就像蛇的死亡一样，它们留下了自己的外壳，悄然消失了。它们不知道自己的出生，也不知道自己的死亡，也不知道生来要做什么，更不知道将要到哪里去。它们啜饮着树叶上的露水，然后不断地欢叫，直到最后的一刻。这样的死，还有什么恐惧？

我从这蝉蜕中看见了它们的生，看见了飞翔和鸣叫，看见了从不止息的快乐。它们的声音仍然存在于遗忘在地上的躯壳里，只是表面看起来，这些躯壳转向了沉默。可是这沉默里仍然存在着更大的欢叫，因为死亡将这欢叫带入了无限的寂静。难道这寂静不是另一种欢叫么？一切都是栩栩如生的样子，只是这空空的躯壳停在了那里。它的生命已经飞出了体外，飞向了不可知之处。它们的声音似乎听不见了，但是它们的欢乐依旧留在那里，留在了永恒的夏天。它们通过这样的方式，遗忘了过去，也遗忘了自己所留下的和所废弃的。

我的死不也是这样么？我坚守着自己，没有向死亡妥协，没有违背自己的德行，也没有忘记自己所应该做的。我将死去，我早已知道这件事，只是我将这样的事实藏了起来，暂时寄放在另一个地方。现在我将它取出来，重新审视它的样子。我看见了自己肉体的腐烂，在地下的腐烂，看见了遗忘的白骨。是的，我将成为白骨，那将是我遗留给土地的，也是我所废弃的，我已经将最珍贵的珍藏起来，并将它带到另一个我所不知道的地方去。

我的国君不知道这一点，他只知道仇杀，只知道自己的生活，却

古灵魂

不知道死亡。他是可怜的，他不为自己的可怜而惭愧和不安。尽管他是一个国君，我只是侍奉他的大臣，但我仍然比他更知道怎样生活，因为我知道死的意义。他乃是在一条窄路上行走，而我却知道如何行在宽阔的路上。我能够听见我的躯形里发出的欢叫，他听见的只有悲戚和担忧。我并不会感受到临死前的恐惧，也不觉得有什么悲伤。他杀掉我仅仅是拿走了我的形躯，而我的灵魂却到了另一个更加快乐的地方。他杀掉我，实际上是给自己背负了更加沉重的罪，也加重了他的可悲和不幸。

不过，他不会知道这一点，他知道的就是杀掉别人，以为这样就可以卸除私愤，以为这样就可以将自己的耻辱归于别人的耻辱，却不知道这耻辱是不会平息的。它将像大河里的波浪，一浪接着一浪冲向他的船，他将变得更加凶险，他的身子会不断摇晃，他的船也会因着波浪的冲击而颠覆。就要葬身深渊，却不知道自己已经走到了深渊的边缘。

我不会逃走，我不是曾经遇见的蛇，不是一个逃窜者的形象，即使我离开了自己的躯壳，只是我的灵魂抛弃了我的躯壳，但这躯壳也是完整的、从容的，拥有我的灵魂的形象。我的内心和我的形躯是一致的。我将扔掉我的形躯，一个质朴的、没有花纹的形躯，只是它的内部的、被包裹的德行和我的洁净的灵魂一起离开了，让这形躯里的人世温馨渐渐散尽。我不能成为死的奴隶，我要成为死的主人。我不惧怕死，所以我不会死在逃命的途中。我等待着死，是因为我乃是死的主人，国君要给我的，就是我所要的，他给我，我就拥有。

于是我现在已经忘记了时间，也忘记了等待。忘记这一切是多么困难，曾经认为不可能的事情，在面对死亡的时候，一切竟然发生了。太阳就要落山了，地上将变得昏暗。我将开始忘记白日的一切。群星闪耀，或者月光明亮，但它们似乎不能同时发生，因为月亮的光将遮掩群星的光，或者月亮将隐匿，它就被忘记，群星就将自己的闪光显露出来了。这是哪一天？我不知道，也不需要知道。我原先知道，以后将不必知道了。

我似乎已经忘掉了人世，忘掉了我曾经经历的各种事情。我忘记了，我本不应记住它。我本应像蝉那样欢叫，却不必知道这欢乐的原由。可是我以前做不到，也不可能做到。我的身上好像长了翅膀，在遥远的地方飞。我同时看见四季的重峦，山林在不断变化着，看见它们的色彩和上空的云。它们失去了历法，并不按照以往的样子交替运行，而是一会儿长出了新叶，一会儿就大雪纷飞，盖住了一切。一会儿秋风卷起了无边的树叶，它们在空中飘舞，却永远不会落到地上。

地下的虫子忽然就会冒出头来，用呆滞的眼神看着我。它们没有表情，也不需要表情，所以更接近永恒。它们更多地保持着沉默，而有一些虫子却发出了叫声。它们和树枝上云集的乌鸦一起叫着，各种语言混杂在一起，以至于你根本听不见它们究竟在说什么。它们从来不让你听懂，也许它们用这样的方式告诉你，所有的话语并没有意义，说话的意义就在说话中，它并不涉及话语之外的事情。说话不是为了说明自己的理由，也不是为了说出内心的哀伤，而是为了说出与生俱来的欢乐。

它是生的欢乐，也是死的欢乐。石头和泉水是欢乐的，因为它们互相击打。草木和云影是欢乐的，因为它们互相遮盖。草木自身也

古灵魂

是欢乐的，因为它不断在风中摇动，并彼此呼应，发出好大的无边的声息。它们瑟瑟发抖，不是因为恐惧，而是因为欢乐。它们不断变化着，发芽、生长、枯黄，不是为了展示自己的过程，而是为了暗示自己的不变。痛苦能够消逝，但欢乐是不变的。我们所看见的，是为了知道那不可见的。我们所看见的事物里，没有笔直的东西，天神却用随处可见的曲线暗示笔直的存在。我们的内心都充满了痛苦，但天神却用让你不快乐的，来说明欢乐。

这样事物之间的界限就没有了，它原本就没有，只是我们觉得它存在。你的感觉是靠不住的，所以要连自己的感觉也要忘记。生和死也没有界限，或者说，生和死都是幻觉，是假象，它本是寻常发生的事情，是明灭之间看不清的东西。就像大雨中地上激起的泡沫，它们不断出现，又不断消失，可是它们真的有么？大雨过后，地上的水立即变得平静，却在风中掀起了一圈圈波纹，可是这波纹也真的有么？风停下来的时候，波纹也消失了，它照出了晴朗的天空，但这所照出来的天空真的是这样么？不，一会儿乌云又遮蔽了它。而这地上的雨水又要在烈日里干涸，它化作了汽，进入了我们的呼吸。我们又怎知自己的呼吸里已经包含着我们曾看见的一切？

我们看见的都在我们的生命里，可是这生命也将消失。既然是要消逝的，也可以说不曾有过。只有死是永不消逝的，所以只有死才是真实的。我难道要害怕真实的东西么？我一直害怕虚假的，我也厌恶这虚假，国君违背了自己的诺言，他用虚假代替真实，我是厌恶的。国君背弃了别人所施的恩德，是虚假的，他用虚假代替了回报，甚至还将这恩德转变为仇恨，我是厌恶的。我厌恶所有虚假的东西，我不

— 111 —

愿让自己的内心也充满虚假，所以我获得了国君的怨恨。所以国君必要杀掉我。而这样的死却是真实的，所以我欣然接受。

也许死后的日子，才是真实的日子，所以我要接受死，让自己变为真实的我。我虽然还活着，但已经沉浸于死的欢乐里。生的欢乐也是由于死才能够得到，而死的欢乐则因为濒临死而获得，它先于死，也高于生。它是深藏的，也是早已显现的，它是秘密的，也是每一个人都可看见的。你可以看见，在阔野上的草不是昨日的草，也不属于明天。今天的树叶也不是从前的树叶。所有的事物都在不断死去，也不断新生。生与死是互相包含着的，所以我的形躯里早已包含了死，它的存在意味着放弃。

我就是草，我就是树叶，我就是根须，我就是云和雾，我也是雨和雪，我是千山万壑和浩瀚的松声，也是奔流的河和每一个水面上涌起的波浪，也是河里所行的船和船的侧面升起的拱形的、七彩的虹。我是一切一切，我是昼与夜，是月和星，以及长夜里的等待和醒来时的重生。是啊，每一次从梦中醒来，不就是从死亡里重新看见了生么？死不过是一场睡眠，一场深沉的睡眠，或者说是一次真正的醒。我将看见另外的我不曾看见的景观，所以我对死充满了期待。或者说我不曾有过这样的期待，因为我不知道期待。谁在睡眠里有过期待？谁又知道你是怎样醒来的？

国君就要回来了，我既没有对他归来的期待，也没有想过他留在秦国，我甚至已经不再厌恶他了。我要忘记他，我已经忘记了他。我曾经对他的每一个表情都是熟悉的，现在我不认识他，也不记得他。因为我的所有记忆已经飞越了生活，从所有的口了上一掠而过。所以

古灵魂

我已经不必看清我下面的事情，也不必看清任何人的面孔。我也不必看见自己，因为我同样要忘掉自己，既忘掉生也忘掉死。因为我剩余的生命仅仅是我的灵魂飞越时的回眸，它已经是蝴蝶焚毁后的余影。

卷二百九十九

晋惠公

　　时间在飞逝，一切都在飞逝。我不知道自己在秦国过了多少天，也不知道做了多长时间的秦国囚徒，又在什么时候改换了住所，恢复了我的王侯生活。即使是秦穆公以王侯之礼相待，我依然是屈辱的。因为这样的生活不是我自己获取的，而是别人的恩赐。多少日子在煎熬中，每一天都很长，时间被拉长了，几乎要被拉断了。那种耻辱和绝望伴随着我。我在梦中不断说着梦话，我却不知道。

　　我说了些什么？我听不见，别人也听不见，但我似乎一直在梦中说着自己内心的秘密。但在醒来之后，这些秘密消失了，消失在了醒来所看见的所有景物里。我看见了自己被囚禁的狭窄的屋子，看见了旁边的人，却看不见自己。我没有镜子，我不知道自己的面容。我以为自己要死去了，可是我竟然活了下来，这必定来自一个我所不知的神奇天意。

　　我不喜欢神秘的东西，因为神秘的东西遥不可及，所以我会选择放弃。但神秘的天意分明在接近我，使我重获生的权利。我还是原来的我，我仍然是一个国君，我只知道这就是天意向我显示的。我在秦

古灵魂

国做囚徒的时候，就一直在想，是谁将我推下了深渊？我一次次回忆韩原之战的场景，我也该是真正的胜利者，但却被秦国俘虏了。也许如庆郑所说，我应该使用晋国的战马，但我却使用他国的小驷，就是不愿意听从他的话。我为什么要听从一个我所厌恶的人所说的？也许我应该仍然让庆郑为我驾车，可是我不愿意自己的身边有一个我所厌恶的人，我也不信任他。他也许会害我，故意将我引入歧途。

也许他不会这样做，但我不能让一个不信任的人在我的身边。这是两国的交战，是生与死的较量，我怎能任用对我不忠的人呢？事实证明就是这个人害了我。我的战车陷入了泥沼，我呼救的时候，他就在离我不远的地方。他看见了我，却装作什么都没看见。我呼喊他，他却斥责我，说，不听从占卜，也不听别人的进谏，就会落得这样的下场。这是多么可恶。这个人从来就不知道敬畏国君，我能和这样的人一起与敌人交战么？

一个不懂得敬畏的人，他的心中就没有国君的位置，国君所下的命令，他怎会听从？每一个人都不听从国君的话，国君还是国君么？他不但不救我，竟然还斥责我，这样的人还是我的大臣么？尽管他呼来了梁由靡前来救我，但已经延误了时间。而且梁由靡已经就要追上秦穆公了，就要捉住他了，可是他因为要救我而放弃了追击。要是他捉住了秦穆公，那么一切都要颠倒了，我将杀掉秦穆公，并将秦国并入晋国。至少我将把更多的土地归于晋国。那该多么好啊。

我的屈辱的结果都是由庆郑而引发。没有这个人，命运将是另一个样子。我曾经想过很多事情，每一件事情都是上天的安排，也许我就必须遇到这样的人。我许诺了秦国的河西五城，是为了自己做晋国的国君，可是我一旦成为国君，又怎能将先君的土地送给别人？秦国就不应该相信我的承诺，他们相信了就是他们的愚蠢。可是我还要为别人的愚蠢负责么？别人的愚蠢是别人的，而我不能违背自己作为一个国君的本意。一个流落异乡的公子和一个国君不是一回事，我答应别人的事情，乃是我作为流浪者的许诺，我毁弃了这许诺，乃是一个国君的决定。

实际上，身份的不同，就会有不同的想法，也有不同的责任。从前的我不是现在的我，以前所说的也不是现在所想的。所以从前和现在，我都不是同一个人。当然我在秦国做囚徒的时候，又是另一个人。我所想的乃是一个囚徒如何不被杀死，然后是怎样获得自由。我乃是在期待中煎熬。可是那样的期待曾是多么渺茫。我曾绝望和焦虑，内心里的痛苦难以名状。那时我只能期盼天神来救我。可是，我陷入了泥沼的时候，我的大臣都不来救我，天神又怎会救我呢？

现在我回到了晋国，我重新做了国君。我所要做的第一件事情，就是诛杀庆郑。我要不杀掉他，一个国君的权威就会丧失殆尽。我杀过许多人，但若不能杀掉自己的仇人，还是一个国君么？别人将会耻笑我的无能。我的屈辱来自这个人。我的战车陷入泥沼的时候，敌人就要围过来了，我第一次向我的大臣投去哀求的眼神，可是这个大臣却不愿救我。我哀求我的大臣已经是一种屈辱了，我的哀求使我失去了国君的尊严，但这竟然是无用的。我又做了秦国的俘虏，这让我蒙受更大的屈辱。

屈辱不是来自战败，而是来自屈辱。一个屈辱来自另一个屈辱。每一件事情的滋生都是来自这件事情的种子，就像农夫所种的谷子，它的种子来自往年的谷子。只要是一个屈辱开始了，就会滋生一连串的屈辱。我先是哀求我的大臣，后来又哀求秦国的国君，然后又哀求天神，最后我就哀求自己。这是最后的结局，我已经没有可哀求的了，因为哀求自己的时候，就是哀求绝望本身。可是绝望已经是最后的了，还有绝望中的绝望么？

所以我先要杀掉这个屈辱的开始，杀死这绝望的种子，让这种子死在干枯的石头上。我是畏惧死的，我想每一个人都畏惧死。我要让庆郑在恐惧中死去。在我回来之后，我看见了他。我没有和他说话，我怎会与一个就要死去的人说话？或者说，在我的眼里，他已经不是一个活着的人了，他已经死去了。我看见的仅仅是一个死者的残影。一个已经消失了的人，他之所以还在我的眼前出现，是因为他要看见他所恐惧的面孔。我不能让一个死者恐惧，但会让一个将死者浑身颤抖。我已经从他的眼睛里，看见了他的枯骨，看见了野草覆盖的坟茔，看见了一个在恐惧中发抖的灵魂。

我在他的面前摆弄着我的剑，让剑的寒光鄙视他。让他的眼睛看见这剑的时候，就看见了自己的灵火在暗夜闪光，在暗夜的坟头游荡。让他从我的剑上看见自己的死。死的面影已经刻在这剑上了，他一定认识这面影。因为我的剑上刻着杀人的字，这字已经足够恐怖了。如果他的面容叠加在这字迹上，那就更加恐怖，因为这字已经和他的死联系在一起了。

刻在剑上的文字是可怕的，因为文字是不朽的，它可以把死放在里面，因为死也是不朽的。这文字已经是对人的诅咒了，它的光冰冷、阴沉，将死的气息灌注到将死者的身形里，让它毁灭于文字，又从这文字里逃离。文字也从死亡中获得自己的生命。这符合它的创造者的心意。因为它能够从生者那里抽取血汁，转化为自己的活力。它刻在剑上，就是为了借助剑的锋刃，将毁灭加于某个具体的人。

庆郑已经看见了这个毁灭的结局，他也感受到了即将面对的是什么。他眯着眼睛，显然被我的剑的寒光照得眩晕了。他就要进入他的无限的梦境，这梦境将一个连着一个，直到堕入无限的黑暗。因为这梦境太长了，他没有能力穿越。然而我的剑却能够穿越，从他的梦的开始到结束，把他送到一个永远逃不出的洞穴里。其实，剑上的文字已经告诉他一切了，只是他还不会相信，因为这文字有着噩梦般的悬疑和魅惑。

黑暗无法阅读文字，但是文字却能够在黑暗里发光，就像遥远的残月，将幽暗的光投向人间。文字也能穿透人，并把人的气息带到黑暗里。剑上的文字尤其如此，它里面已经收取了无数的呻吟和哭喊，收集了无数疼痛和恐惧。它沾染了血，将人提升到高于人的地方，并将这文字盖住人的尸骨。人却从中找到了死亡的途径，找到了自己早已渴望的东西，他会在短暂的恐惧中解脱，从而完成对这文字的阅读。

庆郑也许看不见我剑上的字，它是一个咒语，一个深奥的咒语。它可能是指向这剑下的死者和将死者。可是什么样的文字不是咒语呢？文字是神所创造，所以它被赋予了特权。所以它本身就是神灵，是神灵所创造的新的神灵。这文字实际上写在了所有的事物上，它无处不在。太阳和月亮是文字，变化无常的云是文字，飘散的烟雾中也包含着文字的形象。夜晚的星辰组合成了各种神奇的文字，我们难以识读的文字。每一棵树的形状里拥有文字，它的树叶上有着清晰的叶脉，它有着文字。野草的摇动中展现着文字，老虎身上的花纹、蛇身上的花纹、麋鹿身上的斑点以及地底冒出的虫子身上的忽隐忽亮的图案，都是神秘的文字。飞翔中的蝴蝶的翅膀上也拥有各种不同的图案，都是文字。山峦的形象、河流的形象……万物的象形，文字都在其中。

世界是由各种文字组成的，它说出了各自的理由和内心的秘密，我们却不知道。每一个人的脸也有不同的纹脉，有着不同的皱纹，同样写满了文字。既然那么多的文字，让我们感到迷惑不解，那么从文字的本性上说，它们都是咒语。这些咒语已经包含了事物最初和最后的结果，但我们仍然不知道它究竟在说什么。

我面对着庆郑，虽然知道他将要死去，但仍然要用剑来照耀他。让他醒悟，并获得醒悟的痛苦。我把剑拿在手上，反复观赏这剑上的装饰纹，上面的瑞兽，但这瑞兽也是凶狠的，它有着文字的表情，有着圆睁的眼睛，有着绝望的面相。我看着这剑，也用余光窥视着庆郑的脸上的反应。他看起来似乎是镇定的，但这样的表情不过是他掩盖内心的装饰物。他显然害怕了，他在我的剑的寒光里经受着恐惧的折磨。

我不和他说一句话，我已经不需要和他说话了，对一个死者说什么呢？他已经是一个死者，站在我面前的是一具死尸。很快我就要扼住他的呼吸。我要亲自杀掉这个仇人。不，我不能让他的血污了我的剑。我的剑不是为了杀死他，而是为了鄙视他，为了使他颤抖。我要看见他哀求我，然后再杀死他。我曾在绝望的时候哀求过他，被他拒绝了。现在我要让他哀求我，然后我不是用语言，而是用沉默的剑拒绝他。

我摆弄着自己的剑。欣赏着剑上所刻的神秘的文字，由于角度的变化，剑的寒光也在明暗中变化。这些字晃动着，就像水面上的倒影。在这晃动中，仿佛有着无数的波纹，推动这文字的倒影，看起来这倒影也是无穷的，倒影中包含着倒影，又包含着另一个倒影。它已经包含了我的面前这个仇者的面影，它已经转化为这上面的文字，成为对这个人的新的诅咒，让他的灵魂也不得安宁。我看见这个面影向后仰去，跌倒了，然后碎裂，然后连碎片也没有了。他彻底消失了，消逝在文字的后面，不，是消逝在这神奇的文字所发出的光芒里。

古灵魂

卷三百

虢射

我清晨起来开始舞剑，直到大汗淋漓。晨风把日头吹起，它在离开远山不远的地方，似乎停留住了。它一动不动，将发红的光撒到每一个地方。我曾无意抬起头来，看见它发出的第一缕光。它从两座山头的凹陷里露出一个发亮的红斑，然后一点点扩大，出现了一道弧形的边缘，上面的一条横着的云，紧紧地压着它，就像一块灰色的石板，既不沉重也不轻飘，只是压着它的红边，不让它出现得太快。

它一开始是缓慢的，一点点露头，当多半个太阳呈现之后，它就迅速冲决了那上面的灰石，离开了山的束缚，越到了云上。我很快就感到了一股来自它的温热，我的剑上辉映着它的红光，我挥舞着剑，不断看见剑锋上的光越来越强烈了，以至于我所看见的剑，只是一团团闪光。我挥舞的似乎是一道道光，这光伴随着风声，发出了呼呼声。我头顶掉下的汗珠，被它削成了碎片，散发到了空中。

我坐在树下的一块石头上，喘着气，呼吸着这新一天的空气。这空气里有着草叶和野花放出的馨香，也有事物腐烂的气息，它们混杂在了一起，但却新鲜而舒适。这是多么美好的一天，新的一天总是美好的。回想那么多的日子都丢在了秦国，韩原之战后，我跟随着国君做了秦国的俘虏，失去了自由的光景。每一天都是窒息的，我的手中没有剑，也没有我的长戟，一切已经被夺走，我什么都没有了。我的双手是空的，我的眼睛里也是空的，我从没有在秦国的土地上看见过日出，但每到黄昏的时候，却看见了日头沉没之后的黑暗。我知道天空是怎样一点点暗下来，并将这黑暗逐渐盖到我的身上。

现在我已经跟着国君回到了久别的晋国，回到了自己的家。当我远远望见晋国的都城，内心就感到了一阵阵激浪，它使我的呼吸急促，它给了我新的希望，我的步伐也加快了。深沉的夜，让我重回从前的时光。这里的星光是那么明亮，多少个日子，我没有见到这么大的星，这么耀眼的星。我坐在夜晚的星光里，一直望着这深邃的星空，第一次发现这星空是那么神奇，激起我多少想象。我们乃是生活在最低的地方，才会对遥远的、不可触及的光亮产生心驰神往的想象。我好像是熟悉自己的晋国的，但这一切却变得陌生了。我感到一切都是新的，我所看见的似乎都不是从前的样子了。

作为一个将军，战败是可耻的。我记得被秦军俘虏之后，我们都摘掉了战盔，褪去了铠甲，披散着头发，跟随国君走在前往秦国的路上。那时我的内心是疼痛的，我痛恨自己，甚至诅咒自己为什么没有战死，这样活着还不如痛快地死去。可是我还是做了秦军的俘虏。国君做了俘虏，我也跟着国君做了俘虏。我希望到了秦国就被杀掉，但是秦国的国君没有杀我，也没有杀掉国君。他们这样做更加可恨，因为他们不杀掉我，是为了羞辱我，让我羞耻地继续活下去。

渐渐地，我什么也不想了，一个囚徒还想什么呢？一个囚徒应

古灵魂

该失去了所有的权利，甚至连想什么的权利也不应该有了。我熬着日子，一天又一天，每一天从天亮开始，就等待着夜晚，因为对一个囚徒来说，睡觉是最好的时刻。睡觉和死亡几乎是没什么差别的，睡觉就是短暂的死亡，而死亡则是长久的睡眠。

我不能得到死亡，就期待着睡眠。在睡眠中，曾有一个个噩梦向我扑来，用它的利爪将我的梦境撕成了一个个碎片，以至于我在醒来的时候，怎么都难以将这些碎片重新拼接起来。我经常从梦中惊醒，摸着自己的头，竟然满头大汗。我什么时候变得这样虚弱？我不记得自己生来害怕过什么，但我却开始害怕做梦了。

毕竟熬过来了，我又跟随着国君回归了故土。这样我似乎获得了新生，从前的我不在了，现在我已经是一个新的我。现在想来，我们的战败也许是国君没有听从占卜，他固执地拒绝了天意。这样的结果也许就是应该的。也许任何事情的结果都是应该的，这个世界上没有不应该的事情，所以我们所遭遇的一切就应该接受。因为你拒绝接受也没有用，就像在秦国的时候一样，你有多少想法都没有用，因而只有期待夜晚的睡眠。

为了回到晋国，当初国君许诺割让的河西五城，已经真正归于秦国了。与其这样，当初为什么要毁弃诺言呢？唉，我当初也是支持国君这样做的，因为我同样不愿意将先君遗留的土地白白送给别人。不过我们还是送给了别人，面对惨痛的失败，我们还能怎么做呢？我们既然已经成为别人的囚徒，就不得不接受这样的羞耻了。土地和羞耻已经连在了一起，这土地上已经沾染了羞耻，就把这羞耻送给别人吧。

国君原本让郤乞代他说，要把国君的位置让给太子圉，可是他一旦回来，国君的位置仍然归于他。太子圉本来就要成为国君了，或者怀着做国君的期待，却被送往秦国做了人质，若晋国违背盟约，太子圉就要被杀死。公主妾也被送往秦国作为别人的侍妾。他们出生后的占卜都应验了，他们名字中的含义和他们的命运完全一致，人的命运从他出生时就被注定，这是多么可怕的事情——一个人不能从他的命运里脱身，就像国君的战车陷入了泥沼，一个人的前面，总是有这样的泥沼等待着。

　　国君失去了信义，也失去了土地，但谁想失去呢？我们原本什么都不想失去，但还是失去了。原本只想失去虚化的诺言，但连同实在的土地也没有了。这是一夜间的事情，一场激战后的结果。这样的结果不是让你思索的，而是让你接受的。可是我们毕竟又回来了，晋国少了一部分，但它仍然还是晋国。国君回来了，他仍然还是国君。似乎什么都没有变，但我仍然感到我面前的一切变得陌生了。

　　我坐在这块石头上休息，早上起来舞剑，竟然感到累了。以前我从没有感到疲累，也许在秦国的日子让我变老了？我竟然浑身冒汗，似乎变得虚弱不堪。我手中的剑也似乎老了，它也没有从前那么明亮、那么寒光逼人了。尽管我已经把上面的尘土擦拭干净，它仍然没有从前那么明亮、那么寒光闪闪了。我只有在太阳升起之后，才看见了往昔的一丝光芒。我所坐着的石头似乎比从前也缩小了，但仍然是沉重的、稳固的。我开始怀疑自己，是不是做了一次别人的囚徒，就已经被彻底击败了？

　　我看见一条变色龙在树上爬着，它一会儿走一走，一会儿又停了

古灵魂

下来。它的颜色是树皮的颜色。如果不仔细看，你几乎看不出它的存在。因为它的行走，你才发现它。它的样子是古怪的，有着长长的尾巴，尖尖的嘴，以及突出的双眼。它行走是因为它想这样做，它停住的理由也一样。它是自由的，因为它可以通过变化获得自由。变化就是让发现它的，觉得它是陌生的，怀疑它究竟是不是别的事物的一部分。所以它在熟悉的和陌生的之间游荡，就能够做它想做的事情。

我怀疑它就是我们传说中的龙，或者是缩小了的充满了变化的龙，是龙的化身。我却不会变化，我一直保持着自己的原形，所以我痛苦，我疲惫，我被击败，然后变得衰老。我拿起来的剑也变得软弱。变色龙发现了自己的猎物，就将自己嘴里的舌头吐出来，然后将猎物捕获。它得到食物太容易了，所以它没有忧虑。可是我得到了什么？我吐出了自己的舌头，却得到了耻辱。

我又看见地上的几个粪虫推着一个粪球在一点点向前走。世间什么事情都会有的，竟然有这样的虫子喜欢臭的东西。它们看起来是光滑的、漂亮的、干净的，却对粪球有着特殊的偏爱。它们就像几个穿着铠甲的武士，浑身黑亮，外壳看起来是坚硬的。它们的腿很短，甚至藏在了腹下，让你一下子看不见。它们很费力地推着大大的粪球，一点点移动。我不知道它们要把这粪球推到哪里去。这是固执己见的做法。它们竟然不知道自己所做的，是别人所不愿做的，谁喜欢做这样的事情呢？

也许一切都有自己的理由，只是在观看者眼中，它们的理由是荒谬的。但它们认为荒谬的却是自己所需的。就说庆郑吧，只喜欢他的仁德和天道，他就是这样的粪虫，推着一个大粪球，自己费尽了力气，却让自己身上裹满了臭气。他所说的不过是一些空洞的言辞，却要别人接受它。他用荒谬的言辞迷惑不了别人，自己却沉陷其中。

我不喜欢固执的人，固执的人做不了大事情，因为他看不见事情的真相，却只能看见自己心里所想的。他以为自己所想的就和所做的一样。他出言不逊，对国君毫无敬畏之心，国君没有采纳他的谏言，就心生怨意。国君的战车陷入泥淖时，却不予救助，让我们失去了战机。这样不仅没有捉住秦穆公，反而让国君成为秦军的俘虏。这样的人，和我眼前的粪虫有什么区别？他推着自己的粪球，也将自己推入了黑暗。他既然谈论天意，难道不知道不能违背天意么？他既然知道君臣之道，难道能在关键时刻抛弃国君么？

也许现在的结果不是本该有的结果。若是庆郑及时驾车跃出泥沼，也许国君不会被俘，也许我们就要反败为胜。也许庆郑乃是上天的安排，让他来毁掉晋国，那我们还有什么好说的呢？总之，国君回来要做的第一件事，就是将庆郑诛杀，不然以后就会有人效仿他。不然他作为国君还怎么能发号施令呢？如果每一个大臣都不听从国君的话，国君还有什么权威呢？若是如此，一个国家就毁灭了。就像树上的果子，它的毁灭来自内部的虫子，那些最早掉下来的果子，外表看起来光滑闪亮，但它的里面已经腐烂了。

我站起身来，想着这一天要做的事情。我的心里是茫然的，我竟然不知道自己究竟要做什么。那条树上的变色龙已经不知道到了哪里，我寻找着，却再也看不见它了。它也许停在哪一个地方，它的颜色也变成了另一种颜色，我已经找不到它了。我怎能捕捉到不断变化的事物呢？我的眼光从树干向上一点点扫去，直到无数细小的树

古灵魂

叶遮住了我的视线。我又看地上的粪虫，它们也不见了。它们行走得那么缓慢，而且推着一个巨大的粪球，应该走不了很远，可是也不见了。它们都好像有着绝妙的隐身术，忽然之间就不见了，就像飘逝的日子。

　　虚幻让人厌倦，我不喜欢这样的虚幻。我看见的和没有看见的，好像就是神话和传说。变色龙不是真实的，粪虫也不是真实的。真实好像已经远去了，但我又怎么抛弃这虚幻？我分明真切地看见了变色龙和粪虫，看见了大大的粪球在微小的力的推动中一点点移动，可是它们都那么快就消失不见。我将自己的剑收入了剑匣，太阳已经离开山头很远了，它越来越明亮了。我感受着这阳光的温暖，迟迟不想回到屋子里。这个世界上有着无数值得留恋的东西，阳光的温暖就是其中的一样。树上的叶子刚刚长出来，它们还显得很小，但这个时候它们是最鲜亮的，仿佛自己就会发光。

卷三百零一

卜偃

晋惠公回来了，他还没有站稳脚跟，就先把庆郑杀掉了。这不是一个好兆头。他的仇怨之心太重了，即使经历了囚徒生涯，也没有将他的心胸放大。唉，晋国虽然还在，他仍然是国君，但繁茂的草木已经衰败了。我在暗夜观察星象，属于晋国的那颗亮星已经倾向西南了。它已经被几颗星缠绕，看来晋国将陷入困境，而秦国将要兴起。

我听说，国君听到人们议论，想让重耳回来做国君，就要再次派人谋害重耳。我暗中占卜，发现重耳已经逃到了东方，而且有回转的征兆，也就是说，重耳可能用不了多久就真的会回来成为国君，而晋惠公的命数就要到了。可是这样的占卜不能对任何人说起，不然我也会和庆郑一样，遭遇杀身之祸。我已经老了，希望自己在缄默中获得安宁。

一个国君成为别人的囚徒，这已经是奇耻大辱了，被释放回来却先把自己的大臣诛杀，就犯了治国大忌。因为战败而民心散落，本应安抚民众，振兴国家，却先要发泄私愤，这必然会让民众议论。可是作为国君却不改自己的本性，仍然任性放纵，不考虑国运，让人怀念

古灵魂

公子重耳就十分正常了。他又要派人寻找重耳的踪迹，并施展谋杀的手段，这就尤其要激起民众的愤恨了。

我想，国君虽然回到了自己的国家，但他的心并不安定。他既忧虑民众之心思变，也忧虑重耳归来。他在秦国待了那么久，已经不放心身边的任何人了。他诛杀庆郑，不仅仅是痛恨庆郑，也用杀戮来让更多的大臣恐惧。然而，庆郑并没有恐惧，他没有为了活命而逃走。他是可以逃走的，他已经知道了自己的必死，却仍然在镇定中等待。他以自己的死让别人看见了对死的无畏。我听说他临死的时候，国君曾问他是不是感到后悔？他说，生与死都是天定的，所以无所谓生与死，也无所谓后悔，我只是做了我想做的事，我没有违背自己，这应该让我感到欣慰。

对一个并不畏惧死的人，杀死他有什么意义？杀戮是为了震慑，为了让人恐惧，但你杀死的却并不害怕这一切，那么杀戮就成为纯粹的杀戮，它的血腥反而给杀戮者以羞耻。而对于被杀者却是一种等待中的解脱，他等到了要等待的，获得了自己所需的结果。如果等待者一直等待，那对他将是一种可怕的折磨。

不过在我看来，这一切都是早已发生了的事情，它不是现在才看见，而是早已摆放到那里的，只是等到现在才得以在眼前显露。事情看起来是一件接着一件，实际上它们仅仅是早已堆放在地上的一块块石头，它们就在那里，它们原本就在那里。我的眼中没有时间，没有流逝的事物。时间仅仅是人的幻觉。比如说一个人渐渐变老了，实际上是一连串的我，从生到死的一连串影子。它是由同一个我来投射，只是外面的太阳将这影子拉长又缩短，然后太阳沉没了，影子也就消失了。

从这个意义上说，死后的人仍然存在，只是他的影子消失了，但他仍然在那里，只是他已经站在了黑暗里。所以人们惧怕死，不是惧怕自己的消失，而是惧怕黑暗，因为这黑暗熄灭了光，熄灭了自己的影子。庆郑已经到这黑暗中去了，每一个人都将到这黑暗里。可是太阳还要升起，死去的人就要在黑暗里等待。实际上这和我们每一天的睡眠相似，死只不过是对生的景象的重现。它是另一种白日和夜晚，另一种日出和日落，另一种醒和睡，这是灵魂的节奏，是生命的轮替，是影子和无影的生活的转换。你既要看见你看见了的生活，也要看见你不曾看见的生活。谁曾看见过自己的睡眠？你要想好了这一点，所有的事情还有什么可怕的？

我一生所做的，就是试图看见还没有发生的事情。这些事情都隐藏在时间深处。我要把它们从黑暗里挖出来，放到自己的眼前，放在有光亮的地方。但这些东西都是天神埋藏起来的，我就等于一个盗掘者，将天神的宝藏盗取出来，并告诉别人。这是非法的，它违背了天神的意志。也许出于天神的宽容，他容许我从中拿出其中的一点点，而不是全部。尽管我知道很多，但我不会都说出来，我只说其中最关键的部分。我要是说出太多，就会遭到惩罚。所以我越是知道得多，就越是感到恐慌。

我所拥有的权力是无形的，因为我的权力不属于人间。我的权力来自天神，来自天神的恩赐。因而，我不会贪图人间的一切财富。我所得到的已经足够多了。只是我所看见的，让我感到忧虑，为我所在的晋国忧虑。人们不遵循天神的启示，也不会顺从天意，所以我为他们日夜担忧。而且我也日渐衰老，我的衰老我早已看见了。我不是从镜子里看见的，而是在时间里看见的。

实际上，天神创造万物都是为了用万物说出天神自己的话，是的，他没有声音，但万物包含了声音。他没有文字，但万物都是文字。他借助万物说话，是为了让世人倾听和理解。更多的时候，人不知道这万物的意义所在。早晨的鸟鸣是神在说话，我们仅仅知道这鸟鸣是悦耳的，却不知道它们在说些什么。抬头所见的云形在说话，我们也仅仅看见了这云形的美丽变化，却不知道它为什么变化。飞过夜晚的蝙蝠在说话，它从我们的头顶一掠而过，我们以为它仅仅是为了自己的捕食才这样飞翔的。燕子在秋天归去，又在春天归来，我们只知道它告诉我们季节的变化，却不知道其中还有更丰富的寓意。人们也不愿耗费心力去猜测它。人是懒惰的，所以就会在迷惘里虚度时光。

门前突然滋生的野草也在说话，我们很少弯下身来注视它。每一阵风吹过，它都在向我们摇动，想说出它存在的理由，可是我们却从它的面前昂首走了过去，甚至我们的脚从它的身上踩了过去，它的疼痛不是来自我们脚的踩踏，而是来自我们不经意的心。树上掉下的果子也在说话，但我们以为这不过是偶然发生的，那么多果子，总会有几个掉下来。有时候人们会将它捡起来，但仅仅当作可以食用的果子，而不是说话的果子。

若是一只虫子爬到了你的脚下，它绝不是无意的，而是想告诉你什么。可是你不会相信它，也不会在意它。你觉得一条微小的虫子能说出什么呢？要知道，它不是自己在说话，而是天神遣使它来到了你的面前。你看见了这只虫子，却看不见它背后站着的神。你傲慢地瞥了它一眼，却不知你已经藐视了神，那么你怎么会不受到惩罚呢？

人们是愚昧的，只相信龟甲和蓍草的占卜，只相信星象的占卜，却不知道所有的预见包含在万物之中。这预见不是真正的预见，在神灵看来，你的预见已经是摆在那里的事实，但你却不知道。你要想知道，就必须听懂神灵的语言。龟甲不过是事物中的一个，蓍草也是万物的一种，星象仅仅是天上的灯组成的图案。它们能告诉你的，别的事物也能告诉你。

你坐在河边的石头上，河流的声音能够告诉你。每一条河流的流水声都不一样，每一个时刻的流水声也不一样，它们的变化，已经预示了你的变化，告诉你未来的趋势，你就可以推演出自己所做事情的结果。你坐着的石头也不一样，你为什么选择这块石头并坐在这里？你不知道自己之所以选择的根由，但这选择已经在告诉你什么了。也许这块石头是平整的，它适合你坐在这里，你就坐下了。你却不知它就是神灵向你发出了邀请，不是让你坐得舒适，而是让你看见你想看见的。可你并不在意四周的一切。你擦去石头上的灰尘，实际上已经擦去了你要倾听的语言，神灵的语言也在这灰尘里。

人们忽视的事物太多了。但是我必须留心神的语言，我要凭藉自己的理解，向世人泄露一些深奥的秘密。因而我的权力远比国君更大。一个国君仅仅迷恋世俗的权力，想着如何支配别人，想着如何获得更多，而我早已走在了他们的前面，知道了他们究竟能不能获得这些东西。我通过占卜试图拨开他们的眼前的迷雾，但他们不会听从我说的话。因为执着于内心的顽念，他们就放弃了自己的希望。

古灵魂

国君的权力归于国君，我的权力却归于神。国君只能决定自己的现在，而我却只是用我的眼睛看见他的将来。我说出，他不一定会听从，我不说，他必定陷入迷茫。他像瞎子一样在黑暗里摸索，就是找不到路。我可以通过神灵的启迪给他以光，尽管这光是微弱的，他要仔细观看，就不会在黑暗里迷失。所以，我的权力远在国君的权力之上，因为我所站立的位置在他的上方。我乃是坐在云端，而国君静静坐在地上的宝座上。我所触及的，他甚至难以看见，而他所要夺取的，却是我所不需要的。

　　所以在人世间，我是孤独的。我的周围好像有很多人，但真正陪伴我的，却是天上的神灵。很多时候我也想和人们沟通，但他们既不理解我也不知道我所说的话，我只能用他们能够听懂的话告诉他们一些即将发生的事情，这也是他们最感兴趣的。我并不是热爱孤独，而是我看见了真正的人世的荒野，看见了无所依赖的迷茫中的人，我既同情和怜悯他们，却又对他们的困境无可奈何。我的孤独是站在高处的孤独，就像一个人站在荒凉的山头上，看着山脚下的卑微的人们，你既不能让他们听清你说的话，又不能真正干涉他们的生活，他们只有在自己的决定中盲目寻找。

　　我是孤独的，就像一个人置身沙漠。可是我只有在这沙漠里行走，它没有路，但我所走的地方就是路，所以它又到处都是路。我不需要选择，也免除了选择的痛苦。但我并不寂寞，因为我倾听和阅读天神的话，这些话无处不在。我在每一个地方都能够听见和看见。在山林里，野兽会绕开我，因为它知道我听懂了它的咆哮。在山崖下，我看着石头的裂缝入迷，因为那里面含着天神的奥义。我在沙土上写字，我随着自己的心去写，但我却发现我所写的，并不容易识读，它仍然需要我向神灵问卜。

可是我生活在晋国，又掌管着晋国的卜筮事务，所以我又为晋国的事情担忧。我看见了一切，所以我自知担忧是无用的，可是这无用的担忧却是我生活的一部分。因为这样的担忧，我的孤独似乎减少了，可我却永远不能变得快乐。对我来说，快乐是奢侈的。我满眼都是悲伤，又怎能有快乐？我的眼中能看见那么多，却因为看见的缘故而显露出无边的忧郁。我更担忧的是人间的杀戮，我不喜欢杀戮，可是我却不能阻止，因而就更加忧郁和悲伤。有人问我为什么不会微笑，我的回答是，人间的事情都令人担忧，因而没有值得我微笑的事情。因为微笑是短暂的，接下来的事情却让你哀伤。既然我已经看见了以后的哀伤，我的微笑也就没有了。

晋国需要一个新的国君，需要一个新的开始。我从天上的星辰里看见了这个新的国君，也看见了一个新的晋国。但仍需要等待。一棵树需要长出新叶，秋天的谷子需要收割，储藏这收割的粮食，还要在春天播下新种。万物都是在轮回中，在生与死中交替运行，不然就会枯萎。晋国若要繁荣，就要循着天神的启示，从万物的节律中拨开丛林里的路。现在，我就坐在河边的石头上，倾听河水的流淌，观察着新草的生长，看着河水中映照出的天空和云影，以及两岸的树影，河里还有游鱼在随心所欲地游动或者停留。我的心里充满了光，我在这光中看见了一个个未来的幻象，但这幻象都是真实的。只因它将出现在将来，在现在看起来还有点儿虚无，但它将变得一点点清晰起来。

我已经看见了未来。这未来已经在我的心里了。我看见了未来的四季，有兴盛，有衰落，有繁荣，也有枯萎，有新生的，也有坠落的。在整个时间里，每一件事情都漂浮在波浪上，一会儿沉入了低谷，一会儿又推向了高潮。对于人世间的每一个人来说，都充满了期待，他们的目光也随着这波涛翻滚而起伏不定。新的不一定就很好，但新的毕竟是我们所期盼的。人们都仰望着，期盼着，等待着，都在一个个将要幻灭的希望里沉湎。我看着他们焦急的样子，无限的怜悯，无限的恻隐之心，无限的悲哀，在我内心的光亮里，呈现出一个个暗淡的斑点，就像突然越出草丛的兽身上的斑点，这斑点以凶猛和速度，以敏捷和力量，以一个漂亮的不清晰的身形，从我的眼前一跃而过。

卷三百零二

太子圉

　　一夜醒来，发现外面的世界已经是另一个样子。昨夜睡得很好，来到了屋外，才醒悟到已经在秦国了。父君已经答应我做国君，可是他还是回到了晋国，却把我送到了秦国做了人质。我知道父君的话经常会改变，他说过的话很快就会反悔。我曾为自己能够做国君而感到狂喜，但发现这仅仅是一个梦，一个让我欢喜的梦，实际上紧紧相连的却是另一个梦，那就是噩梦。我已经堕入这噩梦里了，且不知这噩梦的尽头在哪里。噩梦不仅给你带来现时的惊恐，还要昭示未来。我不惧怕暂时的惊恐，因为一旦醒来，它将消散不见。我害怕未来，因为未来乃是未知。因而噩梦中坏的昭示让我万分恐惧。也许我就要在秦国住下去了，但这是多么陌生的日子，我不喜欢这陌生的日子。

　　我还年龄不大，我喜欢熟悉的地方，每一个地方都可以找到，我想到哪里去就到哪里去，那样我既是自由的，也是快乐的。可是我成为秦国的人质，我的父君一旦再次违背诺言，我就可能被杀掉。我生活在危险之中。我将在心惊胆战中度过将来的一个个日子。据说我出生之后，曾经让人占卜，结果是我将成为别人的大臣，而我的妹妹则

古灵魂

将成为别人的侍妾。也许这就是我没有成为晋国国君的原因。现在，我真的成为别人的大臣，我的妹妹也成了秦国的侍妾。

尽管秦国的国君对我以礼相待，但我仍然感到了屈辱。我乃是因晋国战败而得了这样的结局，是因我的父君背弃了诚信而得了这样的结局。我不仅背负着自己的屈辱，也背负了父君的屈辱。为了让我的心安定，秦穆公将他的女儿嫁给我，可是我仍然不会因此而快乐。因为我的屈辱太沉重了，一个女人怎能卸去我身上的重负？

在秦国的每一天都是痛苦的，尽管我的夫人安慰我，可我无法接受这样的安慰。在白天，我不论走到哪里，都有人跟随着我，实际上他们在监视我，害怕我逃走。我的身后有着他人的目光，我被这目光穿透，已经失去了自己的秘密。我经常坐在郊外的草地上，尽量忘掉那些监视我的人。可是他们的影子依然落在我的心里，遮住了我的光。我就像被一条毒蛇缠绕，它的力量太大了，我怎么也挣不脱。

即使我逃回了晋国，又能做什么呢？我的父君仍然坐在那里，他会把我重新送回秦国。在他的眼中，他的位置远比我重要，我仅仅是他座位下面的木头，我要在秦国，他就能坐得安稳。对于秦穆公来说也是这样，只要我在他的目光里，他就知道晋国不敢背弃所定的盟约，他的邻居安宁，他就是安宁的。他已经得到了河西五城，得到了他想得到的。而我却被他的双手牢牢抓住，就像老鹰利爪里抓紧的兔子。

我的夫人嬴总是在我的身边，我问她，你也是监视我的么？她说，不，我嫁给了你，就属于你，怎么可能监视你呢？我只是觉得你来到秦国，这里也没有你的亲人，你是孤单的，需要一个人来陪伴。

我说，我还不习惯这样的生活，但迟早会习惯的。秦国是美丽的，尤其是雍城，这里环绕着河水，在深沉的夜晚，睡在屋子里就可以听见隐约的水声。我喜欢这水声，也喜欢在河边看水上的帆影。

她说，我的父君并不怕你逃走，因为你的父君也不愿你回到他的身边。你想吧，他已经答应把国君的位置让给你，可并没有变为现实。你要回去了，他也不会安宁。我问，为什么？我从没想过这样的事情。她说，你其实是清楚的，因为你总是惶恐不安的样子，说明你的内心在忧虑着什么。你想回去，是因为你太想做国君了，可是一个国君怎会容忍另一个想做国君的人站在他的身边？这样他的梦就会被干扰，因为另一个国君总是在他的梦中。

我说，我是他的儿子，从前我就一直在他的身边，现在和过去有什么不同呢？她说，现在不一样了，因为你的父君已经让人宣读了他的诏书，每一个人都知道他要择日让你做晋国的国君了。可是他改变了主意。也许他这样做原本就是为了试探国人的反应，他并不愿意让任何人坐在他的座位上。他曾是秦国的俘虏，他的耻辱不愿让任何人谈论，也不愿让任何人想起他曾说过的话。他本就在国人的心中没有信义，要是你在他的身边，国人就会因为看到你而想起他做的事和说过的话。从前你在他的身边，是因为他不曾答应你继位，现在他答应过你却没有让你如愿以偿，这就不一样了。不是他不想见到你，而是他不愿让别人看见你。若是你在他的身边，别人就会看见另一个国君的影子。

我说，你也许是对的，我的确想做一个国君，但我却成了秦国的人质。这就是命运？我不知道。我生下来的时候，曾有人为我占卜，说我将成为别人的大臣，所以为我取了这个古怪的名字。这个字是一个被围起来的形象，还有外力控制着，我就在这中间。难道我就因为出生后的一次占卜，因为一个名字，就做不了国君？我为此十分苦闷。我想挣脱这个束缚，挣脱我的名字，挣脱这个不祥的占卜，可是我却来到了这里。

她说，既然你知道这是自己的命运，就接受它。实际上你已经接受了，却为这样的接受感到痛苦。你还年轻，需要等待。若是属于你，就会等到机会。若要不属于你，等待中仍有希望，这希望就是你接受命运的理由。一个人的名字只是让别人呼唤的，它束缚不了你。你要做了国君，你的名字就没有用了，因为国君将成为你新的名字。所以这名字只是说出你的一段生活，不是让你在自己的名字里彷徨和迷惘。一个人怎么会永远被困在围墙里呢？即使是放牧中的羊群，也是在夜晚才被围在栅栏里，到了天亮，自有放牧者将它们放到外面的草地上。何况你在秦国是自由的，没有人担心你逃走。

我说，我承认，我想逃走，可你已经猜到了，我无处可逃。我的内心有两个人在搏斗，但谁也战胜不了谁。一个人想逃走，另一个人不让他逃走，他们的搏斗让我感到烦恼和痛苦。我不能阻止他们的搏斗，因为他们是同一个我。我逃走并不是仅仅为了逃走，而是想做一个国君。但我即使逃走也做不了国君，那么逃走又有什么意义？我逃走是为了获取，若是我得不到，就只有接受这命运了。现在我也有所获，那就是得到了你。

我看着嬴的脸，竟然发现自己没有仔细地看过她。她的眼睛是生动的，也许是我的话感染了她，这眼睛里竟然充盈着泪水，透过这泪水，她的瞳孔是那么明亮。她的眉毛没有多么浓密，却有着淡淡的神采，眉梢有一点轻轻翘起，似乎要飞起来的样子，可是却最终落在了眼角之上，仿佛对什么东西有着深深的留恋。她的鼻梁挺拔，嘴角有一点微笑的意思，但这微笑不是真正的微笑，乃是生来就带着的微笑的表情，原初的、没有装饰的表情。一切都是她本来的样子，我却从来没有认真地看过她。

她说，我听到你说出的话，非常感动，我就是希望你珍惜我，喜欢我，现在我听见了你的心跳。可我知道自己仅仅是你的陪伴者，我陪伴你度过在秦国的时光，让你感到这时光是美好的。我不愿意让你烦恼，可我却不知怎样做才能使你高兴。你的想法我是知道的，但我却不能帮助你。我嫁给了你，帮助你就是我应该做的。你需要什么，就告诉我，如果我做不到，就求助于我的父君。

我为她擦去眼泪，抚摸着她的脸。她是真诚的，她和我说的都是心里话。她日夜陪伴着我，但她不仅仅是一个陪伴者。她理解我，知道我心里所想的。她正在将她的爱一点点给我，我已经感到了从她的身上传递给我的温馨。这是爱的陪伴，我突然发现，我不仅仅是渴望国君的权力，我还渴望爱。从很小的时候起，我获得了太少的爱，从前仅有的一点爱，是母亲给我的。现在我从又一个女人那里找到了久已陌生了的爱。

忽然间，我觉得自己不那么孤单了，我的身边有着我所需要的。一个需要可以冲淡对另一个需要的渴求。一种奇妙的生活从她的身上涌现，我看到了喷涌的泉，看到了滋润的雨水，看到了日出，也看到自己忽然从土地里冒出来，长出了叶片。我的根部有一种推着我生长

古灵魂

的力量，我的血液在奔腾。我的山顶升起了云烟，它开始扩散、蔓延、飞扬，微风在上空飘动，树木在摇动，发出了浩瀚的呼声。瀑布飞驰而下，它从山顶的石头之间，草木之间，一跃而出。石头用沉默储存的思想，草木用叶脉描绘的图像，都被这飞溅的激流激活了，它们随着这激情喧嚣着，跳跃着，在雾气中若隐若现。我的心就在这迸溅的每一滴水里，我在飞跃，我在奔跑，我在欢叫……

是啊，我还有什么要说的呢？我已经逃脱了，我不是逃出了秦国，而是逃离了困住我的名字，逃离了我的命运。天神原来为我设想的，都改变了。天神因为我身边的这个女人，改变了主意。或者说，我原本苦涩的命运中融入了甘甜，融入了另外的东西，它的味道变了。我所想的，离我原来的越发远了。我未曾想过的，却到了我的跟前。它让我不再为逝去的忧愁，却为了获得的而欢欣。

我从这张美丽的脸上，看见了青春和激情，看见我的渴望，也看见我自己。我需要她。我从来没有像现在这样需要一个人，一个女人。我一直想，我拥有了君王的宝座，我就拥有了一切，可是我想要的一切，现在似乎已经拥有了。我的内心的搏斗停止了，我内心的两个搏斗者放下了刀剑，他们拥抱在了一起。晋国是美好的，那里有我的梦。秦国也是美好的，这里也有我的梦。这两个梦并不冲突，相反它们融合在了一起，就像雪花落在温暖的泉里，它一下子就消融在一片蒸腾的热气中。

卷三百零三

晋惠公

　　我没想到自己会成为这个样子，浑身毫无气力，眼前一片眩晕。我每一个夜晚都在做梦，一个接着一个。我不断梦见死去的人，他们和生前一样，但他们的面部却没有表情。他们不像是真人，而是一些用木头雕刻的人。他们也会走路，但每一步都是缓慢的，僵硬的、模糊的身形向我一点点接近，可是快要到我跟前的时候，就突然消失了。

　　我看不清眼前的人，只看见一个个人影晃动，却不知道他们是谁。反而梦中的人异常清晰。我听说，这是一个人濒死的时刻。看来我已经在弥留之际，即将要进入另一个世界了。我心里是清楚的，但我大声说话的时候，身边的人却听不清我究竟在说什么。我已经发不出大声音了。

　　我怎会想到自己也会有这一天？我曾看着无数人死去，却不曾想到自己的死。我并没有认为自己会永远活着，但却没有意识到自己会死去。一个人死去后会是什么样子？生活着的人们谁也没见过死去的世界，只有死去的人才知道死的秘密。死是未知的，未知的只有猜

古灵魂

测，没有真实。因而猜测是无用的。

狐突曾说他在去曲沃的路上遇到了太子申生的灵魂，我既相信又不相信。我相信是因为他描述得活灵活现，我没有听出其中有什么破绽。我不相信，是因为我不相信一个灵魂会以生前的样子出现在人世间。他的肉身已经腐烂了，那么他是怎样重新变出一个肉身的？这肉身又是怎样突然之间消逝的？狐突看见了这出现和消逝，他真的看见了？还是他在梦中见到了那一幕？也许他在车上睡着了，他所描述的仅仅是一个梦，便以为这梦是真的。我相信梦，但不相信真实，也许梦比真实更真实，真实的东西却比梦更虚幻。

现在我就经常沉浸在梦中。但我所做的梦并不美好，更多的是一些片段，缺少生活里的完整。或许这就是死？我已经死了？如果死就是让生前的一切变成了碎片，那的确是可怕的。你不知道这碎片里包含着什么，也不知道这碎片什么时候会出现。重要的是，你不能用一个碎片推演出另一个碎片，因为碎片是不连贯的，甚至它们之间毫无联系，你不知它们为什么会一个个出现在你的面前。

可能这些碎片将会越来越远，已经成为我与从前的生活的唯一关联。它向我展示和呈现的，就是我的曾经，我的从前，但它们自身却失去了关联。它们是遥远的、虚幻的，我的生活事实上已经失去，这些碎片就是已经失去了的。我原以为失去的都是美好的，但现在的碎片却失去了从前的美好，因为我的生命本身随着这碎片的梦，已经被撕成了碎片。

是的，我的一切已经散落了一地，就像落在了地上的树叶一样——从前的树叶乃是在树上的，被交错的树枝悬挂着，它们不是一

— 143 —

个又一个、一片又一片，而是因为整个大树的存在而成为一个整体，每一片树叶都是整体的一部分。现在这些树叶落在了地上，它们变成了一个又一个、一片又一片，那个整体不存在了，这就是死亡，每一片树叶的死亡。

死亡就是失去了关联。所以我的一个个破碎的梦，就是死亡的前兆。我就要死了。我已经感到了我正在失去自己，失去一切。我很想有更多的东西，但是没有了，都没有了。权力、杀戮、占有、国家的疆土、美女和美酒、随意呼唤的仆人以及那么多的大臣、无数民众、良马和宝玉、军队、群山和河流，以及我想要的一切，都不需要了。要这些有什么用呢？

可是我曾经是那么渴望拥有，我好像有着深渊般的欲望，我要的尽可能多，我需要很多很多，可是现在我没什么想要的了，因为我拥有的也破碎了，我的手已经抓不住什么了。我失去了力量，也失去了欲望，我所拥有的只有一个个梦的碎片，连一个完整的梦都没有了，连一个完整的人的面孔都看不清了。我看见的都是模糊的东西，而我的梦是清晰的，但却是一个个清晰的碎片。

谁将坐在我将要腾空的座位上？我的儿子？还是别人的儿子？太子圉还在秦国，他不可能回来了。可是我为什么还要关心这样的事情？一切将与我无关了。我将离开这个世界，我将到另一个世界去。这个世界就要和我割断联系了。我对自己所做的一切都不后悔，不论别人觉得这些事情是不是应该做的，但它属于我，属于我的就是美好的。可是在我将死之际，这些美好的就要失去了，所有美好的事物又有什么意义呢？

古灵魂

美好的仅仅归于美好本身。我曾觉得美好的，都是失去的东西，就是痛苦本身也是美好的，因为曾经的痛苦也失去了。我感觉到自己已经进入了一个巨大的冰冷的影子里，那是我自己投射的影子，这影子笼罩了我，一阵阵寒冷刺穿了我。无边的寂寞，无边的孤独，就在这影子里。我向这寂寞和孤独喊话，却得不到任何应答。我曾为自己的欲望而活着，然而这欲望退到了我看不见的地方，它剩下了一个小小的斑点，在无边的黑暗里的一个斑点，我和它的联系就要中断了。

我的欲望曾是那么剧烈地燃烧，它冒着浓烟，它的火焰烧光了我的激情，留给我的是一片荒原。我不相信世间的礼法和圣人的仁德，却相信我内心的欲念。我的所有决断都来自我的欲念。但现在这欲念竟然逃离了我。我生活的意义都来自它。没有它，我就无法生活。正是这熊熊的火焰伴随着我，使我经历了那么多的事情，可以称得上波澜起伏，我就在这样的波澜里飘动。我的灵魂就在我的欲望里，现在我失去了欲望，也就失去了灵魂。

我追寻着那个就要逝去的斑点，可它却愈来愈远了。我已经够不着它了。我在一片荒原上徘徊，这荒原上只有一些稀疏的草木和一块块无人认领的石头。河水已经干涸，我从高处的寒冷里飞掠，我的阴影越来越大，就连这荒原也要被我的暗影吞噬。这里没有早晨，也没有黄昏，只有暗夜。我只能在梦中见到稀少的光，见到一些我生命里悲凉的奇景。

我看见我的父君，他的愤怒的面容从我的梦中一闪而过。我也见到了我的儿子和女儿，他们也从我的梦中一闪而过。还有虢射、郤芮、吕省……他们似乎也不在人世了，他们从很远的地方走近我，但永远也到不了我的跟前。他们看起来是向我走来，但又好像是向后退去。还有被我杀掉的人，里克和丕郑，还有庆郑，他们的脸上并没有愤怒和怨恨，他们竟然十分平静。他们的手中不是拿着复仇的剑，而是拿着野花，并将这野花的花瓣一片片摘下来，扔到荒原上。

我知道他们会这样做的，他们会把美好的东西毁掉，所以我杀掉了他们。可是他们死后仍然这样做。我杀死了他们的肉体，却没有真正杀死他们。他们的手里拿着的就是我，就是我的欲望，就是我的花。他们即便在这荒原上，也没有放过我，所以他们的脸上才显出了平静，因为我的心已经浸泡在寒水里，还漂着冰凌的寒水。我想拿起我的剑，再次杀死他们，可是我的剑已经丢失了。

天空是灰暗的，地上也是灰暗的，我环顾四周，只有我的影子越来越大了。我对自己的影子说，是谁把我带到了这里？这究竟是什么地方？我的影子那么巨大，我从没有看见过这么巨大的影子，它穿着黑色的外套，就站在我的前面一动不动。它好像有面容，也有目光，但这一切都是灰暗的。它只用更黑的目光射向我，可这样的目光不是我自己的目光么？我熟悉这样的目光，可从没有见过这目光。它黑暗、深邃、神秘，却又像利箭一样，尖利、快速，带着恐惧的羽翼。我已经被它一次次穿透。它冰冷又灼热，既让我颤抖又让我灼痛。

它应答说，我从没见过你，因为你也从没有见过自己。你所见过的只是镜子里的自己，但镜子里的自己不是真正的自己。没有人领你来到这里，是你自己走来的。我一直跟着你，却并没有让你注意到我的存在。只有我变得越来越大的时候，你才会知道我，但是一切已经晚了，太晚了。我一直用尽气力拖着你，不让你往前走，可是你不听

古灵魂

从我，也没有感到我的力量，现在是你带着我来到这里的。不过，现在你踏实了，因为我仍然在你的身边，我的心从来没有跳动过。

我说，我感到冷，冰雪一样冷。我有着从未见过的孤独，这太让我不能忍受了。它说，你靠近我，我不能给你温暖，但我可以给你更大的冰冷，我也可以给你更大的孤独，这样你就不会感到寒冷和孤独了。我说，不，我又感到烧灼般的疼痛，我觉得从前的火在烧着我，可是我却看不见这火，因为火还能让我看见它发出的光亮。

它说，那你就更应该靠近我。我给你更大的火，我的明亮在我的黑暗里。你看见了黑暗，就看见了我给你的火焰。你的灼痛只是暂时的，很快都会好起来。你将适应从前的火，因为从前的火也在黑暗里，只是你看见了并不存在的火，那不是真的火。我给你的才是真的。生命从没有来过这里，它只是从庞杂的、混乱的人群中匆匆穿过，它看见的，只是它眼里的东西，而不是我要给你的东西，我要给你的，就在这荒原上。

我问，我的儿子呢？他在哪里？还是在秦国么？它说，你所问的并不是你真的想问的，因为你从来没有关注过你的儿子。他对你并不重要。对你来说最重要的就是你自己，你只在自己中生活。你现在问这样的问题，只是想通过你的儿子和你建立起联系，只要你能知道他，就能找到自己。可是你不能知道别人的下落了，因为你已经不知道自己的下落了，你连来到哪里都不知道，又怎么知道别人在哪里呢？

我说，我知道自己正在走向低处，我已经从白日离开了，我可能再也回不到原来的地方。它说，你本来就没有原来的地方，你以为自己原本在某一个地方，可是你错了，你一直在灰色的旅途中，看起来眼前有着一条条路，实际上你从没有走在路上，只是在无边无际的旅途中。你的沿途没有什么风景，只有一大群人围着你，这些人影在你的四周晃动，他们遮蔽了你的目光，让你看不见你究竟在哪里。

周围更加昏暗了，我的黑影笼罩了一切，它不仅笼罩了我，也笼罩了黑影本身。我呼喊它，但它不再应声了。我便嵌在了沉默里，死寂的沉默里，就像卡在石缝里的乌龟，拼命伸出自己的脖子，但我动弹不了。我发出最大的力气，我呼喊，但谁也听不见我的呼喊，因为我的呼喊也是沉默的。呼喊和沉默并没有什么两样，它们本来就是同一块石头。

古灵魂

卷三百零四

太子圉

　　我一夜未眠，但一点儿也不感到困倦。我来到秦国已经几年了，秦国的日出日落、云卷云舒和秋去冬来，已经看惯了。可是我从来没有忘记我的晋国。我是晋国的太子，怎能一直忍受在秦国的屈辱处境？清晨我就来到了雍城外的河边，看着眼前的流水，想着这流水可以一直通往晋国的都城旁，就不禁流下了眼泪。是啊，那年晋国遇到了饥荒，秦国就是从这里开始了泛舟之役，船只一艘连着一艘，装满了救济晋国的粮食，风帆张开，借助着河上的疾风，向着东方驶行。千里水路，波涛汹涌，我的心已经寄予一个个帆影上。

　　我的眼前是波浪翻滚的河水，渡口上的船并不是很多，我看见几只船已经就要起航了。船夫站在船头，就像一个黑影，我不能看清他的面目，但看见了他笔直站在船头的样子。显然这个船夫在向远方眺望，而我的目光却一直看着他。我想着他是向着晋国方向行船的，他的船也许会一直驶向晋国，他所行的水路，正是我所向往的。波浪拍打着河岸，我听见了哗哗的节奏，它是均匀的，但每一个波浪涌上来的时候，都发出不同的声响。它们的强弱不一样，河水也有类似于人的呼吸声。

昨天有人告诉我，我的父君已经身染沉疴，一病不起，他的命数就要到了。可是我作为晋国的太子，还在遥远的秦国。我深知，晋国的宫廷还有几个公子可能会被封为新的国君，那样我就永远失去了做国君的机会了。我不是一直想做一个国君么？现在我的机会来了，要是我不能及时回去，就赶不上了。可是我将怎样逃出秦国呢？

昨夜月光在照耀，世界变得一片苍白。我在黑暗里看着，似乎看见了自己坐在宫殿里的国君的形象。我的心在狂跳，我的血在浑身汹涌，就像现在这河水一浪高过一浪，拍打着河岸，将河底的沙子不断推到岸上。我的内心既兴奋又担心，我觉得这是我的机会，我的愿望就要实现了。但一切又是不确定的，因为我在秦国待得太久了，国内的大臣们已经遗忘了我。一个人要得到别人的信任和理解，就必须不断在别人的面前显现，你的影子才会放到他们的记忆里。可现在我已经很久不在晋国，晋国的人们在关键时刻可能不会想起我了，他们会先想到晋国宫廷里的公子们。

我必须回到晋国，不然我的命运就是我的名字里所包含的命运。我要终结这名字的含义，我需要一个新名字。我在夜晚走出了屋子，在这月光里徘徊。我仰望着天空的明月，隐隐看见了月亮里的黑影，它的明亮中仍然有着神明的影子，也许他能告诉我什么。可是我看了很久，他是沉默的，他用影子说话，可我不知道这影子的含义。但这月光和包含于其中的影子一起照耀我，我的身上已经有了神灵的叮嘱，我接受了他的光，也接受了他的话，我需要逃走了。也许那月亮里的神灵和我一样，也是被质押在那里的。我和他一样，我要逃出这月亮了，以便到更加开阔的地方去。

　　暗夜是玄奥的，它将我的未知和一切的未知都收拢到怀中。我不知道夜晚会发生什么，因为它都隐藏在暗淡的夜色里。借着明月的光，我看见远处有着一个个黑影，树木、房屋、山壑，所有高出地面的事物，都变成了黑影，我所不能辨认的黑影。一个个屋顶接受着月光，使得屋顶上不断闪烁着光亮，它显得四周更加黑暗了。这黑暗是静谧的，但又有着微弱的各种声音，有着各种鸣虫的声音，远处的河水声，微风摇动树木的声音，各种神秘的声音，尽管不知道这些声音来自哪里，但我还是听见了它们。

　　我在这各种复杂的声息里捕捉属于自己的声息，捕捉我的捉摸不定的命运。我的心越来越乱了。我越想就越是混乱。天上的星是稀疏的，明月的光芒掩盖了那些微弱的小的光芒。但仍然有几颗亮星在天上，更像是地上映照在天上的倒影。我对自己说，我还有什么依靠呢？我仅仅是一个孤单的流浪者，我不在自己所在的地方，我在异乡的土地上，异乡的夜晚，异乡的月光里。我只有我的影子陪伴，别的影子也似乎在周围晃动，但我不知这些影子究竟是什么，它们是谁的影子。

　　现在我从夜晚走了出来，我来到了白日的光明里。我一会儿沿着河滩向前走，一会儿坐在河边的石头上。我对我的侍从说，我的母亲属于梁国，但这梁国已经被秦国灭掉了，它不存在了。我在晋国做太子，我的父君已经宣称让我做国君，可这仅仅是对我的戏弄，让我空空地兴奋了一阵，结果却是被送到秦国做了人质。在秦国的日子并不舒坦，我受到了秦国的轻视，我的内心受着屈辱和煎熬，却不得不这样忍耐着。我没有办法，我也许就应该这样，我只有认命了。

——我已经失去了依傍。梁国没有了，秦国也不会帮助我，晋国也遗忘了我。在晋国的宫廷里，我没有亲近的大臣，或者说我已经和晋国失去了联系。我好像是被晋国抛弃了的无用的东西，被扔到了秦国的土地上。我是孤苦伶仃的一个人，对，只有一个人，我甚至没有能够说几句心里话的机会，我不知道该和谁诉说。我和天上的云说过，和夜里的月亮说过，和树枝上栖息的飞鸟说过，也和这流动的河水说过。它们听不懂我说的，我也听不懂它们所说的。现在我只有和你说几句话。

——现在我的父君已经患病不起，恐怕来日无多了。晋国宫廷会随时生变，大夫们也可能拥立别人为君。可我是晋国的太子，我不想被别人遗忘，也不想放弃这次做国君的机会。可是我身在秦国，又怎么能逃回晋国呢？我为此感到十分痛苦，你说我该怎么做？我为什么来到这河边？就是为了看见河上的一艘艘船，它们张开了风帆，准备行往该去的地方。这河流可以通往晋国，我的愿望就在这河水里，就在这一艘艘船上，我看见了船上的风帆，就看见了我的晋国。

侍从皱着眉头，从沉默里出来，他说，我仅仅是侍奉你的侍从，我不可能站在你的位置上思考问题，也没有这样的智慧。但我觉得你会有办法的，整天思虑不如化为行动，你既然想了，就应该毫不犹豫地去做。所有的忧虑都不起作用，只有行动才会实现愿望。你的孤独和寂寞，我已经看见了，你的忧虑我也看见了，你和我说的我也猜到了，可是我只有听从你的安排和吩咐，这是我的职责。但你要听从你自己的内心，你怎样想的就怎样去做。

古灵魂

我说，我内心在呼唤我，我已经从梦中醒来了，可是我却不知自己怎样做，因为我毕竟身在秦国，而不是在自己的土地上。我从河滩上抓起一把沙子，扔到河里。我说，你看，我就像这沙子一样，被卷到了岸上。我停留在这里，回不到河水里了。他说，河水涨起的时候，有些沙子就会回到河里了，它们只是在岸上等待机会，太子的机会已经来了。你要回到晋国，为什么不和夫人说一说呢？

我说，她毕竟是秦国国君的女儿，我怎么能和她说呢？她要是把我的想法告诉了秦穆公，那样他们就会阻止我，防范我，我就再也回不去了。他说，我觉得夫人不会这样，你应该相信她。你若要将自己的想法说给她听，也许会得到她的赞许和帮助。夫人是通达的，也是自尊的，所以她能够理解你，也能尊重你的选择。笼中飞鸟从来不甘于失去自由，一旦你能回到晋国，天上的云就会消散，光亮就会充足，你的翅翼就会展开，因为那里的一切本应属于你，你能够成为一个好国君。谁也夺不走一只飞鸟的天空。

我不安的心似乎稳定了一些，我起身回到自己的居所。我向自己的夫人投去了祈求的眼神，也许我的神态是卑微的，但我在别人的土地上，怎能有高傲的神气呢？她看出了我的心思，说，你一定有什么话要跟我说，不然你怎会用这样的眼神看我呢？我说，是的，我想说很多话，但又不知道怎么找你说。她说，你说吧，我们是夫妻，有什么话不能说呢？

我说，我的父君一病不起，恐怕已经无药可救了。可是我在异国他乡，却不能尽孝，感到十分内疚。另一方面，我又是太子，若我不能及时返国，也不利于晋国，晋国也许会因继承君位的事情而生乱。

所以我决定回国，但又怕你的父君不会答应。我寻思再三，想和你商量，我们寻找一个机会一起遁去。

她看着我，好像在想着什么，一会儿说，你有这样的想法是应该的，你是晋国的太子却屈居秦国，内心受着委屈和折磨。若我是你也会这样想的。我的父君让我嫁给你，就是为了侍奉你，让我为你白日奉茶敬饭，夜晚为你暖床陪守，让你忘掉自己的屈辱，安心留在秦国，也为了秦晋两国的敦睦和好。现在你要逃回晋国，我若随你而去，将违背父命，失去了忠孝之德，所以我要留在秦国。我虽不能跟随你到晋国去，但我是你的夫人，所以不会泄露你的秘密，你逃走的事情，我一个字都不会说出去。

我说，我走了，把你一个人留下，我真的不忍心啊。我们多少年来朝夕厮守，我已经习惯跟你在一起了，以后的日子，我将会怎样孤单。她说，你一旦回国做了国君，就会忘掉我的。你的身边会有很多美女，她们将代替我陪伴你。若是你能从她们身上看见我的影子，我就已经知足了。我知道你从来没有忘记晋国，也没有忘记做国君的志向，我怎能因为我而阻拦你呢？一只属于天上的飞鸟，我怎能抓住它的翅膀不放？你放心去吧，你有你的前程，我有我的思念，我的身体留在这里，但我的心会跟随你。

说着，她把自己佩戴的玉玦摘下，递到了我的手上。她说，我听说这块有着诀别的含义，你就戴着它，知道我对你的情义。也许你看见它就会想起我，但我不奢求你总是想起我，你有更多的事情，它只是我的影子，说明我仍然在你的身边。你若想要忘记我，就把它扔到看不见的地方去。你只要戴着它，我就会心里感受到你，知道你在哪里，你若把它扔掉了，我也会知道你已经离开了我。

我说，夫人想多了，我怎会忘记你呢？我来到秦国的时候是一个人，是孤单的一个人，因为有了你，我才变得充实。我在秦国举目无亲，也没有人能保护我，因为有了你，我有了一个亲人，有了你的保护，我就变得踏实，以至于渐渐忘记了自己来自哪里，也渐渐忘记了自己为什么来到这里。现在我的父君就要离开人世了，是他唤醒了我。他的将死唤起了我对自己的记忆，我意识到自己的身份，意识到在这里我永远是一个人质，我必须逃走，否则我的心也不会安定。

——或者说，我的身形还在这里，但我的心已经逃回了晋国。但我唯一不能舍弃的就是你。你不仅是我的夫人，你还是我的一部分。你陪伴我度过了几年的时光，所以我所失去的，都是由你来填充的。你的身上寄存着我的年华，寄存着我的快乐和希望，你就是时光，你就是希望，你就是我在秦国得到的一切。若是没有你，我很难想到自己还活着，也很难想到自己还会想着逃走，我已经是河流里的漫无目的漂浮的漂木，是你捞起了我，并把我放在了重生的岸上。

——你不会跟随我，我是理解的。因为你是秦穆公的女儿，你这样做，并非真的不想跟我走，而是不能跟我走。但我不得不离开你了。我是晋国的太子，我还有自己的使命。父君离开的座位还等着我，我渴望做一个国君，这一点我曾和你说过。我听说，司掌四季的有四个神灵，他们各自司掌一个季节，我是属于冬季的，我由司掌冬季的神灵掌管，我来的时候不是适宜的，现在冬季已经到了，我也该离开了。我昨夜观察星象，东方的那颗我所期盼的星那么明亮，它拨开了云翳，向我说出了我该选择的方向。

——可是我把你留在这里怎么办？我深知以后很难见到你了。你又要让我孤单而去了。我舍不得你，可是我又必须离开，我的心多么痛苦啊。我也许生来就必须承受这么多，我是为了痛苦而生的，我也是为了痛苦而成了秦国的人质，我又要因着痛苦而逃走了。我就是痛苦，我就是痛苦的化身，我的心里将装满痛苦，哪一天，这痛苦就会和我一起沉到水底了。它就像一块石头一样绑在了我的身上，绑在了我的灵魂里，我没有能力挣脱它。我从来不是自由的，你也不是。我的名字就是不自由的，所以我的选择是没有选择的选择，我的眼前只有一条路，我只能在这条路上往前走。

她说，我知道你的心事，我也理解你为什么这样做。你的痛苦感染了我，让我也沉浸于痛苦中。你想挣脱自己身上的束缚，就像蝴蝶离开自己的蛹壳，你想飞，我也想让你飞，我更愿意跟随你飞。飞翔是多么好啊，可是我只能看着你飞，让我的心跟随你飞。但我只能将自己的身形停留在地上。在一个冬天，这飞翔是艰难的，我会为你准备好冬天的衣装，准备好路上的食粮，我也会把你送出寒冷的暗夜，让你自己去找到属于你的路。你不论走到哪里，我都会在你的身后，我把我的影子放在你的背后，它不会给你增添行路的负重，却会不断增加你的力量和勇气。

冬天就要到我的身边了，河水也将要渐渐结冰。寒风开始呼号，我看到远方越冬的鸟儿已经在天空绝迹了。我准备好了一切，就要踏上归途了。这些天我一直没有出门，路上所需的，夫人已经为我安排好了。从早上开始，我就等待着天黑。我的心怦怦直跳，我就要离开秦国了。天上没有一丝云彩，远处的群山是淡蓝的，树上残留的叶片

古灵魂

随时都会掉下来。我的心已经随风飘去，飘出了自己的视线。

我站起来回到了屋子里，火盆里的炭火就要渐渐熄灭了，木炭的表面蒙上了一层白色的木灰，火苗缩回到了灰烬里。我已经不需要它了。我的浑身充满了温暖，充满了血，充满了向往，对眼前的事物失去了迷恋。也许我从来就没有迷恋过。我所迷恋的在很远的地方，那才是我的地方。那里有我的都城，我的宫殿，我的宝座，我的池水和我的权力，有着我的山峦我的水，我不用在这里倾听河水的声音了，不用坐在这里的河边看河上的帆船和船夫的形象了。我也不需要在这里的郊外寻找我自己的花，我不需要这里的一切，我需要另一个地方，一个我生长的地方，只有那里才属于我，而我现在所在的，属于别人。

夫人双手给我端上了饭菜，可是我一口都吃不下去。我不想吃，肚子里一点儿也不饿。我说，我不想吃，我只想着今夜如何走出去，走出这禁锢我的秦都。她说，你还是要吃一点，这是我亲手为你做的，我从来没做过饭，这是我第一次给你做饭。我吃了几口，说，做得真好。她笑了，说，我知道你说的是假话，但这样的假话我喜欢听。她的眼角流出了一滴泪，这一滴泪就要掉下来的时候，她轻轻地擦去了。

我从她擦掉了的泪滴里看见了自己。它是晶莹的，闪光的，就像珍珠一样闪光，我在一瞬间照见了自己，我被这泪滴浓缩在了其中。她所流出的乃是我的眼泪。它包含着我。我的面容在其中是清晰的，我就在这眼泪里浸泡着。现在我就要逃出这眼泪了。天光渐渐西倾，我又一次走了出来，围绕着一棵树走着。我的步伐缓慢而沉重，我能听见我自己的脚步声，尽管这脚步很轻很轻。

　　暗夜一点点笼罩下来，我围绕着这棵树不知走了多少圈，它的根须会记住我的脚步。天上的星斗敞开了它的星辉，它的斗杓已经在指引我。它是天神的车，它是盛酒的器，它是我的星。天枢为运转的枢纽，天璇司掌这天地的旋转，天玑主宰地上的人事变化……它们各有奥秘，它们中有神，也有人，并含有音律和时间，我的前程都在其中。我却不知道它们为什么今夜这么明亮，也许它们只为了照耀我。

　　时间到了，夫人催促我上路，我借助天上的星光，看着夫人的脸，可在这暗夜里，我只能看清楚她的眼睛。她的眼睛愈发明亮了，和天上的星光遥相辉映。我感到她的泪滴掉到了我的手上，我的手背感到落下了一粒冰。它寒冷，它沉重，它落在了我的手背上。门轻轻打开了，我和我的侍从走了出去。我不敢回头看，但我感到她在我的背后一直看着我，也听见了她的眼泪滴在了地上，砰的一声。

古灵魂

卷三百零五

狐突

　　我已经告老居家，不再过问晋国的政事了。自从太子申生被逼自杀，重耳被迫流亡他乡，我已经对晋国的前途失望了。晋国一次次遭受挫折，人心浮动，也许晋国的兴盛还要等待重耳归来。但我不知道重耳现在到了哪里，只知道他已经离开了狄国，他在迷茫里四处流浪。我已经老了，甚至我的头发和胡须也渐渐稀少了。很多日子以来，我的睡眠越来越少，经常在夜半醒来，披衣坐起，到暗夜里观看星象，这漫天的星斗，似乎指明了他在东方的某一个地方。也许我难以等到重耳归来的那一天了。

　　我的两个儿子跟随着重耳，我天天想念他们，狐偃和狐毛跟随重耳在流浪的途中，我感到自己也跟随着他们，却不知道他们在哪里，我甚至经常忘记我自己究竟在哪里了。我醒来的时候，面对一片黑暗，甚至看见了他们。他们从黑夜里走出来，一张张面庞是那样清晰。他们和我说话，但他们说过的话我却一句也记不住了。

　　但过去的事情却历历在目。我的梦中经常出现从前跟随太子申生的一次次激战场景，一个个过去的老人，里克、丕郑等人也经常向我显现。这些死去的人在我的梦中说话，我却一句都没有听清楚，我看见他们的嘴在动，看见他们的表情，可听不见他们究竟在说什么。我真的老了，竟然连梦中的话都听不清楚了。

听说太子圉逃回了晋国，接着晋惠公就去世了，现在太子圉已经继位做了国君，成为晋怀公，现在又要大开杀戒了。唉，每一次新国君都是这样，都要将旧臣杀掉几个，这种残暴的清洗一次又一次，不知要到什么时候。这就像农夫烧荒，不断将野草烧掉，然后种上自己的庄稼。可是他所种的庄稼就是好的庄稼么？他所种的就会有他的收获么？也许他还没有看清他手里的种子，也许是野草的种子，就播撒到地里了。

看来这晋国的地又要荒废了。夷吾不仅背弃了秦国，也背弃了他自己。他不仅做了秦国的俘虏，也做了他的贪心的俘虏，最后得到了什么呢？许多人盼望他死去，现在他死去了，但换来的并不是人们想要的。人们希望有一个好国君，想着晋惠公死后，将重耳迎回来，因为重耳是一个有仁德的君子，他一定能够重振晋国，也能让晋国的民众舒心。可是他在哪里呢？谁又想到太子圉竟然从秦国逃回来了。

这是怎样的现实，让人百思不解。晋国缺少一个好农夫，也缺少好谷种。撒种的人不是把种子撒在土里，而是撒在了石头上。种在石头上的，怎能长出新苗？这地里的庄稼总是拔去了好的，留下了坏的，每一年春天人们都盼望着天上的雨水和地上的庄稼，但到了秋天却没有好收成。这是怎样的天意，竟然让晋国一次次遭受磨难。我已经老了，不管这么多事情了，可是我的心里仍然有着一个个挥之不去的影子，这些影子已经是死去的影子了。都死去了，我也将死去，只是我仍在这影子里等待自己的影子。

新国君很快就露出了自己的牙齿。他一直在秦国做人质，在晋国的时候年龄又小，所以民众不了解他，大臣们也不了解他，当然国君也缺少自己的根基。所以他对晋国是陌生的，人们对他也同样陌生。这是两个陌生者的相遇，彼此打量着、权衡着对方，估算着自己和别人的力量。太子圉不甘心在这样的气氛里，他的心是虚的，他已感到自己的宝座在摇晃，因为这宝座下没有足够的支撑。所以，他就要杀人了。

他需要把血涂抹在自己的脸上，这样别人就会害怕。现在轮到了我。他把我召去，对我说，我已经下令让所有跟随重耳的人都必须归国，若不及时归来，就要诛杀全家。现在你的两个儿子都跟随着重耳，必须叫他们回来。新国君是严厉的，我已经看见了他眼里的血。他的目光是红的，他的话语也是鲜红的，我已经看见了他的宝座前将要滴下的血，他所说的，也是一滴滴掉下来的。

我说，我已经老了，更要做别人的榜样，我不能在剩下的日子里失去自己的德行。我很想听从你的命令，这是我作为一个老臣的本分。可是从古至今，儿子出仕为臣，做父亲的就要告诫他必须对自己所跟从的主人忠诚。我的两个儿子已经跟随重耳多年了，一直跟着他流浪四方。我若要让他回来，就违背了我当初对他们的训诫，也违背了我自己。我怎能让我的儿子对自己跟从的人不忠？又怎能在他的主人遭遇困境的时候独自离开？他们若抛弃了自己的忠诚，就是抛弃了自己，我又怎能让他们抛弃自己？

国君说，可你是晋国的老臣，就应该对国君忠诚，所以我让你做的，你就应该做，而不是在这里和我空谈你的理由。我说，你说得对，我应该对我的国君忠诚，就像我的儿子应该对他的主人忠诚一样。但一个人不能让自己的儿子施行忠诚，又怎能让自己对国君忠诚？一个不信守自己对别人的训导的人，怎能做别人的榜样？你对别人所说的，自己都不能做到，这已经背弃了忠义，还有什么理由谈论忠诚之道？何况，我也不知道我的儿子究竟在哪里，只知道他们在流浪，不能像你一样回到自己的土地上。

国君说，你的儿子不能回来，就是父亲的责任，你已经违背了对国君的忠诚，你已经背叛了我，那么我就必须将你诛杀。否则，所有的人都像你一样，背弃他的国君，我还怎样继续做晋国的国君？我说，我的忠诚归于我，我的儿子的忠诚归于他，你若要杀掉一个忠臣，要滥用你的权力，我还有什么好说的呢？

——若要违背忠诚，我不能听命，若要让我死，我就会因我的忠诚而听命。已经有多少人死去了，我经常梦见他们，他们已经在梦中告诉我，死并不是可怕的。我以为自己并没有听清他们所说的话，现在我从你的嘴里听见了他们说的话，在梦中，你借用他们的面孔说话，现在你也被我梦中的人所借用。现在我已经知道了你是谁，我已经从死去的人中辨认出了你。现在我先去死，然后我等待你。

他说，好吧，既然我给了你生的机会，你却不愿接受这活下来的恩赐，我还能对你说什么呢？我还年轻，你就等着我吧，当你等到我的时候，我会再次杀死你。说完国君的脸上露出了杀气，或者说这杀气是原本就有的，只是现在从他的脸上冒了出来。他的眉毛上翘，他的眼睛充满了血，他的怒气使他变得丑陋。我从来都是惧怕一个好的

古灵魂

国君，但不惧怕一个丑陋的国君。我慑服于美好，因为美好乃是我所需的。我不惧怕丑陋，因为这丑陋乃是我要抛弃的，我怎会惧怕我所要抛弃的？我的死，就是对面前的所有丑陋的彻底抛弃。至于我的老迈的形躯，已经不值得珍惜了。

我深知，国君所害怕的不是我，而是他所看不见的重耳，以及重耳的跟从者。他们虽然在流浪的途中，但人们却更希望一个有德行的国君站在面前。晋惠公害怕，晋惠公的儿子也害怕。或者，他们害怕的也不是重耳，而是害怕天下的仁德。因为他们缺少，所以他们害怕。这样的国君不思怎样增加自己的仁德，而是要杀害有仁德的人，他们以为杀掉了有仁德的人和向往仁德的人，就杀掉了仁德本身，这怎么可能呢？

我对国君说，我已经决定赴死了，但我仍然想和你说几句话。你杀掉我，我自己都不觉得可惜，因为我已经老了。我年轻的时候身经百战，并没有害怕死，现在时间已经一点点抽取了我身体里的生气，我已经离死不远了，我还害怕我已经望见了的东西么？一个人的身体终究将被抛弃，而他的德行却会被更多的人记住的，它住在了众人的心里，所以德行是永生的。你杀掉的只是一个人的形躯，你却不能真正杀死一个人。

——就像你现在，尽管你已经是一国之君，但你却仍然惶恐不安。你不是害怕我，因为你可以杀死我。凡是你可以杀死的，你都不会害怕。你更害怕你杀不死的东西。你杀死我，是为了减少你的恐惧，我死后，你就会发现，原本的恐惧因为杀掉了人而增加了。你恐惧的是远在异国的重耳，他拥有你所缺少的仁德，他还有你所缺少的好声名，所以你感到了不安。你杀掉了我，并不会消除这不安。

他放声大笑，说，我不会因为你说我什么，就成为什么，你的话丝毫不会改变我，但会改变你自己。你现在还活着，但很快将死去，那样你就再也不能改变了。你想让我改变想法，但我却只让你改变一次，然后将你固定在无形之中，你在这无形中就会什么都没有。我不会因为你死去而失去任何东西。我拥有的仍然拥有，但你拥有的却没有了。

这样的笑声我在哪里听到过。这是一种可怕的笑声，因为这笑声里已包含了他自己感到可怕的东西，这笑声就是为了掩藏这恐惧。我反而因他的笑声而坦然了。我已经不觉得他是一个国君，一个坐在高处的人。我觉得自己在升高，从高处看着他。因为即将到来的死，让我的身形变轻，我被一阵风吹向了高处。人间的所有事物都变小了，国君就变得更小，就像地上的虫子一样小，我难道还害怕么？

我记得自己曾在曲沃的郊外遇到了太子申生的灵魂。他还是生前的样子，什么都没有变。他不是无形的，但他可以化为无形。他是自由的，也仍然有着自己的爱和憎恶，他说了要惩罚晋国，后来的事情验证了他的说法。晋惠公因为失去了道义，做了秦国的俘虏，他获得了一个死者的灵魂的惩罚。那个落叶纷飞的秋天，让我感到了一阵阵震撼。大风是从空中降下的，它将两旁树木上的叶片清扫着，叶片就像暴雨一样倾斜着，从高处一阵急似一阵地落下，我的眼前竟然出现了落叶，什么都看不见了。

太子申生竟然和我一起乘车，一起说话，他的模样和表情深深印在了我的心里。我的马匹竟然什么都没有察觉，它们还是那样迈着

古灵魂

四蹄，在这落满了黄叶的路上走着。它们的节奏没有改变，车轮的转动没有改变，但我的车上却增加了一个人，不，是一个灵魂。我和这灵魂说话，我陪伴着这灵魂走了很远。这是一个充满了爱的灵魂，他的仁德使他到了天神的身边，所以他使我仰望着。尽管他就在我的身边，但我却似乎一直朝着他仰望。好像他坐在很高的地方，是的，他就在很高的地方。

他出现，是在我转眼之间，他隐匿，也是在我转眼之间。我既不知道他是怎样出现的，也不知道他是怎样隐匿的。现在我就要到他隐匿的地方去寻找他了。我也将和他一样隐匿于滂沱而下的落叶里。我想他的形象就在落叶里，他只是被那么多的落叶遮住了。我没有从落叶里找到他，但我将从中找到我自己。我要请求他再次降下惩罚，惩罚失去了仁德的国君，也求情于他让重耳归来，让我的两个儿子归来，因为我一直思念他们。或许，我死后，我的灵魂会在每一天都看见他们？或者就像太子申生一样，突然出现在他们身边？我将选择一个秋天和他们相遇。

卷三百零六

秦穆公

唉，我没有听从丕豹的进谏，放走了晋惠公，又让他的儿子太子圉逃回晋国。这一对父子丝毫没有仁德，也没有信义，都是天生的叛逆。我捉住了晋惠公，就应该杀掉他。太子圉来到秦国，我竟然将自己的女儿嫁给他，希望秦晋两国敦睦和好，可是他仍然私逃而去。这都是毫无信义的背叛者，你不论怎样真诚地对待他，都不会改变他的无德无信的本性。看来，还是丕豹看得更清楚，也许怀着仇恨的人更能看清仇人的面孔。

我问自己的女儿，太子圉逃走时为什么不给我报讯？她说，你把我嫁给他，他就是我的夫君，我怎能把他的秘密告诉你？我若告诉你，就是对他的背叛。他让我随他一起逃走，我没有答应，我若答应，我就是对你的背叛。我这样做，既没有背叛我所嫁的夫君，也没有背叛我的父君，这是我迫不得已的选择，我哪里做错了？

我说，是我做错了，我既不应该把你嫁给他，也不应该相信他。他的父亲晋惠公几次欺骗了我，我却没有接受教训，现在他也欺骗了我。他的父亲毁弃了自己的诺言，一次次背叛我，他同样毁弃了自己的诺言，同样背叛了我。虽说一个人不等于他的父亲，应该将他们区别开来，但我也应该从儿子身上看见他父亲的面影，我本不应轻信他。一粒谷种播在了地里，难道会长出豆菽么？

她说，我理解你，因为你是宽阔的，就以为别人也是开阔的。因为你信守自己的诺言，便以为别人的承诺也不是虚浮的。你做的都是对的，不要因为这样的事情责备自己。我虽然看得不远，我的目光也狭窄，但我知道一条河的流动不仅仅是为了漂浮它水面上行驶的船，也不是仅仅为了养育水里的鱼，当然也不是仅仅为了飞鸟积聚在它的河边。一条河所做的事情并不是每一件都有用，但因为它做了很多无用的事情，所以它的用处就变得无边无际，它自己也变得悠然自得。它更多的时候是平凡的、平缓的，但它一旦暴怒，它的力量太大了，以至于无坚不摧。巨大的石头可以卷入其中，并带到很远的地方，一座山崖也可以被它推倒，而它将恢复自己一贯的平稳和平静。

——你就是这样的河，因为你的宽容和仁德，你并不会在意那么多小事情，所以天神会偏袒你，秦国也因你的仁德而越来越兴盛了。你放走了晋惠公，又让我的夫君逃走，看起来好像犯了错，实际上他们只会让晋国变得混乱而弱小，他们的背叛并不会减少秦国的力量。我虽然嫁给了我的夫君，和他也结下了感情，但我了解他。他离开秦国，也离开了我，因为他太贪恋君王的位置，太贪恋权力。他所贪恋的，也是要毁灭他的。他贪恋什么，什么就会紧紧缠绕他，他就不会从中脱身。所以他不会一直委身于秦国，他终究要逃走的。既然终究要逃走，现在逃走又有什么惋惜呢？

——他贪恋什么，就会深陷其中，这就像他的名字一样，必定要被什么围栏和墙壁困住，在秦国，他是人质，逃回晋国，他仍然是人质，只不过他既是国君也是国君的人质。他仍然在被困中，所以他的心不会是稳定的。因为他获取的，又害怕失去，越是这样，就越会失去德行和民心，所以他必定不会持久。

我的女儿所说的都是有道理的。她是有智慧的，我从她的身上同样看见了我自己。是的，我也该寻找另一个人，来取代晋国的国君。晋国需要一个贤德的君王，这样秦晋之间就能联手图谋中原了。秦国是偏远的，我不能让我的国永远处于偏远的一隅，它应该在天下获得应有的位置，它应该拥有更大的力量，以便获得天下的信赖。所以我要寻找机会，寻找秦国的未来，但我必须先要寻找和扶持一个让我满意的晋国君主，这样，秦国就会得到一个好邻居，也得到一个好帮手。

我把大臣们召到朝堂，征询他们的看法。丕豹说，晋惠公已经死了，他躲过了对他的惩罚，但他的儿子已经继位，现在已经是怨声载道。他最害怕的是外面流亡的重耳，因为重耳虽然离开晋国很多年了，但他的德行和声誉仍然在晋国民众的心里隐藏。晋的人们都希望重耳回来做他们的国君，所以现在的晋怀公非常担忧。他觉得自己在朝堂缺少自己的心腹，也觉得自己缺乏国人的支持，所以他就下了一道旨令，让重耳身边的人都归国，这样就可以剪除重耳的羽翼，让重耳变为孤家寡人。

百里奚说，晋怀公的心里是不踏实的，因为他感到自己的君位不稳，所以采取了这样的对策。他还是太年轻了，既缺乏执掌权力的根底，又缺少隐晦曲折的策略。这个人和他的父亲一样，没有信义和仁德，又贪婪而暴戾，听说他杀掉了老臣狐突，这必将激起国人的义愤，失去国人的拥戴，这就更加让国人怀念重耳，所以他必定不会长久。

公孙支说，国君想让晋国成为秦国的敦睦之邻，这样我们就会联手向中原拓展。我们扶持了晋惠公，他却成为忘恩负义的叛逆。又想把太子圉扶持为一个贤良的国君，但他同样是一个忘恩负义的人。他在秦国做人质期间，国君待他为上宾，并将公主嫁给他，但他竟然私自逃回了晋国。我们与其不断扶持这样的国君，不如趁势向晋国发兵，废掉晋怀公，然后另立一个国君。

蹇叔说，不可做师出无名之事，这样不符合道义，也会损害国君的声誉，甚至会引来诸侯的讨伐。我们应该将目光放远一点，用最小的力量获得最大的利益。晋怀公的根基不稳，又施展暴虐，杀掉了狐突，已经让晋国的老臣们惶恐不安，他自己更加惶恐不安，他的宝座已经动摇。他害怕重耳归来，那么我们就将他所害怕的人召来。既然我们能把晋惠公扶立为国君，也能将重耳扶立为国君，这样既顺应民众也顺应天道，何乐而不为呢？

——据我听说的重耳，的确是一个怀有仁德之心的人，晋献公追杀他的时候，他没有选择对抗，而是选择了逃走，说明他有忠孝之心。有那么多人跟随着他，虽然到处流浪，却没有一个人背离他，说明他的德行能够让人敬重。他已经是一个流亡的公子，几乎没有什么权力，前途渺茫，却能受到每一个国家的欢迎和尊重，说明他是一个有信义的人，所做的事情也合乎礼节。这样的人还是可以信赖的，若能将重耳扶立为国君，必能为秦国所用。

我说，你们所说的，我都听见了。我选择大臣的时候，希望他忠诚老实，即使他没有什么技能，但他必须善良仁厚，发现别人比自己更有才能，就会十分高兴，就如同自己拥有才能一样，这样就不会嫉贤妒能压制别人了，他就会不断发现和使用更有才能的人。看见别人的美德就像自己拥有美德一般，也就会发现和使用拥有美德的人。这样，我们会拥有越来越多的人才，国家就越来越强盛。选择晋国的国君也是这样，以前我扶立晋惠公，是因为被他的花言巧语所迷惑，却没有看见他的真实面孔。

　　也许我对自己的想法太执着了，就被别人所利用。泛舟之役后，我仍然对他存有希望，但很快这样的希望就破灭了。于是我发起了对晋国的讨伐，所幸获胜了，但我还是被我自己的希望所迷惑。后来我又寄望于他的儿子，可是他的儿子和他一样，不仅私逃回了晋国，还忘掉了秦国对他的恩德，那么我还能有什么希望呢？

　　我发现有一种人是永远也不可能记住别人的恩德的，你无论怎样用心对他，都不可能得到回报，哪怕是很小的回报。我听说林中的狩猎者深知一些兽类是不可驯服的，你无论怎样喂养它，都不会得到它的一点温情。它总是会对喂养它的主人露出凶相。这样的野兽，你只有杀掉它，让它对你深怀恐惧。所以，我必须放弃对这样的人仅剩的一点希望了。你们所说的重耳，我从没有见过，但从别人那里知道他。不过，他的面影仍然是模糊的、不清晰的，我不能再一次犯错了。

　　既然你们都觉着这个人是可以信赖的，我便听从你们的话。可是重耳又在哪里呢？我又怎样才能将这个人找到？我要将他召到秦国，

古灵魂

亲自观察他，看这个人是不是如你们所说的。因为你们所说的，也是听别人所说，别人所说又是听另外的人所说。而且这个人已经离开晋国很多年了，尽管很多人跟随他，但他们在晋国已经失去了根底，他虽然保有晋国公子的身份，却对晋国所发生的一切都不知情。那么晋国的人们还会听从他么？

塞叔说，人的根底是他的德行，德行会让更多的人信服。他的德行会给他带来声誉，这声誉乃是自己德行的累积。只要这累积足够大，人们就会像看见高山一样，就会仰望它的山巅以及这山巅上的虹霓。仰望就会带来向往，向往又会带来听从，听从也就转变为跟从。既然许多人能够在十几年里跟从他，就必定会有更多的人跟从他。而且他一直在逃亡途中，必定遭受了很多磨难。遭受过磨难的人会懂得更多。君王可以将他召来，亲眼看见他的样子，这样你就放心了。若是晋国有了希望，秦国也就有了更大的希望，毕竟两个人同做一件事，比一个人会做得更快更好。

丕豹说，可是你就不担心晋国变得强盛么？若是晋国得到了一个雄心勃勃的国君，国人又愿意听从他，那么这个国家就会兴盛。若是我们的身边有一个强邻，秦国还能睡得踏实么？一个无道的君主固然可恨，但一个拥有仁德的强大君主岂不是可怕么？你看这几年的晋国，因为国君的残暴和无能，他的国人已经对他憎恨。他所说的，虽然也听从，但乃是出于恐惧，而不是出自真心。因而人心已经远离了他。人心一旦远离，国家就会混乱，混乱就会衰弱，衰弱就会覆灭，而这对于秦国来说难道不是好事么？

我说，我不惧怕别人的强盛，却担忧别人的衰败。真正的繁荣是共同的繁荣，真正的衰败也是共同的衰败。因为别人的衰败也预示着自己的衰败，只是看起来别人衰败了，你仍然显得繁荣。你见过荒地上一棵孤零零的大树么？最大的树不在贫瘠干枯的旷野上，而是在山中的深林里。因为这大树的周围也是繁荣的，它的繁荣所依靠的乃是别人的繁荣。别人好了，并不意味着自己就变得不好。你不要盼望别人的衰落，但要让自己变得更好。我现在想的是，这个重耳现在流落到了哪里？他究竟在什么地方？我能把他召到身边么？现在，不是晋国需要他，而是我更需要他。

这个人究竟是个什么样的人？我从没有见过重耳，但我的眼前不断晃动着他的影子。似乎他的面容是清晰的，我看见了他的眼睛，看见了他的重瞳，他的眉毛弯曲着，就像天空的残月，他的胡须花白了，因为他的年龄应该不小了。他从很远的地方向我走来，我等待着他走近我。但他在距离我不远的地方停住了脚步。他的脸上浮着一层和蔼，但却好像又深藏着什么。我的目光向这个陌生者投去，他却将头扭了过去。他好像看着自己的后面，并没有发现前面的我。

我从没有见过他，但我却似乎见过他。我记得晋献公去世之后，我曾派子显去安慰公子重耳，并试探他是否有意归国继承君位。那时他逃亡到了狄国。子显向他传达我的话，说，我知道，你获得或错过国君的位置就是在这个时节，这是你的关键时刻。虽然我恭敬和体谅你此时的严肃和哀伤，但也要告诫你，居丧的时间不可太长，想必你已经考虑过了，还是应该珍惜转瞬即逝的机会。机会过去了，就不会再有了。

重耳就对我的使臣子显回话说，君王能够派你来吊唁，这是对我最大的赏赐。我虽然在逃亡中，但父君的逝去让我哀伤，因为不能归国参加悲哀的丧礼而更加哀伤。父君的失去这是多么大的事情啊，我怎能在这个时候有所图谋。若是借着这样的机会来贪图私利，岂不是辜负了君王慰问的情义？他说完后以额触地，行了稽颡之礼，但没有拜谢，接着就在哭泣中起身而去，没有继续与子显交谈。

子显回来告诉我重耳的表现，我十分感慨，公子重耳真是一个仁德者，他叩拜但不予拜谢我的使臣，是他没有把自己当作君主的继承者，所以就不拜谢。在哭泣中起身，说明他敬爱父亲，内心哀伤。起身而去却不与来者私自交谈，这是表示远离自己的私利。这样的人还不能算一个仁者么？这是重耳给我留下的深刻印象，可是我毕竟没有见过他，我渴望能见到这个仁者。也许，我就可以见到他了。

重耳

我走了多远的路？连我自己也不知道了。这途中既有屈辱，也有快乐，可是毕竟这样的路太长了。我离晋国越来越远，可是我的心却距离它越来越近了，我似乎已经摸住了晋国的土地。因为父君的追杀，我逃到了狄国，又因夷吾的追杀我离开了狄国。我到了卫国，卫国的君主觉得我是一个失去了一切的逃亡者，对我慢待和侮辱，我愤而离去。我曾向农夫乞讨，农夫给了我土块，可是赵衰说，这是给我的土地，也表达了对我的臣服，所以我欣然接受了这土块，并把它放在了我的车上，可是这土块怎能使我消除饥饿？

但齐桓公是一个仁义的君主，他收留了我。他不仅用厚礼招待，还将同宗的齐姜嫁给了我，陪送了二十辆驷马之车。这样我才安定下来，生活安逸而快乐。但在几年之后，齐桓公去世了，齐国发生了内乱，而后是齐孝公即位，外敌乘虚而入，不断侵犯齐国，这使齐国越来越衰弱了。

齐国的生活太好了，我有着美丽的女人，有着美酒佳肴，有着我想要的一切。可是，赵衰和狐偃却一直劝我离开，到别的地方去。这么好的日子却要告别，那么我将寻找什么？齐国真是一个好地方，有着秀美的山林和四处漫溢的甘泉，有着云雾缭绕的山壑和成群奔跑的麋鹿，我想到什么地方就到什么地方，这样的日子在哪里还能找到？

尤其是我的夫人齐姜，她不仅美艳惊人，还内心贤淑，我又怎能丢弃这样的夫人？但是跟随我的人却希望我不要忘记回归晋国，不应该耽于享乐，安于平庸的生活。可是平庸的生活有什么不好？人的真正的幸福不在于山巅之上的寒冷之处，不在于云端之上的孤独之处，而是在平庸的安逸之中。我们所做的一切不就是为了幸福和快乐么？为什么必须用动荡和流浪破毁这平庸中的安乐？我不愿意离开齐国，我已经年龄不小了，不愿意再过颠沛流离的生活了，即使让我死去，我也要死在齐国。

有一天，赵衰和狐偃在野外的一棵大桑树下密商怎样离开齐国，但他们没有发现我的夫人的侍女就在这棵桑树上采摘。他们究竟说了些什么，我也不知道。但这侍女却将他们的谈话回屋告诉了夫人。夫人的举动让我吃惊，她竟然把这个侍女杀掉了，然后告诉我，并让我离开齐国。她说，我杀掉了我的侍女，是为了不让你的事情被泄露，现在她已经死了，没有人会知道你要离开的消息，你赶快离开吧，你应该知道你的天责，因为你是属于晋国的，齐国绝不是你的久居之地。

我说，人生来的目的是为了什么？难道不是为了幸福和快乐？难道不是为了安逸和享受？难道不是为了有一个安定的居所？这么多年的流浪生活已经让我品尝了足够的人世艰辛，我不想再过那样的日子了。我的很多本应享受的日子都消耗在路上，那是一条看不见尽头的路，一个个坎坷，一次次颠簸，每一天都让我精疲力竭。一开始我还迷恋路边的风景，觉得每一段路程都有不同的风景，但渐渐的，我发现疲惫和饥饿压倒了一切，路途上的所有事物都是相似的，差别消失了，剩下了丑陋的骸骨。

——我难道生来就为了逃亡么？就是为了流浪么？我从晋国逃了出来，就失去了自己的家园，成为一截漂浮在波澜里的枯木。我不知道自己要到哪里，也不知道自己到了哪里。我似乎由不得自己，我的一切都由着我下面的波浪决定。难道这就是我寻找的东西？我已经在这无穷无尽的寻找中失去了自己。而这无穷无尽是多么可怕。我不喜欢无穷无尽，我喜欢自己能够捕捉到的东西，我喜欢能够感受到，能够看到，也能够实现的。现在的生活就是我可以感受到、可以看到、也可以捕捉到的，所以我喜欢现在的生活，我再也不想于无穷无尽的折磨里寻找虚幻了，我要把虚幻丢弃到昨天，把真实留给未来。

她说，可你是晋国的公子，你不仅属于你自己，你还属于你的国家。你的身上已经负有更加沉重的天责，这是你生来就有的。你曾经有着鸿鹄之志，因而你走到哪里都会被各国的君主给予尊贵的礼遇。如果你仅仅是一个人，一个单个的人，你的背后没有你的国家和责任，你就只能在流浪的路上，不断地流浪。现在的流浪是有着流浪的目的，而不是简单的漂泊，而你是一个单个的人的时候，你的流浪就是真正的流浪，也不会有人跟随你。你要仅仅是为了到齐国贪图享乐，我又怎么会嫁给你呢？你又怎么会得到现在舒适的生活呢？

我说，那么我已经得到了，可又为什么必须放弃呢？得到这些是多么不易，可放弃它，却是在一念之间。我若现在失去我已得到的，

古灵魂

那么什么时候才会得到更多？命运不掌握在我的手里，我不知道我的命运究竟在哪里，但我现在看见的命运就在齐国，而不是别的地方。总之，我不会走，我绝不离开齐国，我已经把这里作为我的家园了。

她说，你说这些话的时候，我已经为你感到羞耻，可我曾经是为你骄傲的。你作为晋国的公子，是因为走投无路才来到这里的，你若不走，你仍然会走投无路。你若离开，你的路仍然属于你。你想想跟随你的人们吧，他们为什么跟随你？他们难道不知道过自己安逸舒适的日子？他们不知道幸福和快乐？他们将自己的生命和你的命运捆绑在一起，究竟是为了什么？他们忠于你，情愿过颠沛流离的生活，情愿侍奉你，情愿和你一起流浪，忍受痛苦和饥饿，不就是为了你能够回国，拯救衰败的晋国么？他们觉得你会成为一个好君主，成为一个有作为的君主，觉得你的身上有着德行的光芒，所以才和你在一起。可是你却贪恋女色、贪恋美酒和舒适安逸，你这样能报答跟随你受尽劳苦的忠臣么？

夫人说完之后，愤然而去。我看见夫人背影里的痛苦，看到她决绝的动作里的绝望，也看见她在出门的一瞬间挥袖擦泪的样子，我陷入了深深的沉默。我真的是那样让人厌恶么？我仅仅是不愿离开齐国，不愿离开我的夫人，不愿离开我习惯了的生活，却遭到了夫人的痛斥。我这样想，难道就身负重罪了么？

夜晚到来了，我慵懒地坐在地上，头脑是呆滞的，眼睛看着一片漆黑。我不想点亮灯，就想在这没有光亮的漆黑中沉浸。一幕幕往事在面前呈现。童年时代的欢乐，我在晋都的日子，美丽的花园和荷花盛开的池塘，夜晚此起彼伏的蛙声，以及秋天来临之后的秋虫的悲鸣，我好像看见了，也听见了。我被扶到了高高的树上，用手采摘悬在枝头的果子，那么红的果子，我用力啃了一口，那么甜，但这甘甜过后却是长久的酸，甚至感到了苦涩。这是一个小小的惩罚么？童年发生的一切都有着不能理解的深意。

从晋都到蒲邑，我一路奔逃。我看见自己惊慌的样子。寺人披挥起的剑，那是一道光，从我的手臂上一闪，我的袍袖掉落了。我又往狄国奔逃。父君严厉的目光，一次次从我的背后射来，我感到万箭穿心的疼痛。我还看见了太子申生和狐突，他们已经死了，可我还能真切地看见他们。他们没有像我一样奔逃，所以他们的脸是镇定的，但眉宇之间却露出了悲愁。是啊，我在一路狂奔，而他们却一直站在那里。一个个日子飘过去了，就像一片片落叶一样，飘过去了，我却沉浸于一片漆黑之中。

我听见有人在呼唤我。我听出这是夫人齐姜的声音。她的声音是温柔的，她不是还在愤怒之中么？我不是还在她的义正词严的痛斥之中么？我不相信这是她的声音，但这声音还是将我唤醒了，我从这漆黑里走了出来。灯火的亮光让我久久不能适应——我的眼前是夫人为我准备的丰盛夜宴，赵衰、狐偃、狐毛和介子推等众臣已在前堂等待。

我不知道他们要做什么。这时夫人齐姜说，我这是向你赔罪的，我不该对你那样说话，我是你的妻妾，嫁给你就应该听从你，做好侍奉你的事情。现在齐国陷于混乱，我劝你及早离开是为了你的安危，却不该冲撞你。我知道你有自己的想法，我的想法也许是短浅的，但我又想说出自己想说的。我设置了筵席，又将跟从你的众臣招来，就是为了当众向你赔罪，你今夜要痛快饮酒，以消除我给你带来的怨气。

我说，夫人所说的也许是有道理的，我哪里会有什么怨气呢？我只是不想失去这样的生活，我觉得齐国真是太好了，我想过的日子就在这里。在别的地方怎能找到这样的快乐？我一直在黑暗里静坐，我所经历的，都在我的眼前闪过。除了我的童年，以后一直在逃命的途中，我不知道这样的光景什么时候能够结束。所以我的心是忧伤的，我的眼前是迷惘的。我的年龄越来越大了，晋国也离我越来越远了。所以我开始喜欢过这样的日子，我不愿意轻易抛弃这样的日子，我也离不开你，我的夫人。

夫人说，好吧，我知道你的情意，我永远忘不了你对我的深情，我想要的，你都给我了，我还有什么可求的呢？我们在今夜痛饮美酒，忘掉所有不愉快的事情吧。而且，这么多人跟随着你，受尽了劳累，也应该多一点快乐，少一点忧伤。齐国虽然距离晋国很远，愿我的夫君在这里感受到和晋国同样的温馨。我说，这样的夜宴让我太高兴了，我们就一起举起酒盏吧。我举起了我的酒盏，一饮而尽。

这酒盏里有我的所有的日子，有我的所有的痛苦和悲伤，也有我所有的幸福和快乐，它既有遥远的晋国，也有眼前的齐国，既有我自己，也有跟从我的所有的人，它的里面有着深邃的光，又被这耀眼的烛光所照射，我从中看见了光芒四射的一切。我看见了自己也看见了别人，我看见了所有的人和事，看见了自己的路和我自己的脸。我看见了一切。

那一夜，我不知喝了多少美酒，我的眼前渐渐变得朦胧，一个个人影在晃动，一切竟然变得更加虚幻了……万物都浸泡在美酒中，万物都向我聚拢过来，我感到这黑夜里的光明逐渐探入更深的黑暗，我向着这黑暗开始狂奔，就像我再一次逃命。我的腹中发热，我的浑身在发热，我变为一个黑暗的火球，在深邃的看不见尽头的暗夜滚动。

不知过了多久，我感到身边有人在轻轻说话，也感到自己的身体像漂浮在水上，微微睁开眼，蓝色的天光一下子穿透了我。我接受不了这样的强光，又闭上眼。我在想，我这是在什么地方？莫不是在梦中？怎么会有这么蓝的天空？我不是在夜晚和众人一起饮酒么？我的夫人呢？我猛然醒来了，看见我身边的赵衰和狐偃，他们正在说着什么，又听见了车轮和马蹄的声音，我怎么会在颠簸的车上？

我问，我们在哪里？狐偃回答，我们早已离开了齐国，已经走了很远了。我又问，我记得我们在黑夜饮酒，现在怎么走在了路上？狐偃说，你昨夜酩酊大醉，我和夫人一起把你抬到了车上，这是夫人的计谋，不然你怎么会离开齐国呢？我一跃而起，愤怒地说，想不到你们会欺骗我，我要杀了你。我寻找着，拿起了旁边的长戈。狐偃敏捷地跳下了车，朝着远处奔逃，我持戈追赶。他边跑边说，你若杀了我，就能成就你的大事，那我就情愿去死，死有什么可怕的呢？可怕的是你忘掉了自己所要做的事情。

我追赶着，说，若是事情不能像你说的那样，我们回不到晋国，我就吃你的肉。他笑着说，我是天生的野兽，我的肉有着腥膻气，我的肉又粗又硬，你即使吃下去也咽不到肚子里。我也笑了，我喘息着，坐在了荒野上。我的怒气没有了，可是我的夫人也离我远去了。

我开始思念我的夫人齐姜，她的脸在我的眼前出现，她的话语在我的双耳飘动。我俯下身子，双手捂着自己的脸，热泪从手指的缝隙里涌了出来。

卷三百零八

狐偃

　　已经走了一个夜晚了。天亮之后已经看不见齐国的都城临淄了，它早已消失在茫茫夜色里。昨夜的星辰已经停留在了昨夜。夫人为了让公子离开齐国，施展了计策，设宴狂欢，让公子醉酒沉睡，我们借机将他抬上了车。夫人是足智多谋的，也胸怀大义，为了公子的未来，舍弃了自己本应美好的生活。她曾劝说公子离开齐国，但公子贪恋安逸，不想再踏上流亡之路了。

　　但我们深知公子只要离开齐国，他曾经的志向将回归自己。他实际上并没有忘记，只是他不愿意想起曾经的一切。这一切真是太痛苦了，谁又愿意不断回忆痛苦的往事呢？车轮发出轧轧的声响，它提醒着我们，我们一旦离去，就不可能回去了。齐国留下了我们几个春秋的时光，留下了我们的快乐，但我们必须与所留恋的告别，到苍茫的路上寻找失去了的晋国。我知道，我们所走的每一步，都沾着晋国的泥土。

　　公子还睡在车上。看来他昨夜醉得太厉害了，根本不知道我们已经在路上了。车轮在滚动，骏马的马鬃在风中飞扬，我的视线在夏风

古灵魂

里飘动。几年来在平静中的焦虑一扫而空。我们终于向另一个国家出发了，先去的地方是曹国，这是一个小国，我们不可能停留太久，因为最终的目的地是自己的晋国，我们回去的日子不会太远了。

我走下车，和赵衰开始轻轻交谈。我们生怕把公子吵醒，让他多睡会儿吧。公子的鼾声夹杂在各种声音里，车轮的声音、马蹄的节奏和微风的吹拂，以及四周从远处和近处传来的各种声响。他的鼾声是均匀的，似乎和我们的步伐一致。他的沉睡从昨夜的醉酒开始，一直持续到现在。沉睡是焰火绽放的开始，没有沉睡怎么会有一个美好的梦？

赵衰说，我们终于离开了，公子是多么留恋齐国啊，齐国的确是美好的，有着无数的涌泉和河流，还有无边无际的大海，我只是不知道大海的另一边是什么。我说，大海没有另一边，大海已经是大地的尽头了，大海是无边无际的，只有海浪和海浪，可能其中也有一些荒凉的岛，但不会有人在那里居住。我们是地上的人，没有必要去想大海的另一边。大海是荒凉的，是可怕的，它的存在只是为了表明我们的生活边界，并给我们以恐怖的警示。它告诉我们能做什么，不能做什么，你不能做的就不要去想。

赵衰说，可是它也许就是引诱我们去想做不到的事情，我听说齐国很多人都乘着船到大海的深处，但他们都没有回来，是不是他们发现了更好的地方，就不愿意回到我们的中间了？也许他们都死了，大海里就像地上一样有着各种猛兽，或者还居住着不可侵犯的神灵，他们一旦到了那里，就不可能返回了，可能连骸骨都找不到了。

我说，唉，谁知道那么多呢？好奇是危险的，因为你的发现就是你的毁灭。就说夫人齐姜的侍女吧，她在桑树上偷听了我们的谈话，就被杀掉了。她是多么冤枉，她仅仅是偷听了我们的谈话就遭到了灭顶之灾。她要是在树上发出响动，我们就不会继续交谈了。但她却有着好奇，希望知道我们说些什么。若是她把我们的谈话不告诉夫人，她也不会死，但她却想用这样的方式讨好别人，也想把自己知道的与别人分享，但她因此泄露了秘密。人的秘密尚且这样，何况是天神的秘密？我们都想知道天神的秘密，一旦探知这秘密，就是可怕的。所以不要对天地之间的秘密充满好奇，我们知道什么，就是我们该知道的，不该知道的，就不要知道，也不必知道。

赵衰说，那个侍女死得太冤了，夫人是智慧的，可是也是狠心的，智慧是不是和凶狠联系在一起？许多智慧不是空谈，而是通过凶狠来实现。若是寻常的女人，必定会挽留自己的丈夫，让他留在自己的身边。但是夫人齐姜却不是这样，她是将公子推开，让他设法回到晋国，以便做他应该做的事情。你说这是不是也是狠心的？可我们把公子放到车上，她又不断流泪，我真是捉摸不透一个女人的心事。她究竟是怎么想的？

我说，这才是女人中的大丈夫，她没有被儿女情长所羁绊，也没有只考虑自己的私利，而是能够将目光放到天下。她的内心有着悲伤，但又能自己克制。她深知自己将失去，但仍然决然地将这失去作为得到的。她也是骨肉做的，但她却宁愿忍受诀别的苦痛，也要成就别人，这岂是一个一般的女人所能做到？我问，我们离曹国还有多远？

赵衰说，可能不会很远了，可我们还没有走出齐国呢。将来我们公子做了国君，晋国的疆土定会比齐国还要宽广。我说，我们离曹国还很远，什么时候才能回到晋国呢？他说，会的，不会太久的。以公子的贤德和声望，必定能够找到一个大国，并护送我们回去，这一天不会太远了。你想吧，我们跟随公子走了这么多路，受了这么多磨难和艰辛，又经历了这么多的国家的种种变故，公子已经不是原来的公子了。他有了更多的见识，也有了更大的胸怀，对于每一件事情都了然于胸，他做事能够采纳别人的直言忠谏，也有自己的主见，治理国家需要的真知灼见和宽宏气度，公子已经具备了。

我说，是啊，一个人是需要历练的，只有经历过的，才知道其中的苦辛，只有亲眼所见，才看见其中的得失。公子是细心的，也是敏锐的，但他的年龄也越来越大了。你看他怎么也不想离开齐国，他太迷恋温馨的窝巢，不想高飞了。一个人老了是不是就是这样？

他说，那是因为公子经过十几年的逃亡，不想将余生在逃亡中度过。我听说，东海就有一种大鸟，它的寿数很大了，但从来都在天上飞着，从不会降落到地上。它饮着云中的雨水，吐纳着天地之间的灵气，从大海的波涛里捕捉生长了几百年的大鱼，捕鱼的时候，在大鱼露出水面的一瞬间，它就会伸出长爪，轻轻拿起。它不愿意让自己的身体沾染海水。它的志向就是一直飞，一直飞。我们的公子就是这样的大鸟，他对生活的留恋是暂时的，因为他还没有找到真正的生活，所以这样的留恋也许仅仅是一个念头，一个迷惘中产生的念头，但他真正的生活就是飞，一直飞。

夏天的热气开始蒸腾，我的脸上开始流汗。路上没什么行人，只有我们十几辆车在行进。我们的车走在前头。两旁的山势已经平缓，道路开阔起来。我不认识的各种树木在瑟瑟作响，脚下的野草不断被车轮轧倒。树木顶端的树叶发出一阵阵白光，就像是白银打制的，它们那么耀眼。林中的鸟儿不断啼叫，它们说着自己的语言。一只浑身长满了七彩羽毛的飞鸟突然惊起，从我的眼前一掠而过，它飞过的空中，似乎留下了一道彩虹。啊，这是什么鸟？这么漂亮的飞鸟，我还是第一次看见。但它飞得太快了，它的影子很快就消失在路旁的密林里。我却停下了脚步，一直看着它消失了的地方，心中怅然若失。

卷三百零九

赵衰

公子醒来了，他问我们这是在哪里？我告诉了他。他愤怒地跳了起来，拿起了车上的长戈，追赶狐偃。狐偃在野地里跑着，公子在后面紧紧追赶。但他怎能追得上狐偃呢？狐偃在前面不断回头，看着公子傻笑。公子说，我要杀了你。狐偃回答，你杀了我吧，若是杀了我就能成就你，那就杀了我吧。

公子追赶，狐偃就跑，公子累得停下了，狐偃也停下了。公子生气地坐在了地上。他把长戈放在一边，叫骂着，说，你们骗了我，若是事情不能成全，我要吃了你的肉。狐偃笑着说，我的肉没那么好吃，有着腥膻气，有着骚味，我是野兽变的，你吃了也咽不下去。公子坐在那里，喘着气，接着他沉默了，看着眼前的长戈，好像想起了什么。

我走了过去，开始安慰他。我说，公子，这是夫人的主意，她一直劝告你，你却执意留在齐国。她也是为你着想，她怎么愿意你离开呢？夫人为了你，竟然舍弃了你，还杀掉了她宠爱的侍女，你就不想想她的良苦用心么？若是不能做出一番事业，你就辜负了她。我现在还记得她告别的时候，一直流着眼泪。尽管是夜晚，我看不见她的脸，但她一直用袍袖擦泪。她跟着我们的车，跑着，追赶着，但最终还是在夜色里停住了。

公子哭了，他捂着自己的脸，发出了野兽般的、压抑的呜呜声。我第一次听见公子这样的哭声。我就坐在他的身旁，默默地陪伴他。让他哭一会儿吧。我听着这压抑的哭声，我也感到了自己胸腹中有着某种压抑的东西。我的胸膛里就像垒着石头，这石头里有着凝固了的渴望，也有着神的安排，我不能逃脱的安排。我的身体一动不动，我被这沉重的力量压住了，我也想哭，但哭不出来。我没有眼泪，没有能够从身体里流出来的东西。我的泉眼被堵住了，我的泉水只能倒流，从里面流入更深的里面。

夏风从半空吹来，来到我面前的时候，贴着地面，似乎要将我身边的野草连根拔起。野草摇动着，就要飞起来了，可是就在即将起飞的一瞬间，它停在了原处。它稳住了。它被我的石头压住了。这是一株很小的草，四周是荒凉的，只有它在生长。它张开了四个叶片，指向了四个方向。它已经暗示了自己，也暗示了我所在的地方。我要在这四个方向中予以选择，可是它的每一片叶子几乎都是一样的。我的心里掀起了一阵阵骚动，仿佛这外面的风不是来自我所不知道的地方，而是来自我自己。我的身体里有着更大的风暴，但这风暴却被我的越来越高的石头挡住了。

放在公子身边的长戈是悬空的，它被土块支了起来，这是为了让它投下自己的影子，细长的、有点儿变形的、蛇一样的影子。它好像能够蹿动，我只要一碰它，它就可能逃之夭夭。它的铜尖是闪光的，阳光不断停留在它的尖端，它要将我和公子一起照亮。公子的哭泣似乎撼动了这光斑，它跳跃着，躲闪着。一只虫子，绿色的虫子，沿着长长的木柄爬着。这是它的路么？它要是这样行走，很快就会走到路的尽头。

我说，虫子啊虫子，你是陌生的，你要到哪里去？它不断将身子缩回来又伸开，它行走的样子是可爱的，但实在是太慢了。我将自己的目光对准它，但它的眼睛却看着前面。它既不会回答我的问话，也不理睬我。又是一阵风，它摇晃了一下，还是从这木柄上掉下去了。也许，这虫子也有它的命运，虽然我不知道前面等待它的究竟是什么，我想，它也不会知道的。在这个世界上，谁又知道什么呢？

我想起昨夜的狂欢。我们痛饮着美酒，又站起来跳舞。粗野的歌声震动了天上的星斗。齐国的美女是漂亮的，她们有着美好的身姿，她们的每一个姿势都充溢着柔情，但我知道，我们都不能沉湎于其中。美好的事物都是短暂的，我们所寻求的是永恒的。在这激情四射的夜晚，我的内心却充满了离别的悲伤。公子不知道这将要出现的离别，他不知道。所以他是最快乐的。夫人依偎在他的身边，不断劝他喝酒。那迷离恍惚的眼神在灯光的照耀中更加动人。公子一会儿看看她，然后就一饮而尽。在空阔的屋子里，挤满了喧哗和人影，每一张脸上洋溢着欢笑，然而在这欢笑的背后却遮盖着墙壁上的一个个黑影。那些不断晃动的黑影不知道究竟属于谁，但其中必定有一个属于我。

这样的欢笑不知意味着什么。是离别的忧伤？还是未来的渺茫？还是歌吟中的虚空？还是对命运的诅咒？没有真正的狂欢，只有真实的悲歌。介子推在举起酒盏的时候，引吭高歌，他的歌声中有着我们内心的苦痛，有着对齐国的迷恋，也有着流浪者的忧虑。他的歌声好像不是从喉咙里发出，而是从屋外的夜空里降下，从头顶上盖了下来，让酒樽里的酒扬起了波澜，让每一个人的灵魂飘起了雪花。我的浑身突然感到了寒冷，我突然在这歌声里变成了冰，所有的往事从这冰上滑向对岸，并落满了寒光。

可是昨夜已经过去，现在我们却由狂欢转向了又一次流浪。前面隐约有着方向，但这方向乃是心里的方向。在现实里，这方向只有一个，那就是前方。我们来到了平缓的土地上，偶然有几个农夫在庄稼地里干活儿。我不知道他们在做什么，只是看见他们从浓密的谷地里露出了头。有时候他们会站起来，腰身也会露出来，头顶戴着的斗笠像树上鸟儿的窝，破烂而实用。更多的是丛林，在高低起伏中拦住了远山的白云。

我坐在公子的身边，环顾四周，每一处景观既是熟悉的，也是陌生的，它们好像在哪儿见过，但又想不起来了。这就是我们的路。所有的路都是这样，所有路边的风景也是这样。正是这既熟悉又陌生的一切，从我们的身边向后退去，退到了它们本来在的地方。长戈仍然横在公子的身边，他的低声哭泣和昨夜高昂的歌声交织在一起，他低着头痛苦的样子和昨夜欢乐的样子重叠在一起，我们的影子从昨夜的墙壁上转移到荒地上。

时间一点点过去了，车停在路上，等待着，等待着，我们都在等待。可是我们究竟等待着什么，却不知道。也许在这低声的哭泣中，我们在等待一束光，等待前面突然出现的一束光，等待它的照射。可

古灵魂

是在这无穷的光阴里，在这无穷的天光的覆盖下，这一束光隐没在所有的光中。也许我们已经接受它的光明，但却感觉不到它就在那里。因为众多的光的覆盖，我们所期望的那束光在看不见的地方。

我对公子说，不用太伤心了，离开的已经离开了，我们还是在路上寻找属于我们自己的东西吧。也许一切都在我们的身边，但我们却毫无所觉。公子松开了捂着脸的手，擦了擦眼泪，默默站了起来。我拾起他的长戈，跟着他上了车。车轮又开始旋转，马蹄又开始发出嘚嘚、嘚嘚的声音，单调而沉闷。狐偃一直低着头，好像自己做错了什么，或者他思考着什么。很长时间，一直在这忧伤的沉默中，所听见的只有微风遮掩着的无边的寂静。我对公子说，曹国离我们不远了。

卷三百一十

介子推

　　我一直跟随公子重耳，从晋都到蒲邑，又到狄国，再辗转到了齐国。在齐国过了五年时光，谷子收了五茬，树叶落了五次。这时间是多么漫长啊，一天又一天，就这样过去了。我不善言语，总是默默地跟在公子的身后，随时等待公子的呼唤。公子去狩猎，我就准备好车马和弓箭。公子去山林野游，我就预备野炊的器具。公子若是出行，我就检点好车上的每一个部件，不让一个榫卯松动。公子谈论天下大事，我就在一旁默默聆听。

　　我相信公子必定成为一个明君，他所谈论的都是高深玄奥的，他总是能够从细小的事情中洞察大势，从一片落叶里看见秋天的到来。当我还在想着眼前的事情的时候，他的目光已经投向很远的将来了。他注定是一个非凡的国君，只是他还在逃亡的路上。就像山林里的猛兽，它还在洞穴里栖身。他有着不同寻常的魅力，他的谈吐让沿途的君王折服。只有那些目光短浅的人才把他仅仅视作一个逃亡的公子。

　　公子有一双能够往深处看的眼睛，当我们仅仅看见山崖的洞穴时，他已经看见了洞穴里面藏着的东西。当我们看见一棵树的时候，

古灵魂

他却看见了地下的根须。他善于发现事物隐秘的部分。他也善于洞察人的心灵。当一个人出现的时候，他看见这个人，就差不多看见了他的内心，于是就会决定是接近这个人，还是远离他。他所许诺的，必定不会失信，他内心的道德所否定的，就不会接受。他也有犹豫的时候，但他总会将自己的想法说出来，仔细倾听别人的看法。若是别人说得对，他就能采纳，说得错了，他又能宽容。

当然，他也是一个真实的人，也有留恋生活的时候，但只要你有足够的理由，他最终会改变自己的决定。比如说在齐国，他已经不想离开了，无论是情感还是生活的安逸，他想着如何保有现有的，几乎遗忘了从前的志向。但夫人和我们设计让他醉酒之后，就将他放到了车上。他不知道自己已经离开了他不想离开的地方，但他一旦获知了真相，他也能在痛苦中接受这样的现实。他热爱生活，是因为他心里有着爱，他暂时忘记了他一直想做的，也是不想放弃爱和善。这是因为已经获得的满足中有着上天赋予的爱和善。

因而我愿意为这样的人付出自己。记得有一年我们逃到了卫国，一个叫作里头须的随从偷走了我们携带的资粮，逃到了深山密林。公子十分愤怒，想追杀这个人，经众人劝说，就渐渐平息了愤恨。公子开始责备自己说，他偷走了我的资粮，说明我不会识人，我没有辨明这个人藏着私心，也没有看清这个人的不忠和无德。既然我没有看清楚我眼前的人，又怎么能看清远处的东西呢？我失去的是活命的食粮和行路的盘缠，但我却从中得到了教训，那么我所得到的胜于我所失去的。那就让他逃命去吧。

公子的宽容大度让我感动。他能容忍一个偷盗者，还有什么事情不能容得下呢？因为别人的罪而自责，还有什么事情不能反思自己呢？一个能够从自身寻找原因的人，必定是可以成就大事的，这一点我从不怀疑。可是这也给自己带来了烦恼。我们因此沦为了一群衣着破烂、忍着饥饿的流浪者。公子平日衣食无虞，何曾经受过这样的磨难。他因饥饿而浑身无力，在车上昏昏欲睡，甚至就要晕过去了。

我们向田间的农夫讨要吃食，但农夫却顺手从地里捡了一块土，递给公子。这简直是对公子的侮辱和戏弄。公子勃然大怒，拿起长戈就要杀掉农夫，但赵衰劝住了公子。赵衰说，土块就是土地，农夫献给你，就表示对你的臣服，你应该施礼接受它。于是公子听从了赵衰的劝谏，施礼接受了农夫的土块，并将这土块恭敬地放在了车上。我看见这样的情景，背过身去，偷偷地哭了。

我说，我去寻找一点吃食吧。公子点点头。我就来到了山沟里，用刀割下了自己腿上的肉，又采摘了一些野菜，煮了一锅汤，给公子献上。公子吃着这野菜和肉煮的汤，十分满足地对我说，我从来没有吃过这么好的饭菜，真是太香了。我忍着剧烈的疼痛，对公子笑着说，人只要吃饱了才会有气力，也许走不了多久就会有丰盛的宴席了。狐偃说，我们到了另一个国都，国君一定会设宴款待。

但我还是没有掩盖住真相。我走路时一瘸一拐的样子被赵衰发现了。他问我，你为什么这样走路？是不是生病了？还是在哪里受伤了？我摇摇头。他强行察看我的腿，我才将事情告诉他。我再三嘱咐不要将这件事情告诉公子，可他还是告诉了公子。公子立即看我的伤口，流着泪说，我只知道你采来的饭菜太香了，不知道我吃的是你的肉啊，我一旦做了君王，定要报答你的忠诚和恩德。

可我能对公子有什么恩德呢？我失去的仅仅是一块肉，忍受的只是短暂的疼痛，而且这块肉很快就会长出来的，留下的不过是一个小小的伤疤。公子将来是晋国的国君，他的恩惠将是阳光雨露，将洒遍整个晋国，甚至更广阔的地方。我的生命是属于公子的，只要能够成就公子的大业，我即使死去也毫无怨言。因为公子所能做的，我做不到，公子所能看到的，我也看不到，所以我的付出就是为了换取给予民众的恩德。一片云，就是为了为地上降下甘霖，我就是为了将自己放到更大的云影里，以获取更多的甘雨。

现在我们离开了齐国，一路来到了曹国。但在曹国并没有待多久。曹国的大夫僖负羁恭敬地私访，给公子送来了菜肴和肉食，公子接受了这样的礼物。他们交谈了很久，谈论天下大势，十分融洽美好。僖负羁走了之后，公子饿了，就享用送来的食物，却发现这食物的下面放着一块晶莹的玉璧。他说，我不能接受这么贵重的礼物，我已经享用了美食，应该将这玉璧还给大夫。于是公子差我去僖负羁的住处，把玉璧还给了他。

僖负羁从我的手里接过玉璧，说，这本是给公子的礼物，以表达我的敬意，可是公子却不接受，让我感到惭愧。我说，公子让我转告，他接受了你的美食，已经十分感激，再接受你的美玉，就受之有愧了，而且以后也不知怎样才能回报。他说，我听说公子贤良而有智慧，仁德而志向高远，我只是表达我的钦佩之情而已。既然公子不接受我的薄礼，我也就不能勉强了。请你转告公子，若需要我的时候，我必愿为公子效力。

紧接着一件意想不到的事情发生了。在公子沐浴的时候，曹国的国君曹共公偷看公子的身体，他对公子的骈胁充满了好奇。但却被人发现了。据说，他曾和大夫僖负羁说起，想看看公子的骈胁究竟是什么样子。僖负羁说，晋国公子重耳是一个贤明的人，他的德行早已远播，也许以后就会成为晋国的国君，各国的国君都将其待为上宾，现在他仅仅是因为暂时的穷困路过曹国，国君不可对他无礼。可是曹共公并没有听从劝告，竟然偷窥公子沐浴。公子知道了这件事，感到受到了侮辱，决意离开曹国。

僖负羁代国君致歉，但公子绝不原谅这样的轻慢和侮辱，他对僖负羁说，我知道你是贤良的大夫，但曹共公却不能任用贤臣，这样的国君怎能治理好一个国家？我虽然落难至此，但我是晋国的公子，他却这样侮辱我，我怎么还能继续留在曹国？这是一个毫无德行的国君，曹国怎么能兴盛和持久呢？你对我的善意，我将永记在心，我一旦摆脱困境，必定要回报你。可是现在我的前途渺茫，自己都不知道要走向哪里，我所说的也许并没有意义。

就这样，我们离开了曹国，然后来到了宋国。宋襄公是一个有德行的国君，但他的命运却并不好。他曾与陈国、郑国、许国和曹国的国君约定，与楚国的楚成王一起在盂地会盟，但楚成王违背约定，率军赴会，拘捕了宋襄公，并押解着他攻打宋国都城。由于宋国公子目夷的顽强抵抗，楚成王没有攻破宋都商丘，不得已释放了宋襄公。

但宋襄公不甘受辱，决定联合卫国、滕国和许国讨伐依附于楚国的郑国。公子目夷和大夫公孙固劝谏，但宋襄公未能接受。楚成王为了解救郑国之危，亲率楚军进击宋国，宋襄公仓促迎战。在泓水之滨，宋军占据了有利地形，在秋风中列阵迎击楚军。秋风已经越来越

古灵魂

大了，开始扫除树上的叶子。泓水的波澜一阵阵被掀起，浪头不断拍击着河岸上的石头。岸上的树木在狂风里摇动，天空的飞云从山头上涌起，杀气和血腥在地上蔓延。

楚军开始渡河的时候，大夫公孙固说，敌军众多而我军太少了，不能采取常规的战法，必须在敌军渡河到中流的时候进击，方可以少胜多。可是宋襄公却不愿意这么做。他说，宋军是仁义之师，不能在别人在险境中获利，也不可把别人逼迫到困厄之中。当楚军渡过泓水之后，公孙固又一次谏言，说，应该趁着敌军阵列混乱、立足不稳，发起攻击，可一举击溃对手。宋襄公又说，按照古老的约定，我们不能在对方没有擂击战鼓和没有形成军列的情形下发起攻势，这有悖于攻伐的古制和礼仪。即使在危亡之时也不能忘记仁德和礼节，否则我们将为天下所耻笑。

公孙固说，我们所面对的是毫无信义的楚成王，他没有仁德，也不守古礼，而是以诡诈行事，对待这样的敌人，怎能讲求仁义和古制呢？对待仁义者，我们就要更加仁义，但对待诡诈者就必须用诡诈应对。宋襄公说，别人的诡诈归于别人，我们的仁义归于自己。不能因为别人的诡诈使我们变为诡诈者，也不能因别人的背叛仁义而使我们也沦为背叛者。自古以来，仁义之师坚守正道，不伤害受伤的敌人，不俘虏白发老者，不在敌军困于险境中取胜，也不能攻击没有列阵的敌军。若是我放弃了古则，我活着又有什么意义？取胜还有什么意义？所有的取胜都应是天道的取胜，都应是仁义的取胜。

这样的结果可想而知……我们来到宋国的时候，宋襄公刚刚战败归来，他也身受重伤。即便这样，他早知公子的贤明和仁德，就带着重伤按照国礼接待了公子。宋襄公的仁义成就了他的心性，也因此而兵败泓水、负伤而归。宋国大夫公孙固和狐偃曾是好友。公孙固对狐偃说——我的国君太仁善了，他不知道野兽的本性，所以不能成为一个好猎人。他只知道自己，却不愿意知道别人。他用自己的心去推测别人，而别人却不是他所推测的那样。一个仁善的国君，能够对他的国人施与仁善，因为仁善乃是国人拥戴他的原因。但是对狡诈的敌人，仁善只能成为狡诈者火上炙烤的肉，仁善就成为仁善者的弱点，而这样的弱点经不起尖利长矛的击穿。

狐偃说，你的国君毕竟是一个仁善者，但他的仁善不能被效仿。他所想的是仁善的兴盛而不是国家的兴盛，他也想的是自己的仁善，并以这仁善给天下做榜样，以自己的失败告诉天下乃是存有仁善的。他讨伐郑国，不是为了灭亡郑国，而是为了讨伐楚国的背信弃义，告诉别人不能依附背信者，这样的依附就会让仁义归于覆灭。他也要在这讨伐中消除自己的屈辱，即使身负重伤能获得自己的尊严，也仍是值得的。他虽然在泓水之战中战败，但我仍然钦佩这样的战败者。

公孙固说，公子也是仁义者，我早就听说了。若是他做了国君，就不要在仁义的漩涡里挣扎，那样一个国家就不可能兴起。在野兽的丛林里，就要知道野兽的习性，决不能用仁义来等待野兽的牙齿。狐偃说，你说的有道理，但我仍然钦佩你的国君。让野兽仍然是野兽，让仁义者仍然是仁义者。我们有时会受困于兽阵，但我们仍然应知道自己是人。

我听着他们的交谈，也陷入了深深的迷惘。我不知道一个人应该怎样做才是对的，也不知道一个国君应该怎样做出选择。显然，做一个国君和做一个人是不一样的，一个国君不仅仅是一个人，他还是一个国君。若是公子做了晋国的国君，他将成为一个怎样的人呢？我看着饮酒的公子，看着他的每一个动作，他的侧影在我的眼前渐渐虚化，整个世界也开始虚化了。我仍然是一个侍奉者，我的职责就是侍奉公子。我该只有眼前的公子，不应有将来的国君，因为将来是不可知的，我为什么要想不可知的事情？

所有不可知的，都归于天神。我若要知道那不可知的，就是对天神的僭越。可是我越是阻止自己，自己就越是深陷其中。我在一片泥淖里凝住了。我只有停住挣扎，才能获得援救。公孙固走到了公子身边，轻轻说，宋国是一个小国，它已经自顾不暇。它兵败不久，兵败之后就是衰败，这是兵败的结果，而不是仁义的诅咒。我们不可能帮助你，也失去了帮助你的力量，你若要成就自己，还需要大国的扶助。宋襄公虽然敬重你，也给了你诸侯的礼遇，但这乃是对你的仁德的钦敬，也是对你将来的寄望。但你所需的不仅仅是这些，你所需的宋国给不了你。你现在的选择应该是离开。

听了这样的话，公子起身拜谢。一天又要过去了，宋国的一切是美好的，但我们所追求的不是美好，因为美好会毁坏真实。我看着他们说话的样子，听着他们所说的，却不知道这真实在哪里。或者真实是不存在的，即使是眼前所见，也未必是真实的。我的想象越过了躁动的人影，似乎已经在另一条路上了。可是我又被一座荒凉的山挡住了去路。总应该有一条路，也许是一道峡谷，布满了石头的峡谷，两边高高的危崖向我压来，我的裸脚被激流所冲刷，我似乎站立不住了，又有怪兽用利牙咬住了我的肉，我想在疼痛中尖叫。

落日是辉煌的，它在沉没的时候，仍然放出了耀眼的光芒。我竟然没有意识到一天的尽头，它竟然从开始就要走到这个时候。我们停住了，它仍然在行进。似乎时间并不属于我们，而是包含在落日里。我站起来，注视着这一天中的最后一幕。落日越来越红，它的圆形的边缘是清晰的，甚至就像画出来的。它碰到了远处的山顶。它被这强烈的碰撞所震颤，它在痛苦中跳跃了一下，然后迅速地消失了，被一个巨大的淡蓝的山影吞噬了。渐渐地，山影的颜色越来越深，射出了深的黑。

　　我们急促地呼吸，将喂足了草料的骏马套在车上。公子上了车，我跟在车的后面。我回过头来，看见公孙固和宋国其他的人，在向我们施礼告别。公子也回头施礼。天色已经发暗，天空的蓝色失去了，露出了它的本色，那就是黑。有一颗明亮的星在天幕上熠熠闪光，它那么孤独，那么寂静。在送行者的目光里，我们消逝于茫茫暮色。

卷三百一十一

农夫

夏天的夜晚真是太凉爽了。我在田间照看我的谷子，它们长得很好，看来这是个好年头。我从田间归来的时候天已经黑下来了，我的手里拿着从地里采摘的野菜，坐在我的草屋前乘凉。这一天太累了，我很想立即进入睡乡，但又舍不得这凉爽的时光。

我就这样坐着，天上的群星神奇地列阵，据说，从前曾有兵家从这星阵中揣摩出变化无穷的阵法，用于人间的兵法。这兵法太复杂了，所以仅仅用过一次，就是黄帝和蚩尤在涿鹿争战。黄帝用这样的阵法击败了蚩尤，但这掌管军事的军师不久就死去了，这阵法也随之失传了，以后再也没有什么人可以再现这样的星阵。

星群照耀着我。还有远远的天边的一弯残月，它那么低，快要挨住远处黑黝黝的山头了。它已经被群星淹没了它的光辉，只有在山边漫不经心地徘徊。蚊虫的声息就在双耳边，还有来自更远的声音，遍地的虫鸣震动着，它们在野草间，也在我的谷地里。它们太多了，从四面八方向我围拢过来，都汇集到了我的双耳。偶然会有野兽的低嚎，它还不睡觉？这样的夜晚，它呼唤谁？

中午的时候，有一个行路者告诉我，晋国的公子重耳来到了宋国，国君正在招待他。跟随他的有很多人，不知他是路过还是要在宋国住下来。我们还聊起宋国的国君在泓水之战中受伤的事情。据说，国君不忍心在楚军渡河的时候发起攻击，在楚军还没有列阵的时候也没有发起攻击，贻误了最好的时机。他身边的大夫公孙固不断劝说他，但他没有听从，因为他要遵守古代的礼仪和仁义。

楚军的兵卒众多，而宋国的兵士却很少，这样的列阵对杀，宋国怎么会是楚军的对手？兵败是可以预见的。尽管宋军英勇作战，却承受了败绩。据说，楚成王在混战中射出了一支带着白羽翎的利箭，射中了国君的胸部。这支箭叫作召鳞，上面还雕刻着细小的咒语，又在泓水之滨用兵，岂不是要射杀水中的大鱼么？所以，国君被射中乃是命中注定。

国君是一个好人，他能够用仁义治国，宋国也就日渐强大。但他将仁义用错了地方。用兵之道就是诡诈之道，他却仍然用仁义来应对诡诈，这怎么能行呢？他大败而归，还有心招待晋国的公子，说明晋国公子是一个他所敬重的人。这个人我从前听说过，据说是一个贤人。但他的命运也不好，被他的父君一直追杀，后来他的弟弟做了国君，又开始追杀他，迫使他到处躲藏。

我已经看出来了，好人的命运都不会太好。天神的剑总是从坏人身边掠过，却会刺中好人。他不是偏袒坏人，而是不能让自己的剑对坏人一击而中，他的剑法还不够精巧。或者天神还有自己另外的想法？先将坏人放在高处，让他变得一眼可见，然后他再耐心地从好人中拣选好人，直到选中他心仪的君王？我不能猜测天神的意旨，我只

古灵魂

是看见自己所看见的，听到自己所听到的。也许我所见和所听太少了，更多的已越出了我的眼睛和耳朵。

我看不见的，却是藏在深处的，我听不见的，乃是在我听不见的远处。就像我的谷子死掉了，我寻找着它死去的原因，却发现地鼠藏在了深深的地穴里，它在地底啃掉了谷子的根。我就将水灌入了地鼠的巢穴，然后在洞口捉住了它，更多的谷子就不会因它而死掉了。再比如我撒好了种子，过了很多天，地上就长出了谷苗，我却没有听见它成长的声音。它是怎样顶破了硬土，钻出了地面，我也不知道。世间的事我怎么能都知道呢？

现在我欣赏着夜色，欣赏着漫天的星斗，也欣赏着隐藏在黑夜里的一切。突然听见嗖的一声，我的身边有什么东西蹿过去了，应该是一只小动物。它是什么？我不知道。夜间的动物很多，它们有着自己的想法，也有着自己的命运。它们会在白日隐藏起来，但在夜晚就出来了。因为黑夜是最好的躲藏场所，黑夜掩盖了它们的面孔，而我在暗夜就看不清东西了。多好的夜晚啊，因为你不能看清它，它就变得更加美好和神奇。

我茅屋前面的路上出现了很多车辆，一辆接着一辆，隐约可以看见马匹拉着它们，也听见了马蹄的嘚嘚声。车上的人们还不断说话，我仔细倾听，发现他们正在谈论宋国和楚国的争战，也谈论起晋国。我断断续续听见了一些词，猜测着他们想表达的含义，可是这样的猜测不可能实现，但我知道这就是晋国的公子重耳的车队，他们为什么这么匆忙地离开了宋国？他们要到哪里去？为什么要连夜行路？

也许重耳觉得宋国刚兵败泓水，宋襄公也身负重伤，不好意思继续停留在宋国了。以重耳的贤德，他也该想到，不应该在这样的时候，让宋襄公为他们劳累，所以及早离去了。宋国沉浸于失败的悲哀中，这样的气氛也不适宜留宿。要么，就是另有什么急事，需要赶路。总之，他们离开了宋国，要到另外的地方去了。

在这暗夜里，在广袤、浩瀚的星空下，我只能看见车与人的影子，但我看不清他们的面孔，也看不见每一个具体的细节。我听说他们十几年来都在到处躲避，只是在齐国居留的时间要长一些。他们是一些流浪者，可从他们说话的语调来判断，他们还是快乐的。一个快乐的流浪者，一群跟随他的快乐的流浪者，他们究竟要到哪里去？我并不是担心他们，而是因为他们的快乐感染了我，因为我也是快乐的，和他们一样。我虽然停在原地，每日作务我的田地和田地里的禾苗，但我也是一个流浪者，一个在原地流浪的人。

这个世界上，谁不是流浪者呢？我同情和怜悯所有的流浪者，因为我也同情和怜悯自己。我居住在路边，我曾看见一个个行色匆匆的行人，他们用这样的行路启迪我，我知道我不过是流浪于时光里。我每日看见我的庄稼，但我同样就像所有的行路者一样，对将来是迷惘的，我也不知道自己将走向哪里。

夜里的光是真的光，而白日的光太大了，以致让人觉得虚假。因为白日没有明和暗，即使是暗也是明亮的，它让我们能够看清眼前的一切。而在暗夜就不一样了，明与暗分开了，我们可以明确地看见黑暗，也明确地看见星光，而这星光却在黑暗里闪耀。它微弱，它却明亮，我们更能感受到光的可贵。我正是借着这微光，看见了重耳和他的随行者，行走在暗夜里。我看不清他们，不是因为他们不是清晰

古灵魂

的，而是因为我的眼睛在黑暗里。我知道，这正是他们行走的真相，他们借着暗夜的微光行进，也借着黑暗行进。他们在明与暗之间，既不属于黑暗，也不属于光明，这样，他们乃是属于自己。他们和我一样，既看不清前面的路，也看不清已经告别的事物，但他们却知道自己是确实存在的，也知道自己在向前走。

他们所驾驭的车与马，在微光里呈现的是一长串影子，我只有听见他们的谈话，才能获知他们是谁。他们告别了齐国，又告别了宋国，他们还将告别另外的国家，但仍然距离自己的晋国很远。我不知道他们会流浪多久，或许会一直在流浪的路上。或者说，他们不是行进在路上，而是行进在时间里。只有时间会给予机会。他们从我微弱的视野里一点点消逝了，消逝在了苍茫的暗夜里，他们的脚步也会被暗夜卷走。不论是谁，都必定要消失在时间的深处，因为那里存在着更深的暗夜，我们每一个人所寻找的不就是暗夜么？

卷三百一十二

叔瞻

晋国公子重耳来了，他是从宋国来到郑国的。宋国刚刚兵败，据说宋襄公也被楚军的箭射中了，所以重耳也没有在宋国太多停留，就匆匆走了。我对国君说，晋公子是贤明的，在各国都有很好的名声，他的随从也都是有才能的，和我们又为同宗，郑国出自周厉王，而晋国出自周武王，所以郑国应该对公子重耳以礼相待。

但我的国君说，你说的有道理，但也没什么道理，因为从诸侯国中逃出来的公子太多了，有多少公子路过郑国，我们怎么都能按照礼仪来招待呢？何况，他已经在外逃亡了很多年，晋国换了一个个君主，都要追杀他，我们若以礼相待，就可能得罪了晋国的君主，这怎么行呢？他只是一个落魄不堪的公子，他的贤明也仅仅是一个传说，和我们有什么关系呢？我们接待他，已经不错了。

我说，晋公子重耳和别的公子不一样，他在晋国有着很高的威望，许多人都盼望着他回国，只是现在的机会还没有到来。晋国经历了一场场内乱，现在晋国的国君是夷吾的儿子圉，这个人年幼无知，又没有仁德，国人并不信服他。说不定什么时候重耳就会成为新的国君，我们不要把眼光停留在现在，要看见可能的将来。

他说，重耳已经流亡了十几年了，对晋国的情况早已陌生，晋国应没有他的亲信，即使他回去，又怎样立足？他在流亡中尚且一直被追杀，若要回去，岂不是把自己送到了别人的剑刃之下？别人的剑一直在寻找他，他怎么敢回去呢？他要是能够回去，怎么会仍在途中流浪呢？你说的仅仅是一种可能，但在我看来，根本没有这样的可能。

我又说，国君若不能以礼相待，那么就趁机杀掉他。若是他真的回去做了国君，他的随从又有那么多足智多谋的大臣，必将给郑国带来威胁。晋国现在是一个大国，它有着强壮的筋骨，也有着利爪和牙齿，一旦重耳回去将晋国唤醒，郑国就可能遭殃。这个人无论走到哪里，无论是大国还是小国，都不敢轻视他，而我们却轻视他，那么他就会怀恨在心。现在他来到了郑国，岂不是一个永绝后患的好时机？

他说，我不能这样做。杀掉他是容易的，但我杀掉的不仅仅是他，还杀掉了我的荣誉。他虽然不会有什么前途，但毕竟还是晋国的公子，即使他在逃亡中，也仍然是逃亡的公子。就像你所说的，他还和我是同宗，我们都是姬姓，都是周王的后裔，我若杀掉他，晋国的国君是高兴的，但却让各国的诸侯怎么看待我？我不是害怕他，而是害怕他背后的诸侯们对我的指摘。既然各个国家的国君都器重他，而我却杀掉了他，这会使我的双手沾染污斑，我将在诸侯们面前伸不出自己的手。

我沉默了。我的谏言没有被国君采纳，我所说的他都不听。国君所看的仅仅是眼前的，他没有考虑将来的可能。可是谁能预料到将来会发生什么？各国的国君都器重重耳，都是看着将来的可能，如果不能把可能放在现在，将来遭祸的可能是自己。国君是固执的。我只是郑国的大夫，我的职责就是侍奉国君，并忠于他。我说出了自己的谏言，剩下的事情就该由国君来决定。该说的我都说了，那么我还能做些什么呢？

公子重耳不仅仅是一个人，也不仅仅是他在将来可能成为一个国君。他的流浪，也不仅仅是他个人的流浪。他乃是带着他的国家在流浪。因为这个国家将希望寄托在他的身上，晋国的国人虽然不在他的身边，但都在远远地看着他。他仍然是这个国家飘荡在体外的灵魂，这也是他被不断追杀的原因。若是晋国早已把他遗忘，那么他就已经被抛弃，就不会有人继续追杀他了。因为他失去了被杀的意义。

但是重耳仍在被追杀，这说明他并没有和他的国家分开。他看起来远离自己的国家，但这远离并不是真正远离，这样的远离反而是一种更具充分的接近。他的仁德不仅远播他乡，也在晋国深入人心，这就会让现在的国君感到危惧。因为现在的国君所俘获的乃是一个国家的表层，而它的心却随着重耳在流浪途中。他所坐的也仅仅是虚幻的宝座，真正的宝座却被携带在遥远的流浪者身上。一个国君怎能容忍自己乃是坐在虚幻的座位上？他坐在这样的位置上并不踏实，因为他知道这宝座的下面没有支撑，那么他就随时可能落入不可知的深渊里。

我的国君将重耳视为一个流浪者，这只是他眼中的流浪者。一个被他的国家默默注视的人、期望的人，还被他的国家的国君追杀的人，就不是一个真正的流浪者。因为他从未被抛弃，也从未被遗忘。他一直有着被追杀的荣耀。这意味着他仍是一束光，远远地照着他的国家，他的国家也看着这束光，而现在的晋国国君却想着扑灭这一束光。这束光乃是在移动中，当捕杀者扑向他的时候，他已经到了另一个地方，而扑向另一个地方的时候，他已经到了又一个地方。这是不能被捕捉的灵魂，它永远存在于不可捕捉之处。

所以，你只要看看他，就可以看见一个国家的将来。他的模样就是他的国家的模样，他的面孔就是他的国家的面孔，他的光亮就是他的国家的光亮。你就看看围绕他的人们吧。狐偃是重耳的舅父，忠心不二，足智多谋，文而有礼，有着过人的胆识和大智大勇，是一个治理国家的好谋臣。赵衰是周朝大臣叔带的后裔，他有着深邃远大的目光，他能够看透别人不能穿透的事情，也能找到每一件事情的关键。他总是在最重要的时刻，能够帮助重耳转危为安，他的过人的敏锐和遇到大事时的冷静沉稳，都是我很少见到的。

魏犫是毕万的儿子，忠诚贤德，有着过人的勇力，既有自己的主见，又能随顺别人，还有着非凡的智谋。贾佗谦恭有礼，有着广博的学识，是一个辅佐治国的贤臣。先轸则是一个天生的兵家，他虽然脾气很坏，但说话直率，胸中自有千万雄兵，精通兵法和战阵，通晓用兵之道，有着诡诈和计谋，却对重耳忠心耿耿。介子推则是另一种贤人，他从不显露自己，从来都是默默做事，把功劳都归于别人，而自己却退到别人看不见的地方。他总在别人的背后，从不会走到别人的前面，他的贤德让人敬佩，又对晋国公子重耳忠心不二。这样的人，即使不会被人看见，也会让别人向往。

这么多贤才都紧紧跟随着重耳，这是多么令人羡慕啊。现在的天下，还有哪一个国拥有这么多贤才？还有哪一个国君能够聚拢这么多精华？一旦重耳回到他的晋国，晋国就会获得自己的灵魂，就会立即兴起，就会繁荣强盛。你想吧，一个人的周围是什么样，他就是什么样。你不用真的见到这个人，只要看看他周围的人是谁，就会知道他是谁。你只要看看他是谁，就会知道晋国的将来属于谁，它又会变成什么样子。

所以，我必须再一次劝说我的国君杀掉他。若能杀掉他，就杀掉了晋国，郑国就少了危险。若能杀掉他，就是挪开了峡谷中间的巨石，郑国前面的路就会通畅，也不会在行路中被绊倒了。于是，我又一次回到了国君的面前，对他说，我们必须杀掉公子重耳，他若不死，我们的将来就不会安宁。

但国君摆了摆手，说，这件事不必再说了，我已经把我的理由告诉你了。重耳只是一个逃亡的公子，杀掉他是没有意义的，只能给郑国带来坏名声，却帮助晋国的国君除去了心腹之患。我们何必这样做呢？我说，你想吧，晋国的国君为什么想方设法要杀掉重耳？是因为他太有贤德了，太有才能了，随时将会代替现在的国君，所以国君因重耳的存在而感到不安。可是他所不安的，也是我们不安的原因。

一个自己感到不安的国君对我们来说并不是坏事情，因为他的不安就会不断放大，就不会图谋别人的事情，因为他已经被自己的不安所陷，他就难以挣脱这不安，这样，晋国就不会强大，而我们就会安稳了。他的不安是因为自己的无能，我们应该希望一个强大的国家被一个无能的国君统治，它就会渐渐萎缩。可是一旦重耳回到自己的国家，就会做了这个国家的国君，他的身边又有那么多贤能的人才，我们就会因此而感到不安，甚至这不安会演化为我们的祸端。

他说，不，不会的。按照你所说的，我们杀掉了重耳，岂不是杀掉了晋国国君的不安？一旦晋国的国君获得了安稳，岂不是会图谋别人的事情？他要是有所图谋，那么郑国岂不是更加危险？就让重耳继续他的流浪吧，这样就可以让晋国的国君保持这样的不安，而我们将因他的不安而变得更加安稳了。这样，我们不杀掉他，岂不是一件好事情？我们留着重耳的命，就是为晋国留下无穷的不安，也就给郑国留下长久的安稳。就让追杀的继续追杀，就让不安的继续不安吧。

我又说，若是这样，我们还是对重耳以礼相待吧，这对我们不会带来损失，也不会给他带来更多的东西。我们只是给他应有的礼节，而他也得到该有的尊敬。国君说，不用再说了，他只是一个逃亡的公子，我们怎会给每一个公子这样的礼遇？若是我们给他应有的礼遇，就会增加他的荣誉，他返回晋国的可能就会增加，我也不愿给他不该有的，也许我的荣誉会因为给了别人而有所减损。他来了，我们就敷衍应对，他走了，就让他走吧，我可不想因为这样的小事而给自己带来麻烦。若是我们对他充满了热情，他要是留在郑国怎么办？他若感到郑国对他的敷衍，他就会很快离开。

唉，我已经不可能说服我的国君了。他总是比别人更有理由。我击杀不了重耳，又不能对他施以应有的礼仪，我可怎么办？这样，郑国将把祸患留给了将来，可是国君却看不见这祸患。所有的祸患并不是摆在那里的，它都是隐藏在小事情的背后。若是一件小事没有办好，将会把它背后的祸患带出来。这就需要面对小事情的时候也要足够谨慎，还需要看见小事情背后究竟有什么。对一个逃亡的公子来说，他会记住每一个屈辱。而对于对待他的每一个人来说，似乎事情很快就会被遗忘。

遗忘并不是自己所做的已经消失，而是那被遗忘的将在遗忘中成长。一个农夫不小心在播种的时候连同草籽也撒在了地里，但新苗长出来的时候，自己要用十倍的辛苦来拔除。一只鸟儿不小心踩碎了自己的一个蛋，它将失去自己的一个孩子。小的事情是大的事情的开始，但大的事情到来的时候会让你惊慌失措，你却不会觉得那曾经是一件自己忽视了的小事情，一切本不该发生的。

一个人的愚笨，并不是出自他的愚笨，而是出自他的心思不周。一个人的失误也不是出自失误本身，而是没有察觉到自己已经在一个个失误之中。我只好按照国君的想法行事，见到了晋国公子重耳。他的年龄已经不小了，他的胡须已经花白，但他的精神饱满，他身边的人也一个个容颜不凡。他高大的身材，像一座山一样巍峨，我似乎要被这迎面而来的巍峨所压倒。我满脸微笑，面对着这个人，但我知道自己的微笑是虚假的，不自然的。我向他施礼，他同样向我还礼，他的动作是那么优雅，他的每一个动作都是迷人的。

他的脸上透出了君王的威严，却还有着充满魅力的谦逊。这是多么可怕，一个人竟然把威严和文雅的谦逊融合在一起，这给他灌注了贤德者的气象。我听说他长着一双有着双瞳的眼睛，所以我抬头望向他的时候，他却眯起了眼睛。我从他的眼缝里看见一道深邃的光，他的光是掩藏不住的。我用一般的礼仪接待他，他的脸上并没有显露出不悦，反而更加镇定自若。我不知道这个人究竟在想什么，他的想法在他沉浸的、不露声色的面容上，他的变化在不变的背后，就像深水中看不见激浪一样。

赵衰走到了他的身边，在他的耳边说了几句话。于是他就向我告辞。赵衰究竟说了什么？也许他在说，郑国对我们无礼，还停留在这里做什么呢？我们不应该忍受一个小国的轻视。也许说了另外的我所不知的话，总之，重耳很快就告辞了。他说，还要继续赶路，前面的路仍然很长。我是尴尬的，竟然一时想不出好的话语。一只美丽的蝴蝶突然飞过了我的脸，它的翅膀擦着我的睫毛一飞而过，我惊慌地后退，竟然没有看清那只蝴蝶的样子，但它的斑斓的色彩我已经隐约看见了。

卷三百一十三

赵衰

　　我们一行人匆匆离开了郑国。郑文公竟然如此无礼，我们难道路过郑国仅仅是为了讨一餐饭么？他的大臣叔瞻虽然满脸笑容，但这笑容是虚假的，他分明是敷衍应付，并不是对公子予以真正的尊敬。而且他的笑容里似乎还藏着阴险和狡诈，他的目光游移不定，甚至还藏着不可告人的杀机。于是我和公子说，不能在郑国多加停留，否则就会有所不测，因为我已经感到了一种暗藏的凶险。就像我们在悬崖下走过，上面有着随时可能掉下来的悬石，最好的办法是，快步离开，逃离这险境。

　　我对狐偃说，你看见了么？那个叔瞻是可怕的，他的微笑里有着阴险，他的眼光里有着暗影，他的心里露出了凶兽的花斑。狐偃说，郑文公是个傲慢的国君，势利而无礼，他的目光短浅，所以轻视公子。但这个叔瞻不一样，他对公子还是敬重的，这可以从他的举动看出来，但他的心里还有另外的想法。他的想法一定与他的国君不一样，你看他在公子面前的卑微，就可以看出他并不想这样无礼和敷衍。

他说，我们被轻视不一定是坏事情，被重视也不一定是好事情。若是被轻视，仅仅是受到了屈辱，但要被重视就可能有了危险。我们离开郑国是对的，因为它的君王轻视公子，但大臣叔瞻又非常重视公子。这是冰与炭的相遇，结果是不可预知的。不是冰熄灭了炭火，就是炭火融化了冰。若是郑文公从傲慢中觉醒，我们就十分危险了，若是他又完全听从叔瞻，那么我们可能就要遭殃了。

我说，是的，叔瞻似乎想要杀掉公子，因为他的目光一会儿似乎是温顺的、恭敬的，一会儿又似乎是嫉妒的、仇视的，这说明他的内心变化不定，也说明他一直在矛盾中选择。如若我们停留在郑国，不知会发生什么事情。即使郑文公不会伤害我们，叔瞻会不会暗害公子？

狐偃说，不是没有这样的可能。不过我看叔瞻没有这样的胆魄。他的内心是胆怯的，所以他有着凶狠的一面，却缺少凶狠的胆量。郑文公不会容许他这样。若是他暗害我们，我们必定会奋起反击，最后他即使杀掉了我们，郑国也必会受到诸侯们的指责。郑文公是一个目光短浅的人，他的傲慢乃是由于他的虚荣。一个虚荣的人最害怕的是别人对他的指责，这对他的虚荣构成了威胁，他的傲慢也将失去理由。

我说，你说的或许是对的。我只看见了叔瞻偶然显露的凶狠，却没有看见他的胆怯。我只看见郑文公的傲慢，却没看见这傲慢背后的虚荣。他必定会珍惜自己的虚荣，以保持自己的傲慢，但这样的人不可能成就大事，郑国有这样胆怯的大臣，又有这样的国君，它注定不会有什么前途，以后，它也只能在强国之间摇摆不定。不过，他的目

—215—

光短浅会让他的将来遭遇灾祸，他对别人的无端轻视，必定会遭到报复。

狐偃说，大国和小国是不一样的。一般说来，大国的国君胸怀也大，因为他有着大的疆土，他的目光也能看得长远。小国的国君就不一样了，因为它的弱小，它的疆域也小，他所看见的也只有眼前的利益。他会既自卑又傲慢，这两者是分不开的，自卑是傲慢的原因，傲慢又是自卑的表现。他对比他强的，就会十分自卑，而对比他弱小的，他就会表现得傲慢，这样他的自卑才会得以掩饰和安慰。也有小国的君王，处于小国却不卑不亢，处于危境却镇定自若，对别人谦逊有礼，遇到大事能采纳智慧的谏言，这样的小国，它的弱小是暂时的，因为它有着一个强大的国君，也自然会有贤明的、有才能的人集聚在身边。一个国君的形象里已经包含了他的国家。

我笑着说，你说的不就是我们的公子么？在你的心里只用公子的尺子来衡度别人，所以从每一个方向都看见公子的形象。可是一个胸怀狭窄的人怎能看见公子的未来？只有目光深邃的人才能够看见目光深邃的人，只有有才能的才能发现有才能的。就像夜空里的群星，只有明亮的才照耀明亮的，暗淡的就只能在暗淡中。所以明亮是孤独的，暗淡也是孤独的，或者暗淡得更加孤独，因为别人看不见它，它又只能看见自己。

狐偃说，我们就要往楚国去了，楚国是大国，它可能是晋国将来的真正对手。我说，楚国的国君是狡诈的，我们也该有所防备。他说，我们不害怕狡诈，因为狡诈乃是他获取利益的手段，从这一意义上说，狡诈和智慧并没有界限。在我看来，狡诈是小的智慧，智慧是大的狡诈。狡诈只是对智慧的一种嫉妒的说法，就像一个人有两个名字，其实它们都指向同一个人，我们说其中的一个，已经说出了另一个。

我说，你这么说，我们也是狡诈的？他肯定地说，是的，我们也是狡诈的，没有一个人是不狡诈的。我们的每一个选择都是狡诈的选择，这是我们一路逃命，却能活下来的原因，也是我们复兴大业的根基所在。只不过我们的狡诈是怀有仁德的狡诈，和无德无信的狡诈不同。不论怎样，我们都需要狡诈，因为我们的生存就是狡诈的竞赛。猛虎要捕捉猎物的时候，需要将自己埋伏在草丛，等待猎物靠近的时候就一跃而起，这样它就能用最少的力量来获得食物。水鸟也是这样，它先要搅动水面，让鱼儿以为有了自己的食物，当它游过来的时候，等待它的是尖利的喙。野兔为了躲避地上的和天上的厉敌，就会拼命奔逃，然后钻入地里的洞穴。禽兽尚且是这样，何况人比这些禽兽更聪明。

他笑了笑，继续说，狡诈就是生存，没有狡诈的生存是不可能的。国家和国家之间也是这样。先君就是这样的狡诈者，所以他能轻而易举地灭掉了虞国和虢国。狡诈既伴随着温情，也伴随着冷酷。温情是狡诈者投出的诱饵，即使这温情是真实的，也是狡诈者的温情。冷酷是必定的，没有冷酷的狡诈就会失去狡诈的作用。所以，我们要理解狡诈，而不是害怕狡诈。楚国的国君是狡诈的，这是智慧的本性。因而，楚国将成为晋国的强敌，现在我们就要去强敌的地盘。让我们了解自己的强敌，而不是对它充满恐惧。

我说，也许你所知道的，楚成王也是知道的。若是这样，他不

卷二百八十一——卷三百四十五

会杀掉我们么？他说，不会的，一个强大的人需要对手。他若杀掉我们，就会失去将来的对手，他的强大将变为孤单的强大，孤单的强大就会因为它的孤单而消亡。我想，他会厚待我们，我们将在楚国得到我们应得的礼仪，因为他知道我们，就像我们知道他。既然我们都知道对方，我们就会相视一笑，然后相互欣赏。这是两头猛虎的相见，会互相贴住脸颊，闻到对方的气味，让彼此都认识对方，然后友好地分开。

他接着说，但厮杀是不可避免的，不是现在，而是到了争夺食物的时候。现在我们的面前都没有食物，所以都会将自己的利爪和牙齿收起来。这就是礼仪的用途。礼仪就是为了藏起狡诈。不是没有狡诈，而是懂得在什么时候藏起自己的狡诈。所以，礼仪也是狡诈的一部分，它就是谋略。因而谋略才显得深不见底，以致我们在更多的时候运用谋略，却穿不透谋略。我们只能看见谋略中露出表面的部分。

我说，我们都没有去过楚国，那么楚国究竟有多大？他说，一个国家并不是你所看见的疆域那么大，它的大小取决于它的国君。它的国君的心胸有多么大，它就会有多么大。实际上，在楚成王看来，中原的广袤土地已经属于楚国了，他只是没有实际占有它。不过我们不会承认。所以我看见的只有它实际上的疆域。就像我们虽然在流亡的途中，但却觉得拥有晋国，甚至拥有更大的晋国。以后，晋国和楚国的交锋，乃是彼此心胸中所怀的想象的交锋，表面上是刀剑碰撞，背后却是想象力的碰撞和争雄。

我说，这不是以虚无对虚无么？一切交锋难道是虚无和虚无的交锋么？他说，是的，但这虚无中却有着实在，它依托的是土地。没有

古灵魂

土地，就没有国家，也就没有真正的虚无。土地是沉默的，但地上的一切在骚动。这是彼此交锋中的骚动。但除了土地本身，这所有的骚动都是虚无的，因为所有的交锋是建立在虚无上，而虚无又归于沉默的土地。虚无不是没有意义，而是这意义乃是土地本身的意义，这也是土地保持沉默的原因。

车轮就在这沉默的土地上滚动，骏马又在这沉默的土地上迈开步伐。我看着沿途的景物，树木在风中抖动，野草在地面轻轻摇晃，它的野花在盛开。蝴蝶和野蜂在飞，它们好像漫无目的，可是它们知道自己要做的事情。它们要做的，都藏在了飞翔中。就像我们要做的，都藏在了行路中。土地的沉默和这地上的喧哗形成对照，但它们不能分开，它们是连在一起的。没有地上的喧哗，又怎能有土地的沉默？

只有沉默是实在的？也许不。难道我所见的都是虚无的？我们的行路也是虚无的？这虚无因为土地的沉默已经是另一种实在，它是我们所做的一切的证据。只有证据充分，虚无才会消散。远处的农舍是实在的，但它屋顶上的炊烟却在消散。这消散的却说明了屋子里的居住者，说明了生活本身。所以每一样事物的喧哗不是为了证明沉默的意义，而是为了证明自己的生存以及生存的意义。

所以我们朝着楚国的方向走去。我们乃是走向一场场喧哗，从小的喧哗走向大的喧哗。一棵小树只能发出小树的喧哗，但它成为大树的时候，它的声音就会变大。我听见车轮行进的声音是那么大，马蹄的声音是那么大，我们说话的声音是那么大，而风声也变得越来越大了，在这巨大的声音里，楚国离我们更近了。

卷三百一十四

楚成王

　　有人前来报信，说晋国公子重耳就要到了。我要出城迎候他。我早已听说重耳的名声，只是没有机会见到这个人。不知为什么，我听到他就要到来的消息，竟然十分兴奋，这样的感受已经很久没有了。我得知他是一个贤能的人，我喜欢贤能者。我要和他好好谈一谈，倾听他对天下大事的看法，也了解一下他的晋国。晋国是强盛的国家，强盛者和强盛者总会有相遇的时候。

　　一个国家最终会归于贤能者，所以我相信重耳必将成为晋国的国君。我整理好自己的冠冕，又在镜子里照自己，观看自己的形象。我从镜子里看见自己的容颜，就像看另外的一个人。我是楚国的国君，我不仅是自己，还必须具有楚国的气象。我想象着我见到他的时候，应该采用什么样的表情，既要严肃庄重，又要热情和真诚，可是这样的东西怎样显现在同一个表情上？我对着镜子，琢磨着将要出现在重耳面前的样子。

　　我是不是应该佩戴我的宝剑？这样就更加显得威严。可是我不能太过威严，因为威严将盖住我的真诚和热情。我不断对着镜子，调整

古灵魂

着我的表情，但是无论怎样都做不到最合适。后来，我想通了，最好的就是最自然的，所有故意做出来的，都是虚假的，这既不能显现你的热情和真诚，甚至一个君王的庄严也不复存在了。

镜子里的自己并不是真实的自己，而真实是在镜子之外。我不是要照着镜子去见重耳，而是要对着重耳说话。他就是我的镜子。我将要从他的面容上看见自己的面容，也从他的表情里寻找自己的表情。我见他，不是为了满足好奇，也不是为了看他的样子，而是为了发现自己，从而知道自己的样子。

难道我不知道自己的样子么？不，我是知道的，但每一次遇见别人，都会对自己有新的发现。认识自己也是无穷尽的，因为自己的身上总有自己不知道的东西。每一个连自己都不知道的人，怎么会知道他之外的事物？作为楚国的君王，先要知道自己，然后才可能知道别人，若是自己和别人都知道了，就会知道一切。这世界不就是由自己和别人一起构成的么？除此之外，还会剩下什么呢？

郢都的城门敞开，兵士列队，我的众臣随我出城。晋国公子重耳已经到了，他所率的十几辆车停在城外，骏马抖擞着长鬃，前蹄刨着地面，警觉地竖起双耳，看起来就像要随时冲向前面的样子。重耳稳步向我走来，他的身后跟随着他的随从和众臣，虽然衣服并不华贵，却一个个容貌不凡，表情庄重。我看着离我越来越近的重耳，他的每一步，都好像重重地踩在地上，稳当而有力，他的身体从不摇摆，就像一块巨石向我缓缓移动。

我们彼此施礼，他一拜再拜，他的面容是既庄严又谦恭，眼睛里放出了稳定而深邃的光。他的每一个举动都合乎礼仪，优雅而坚定，在迟缓里有着果决。一眼看去，这个人就与众不同。他的跟随者也一个个精神十足，即使是年龄较大的，眉宇之间也放射着英气。我的王宫里已经准备好了酒宴，各种酒肴礼器排开，我用诸侯之礼款待他，他的跟从者也呈以上宾之礼。对于这样的人，我决不能怠慢敷衍。

重耳想要推辞，也许他觉得自己只是晋国的公子，不愿接受与自己身份不符的礼遇。我说，将来的君王与现在的君王有什么不同呢？你现在虽然是公子，但你必将成为晋国的主人，我的宴席不仅为你预备，还为你的将来预备。你的贤明和德行我早有耳闻，可是却不曾见到你，今日见到你乃是我的幸运。享用这诸侯之礼，你是受之无愧的。

他身旁的赵衰说，公子还是应该接受，因为这是上天的旨意。我们一直在逃亡的路上，许多小国都轻视你，大国就更不必说了。楚国是大国，楚国的君王既然这样厚待你，你为什么要辞让？这乃是上天让你兴起。他的另一边的狐偃也说，上天的意志不可违背，我们是逃亡者，但让大国君王敬献诸侯之礼，虽然身份不能对等，却是上天的旨令，不然楚国君王怎会这么做呢？

我含笑颔首，说，我不久前曾做梦，梦见从北方飞来一只浑身披满了各种色彩的巨鸟，我叫不来它的名字，也不知道它来自哪里，我也从没有见过这样华丽的鸟，但它飞到了我的跟前，发出了非常好听的叫声。这叫声将我唤醒，我只知这个梦是祥瑞的，没想到你却来到了楚国，看来一切都是有征兆的。我也多次见过别的诸侯，但从来没有做过这样的祥梦。这的确是上天让我有幸来款待你。

筵席开始了，乐师高奏黄帝的古乐，美女翩翩起舞，我们面前

古灵魂

斟满了美酒。美酒的香气在宫殿里缭绕，注满了我们的鼻孔。我依照诸侯之礼九次献酒，我们于微醺中彼此问候致意。趁着令人眩晕的酒力，我们的热情在蒸腾，浑身充满了热气。我们的话语也越来越多了。

我趁着酒兴说，在我看来，你已经是一个国君了，你也必将成为晋国的国君。但我也想，你若回到晋国，当以什么来报答我对你的欣赏和厚待呢？重耳拜谢说，楚国山河奇秀，地广物丰，什么好的东西没有呢？美女、宝石和丝帛，你要有尽有，即使珍贵的飞鸟的彩羽、旄牛尾、象牙以及犀牛革，你都触手可取。那些能够到晋国的珍品，也都是君王所剩，已经是一些掉在地上的残渣了。我真的想不出用什么来报答你。

我说，即便这样，我仍然想听到你究竟怎样想的。我们现在相见，相谈甚欢，有什么不可说的呢？也许你做了国君之后，我们还会争战于中原，但我们毕竟有着今日的情谊。重耳回应说，若是真能借助你的福运，也借助上天的护佑，我回到晋国之后，必定会经常想起你对我的厚爱。我不愿和君王交战，但万一不可回避，两国兵戎相遇，我愿意避开君王的锐势，后退九十里。若是这样仍然不能得到君王的谅解，那么我就左手执鞭与弓，挂着弓囊和箭袋，陪着君王决出胜负，只有这样才能报答你的施与。

我听后放声大笑，我说，你的直率让我感动。你能说出你想说的话，这说明你有着敞亮的胸襟。若是真如你所说，我也会手执长戈，与你一较高下了。我看着重耳的目光，将斟满的酒一饮而尽。我看见酒中有着我笑声激起的微澜，有着我闪烁的光。我所饮下的不仅是美酒，还有我们的交谈、我的笑声以及兵戎相见中的一道剑光。我似乎已经看见了他拿着鞭子和弓箭的样子，看见了他的战马和他的战车，看见了他所射出的箭，箭的尾羽从他的弓上发出，带着惊叫般尖厉的响声从我的耳边飞过。

卷三百一十五

子玉

国君为什么要这么厚待一个落难的晋国公子？还要排开筵席，陈列这么多酒肴和礼器，并施与诸侯之礼。重耳不过是一个公子，是被晋国抛弃了的公子，却享受了这样隆重的国君款待。国君竟然将其当作将来的晋国国君，他能不能回到晋国，还是一个疑问。因为晋国仍然有着国君，他要回去，必然被杀掉。

而且跟从和服侍他的，也不过只有十几个人，这么几个人能做什么？他不过只有一个公子的名分，就值得这样招待他？国君竟然为他九次敬酒，他不但不感到惶恐，还口出狂言，竟然说要和楚国兵戎相见。还夸耀自己要拿着鞭子和弓箭，与我的国君较量。我感到太愤怒了，实在是在君王的筵席上出于礼仪，不能站起来杀掉他，但我骚动的剑早已按不住了。

我和国君说，请让我杀掉这个人，这个人太过狂妄，你把他作为国君来款待，他却以为自己真的是国君了。若是我们不杀掉他，一旦他回到晋国，必将给楚国带来危害。我们为什么要给自己添加忧患呢？你还将这将来的忧患放在了诸侯的筵席上，岂不是抬高了别人，又压低了自己？楚国是泱泱大国，天下已经没有敌手，我们却让一个可能的对手喝掉我们的美酒，看尽我们的美女，又送给他宝玉，还让他出口不逊。我已经十分愤怒了，我们必须杀掉这个人，让他到死亡里享用诸侯之礼吧。

国君说，不，我们不能杀掉他。我们是大国，却要杀掉一个流亡的公子，这怎么行呢？若是我们有着忧虑和恐惧，不是来自我们所款待的宾客，而是来自我们自己。若是我们不能修德自强，怎会没有忧惧？我们缺少必要的仁德，杀掉一个公子又有什么用？你掌管着楚国的兵权，却这样意气用事，还怎么应对我们真正的敌人？一个人既要宽容大度，身怀仁德之心，又要临危不惧，保持镇定之态。你看见一个流亡的公子，听到了他所说的不合你心意的话，竟然失去了礼仪和法度，还怎能担当大任？杀掉一个人是容易的，但身居高位就应该看得长远，而不是逞强凌弱。何况，晋国公子来到楚国，是信任楚国，也是楚国的贵宾，你怎能杀掉一个信任你的贵宾，这样你将失去天下对你的信任。

我说，可是，给他这样的信任又有什么用？我们若贪图一个别人的信任，却失掉了将来的机会，那将会得不偿失。现在杀掉他太容易了，可要将来在交战中杀掉他，那就太难了。我们为什么放弃最省力的，而又给自己埋下隐患呢？信任只是一种名誉，而名誉是虚幻的，我们为什么放弃实在的而贪图虚幻的？我还是希望国君能够允许我杀掉他，这样我们就少了一个担忧。

国君说，若是上天保佑楚国，谁又能给楚国以忧患？若是上天偏袒晋国，我们即使杀掉重耳，你又怎能让晋国不会出现其他贤明的君

古灵魂

主？你也看见了，公子重耳是那么通达，又庄重文雅，他使用的文辞既准确又雄辩，既合乎礼仪，又富有文采，虽然处于困厄之境，但仍能不卑不亢，也不肯曲意逢迎，又有那么多卿相之才辅佐，这不是上天在佑护他么？若是天意要晋国复兴，谁又能挡得住呢？

我说，要么就将狐偃扣留，这个人一看就诡计多端，经常在重耳的耳边耳语。至少我们要将重耳的一个翅膀剪除，让他不论走到哪里都飞不起来。国君说，那怎么行呢？我既给予别人诸侯之礼，又扣押了他的大臣，既施与别人头上的冠冕，又剥去了别人过冬的皮袍，我这究竟在做什么呢？我既施与别人以炙烤的肉，又夺取了他行路的干粮，这岂是君子所为？何况，《诗》上说，一个人不应享有长久的厚遇。它的意思就是一个人若有了过失，就要受到指责，他的优遇也不应有。我为什么要犯这样的过失呢？

——我若明知所做的会是过错，却非要这么做，岂不是错上加错？我是一个大国的国君，不能采用这样的诡计和卑劣的手段。若我不断效仿错的，杀掉一个品性高尚的人，那么我也将失去国人的忠诚，即使是你也不会再信任我了。而且这也不符合礼仪和法度。我要用一把尺子衡量自己，这尺子必须是公正的，不走样的，放到哪里都合乎规矩。我若不用这尺子，楚国的形象也将失去光辉，它将被暗淡吞没。

看来，国君不会听信我的话，他迟早会为自己放弃了一个机会而感到悔恨。而这悔恨将是徒劳的，若要到了悔恨的时候，一切都难以挽回了。我是一个楚国掌管军事的令尹，是将军，我统率千军万马，最知道怎样让兵士列阵，也知道必须把遇敌交战中可能的祸患除掉。

不论他的品性是否高洁，也不论他是否遵守礼仪，只要他可能会给我带来不利，我就会将其斩除。在这里不能有丝毫的温情，也不能用别人的尺子度量自己，而是用自己的尺子度量得失。

晋国公子来了，国君给他诸侯的礼遇，他却文雅里含有张狂，他藏住了自己的尾巴，却露出了尖牙。他现在还是一个没有归宿的流浪者，尚且这样也丝毫没有将我的国君放在眼里，他若做了国君，又会怎样呢？在筵席上，他根本没有看我一眼，他不会知道我，也不会记住我。但我却不仅知道了他，也牢牢记住了他。他既轻视我的国君，也轻视我。这不是轻视楚国么？我要记住这屈辱，将来我必定要让他知道我。

国君认为重耳所说的话是出自内心，也没有什么可以反驳的理由。但是我也许会在以后找到反驳他的机会，我不用嘴巴反驳他，也不用美丽的言辞反驳他，我知道那样的反驳是无用的。我将用我的利箭射向他，让他知道什么是真正的言辞，什么是犀利的言辞。我用我的剑和长戈反驳他，让他知道什么是可以说的，什么不可以说。让他把内心的张狂放回到内心，或者放到可怕的死灭中。

卷三百一十六

狐偃

秦国派使臣来到了楚国，邀请公子到秦国去。是不是楚成王以诸侯之礼接待公子的事情传到了秦国？不会的，一样名声的远传需要时间，秦穆公不可能这么快就知道楚国发生的事情。那么他为什么要请公子到秦国去？

几个月过去了，楚国的冬天并不寒冷，但却是阴冷的。郢都的冬风好像是从地下升起来的，有着潮湿的寒气。屋子里的火盆燃上了炭火，这炭火将寒气一点点逼了出去。我坐在这炭火旁，让火光照亮我的脸，也照亮我的眼睛。我的目光也投向了火焰，我从火焰里看见了烧得通红的炭，也似乎看见了将远去的路。那条路似乎并不很长，它将越过群山和河流，越过我们自己的头顶，越过深深的积雪，我们的脚印将被另一层雪压住，我将看不见这脚印，我们所踩着的路也将消失不见。

我好像不在地上行走，而是在空中飞翔。我没有地方可以落脚。我坐在这炭火旁打盹，似睡非睡，似醒非醒，我是在梦中还是已经醒来？我的心是迷蒙的，因为我已经被积雪覆盖了。但寒冷是真实的，炭火正在把这一阵阵寒气从我的身形里驱逐。我的身形也渐渐和这炭火合在了一起，我变得浑身通红，我的身体也冒着火光，放出了亮光。但我却感到自己在下沉，只要拥有亮光的事物都会下沉，日头会下沉，月亮会下沉，我也会下沉。

这下沉就是向着远方的行进。没有下沉就没有行进。当你上坡的时候怎能看见下沉的路？你以为在上坡的路上时，实际上你已经走在了下沉的路上了。冰冷的峭壁立在了面前，你要找到峡谷的入口，可是我不知道这入口在哪里。因为我虽然有一个目标，但却看不见那个目标，因为它只是在我的心里，却不在现实中。

秦国的使臣来了，他要到公子的身边，我将从这使臣的形象里找到峡谷的入口，也许过了这峡谷，就会豁然开朗，我心里的目标和现实中的目标就会重合在一起了。他不仅仅是秦国的使臣，他还是未来的使臣。他不仅是秦穆公派遣来的，他还是天神差遣的。我甚至在梦中已经见到这个使臣了。他是谁？他的面孔为什么是模糊的？他走路的步伐那么轻、那么轻，轻得让我听不见声音。可我知道他已经走近了我，因为他似乎不是走过来的，而是从雪地滑过来的，从水上漂过来的，或者是从风中飘过来的？

我猛然清醒了，因为公子在召唤我。他告诉我，秦穆公已经派遣使臣来了。我说，我已经知道了。他说楚成王召我们去面见秦国的使臣。我说，看来我们不必在楚国住下去了，这里的气候我也不适应。公子说，秦穆公邀请我去秦国，就是为了商议晋国的大事，我们流亡这么多年，就要看见希望了。我说，我已经感到自己被炭火烧亮了，我的浑身都在放光。我好像刚才在做梦，但都是一些毫无联系的碎片，我不知道这梦在说什么。

公子的脸上露出了兴奋，多少年来，我很少见过他这样的表情。他的目光里吐着火，他的身体也冒出了火焰。楚风飘起了他的微笑，他说，我知道有一条弯曲的路，但不知道这弯曲的路通往何方，现在我好像知道了。秦国是回到晋国最近的路。秦国可以将夷吾送回晋国，太子圉可以从秦国逃回晋国，我们也可以从秦国走向晋国。只是我不知道晋国变成了什么样子，我们毕竟离开晋国太久了，太久了，唉，一切都太久了。

我说，郢都太美好了，晋国没有这样的景色。我曾在郢都的城外徘徊，看见这冬天仍然有着绿色，我感到这里没有严冬，只有寒冷，但这是春天的寒冷，却又不是荒凉的春天。楚国的美女也太多了，她们和这景色是相称的。什么样的景色就应该和什么样的人相配。若是我们一直住在这里，那该多好啊。可我们需要回到自己的家，一直想回去。但在路上的时间太长了，我已经习惯于在路上的日子了。

公子说，路上的人可以看见更多。人世间并不在人多的地方，而在人烟稀少的路上。我们不是流浪者，而是行路者。我们的行路没有目的，每一天都不知要到哪里去，并为找不见目的而犯愁。但又似乎知道我们要做什么，也似乎知道自己的目的，这样的行路是不一样的。我们不论走到哪里，都不是自己要去的地方，因为我们要去的是我们所不知的。现在我们忽然知道要去哪里了，这是一个转变。

我就像往常一样，跟随着公子。他在前面走着，他的步履还是那么稳健，即使在狂风里也不会摇摆。我则看着他的背影，跟随这高大的背影，向着前方走去。落叶不断掉在我的头顶，给我晋国秋天的感受，让我记起在晋国的时候，在齐国的时候，以及在很多地方的时候，它们的每一个秋天，都是落叶纷纷。可这是楚国的冬天啊，楚国的冬天也是严寒的，但这严寒里仍然有着秋天的景色以及秋天的温暖，这温暖既在我的记忆中，也在这每一片掉落的叶片上。我的脚下踩着这叶片，我的头顶落了这叶片，我的心里也飘动着这样的叶片。我的生活从来不在别的地方，而是在这一片片小小的、轻盈的、在风中翻飞的叶片里。

古灵魂

卷三百一十七

赵衰

　　我们跟从着公子，在楚成王华丽的宫殿里见到了秦国的使臣。他给公子带来了秦穆公的信函。这信中的每一个字都是诚挚的，它既不华丽也不质朴，而是用了古雅的语调，庄重而真诚，足以让我们动心，也足见秦穆公的用心。我从中可以看见一个邻国君王的微笑，看见他的每一个举动。是的，我从这些字的形象里看见了秦国，甚至我穿越了这些字的每一个枝条，看见了晋国，一个被热泪模糊了的晋国。

　　我的内心是激动的，我知道去了秦国之后将意味着什么，至少它离晋国太近了，我们就要到晋国的身边了。我们一直在外面遭受各种磨难，不就是为了回去么？我看见公子面对秦国使臣的时候，反而沉默了，他一言不发地坐在那里，似乎在等待着什么。我想他的内心也同样激动，但他以沉默来掩饰着自己。

　　楚成王说，现在你们可以离开了，我要送给你们一些礼物，都是楚国出产的平常之物，只是表达我的心意。我很想留住你们，但我理解你们所想的，一个将来的国君怎么会在异国的土地上久住呢？我看见一个个南国名贵的木头制作的精美箱子，排列在宫殿里。箱盖打开了，露出了里面华美的珍稀之物。丽鸟的羽翎、牦牛尾以及珍贵的象牙，还有那么多美玉和雕刻精美的金盏、鱼灯以及有着瑞兽造型的酒樽……灿光放射，就像将天上的星辰装满了一个个木箱。

但公子的目光只是出于礼仪，对那些奇珍异宝瞟了一眼，就收回去了，他起身施礼拜谢。楚成王说，秦穆公是一个贤德的国君，你们到他那里去吧。楚国离晋国太远了，我能给你的帮助不多，只能送给你一些微不足道的礼物。我知道你不会在意这些礼物，你所想的是回到晋国，以及看见晋国的民众，晋国有晋国的宝物，而我给你的，只是让你看见这些东西的时候，会想起在楚国的日子。

——我只能给你暂时的快乐，但真正的快乐却在自己的土地上。我给你的仅仅是一些没有用处的珍宝，而真正的珍宝只有秦国可以给你。秦穆公派来了使臣，邀请你去你想去的地方，你还有什么犹豫的呢？我知道你不需要什么，但秦穆公却知道你需要什么。

公子再次拜谢说，你给了我希望，还有什么比希望更重要的？你给了我尊重，还有什么比尊重更让我快乐的？我在楚国的日子，是我在流浪中最快乐的，我自己本以为已经失去了快乐，我四处寻找这快乐，但却在楚国找到了。或者说，这不是我自己能找到的，而是楚国君王施与的，我将珍惜这被施与的，也不会忘记你慷慨的施与。你的施与不仅是给我的，你也给了晋国。我不仅得到了希望，还看见了楚国的希望。

——在十几年的逃亡途中，我不知道我为什么逃亡，也不理解命运的含义。我从一个国家到另一个国家，也忍受了饥饿、疾病和种种困厄，我不理解我为什么会这样，也曾抱怨天神的不公。我曾在一些国家遭到它的国君嘲讽和羞辱，也遭到轻慢和敷衍，我从中看见了自己的无能。也有的国家对我很好，我也心存感激，我就一次次问自己，我究竟在这样的困境中需要什么？我来到楚国之后，受到了你的礼遇，感到了我流浪的意义，我重新发现了自己，并从你这里得到了我从来不敢奢望的希望。

——你给我的不仅仅是一些珍贵的宝物，这宝物是希望的见证，它看起来是无用的，但希望难道是有用的么？不，希望也是无用的，但没有希望的日子是黑暗的，一旦拥有了希望，就会拥有一切，包括我的快乐，因为快乐乃是从希望里滋生的。就像谷禾是从土地里滋生的，一个农夫有了土地，他就会播下种子，就会拥有禾苗，就会有秋天的收成。所以我忘不了楚国，也忘不了你，我的希望是从你开始的。

于是我们又一次踏上了流浪者的路，但这一次流浪和以往的流浪是不相同的。这一次我们乃是满怀了希望的流浪，而从前的流浪中却伴随着绝望。我们告别了郢都，楚成王将我们送到了城外。公子不断回头向楚成王施礼。我们跟随着秦国的使臣，走向了我们的希望。已经走了很远了，公子又一次回头，看着远去的、已经消失了的郢都，对我说，楚国毕竟是一个大国，我们还没有走出它的疆土，我们的车轮上沾满了楚国的泥土，我要把这泥土带到秦国，然后带回我的晋国。

我说，我们才刚刚开始。从前所走的路，仅仅是为了结束。狐偃说，这是一条悲凉的路，因为这路总是在异国的疆土上，它从异国开始，又将终结于异国。公子说，不知道异国，又怎能知道晋国？因为看见了异国的路，也就知道了晋国的路，我们走在了异国的路上，却也是走在了晋国的路上。

越往北行，就越是寒冷了。风也渐渐变大了。前面的一座大山似乎挡住了去路。我远望着大山，山顶上的积雪射出冷酷的白光。它是那么高峻，有着高不可攀的峰顶，但我们的路却通向了它。实际上，我们不是要翻越这样的大山，而是要穿越它。在它的背影里，我们走入了深深的峡谷，路变得越来越狭隘了。寒风迎面吹来，我裹紧了皮衣，却仍然好像被这强劲的寒风所穿透。

天又阴沉了，白雾在山间弥漫，两旁的山林变得朦胧，各种树木交错伸展，它们藏起了自己清晰的形象，给人以无限的猜测。接着风雪从空中飞来，不断敲打着我们的脸。它穿过山林的时候，发出了微微的震动，声音是低沉的，好像无数野兽在嗥叫。雪花聚集在我们的头顶，也聚集在眉毛上，聚集在骏马的长鬃上……白，无限的白，渐渐把土地和道路都盖上了，只有我们后面的车辙是清晰的。它讲述着我们的以往，它有着两道很长的线索，更远的以往，却又被盖住了。我不知道，人世间最重要的事情，为什么都发生在冬天？

就因为冬天的严寒么？还是因为冬天的萧条，露出了事物的本色？也许，这冬天有着无数的含义，它意味着过去和现在，意味着冷酷和别无选择，还意味着希望和绝望、忍耐和收获、记忆和遗忘，以及寻路的苦痛、面对未来的迷茫……我接受这风雪的敲打，接受这风雪中的严寒，也必须接受冬天带来的一切一切。

是啊，在冬天发生的，仍将在冬天继续发生，在冬天所行的路，

古灵魂

还将在冬天继续。我们在冬天告别，又在冬天相遇。我们的命运原本属于冬天，因为冬天是一切的开始。冬天的寒冷不是为了寒冷而生，它只是用寒冷缔造繁荣，因而所有的希望不是在繁荣里，而是在寒冷中，茫茫的风雪包含了人世间所有的温情。

卷三百一十八

秦穆公

　　所有的事情都是梦的演练，但这演练总是会露出各种破绽。但每一个人又怎能没有破绽呢？因为梦就不是完整的，演练又怎能完整？我曾做过各种各样的梦，大多归于遗忘。它们就像春天萌发的叶瓣，到了秋天就会纷纷掉落。既然一切都没有事先的许诺，那么就在破碎和缝补中重新寻找完整的将来。

　　我曾经想的，都不是完美的，因为想象和事实之间总是有一个个裂缝，只要遇到一点碰撞，它们就会分开，变为不相关的两件事。我护送夷吾回到晋国，但他并没有按照他所说的话去做，他背叛了我。我相信了他的许诺，却忘掉了可能的背叛。因为我相信许诺，不相信背叛。但我所相信的，却是真正的事实。我又将太子圉押为人质，但我却放松了对人质逃跑的警惕。我将自己女儿嫁给了他，但我的女儿却成为他的同谋。面对这样的境况，我所剩下的，只有长长的叹息。

　　我原以为自己不会为任何事情而叹息，可事情的结果又超出了我的预料。看来，任何预料都不是可靠的，那么我为什么还要相信这不可靠的？因为我必须要向前走，我即使停在了原地，时间也要向前

古灵魂

走，而我不愿意成为时间中的漂浮物。我希望自己是一个船夫，我能够支配我的船，让它按照我的想法到彼岸去。

从晋国传来一个个消息，太子圉虽然登上了君位，但他却登上了一个悬崖上的悬空的石头，这个石头随时要掉落，他也将随着石头的掉落而掉落。大臣们虽然慑于他的血腥中的怒容，但内心里已经推翻了他，梦中已经将他推下了悬崖。他的国人也已经抛弃了他，可是他仍然在国君的位置上，仍然在美梦中沉睡。也许他已经有所警觉，但这警觉也不可能救了他，因而他已经在真实与虚幻之间飘动。他不知道自己在哪里，也不知道自己将会落在哪里。他的脚底的石头已经松动了。

所以我要寻找一个新的合作者，晋国也需要一个新的国君。只要这个国君出现在晋国，晋国就会重新选择，就会把晋怀公扔到悬崖下，然后转过身来拥抱新的国君。实际上他们的心里一直有着国君的形象，他们一直都在呼唤这个国君，只是这个国君一直在流浪的途中，在远离晋国的地方徘徊和漂泊。

现在我已经将他找到了，并召到了我的身边。他就是公子重耳。冬天是多么好啊，我相信冬天，相信冬天的瑞雪，也相信冬天的狂风，因为这瑞雪和狂风已经卷起了地上的残叶，也掩埋了地上肮脏的脚印。要有新的脚印印在上面。这脚印是纯净的，也是我所渴望的，它清晰可见，让我能够看见它从哪里来，又通往什么地方。

我相信冬天，是相信我所能看见的，它让我看见了一切。这样就避免了虚无的预料，避免了不可靠的预料。未来不是在预料中，而是在我的视线里。我在自己的宫殿里召见了重耳，他来到了我的面前。

他就是我选中的晋国君王。他就坐在我的对面，我对他说，这是一个独特的时刻，我派遣使臣前往楚国，就是因为晋国的事情。你的名声我早已听到，只是从未见过面。记得你的父君去世时，我曾派人前去狄国慰问你，你的回复让我认识了你。

——你没有趁着父君去世而有获得君位的想法，却沉浸于深深的悲痛，你的忠孝和仁义让我感动。你也遵循了你应有的礼节，说明你严守祖宗的礼法。你的父君追杀你，你没有选择在蒲邑抗拒，而是选择了逃亡，说明你没有叛逆之心。你的兄弟继承了君位，又一次追杀你，你同样没有选择对抗，因为你觉得这会给你所寄居的狄国带来灾祸，所以又一次选择了逃亡，这说明了你是一个有仁德的君子。你四处流亡，周游了列国，每到一个地方都受到了尊敬，说明你能够修身并抱持你的德行。你也没有为此而抱怨，却能够坦然接受命运的安排，说明你的心胸是开阔的，也能顺从上天的旨意。

——我喜欢这样的人，所以我就差遣我的大夫寻找你，并到楚国请你来到我的身边。我做过很多错事，但我确信这一次我选对了人。你就是我心中的晋国国君，我想你也必定不会辜负我的苦心。你从楚国来到秦国，并不是容易的。我知道楚国待你很好，还给予你诸侯之礼，说明楚成王是一个目光敏锐的明君。他没有将你看作一个流亡的公子，而是把你当作晋国将来的国君。他既然能够认识你内心的仁义，我也能知道你的品性。

重耳向我施礼拜谢，他的举止是谨慎的，他的态度是谦逊的，他恪守了自己应有的礼节，脸上并没有现出惊喜之情，而是似乎充满了忧患之感。他说，我离开晋国太久了，十几年来虽然没有丝毫忘记自己的国家，但却从来没有想到回去做一个君王。这不是出于自己的礼让，而是觉得自己还缺少治理国家的贤德和才能。

你就先在秦国安心住一段时间吧，我已经给你预备好了炭火，以免你在秦国受了寒冷。我也给你预备了你所需的一切，若是你有什么不足，请及时告诉我，我好让人给你添置。我已经预备了筵席，让你畅饮秦国的美酒，我的美酒和别国的美酒是不一样的，它的香气就能让你沉醉。

重耳说，美酒的香气我还没有闻到，但君王的香气早已胜过所有的美酒，你所说的话，已经让我沉醉。一个人最大的烦恼就是从来不被人知道，他所想的也不能被了解，他所做的也不能被理解。我听了君王的话，心中的快乐超过了所有的快乐，你给我的比为我所预备的炭火还要温暖，路上的疲惫和风雪给我的寒冷已经一扫而去。

我说，我还为你准备了特殊的礼物，你必定会感到满意。我从同宗中为你挑选了五个美女，其中还有我的女儿，她们每一个人都拥有贤良和美貌，让你在秦国的日子里不会感到寂寞。我的女儿原来嫁给了太子圉，可是他乃是一个叛逆者，他违背了自己的信义，逃回了晋国。虽然现在他是晋国的国君，但他是一个无德无义的国君。

——他逃走了，却把我的女儿也丢弃了。一个人为了夺取自己的利益，舍弃了自己的夫人，这样的人怎能有德行？他不仅背叛了我，也背叛了我的女儿。他让我的女儿受到了委屈，现在我要让她跟随你，因为我看见了你的德行，你不会再让她受到委屈了。是的，我的女儿应该跟随一个有仁德的人，只有你才和她相配。

我看见重耳沉默了，他的眉头皱了起来。不过，他似乎一直保持这样的表情。过了一会儿，他说，君王的美意我已领受，但你要容我多想一想。外面的风声传到了我的宫殿里，我和重耳坐在这里，前面的炭火在燃烧，火光照着他庄重的脸。随着火光的变化，他的容颜也在不断闪烁，他就像一块石头那样，一动不动。难道他不喜欢我为他挑选的美女？还是他不愿接受我的女儿？

卷三百一十九

胥臣

公子从秦穆公那里回来，一脸不悦的样子。我不知道在秦宫里究竟发生了什么。一定有什么事情让他眉头紧锁，他眼睛里有着忧郁，他的眉宇间飘动着风雪，他的身上带着秦国的严寒。我就问，秦穆公和你说了什么？你的心里有什么忧虑？

我是公子的师傅，他从小就跟随我读书，我已经将自己所知道的都传授给了他。我所读过的书，也让他读完了。公子的天资是聪明的，他总是过目不忘，刚读了的书就可以背诵，并能领会其中的深意。我记得他曾对我说，我读了这么多书，却不能去演习书中所说的，我好像已经知道了很多，却没有机会照着书里的内容去观察自己真实的本领。要是能让一个人来教我演练所学的，不知是否可行？

我告诉他，人世间的事情很多，但一旦你有了急躁的心情，就不会做好。固然你聪明好学，也有了很多的学问，但这学问并不是要立即去演习，因为真正的演习需要等待时机。你的学问仅仅是自己的积累，它已经在你的腹中了，你为什么要急躁呢？真正的学问就像深水，它的表面没有波澜，看起来是平静的，可其中的深度却可以养育大鳌和龙，但肤浅的水里只有小虾和小水虫，所以才会为自己的水里没有大鱼而焦躁不安。你所学的并不是为了现在就用的，而是为将来做预备。因为将来是未知的，未知的就必有深奥的，即使你现在演练，也未必能够针对将来的未知。

我一直跟随着公子，这十几年间的流浪，让他看见了自己的所学是怎样获得用处的。也许这是最好的演练，然而这演练也是生活本身。演练乃是基于一种假想，而公子所经历的则不是假想，而是一个个真实。真实比假想变化更多，在真实中假想不起作用。因为假想的并不是完整的，也是僵化的，缺少应变的可能。

现在公子的所学获得了真正的机会。这些年来，我看见他在各种困境中表现出非凡的能力，我的内心十分高兴，但我却从不将这高兴放在自己的脸上。我并不总是夸奖他，但我却暗暗鼓励他，帮助他，尽我的所能为他献策。我想，他刚刚来到了秦国就遇到了难以决断的事情。不然，他的脸上为什么愁眉不展？

他似乎有什么事情说不出口，但还是开口说话了。他说，秦穆公给我挑选了五个女子，让她们嫁给我。我说，这不是好事情么？那你为什么还不高兴？他说，唉，我不想要其中的一个。我问，这是为什么？我们现在需要秦国的帮助，你却要因这件小事耽误你的大事，岂不是因小失大？凡事应知道取舍，即使这个女子不美丽，不合你的心意，你也应该接受，因为你不可在这个时刻拒绝君王的美意。何况，天下有那么多美女，你怎会在乎其中一个相貌不美呢？也许一个女人的外貌不是她的全部，她的优点乃是在她的内心里，你不可能从她的外貌看见她的内心。

他说，你想错了。这个女人是秦穆公的女儿，也是太子圉的夫人。我怎能把我侄儿的女人据为己有？要是我回到晋国，国人会怎么议论我？我不能违背自己的内心，也不能违背做人的法度。可是我又想不出什么理由来拒绝秦穆公的好意。我若没什么理由就拒绝了他，他就必定会不高兴，我也可能失去他的帮助。

我说，原来是这样，你将这样的事情看得太重了。圉的国家我们都要前去攻打，你怎么还在乎他的夫人？你接受这个女人，就意味着你与秦国的国君已结为姻亲，这样返回晋国的时候，得到秦国的帮助就有了充分的理由。你若是拒绝了秦穆公的好意，岂不是拘泥于小的礼节而忘记了大的羞耻？

——你从小所学的学问，不是为了简单理解法度和礼仪，而是能够在不同的时候，遇到不同的事情，能够灵活变通。在天地之间若是没有变通，又怎能有星辰的闪耀和昼夜的交替？万物的生长都是在变通中进行的。一粒树种从来不知道自己会落在哪里，但它不论落在什么地方，都知道怎样汲取雨水和养分，知道怎样调整自己与季节的关系。在春天来了的时候，它知道应该发芽生长，在冬天来到的时候，又知道自己该将自己的叶子蜕落。它所遵循的是大的天意，而不是在小的礼节中彷徨。

——你小的时候曾捕捉过蝴蝶，它的美丽是由于它能够摆脱自己的丑陋，而摆脱丑陋的办法也是能够及时变通自己。蝴蝶曾是丑陋的虫子，又将自己变成了茧壳里的睡眠者，最后却从这茧壳里飞了出来。不会变通的，就永远是丑陋的，但蝴蝶因为自己的变通，获得了美丽的翅膀，也获得了自由和飞翔。

——真正的书不是书写在竹简上的，也不是铭刻在铜鼎上的，而是在万物中。从前先祖周文王就是从万物中看见了天地之间的变化，知道了人事的变化乃是在天地变化之中。你在十几年的流亡中难道还没有看见这诡异的各种变化么？宋襄公就是拘泥于小的礼节，从而在泓水之滨战败，他看起来是恪守了礼仪，却失掉了宋国的机会。他所不知道的，是小的礼节必须服从大的变化，若是小的礼节和大的变化相冲突，就必须放弃小的礼节，因为这小的礼节乃是被大的变化所统摄。

公子说，我懂了，听了你的话，我的心胸豁然开朗。原先我跟着你学习，以为自己已经掌握了你所掌握的学问，现在想起来，我所知道得太少了。我也许知道了学问的细节，以为这就是学问，却不知道这学问的来历，也不知道这学问中所含的学问。学问不是只有学问本身，它的背后仍有大的玄奥。真正的学问乃是在天地之间变化的玄奥之中，地上的人事变化也在这玄奥之中。

卷三百二十

狐偃

　　胥臣告诉我，秦穆公要把他的女儿嬴嫁给公子，但嬴乃是圉的妻子，所以公子不愿意接受。但是胥臣已经说服了公子，公子答应接受秦国的姻亲。这就好了，千万不能在关键时刻拒绝秦国国君的请求。公子应该以国家大事为重，不能因为一点小事而失去好机会。我们在路上流浪了十几年，不就是为了回到晋国么？我们受了那么多苦，受了那么多羞辱，难道不就是为了获得一个机会么？可是机会来到了身边，却要因一件小事而放弃，一个猎人舍弃了捕捉到的大象却要去费力捕捉一只野兔，这怎能是一个好猎手？

　　公子是一个懂得取舍的人，胥臣所说的话毕竟让他回心转意。他知道自己究竟要做什么，也知道自己的选择意味着什么。他可能暂时会被一片乌云挡住视线，但他还有拨开这乌云的能力，并看见乌云背后的事情。当乌云飘来的时候，看起来光亮消失了，但不是光亮本身没有了，而是乌云暂时遮住了光亮。而乌云终究会消散，它不可能永远停留在那个地方。所以不要在意它，要看见乌云消散后所要露出的巨大的蓝。

现在，秦穆公为公子设宴，我们陪公子出席这盛大的宴席。秦穆公非常高兴，他说，我为你挑选的五个美女，你觉得怎样？公子说，我还没有见到她们，所以我不能说什么。秦穆公立即将五个美女召来，说，你现在可以看见她们了。五个美女很快就站在了公子的面前。她们是美丽的，她们穿着华丽的衣裳，头上插着花朵和羽毛，宽大的袍袖随着她们走路的姿势不断飘荡，就像行走在云间。

我没有见过这样的美女，每一个都好像来自神的世界。她们的眼睛看着公子，仿佛树叶上凝结着露珠，闪烁着晶莹和透彻的明亮。她们的脸是白皙的，略微显出粉红，不只是由于害羞，还是天然的颜色。嘴唇涂着胭脂，长长的眉毛弯曲着，犹如天边的弯月。不论什么人，看见她们都会心动。

可是公子似乎并不在意，他仅仅看了一眼，就将自己的脸扭到了一边。他说，她们的确是漂亮的，秦国不仅有美好的物产，也有这么美好的女子。秦穆公说，那就是说，你已经接受了她们？公子说，君王的命令我怎敢不服从呢？何况，这样的美女我怎会不喜欢？你的女儿跟从了我，我绝不会让她有丝毫的委屈，我会用心去对待她，以后，秦国和晋国就是一家人了，君王所说的，就是我要做的。

秦穆公十分兴奋，他不断为公子祝酒，并令宫廷乐师演奏喜庆的乐曲。所有的人都在祥和喜乐的气氛中畅饮。此时，公子吟诵了《河水》，他用流水般的声调和浑厚苍凉的气韵，朗声而赋——

每一条河水都在弥漫而去，它们归往了深邃浩瀚的大海。
苍穹的鹰隼在盘旋，在飞翔中经常停在空中。

古灵魂

我的兄弟却在悲凉和叹息里，身边没有亲人和朋友。

有谁试图阻止丧乱？谁又能不为父母怀着忧愁？

每一条河水都在弥漫而去，它们有着浩荡汹涌的势头。

苍穹的鹰隼在迅飞，自由自在地随心翱翔。

地上的人们有的不遵循法度，有谁为此不安而愁苦？

心里无限的悲愁却无处诉说，这不能忘记的事情堆积在胸中。

…………

这乃是忧乱的诗篇，既有流水朝宗于海，又有着飞翔的鹰隼或停或止，伤感而忧郁，并有在乱世间对父母的担忧。公子选择了一首恰当的诗篇，暗示了自己对于秦国的归顺，归国之后将像诸侯朝拜天子一样顺服秦国，又说出了自己对天下的担忧，用这样的吟诵表明了自己制止乱象的志向。公子的声音感染了众人，也分明感染了秦穆公，他显然已经知道了公子的用意，就继而吟咏了《六月》——

在六月率军不断奔走，戎车做好了修整确保无碍。

四匹骏马肥壮而有力，每一个人都披挂了征衣。

那猃狁的势头凶恶而迅猛，我们的边陲已经危急。

周王命我前去讨伐，我又怎能在危亡之时推辞责任？

我的骏马已经选定，我驾驭的技艺高超而遵循规矩。

六月的盛夏炎热灼人，我将披好自己的铠甲走向激战。

我穿好了风中的征衣，疾行三十里路奔赴边关。

周王命我前往讨伐，我将辅佐天子以匡扶家邦和拯救万民。

…………

秦穆公的声音沉着而有力，他铿锵的声音和节律，让人屏住呼吸，感到了内心的震颤。这诗篇就像秋风一样强劲，在大殿中回旋。《六月》乃是礼赞太师尹吉甫辅佐周宣王讨伐猃狁的诗篇，秦穆公之所以吟诵这一诗篇，同样有着深邃的用意，以此说出诸侯辅佐天子的天责。这不是要和公子联手辅佐天子么？赵衰分明听出了秦穆公的深意，就立即引导公子走下台阶，向秦穆公施礼再拜，说，君王用辅佐天子来命令重耳，重耳岂能不拜？公子的话语，既表达了对秦穆公的敬意，也表达了自己渴望辅佐天子平息天下之乱的心胸。赵衰太聪明了，他总是懂得在适当的时候找到最好的机会。

此时赵衰离开座位，开始吟诵《黍苗》——

黍苗有着繁茂的勃勃生机，全凭甘雨的即时滋润。

众人在遥远的路上向南而行，召伯的慰劳让人舒心。

我挽着自己的车辇而你肩荷着重负，你拉着牛而我来扶车。

出行的使命已经完毕，为什么还不归家？

我驾驭着车马而你却徒步而行，我在出师途中你也在旅途。

出行的使命已经完毕，为什么还不归家？

赶快修整好谢国的都邑，这是召伯苦心经营的地方。

威武的大军在辛劳中营建，召伯在精心谋划和巡察安排。

将高低不平的地势修建平整，又将井泉和河流疏通。

召伯治理谢邑的大功告成，宣王的内心获得了安宁。

赵衰的吟诵让筵席上的气氛更浓了。他所选的诗篇真是太好了，这黍苗的勃兴和繁荣，是借了天雨的滋养，它说的是周宣王的贤臣召伯抚慰南行的役卒，让人们快乐而顺心，又精心修建谢邑，众人齐心协力，快速而井井有序。只要有召伯的慰劳，人们就不惧辛劳。而劳役者又长期在外，思乡之情急切而深沉，但他们又毫无怨言。它既赞颂了召伯的贤良，也说出了自己的心声，并表达了功业告成之后的欢欣。此时此刻，吟诵这样的诗篇，是多么贴切的借喻啊。

秦穆公听完之后，说，我已经知道了你们想要尽快回到晋国，你们的心情我能够理解，毕竟离开故国已经十几个春秋了，在这样辛苦的流浪和煎熬中，谁不想回到自己的家乡呢？公子和赵衰又一次起身拜谢，说，我们这些人是孤立无援的，只有仰仗你的威权，才可能实现自己的愿望，你就是诗中说的好雨，我们就是被滋养的黍苗，没有你的及时扶助，我们又怎会繁荣和兴旺？

秦穆公非常兴奋，他不断饮酒，美酒的香气飘满了大殿。吟诵的声音在回荡，它在我的心胸中就像波涛一样拍击，并扬起一阵阵碎沫。我的内心在翻腾，仿佛有着山呼海啸的力量，我就在这力量的驱使中一会儿升到了高空，一会儿落到了谷底。我就在这天地之间飘动，以致我忘记了自己。我这是在哪里？是在秦穆公的宫殿里？还是在云影漂浮的星空？我是在异国的土地上？还是已经回到了我的晋国？

我感到了微醺中的眩晕，这声音、乐声和斟酒时酒樽里激起的微澜，以及那么多人影，汇聚为天地之间的浩大的声响和画面。我好像置身于夜晚的秋风里，我倾听着来自天上和地上的各种声息，并遥望着暗夜的星阵，又将自己的双手触摸到了潮湿的泥土。我坐在这里，感觉自己并不是坐在秦穆公的大殿上，也不是坐在空阔的旷野上，而是坐在奔腾的激流里。我被莫名其妙的力推着，我的身体在浮动，我的心也在浮动，我在眩晕里看着两岸，但那两岸却隐没在一片片黑影里。

公子在和秦穆公交谈，可以从他们的笑声里获知愉悦，是的，这欢欣中的交谈涉及了整个天下。他们都有着远大的抱负，但又各自怀有自己的秘密。他们说出了能够说出的，而把不能说出的，沉积到了各自的内心深处。我似乎听见秦穆公说，公子该回去了，晋国的国君是残暴的，他的国人的心已经远离了他。但是，他的残暴和猜忌只会为他增添罪愆，别人的血腥将转为你身上的香气。

古灵魂

卷三百二十一

秦嬴

　　新的一天开始了，这是多么好的一天，虽说冬日是寒冷的，但既没有寒风，也没有云翳，蓝天呈现了自己的本色，落尽了树叶的树木在自己的位置上一动不动。万物好像都是静止的，它们各自停在自己的地方，重获各自的秩序。我是秦穆公的女儿，现在已被父君嫁给了重耳。我从前的夫君太子圉早已逃回了晋国，成为晋怀公。他已经遗忘了我。我记得送走他的时候，是在一个暗夜，那个夜晚是多么黑，除了天上的星光，几乎看不见地上的东西。我流着眼泪送走了他。因为他的父君晋惠公已经奄奄一息，太子圉急于逃回晋国继承君位。

　　我的夫君一直在秦国做人质，以牵制晋国可能的妄动。为了使太子圉安心于秦国，我的父君就将我嫁给了他。我理解父君的本意，他是让我嫁给晋国未来的国君。但太子圉不懂得我父君的苦心，却急于获得国君的位置而从秦国逃走了。我不得不做出痛苦的选择，既要替我的夫君掩盖奔逃的秘密，又要维护秦国的尊严，于是我留在了秦国。

　　我以为圉做了国君之后会迎我去晋国，但他似乎已经忘记了我，也忘记了我对他的恩德。我若不为他保守秘密，他怎会逃走？又怎能成为国君？我和他在一起的日子是快乐的，但他却为了争夺国君之位而抛弃了我。送走他之后，我的身形里的东西似乎被他带走了，我的内心是空的，什么都没有了，只剩下了一个空洞的身形。所以，我就像一个影子一样，留在了秦国，留在了我的影子所留恋的地方。

我一直等待围的召唤，我望着一次次飞走又归来的飞鸿，看着每天暗夜里的星空，想着他，仔细倾听从东方传来的各种声音，但唯独没有他的声音。这样的绝望在我的内心纠缠，就像野地里踩住了蛇的头，毒牙咬住了我的脚踝，毒性在我的身体里发作，我感到了一阵阵疼痛，但我却只能忍受。除了忍受，我还有什么办法呢？

现在，晋国公子重耳来到了秦国，我的父君要让他回国，以代替我的夫君去做晋国的国君。他需要秦国，秦国也需要他。很久以前我就知道这个人，他有着仁义的好名声，但我不知道这个人究竟是什么样子。我知道他一直被晋国追杀，所以过着东躲西藏的日子。他从一个国家到另一个国家，又到又一个国家，现在转回到了秦国。在我的心里，他不是一个真实的人，而是一个路上的幽灵，一个没有形体的幻觉。

但他来到了我的面前，成为我的夫君。他是冷漠的，他的身上已经失去了活的热力，失去了炽热的感情，他将这一切都已经丢失在了流浪的路上。他对我的微笑也是虚假的，我已经看出了他的虚假，是的，虚假是掩饰不住的。他是在嫌弃我？是因为我曾是围的妻子？要知道他可是围的伯父。还是他有着别的想法？他究竟在想什么？这个人在我面前是一个黑影，一个有着厚度的黑影，因为他的心里已经积

古灵魂

满了淤泥和石头，也飘满了一个个日子的落叶，他既是沉重的，也是虚幻的，我的目光穿不透他。

但让我不满意的是，他已经老了，他的须发已经花白，寒冬的大雪已经在他的须发上堆积。他的脸上耕满了沟垄，但却缺少盛开的野花。我嫁给一个荒凉的、悲凉的、神秘的人。我只是要嫁给一个即将回去的国君，而不是一个真实的人。可是，我似乎也喜欢这个人，他的一举一动都是优雅的，他的言辞是漂亮的，他说话的语调在柔和和谦逊中有着威严，他的脸上既是神秘的，也有着迷人的坦诚。这究竟是个什么样的人？

我是秦国的公主，我的内心也是骄傲的。但我的父君告诉我，要侍奉好自己的夫君，因为我是一个女人，就必须跟在一个男人的后面。我不能在阳光里显现自己的美好，而要在自己夫君的影子里隐藏。可是我有着自己的光芒，我即使是藏在巨石的背后，别人也能看见我的光。我知道自己是谁，我也知道自己该做什么，我的骄傲不在我的外表，而在我的内心里，在我谦恭的姿势里。我即使低下自己的头，但别人从我的背后仍能看见我的美貌。

公子回来了，我双手奉上用来盥洗的铜匜，侍奉他洗净自己手上的尘土。我手握着錾，另一只手托着铜匜上的兽足，盖顶的瑞兽和周遭的曲折的盘螭，在我的手上倾斜，清水从前面的流沿流了下来。公子漫不经心地仔细搓着手，却不看我一眼。一个美人就在他的面前，但他似乎却看着铜匜上瑞兽的头，看着那瑞兽突出的眼睛。我难道还不如这上面的瑞兽？我的美貌被忽视了，他的傲慢让我受到了伤害。

清水在他的手上流着，我看着那水花在轻轻飞溅，透过这透亮的水流，我仿佛看见了他的心里的另一个形象。他虽然低着头，但我仍能看见他不屑的表情，我难道是一个婢女么？我仅仅是给他端水的奴仆么？他洗完手后，竟然扭头甩手而去。他手上的水甩到了我的脸上，我感到自己脸上流着冰凉的东西，我好像看见了我脸上的泪痕。

我再也抑制不住愤怒，我说，秦国是可以与晋国匹敌的大国，你为什么对我这样轻慢？我让你接受沃盥，你却忘掉了自己是谁，也忘掉了给你端水的是谁，还忘记了你在什么地方。我看见他的身形颤抖了一下，站住了。一会儿，他转过身来，说，夫人说得对，我知道了自己的罪过，应该受到惩罚。然后他让人剥去自己外面的衣服，又将自己捆绑起来，站在了外面的寒冷里。

我的怒火渐渐熄灭了，严冬的天气使我从愤怒中醒来。外面起风了，我听见风声渐渐大了，它从屋顶的瓦片上吹过，严厉的呼啸掠过我的内心。我走出来，裹紧了衣裳，但寒风依然在我的脸上撒着芒刺。我看着公子穿着单薄的衣服，被一根绳索捆绑着，立在光秃秃的树下，他和这大树一起，经受着严冬的惩罚。我将一件衣裳扔给了他，然后从他的身边走了过去。他不曾认真看我，而我也不看他。但就在这走过去的一瞬间，我感到背后两道灼热的目光投向我，我凭着女人的敏感，知道他正看着我。我感到这目光是温馨的、柔和的，而不是像箭一样锐利和冷酷。我快步走开，我已经感到一阵来自背后的灼热——也许，他已经懂得看我了，可在我的背后，又怎能看见我的美貌？也许一个人要先接受惩罚，才懂得爱，懂得珍惜一个女人。因为惩罚才让他真正看见我。他就是这样的人么？

我踩着自己的影子往前走去。我曾从镜子里看过自己，但却不知道自己在别人的眼中是什么样子。但我能够看见别人的样子。现在我最希望我的夫君好好看我，但他的目光却在我的背后。他和一棵大树，一棵冬天的大树，站在寒冷的风中。我是多么想回过头去，和他说几句话，但我内心的骄傲不允许我这样做。我只用我的背影说话，他也许会听得懂。我边走边和我的影子说话，并踩着这影子往前行。

卷三百二十二

介子推

冬天的寒冷结束了，它只剩下了尾巴上的一点寒气。它的头已经掉转，风向也已经转变，从西北方向吹来的冬风已经被压住了，东风从云端降下，从地面上扫过，残雪被卷起，它残剩的白光，只在地上的褶皱里停留。春天来了，风中的尘土已经露出了一点温暖，可这样微小的温暖几乎感觉不到，但泥土里埋着的万物的根须应该已经知道了，它们从沉睡中醒来了。河水也是知道的，因为河里的冰已经开始融化，只有岸边仍存留着残冰。

远处的飞鸿驮着温馨，它们的翅翼扇动着，从天空传来它们的鸣叫，以此传给我们春汛。地上隐藏着的繁荣已经伴随我们了。这一切都令人感动。秦穆公派秦军护送我们到了王城，大河就在眼前了。秦军彩旌飞扬，戎车隆隆，戈矛林立，兵卒的步伐齐整，踏起了地上的灰尘。我向后望去，看不见兵车的尽头。

渡河的大船已经泊在岸边，它的风帆已经升起。我们就要回到晋国了，从河边已经可以看见对岸晋国的土地了。大河是宽广的，对面隐约有几个人影，但他们看起来太小了，完全看不清他们在做什么。

古灵魂

他们似乎仅仅是站在河边看着什么，河流的波涛浮动着，他们的身影也似乎随着这波涛浮动。他们是谁？为什么要站在那里？在这里所见的，人真是太渺小了，也许这就是人的本相。在对岸的人看来，我们也同样渺小。但有着大河的衬托，有着我们背后山的轮廓衬托，所有渺小的都获得了巨大的甚至无穷的背景。

狐偃对公子说，我跟随着你周游天下，我曾犯了数不清的过错。我知道自己的过错，你也一样。但我们毕竟走到了今天，看见了对岸的晋国。现在你就要过河了，我可以离开了。公子立即摘下自己的玉璧，投入到滚滚的河水里。他说，你为什么要离开呢？我们就要回去了，十几年来的流浪不就是为了这一天么？你看吧，渡船已经预备，船夫已经立在了船头，我们终于可以做自己想做的大事情了。我知道你的心事，不就是怕我不与你同心么？现在我已经将我的玉璧扔到了河水里，让河伯为我们作证，若我不与你同心，就像这玉璧一样，让河水吞噬我吧。

我已先登船了，我和旁边的人说，我已经看见了上天的意旨，公子就要兴起了，可是狐偃在这时却凭恃自己的功劳，向公子索取许诺。这是多么可耻，我怎能与这样的人在一起呢？我的船要离他远一点，我不愿让他靠近我。

我吩咐船夫，让我所乘的船先行出发，我要让这样的人看不见我，我也不想看见他。我看见他陪伴公子登上了船，而我的船和众多的船只已进入了中流。大河啊大河，千古以来你一直在奔流，从来不知自己的疲倦，无穷的流水将在大海汇聚，你所朝觐的是无边无际，你的深邃不在你的波澜里，而是在你奔腾不息的追求中。

你知道自己将行往远方，那是怎样的远方，在平庸的人看来那是永远不能抵达的地方，可你的心中并不在意遥远，而是千回百转，冲决了重峦叠嶂和高丘峡谷，把巨大的石头压在了水底，又将自己的心浮现在日光和星光里。你所做的并不是让岸上的人们看见，但你的一切却自然而然地呈现了自己的威严和力量，可肤浅的人们却不知道你的力量从何而来。

你所知道的，并不是人所知道的。你的奥秘就在你的内心里，但你从不将这内心的东西向别人显露。你的水是柔软的，但这柔软的却是最强的，你从不隐藏自己的柔软，但却没有什么能够抵挡你。你漂浮起这么多大船，你可以随时让这船倾覆，可是那站在船头的船夫，却高昂着头，看着这浩瀚的巨流沉默不语，因为他只是要将船驾驭到对岸，却永远也不知道你是谁。这是多么不朽的河流啊。每一个人只有渡河的欲望，却不知道他所渡的河流。一个人的内心难道不应该拥有一条自己的河流么？

每一条河流所做的，就是将自己的流水最终放到大海里，就是为了将自己的一切隐身于更大的水中。一个真正的人难道不应该这样么？我们的逃亡不就像这河流一样，为了寻找到自己的大海么？现在这大海已经到了面前，我们就可以隐身于其中了。可是狐偃却不明白这样的道理，他所做的不是为了汇入大海，而是为了显露出自己，若是这样，我们又为什么要跟随公子四处流浪呢？大河啊大河，我现在似乎知道你的奥秘了，可是你的奥秘又在流水中奔往更远的地方了，我看见的，你立即远去；我没看见的，你已经消逝了。所以，我始终得不到你的真正奥秘，因为我即使站在船上，也不能捕捉到你，我所看见的，也不过是我的内心所想，而不是真正的你。

古灵魂

卷三百二十三

赵衰

公子到了大河边，看着滔滔河水，反而犹豫不决了。他说，我的前程就像这大河一样凶险。你看这波涌诡谲，曾将多少行船打翻。即使是好船夫，也不能看见水底有多少石头，也看不见什么样的波浪会突然打烂船板。我已经听见船夫的歌声是悲凉的，因为他们不知道自己的每一刻会发生什么。虽然河岸的渡船已经等待，但我一旦过河就不可能回头了。

我说，你不可辜负十几年的流浪，这十几年来我们受了多少折磨，又受了多少势利者的白眼，还经受了饥饿和轻慢，这样的大屈辱怎能被遗忘。就说眼前的河水吧，它从自己的源头起身，一路汇聚了更多的源泉，它的水量越来越大，它的激浪一个跟着一个，从没有丝毫的懈怠，你什么时候看见过停留的河水呢？我们多么不易才等到了过河的机会，可是你却面对着河水而要停住自己的脚步了，这可是要违背你起身时的源泉了，也违背了你内心中的波澜，也违背了我们一直跟随你的苦心了。你的踌躇不是你一个人的踌躇，你的疑虑也不是你一个人的疑虑，这踌躇和疑虑将意味着对自己的放弃，也是对别人的放弃。

公子说，我想自己离开晋国这么久了，我并不知道晋国已经发生了什么，也不知道它真正的状况。我既不知道有谁在支持我，也不知道有谁在反对我，我若回到了晋国，将以什么来立足？将用什么办法避免祸患？我的性命固然不足道，死和生将归于天意，可是我的身后还有你以及那么多跟从我的人。我不能因我的失误而让你们感到担忧。

公子的眼里映照着发黄的河水，这河水里卷入了太多的泥沙，因而这其中的每一滴水都是沉重的。这激流中包含了沿途的土地，包含了它自己的命运，但它仍然没有因此而犹疑不决。我说，公子应该好好想一想，当初我们用计谋让你饮酒而醉，又把你抬到了车上，这样才离开了齐国。你应该想一想众人的苦心，也要想一想夫人为了你的前途，至今还在忍受着孤单，而你却面对即将成就的大业犹豫不定了。夫人若是在齐国知道你这样想，她将会怎样悲愤？

公子仍然看着眼前的滔滔河水，陷入了深深的沉默。这沉默就像一个猎人的陷阱，我们随时会从这沉默里掉下去。我的心被高高悬起，就像停在了一个波浪的浪尖上，而这波浪却突然凝固了。春天虽然来了，但河风却很大，它从开阔的河面上带着一股股寒气，吹向我们，我的身体似乎要被吹得飘起来了。公子站在那里，就像石头一样，似乎感受不到这寒冷，也感受不到一切，我和他说话，他也似乎听不见。他只是深陷于自己的沉默，他乃是站在了自己的沉默中，大河的激流也冲不掉这沉默。

不知过了多久，公子突然说，我要亲自卜筮，我自己已经不能回答自己的所有疑问，我需请上天告诉我该怎样抉择。狐偃拿出了占卜的蓍草和其它卜具，公子先向大河施礼，又向上天虔诚而拜，然后一次次将蓍草分开。他命筮说，我要问一问，我能不能据有晋国？卜筮的结果出来了，得到了屯和豫两个卦象。

我吃了一惊。变爻和不变爻都说明，贞悔相争而变爻的爻位被不变的阴爻所居，卜筮者断言说，这一卦是不吉利的，卦象所呈现的是阻塞不通，六爻也没什么作为。我说，卦象中仍有卦象，卦辞中仍有卦辞，卜卦的结果乃是在变化中寻找，你何不问问胥臣呢？他是博学的，不仅精通卜筮之术，也懂得观测天象的变幻。

公子将胥臣召来了，胥臣看了一会儿，进入了深思。公子深怀期望地看着他，但他却一言不发。我的内心在绝望中挣扎。我似乎被这河水的大浪一个个击来，感到了一阵阵眩晕。我听着大河的奔腾呼啸，一片轰隆隆的激响，充溢于天地之间，我几乎听不见任何别的声音了。众人也和我一样，把所有的希望都投向了胥臣，他被这希望紧紧围住了。

时间停在了希望与绝望之间。胥臣忽然抬起了头，他向着河的对岸瞭望，然后缓缓说，这是一个吉祥之卦。在《易》书中，两个卦象的卦辞都记有利建侯的字样，就是有利于封侯。若是不能据有晋国，并辅佐天子，怎么会称作建侯呢？公子的命筮之辞是希望获得晋国，卜筮已经告诉我们利于封侯建业，这是你得到封国的吉兆，还有什么卦象比这个卦象更好呢？

按照《易》中所说，震为东方，坎为水，坤为土，而屯卦的屯具有囤积的含义，只要有囤积，仁德就会加厚，仁德将会转为万事的吉祥。豫有着愉悦之意，其中含有众人的喜乐，众人就会在喜乐中归于一心。

震卦有着车乘之意，它在屯卦中处于下卦的位置，而在豫卦中却为上卦，本卦和变卦都有坤卦，这乃是柔顺之象。万民柔顺，车乘可行于疆界内外，路途通畅，并无阻塞之意。屯卦和豫卦中都含有坎和艮之象，坎为水而艮为山，它们合起来就有源泉滋润以助万物生长之象。水滋养着山，天泉充足，土壤厚实而肥沃，山就不会是光秃秃的，它就会林木繁茂，果实密集，云蒸霞蔚，荣象逶迤连绵。

若我们不能据有晋国，那么什么事情可以适于这样的卦象？你想吧，震为雷为车，而坎为水为辛劳为民众，复卦以下卦为主。在屯卦中，雷电和车乘之行是大趋势，车马具有足够的威慑，意味着武备的强盛，而坤为民众，他们柔顺而接受教化，这样的文武兼备，还有什么比这更好的上天封赏？它的卦名屯已经说出了囤积丰厚之意。

它的卦辞说，所有的都是吉利的，不用有所顾忌，有利于建侯兴业。屯为下卦而震为主卦，那就意味着雷是关键，雷电为万物化生的开始，它支配着万物的生息繁衍，其可以化育万民，所以能够使得民众柔顺喜乐而归于一心。获得这样的民众就是嘉美之兆，所以才显示亨通。难道还有什么比这样的卦象更好呢？

公子的眉头开始舒展了，他的脸上露出了微笑。他顺手捡起地上的一块顽石，用力向着大河投去。他对胥臣说，还是你的学问渊博，我曾跟着你学了很多年，但仍然没有学到真正的学问。看来你永远是我的老师，我仍要多向你请教啊。然后，他的目光环视四周，说，既然天意如此，我们就登船吧。

卷三百二十四

狐偃

我仅仅是试探一下公子归国后将怎样对待我，他竟然将自己的玉璧扔到了河水里。他说，让河伯见证我的心，我已经把这玉璧放到了河伯的手里，我若不和你同心一意，就请河伯用他的巨浪把我掀翻到河水里。

我慌忙予以制止，但他的话是真诚的，我的内心十分感动。公子已经亲自卜筮决疑，胥臣已经细致地讲解了所得的卦象，所有的事情都是吉祥的，我们所遇见的都是吉兆。我们在船上向着对岸不断瞭望。我的内心是激动的。我跟随公子十几年了，经历了多少个春荣秋枯，在多少个冬天忍受严寒，又在多少个夏天熬过炎热。我所看见的都是异国的景色，而对于晋国的一切早已经感到陌生了。它曾无数次出现在我的梦中，但这梦境并不能给我一个清晰的晋国，现在我从船头已经看见了它。

可是我看见了什么？看见的只是对岸荒凉的土地，以及稀稀拉拉的村庄，炊烟从一个个屋顶上升起，它就像一只要钻入地洞里的怪兽，露出了一条长长的黑尾巴。这尾巴在半空摇晃，它开始的时候是

— 265 —

卷二百八十一—卷三百四十五

细小的，然后变得粗壮，然后就变得越来越淡了。这是无限的暗示。它说明自己将伸展于更高的天云，它是这土地具有活力的见证。

我见过无数的炊烟，但我不会觉得它多么具有意义，然而现在所看见的和以往所看见的不同，因为这炊烟乃是晋国的炊烟。所有的炊烟似乎是一样的，它们没有什么区别，但我现在所见的却是我熟悉的。我在我的记忆里梭巡，无数炊烟都在那里上升，但只有这眼前的是真实的，是我的，我一眼就可从那么多的炊烟里将之挑拣出来。

风帆是饱满的，它涨满了向前的力，可我却感受不到船在向前移动。真正的向前是超出感受的。众多的波涛在船头前涌动，一个个大浪从河流的深处卷起，然后重重地落在了船头。但是我们的船还是从这大浪中间穿越了。春风不是顺风，而是逆风，它似乎是对面吹来的，但这样的逆风仍然可被借助。它是无形的，却推动着有形的船。我们一路流浪，不就是在无形中来到这里的么？或者说，这一路上不就是被一种无形的力量所推动么？

尽管占卜是吉祥的，可是我们前面有什么羁绊和凶险，我还不知道，公子也不会知道。我是快乐的，激动的，但又充满了担忧。我们从一个陌生的地方到另一个陌生的地方，现在我们的家邦就在前面，它也是陌生的了。它竟然也充满了未知，充满了凶险，充满了神秘的东西，我们究竟要面对什么？

晋国的大夫栾枝和郤縠、郤溱都已经取得了联系，他们也派人秘密到秦国密报晋国的状况，可是他们所描述的，也许和真实的并不一样。我所知道的仅仅是从他们那里获知的。可是真实的晋国变成了什么样子？许多人并不认识，这些人就像从荒地里冒出来的野草，我

古灵魂

既叫不出他们的名字，也不知道他们的样子。他们的心里究竟在想什么？是啊，我怎能知道这河水深处游动的大鱼呢？而大鱼并不说话，它们只是借助于浪涛说话，你能从一个个浪涛里听见它们的声音么？

公子也来到了船头，他默不作声，脸上露出了凝重的表情。这表情中饱含着十几年的风雪，也集聚了未知的忧虑。我知道他和我一样，也在未知的恐慌中思索。可是我们没有见到的，思索又有什么意义？因为你所思索的，仅仅是在你的内心，而你没有思索的，却可能出现在你的面前。谁又能将所有的事情都想清楚呢？

我闭上眼，感受着大河的波动。人事的波动和惊涛骇浪中的波动是相似的，一切恍若梦中。我的眼帘上映着一道红光，我原以为这光芒来自我的背后，但它却转到了我的前面。我知道我所面对的东方，而日头已经落在了我的背部。许多原以为忘却的事物在我的前面晃动。在齐国狩猎的日子，在河边垂钓的日子，以及在路上饥饿的日子，寒风与大雪，似乎在飘落，它从远处和高处掉到了河水里。那么大的雪花，在我的手掌中融化，我看着它一点点消失，变为了一点小小的潮湿。我所捕捉的形象就这样消失了么？

忽然想起自己在齐国的时候曾做过一个梦，那个梦太奇特了。我好像被人扔到了河水里，那条河也是宽广的，它的四周好像没有通道，可是那水却奔腾着，我就落在了这样的河流里，一片从悬崖上飘下来的树叶接住了我。我就坐在了那片小小的树叶上，随着波涛起落，飘荡而去。我不知这是一条什么样的河，它既没有来的地方，也没有去的地方，我看不见它的来路，也看不见它的去路，但它的激浪却一直奔腾不息。现在我闭上了眼，所看见的就是这样的河。但我睁开眼睛的时候，忽然看见了对岸。

　　我们已经离岸不远了，岸边的人影渐渐清晰起来了。前面已经有一些船只靠岸了，我好像看见介子推已经在下船。他什么时候登船的？我一路上竟没有看见他。这个人真是一个奇异的人，他总是在别人的视线之外，既不知道他在哪里，也不知道他会在什么时候出现。岸上那么多人，好像是在河边迎候公子的。只要船一靠岸，我的脚就踏在晋国的土地上了。上岸后第一件事情，就是要向这土地朝拜，它将向公子归顺，我也将归顺这土地。

卷三百二十五

董因

公子回来了，我已经远远看见了他。多少年了，我已经认不出他了，可我一眼就看见了那艘大船的船头站着一个人，他身穿玄色的衣裳，衣摆在巨大的河风中飘动，而被这衣裳包裹着的身形却一动不动。日头已经偏西了，由于他背对着光，我看不清他的脸，却看见一个逆光的、发黑的形躯，稳固地立在船头。这一定是他，因为他的轮廓中透出了别人没有的威严，我甚至能看见这轮廓的中间发出了光芒。尽管这乃是暗藏着的光芒，我却仍然能够认出这光芒。

我尽量睁大眼睛，注视着我将来的国君，但天上的阳光让我仍然看不清他的面容。船就要靠岸的时候，我向着这黑影施礼，那个黑影也向我施礼。船夫已经跳下了船，他在船前搭上了踏脚的木阶。公子从船上稳步而下，我再次向他施礼。他问我，你是谁？我说，我是大夫董因，今受众大夫的委托前来迎接公子。他急切地问，晋国现在可好？我说，很好，晋怀公已经闻知公子归来，和他的近臣们日夜不安，商量着应对之策。

公子说，那我该怎么办？我说，据我所知，晋国的军队不会听从他，所以他才感到惊慌不安。公子说，我都认不出你了，毕竟多少年过去了，我也老了。我说，我还能认出你，你离开晋国的时候还年轻，尽管经历了沧桑变化，我仍然能从你的脸上看出从前的样子。公子沉默了一会儿，问我，你要告诉我，我能够顺利接掌晋国么？

我回答说，我昨夜仰观天象，岁星运行于大梁星的旁边，这是天道循环的征兆。国君即位乃是元年，正好处于岁星在实沈星的位置上。实沈星是地上节令和疆界的分野，也是晋国所居的疆土，它说明国君将要立而兴起。现在公子东返晋国，正是好时机，没有不成功的道理。公子当初逃难出行，正是大火星值守之际。它本是尧帝的司徒阏伯观测天象而判定农时的星宿，因而被称为大辰，是农祥之星，它的出现预示着农丰岁实。周祖后稷在虞舜时主掌农事，一直观测这个星宿，相传后稷夜观星象可以知九州的变化。

岁星运行到大火星附近的时候，晋国先祖唐叔虞受封为诸侯。我记得瞽史上记有，只要上承先祖的业绩，就能像嘉禾一样繁衍不息，也必能据有晋国。我也曾为此卜筮，得到了泰卦。变爻为不变的阴爻占据，而应该变化的爻没有超出两个，所以应当以泰卦的卦辞为占断的依据。泰卦上面是坤卦，下面是乾卦，坤为地，乾为天，天必定因它的轻盈要上升，地必因它的重浊而下降，它呈现的是天地交合之象，意味着通透平顺。

卦辞说，所命的筮题是通顺的，大者来而小者去。也就是说，当大的来了，小的就会逃走。今天岁在大火，又得到了泰卦，上天的法纪决定着地上的人事，辰星出而参星入，公子东渡大河回归晋国，已经握住了成功的权柄，公子必定执掌晋国，以后也必将称霸天下。你现在放心回归故土，不必感到惊惧。

公子说，这我就放心了，依你看我该先做什么呢？我说，公子先要宣召令狐、白衰和桑泉三地的大夫，他们早已与晋怀公离心离德，只是因为惧怕讨伐而不敢背叛。他们获得你的召见，必定会归降臣服，这样那些早已盼望你执掌晋国的人，就会纷纷投奔，然后就可以率兵直入晋都了。

公子已经登上了晋国的土地，他的脚印已经刻在了地上，这地就属于他了。晋国的国人都盼望他归来，他的仁德已经广为流传。因为一连几个国君都缺少仁德，他们不断杀掉一些人，就连狐偃的父亲狐突也被杀掉了。他们要么借助别人的手杀人，要么自己拿起剑来杀人，这样每一个人都寻求自保，杀人成了他们统治的秘密。他们担心自己的宝座不稳，于是就用白骨来镶嵌着宝座的根底。可是这白骨就能支撑他们的宝座么？

我将为公子引路，并把他送到别人曾经坐过的宝座上。我说，一切都已具备，只等着公子了。栾枝和郤穀已经做好了准备，他们是忠实的内应。据说，晋怀公已经派出了大军，但他们慑于秦军的威名，在中途畏葸不前。我想他们绝不会听从他的命令，他已经是失去了根的树，它的树叶已经落尽，它的枝干已经枯死，它的果实已经腐烂。他所做的，只能让你掌管的土地更肥沃，你的火炬将把它所剩的点燃，做了炉灶里的柴火。

卷三百二十六

栾枝

公子重耳已经渡过了大河，并率秦军围住了令狐，并宣召令狐、白衰和桑泉三地的大夫，三地已经归降。国人听说公子归来，都纷纷前往投奔。晋怀公已经焦躁不安了，他召我上朝议事，我托病不出。因为这个人是多疑的，他能够杀掉老臣狐突，是不是已经知道我暗通公子，要杀掉我？

我已经预备好家兵，随时准备出击，并在四周巡查值守。晋国的都城里已经大乱，大臣们各自想着自己的出路。晋怀公派兵前往抵抗，但这些兵卒已经不再听从他的命令了，行军到半途就四散而去。

我派人前往令狐联系公子，让他尽快攻打晋都，一切都已水到渠成了。晋怀公已经得知董因前往河边去迎候公子，并卜筮得到了吉卦。他自知不能坚守了，已准备趁着暗夜逃遁。我立即让人坚守城门，将他堵住，这样的国君，必须受到惩罚。

又一个夜晚来临，月亮从高高的穹顶俯视着人间，神灵的目光带着冷静的光辉挥洒在地上。我带着自己的利剑，右边背着箭囊，手里

古灵魂

拿着长戈，和我的兵卒来到了都城的城门前。我不能让这个可恶的国君逃走，我要看着他怎样死去。他所做的恶必须让他承担，他所做的乃是要归于他自己身上。

这个人在出生之后，就有狄国的卜招父为他卜筮，他注定要做别人的奴仆，他的名字就是被围墙囚禁的形象，但是他却不服从天意，从秦国逃了回来，做了国君。他已经违背了自己的命运安排，所以必有大祸缠身。他听从郤芮和吕省的谗言，杀掉了老臣狐突，又追杀流浪中的公子重耳，他的罪数不胜数。国人早已在内心和他分离，可是他却依然依仗自己的杀戮坐在自己不该坐的位置上。他杀戮别人，就是杀死自己。没有德行的人占据了德行者的座位，他就必定要离去，不是他愿意离去，而是他乃是应该在别的地方所安置。他的祸患不是来自别人，而是来自自己不能知道自己。

一只猴子要坐在虎穴里，等待它的该是什么？若是它在别处，还能有躲避的地方，可是它坐在了猛虎离开的巢穴，它就只有等待猛虎的归来。国君就要面对可悲的结局了。兵卒举着火炬为我引路，我沿着城墙在梭巡，在高处，我看见了都城的灯火已经熄灭，它已经陷入了沉睡。月光落在一个个长方形的屋顶上，瓦片发出了斑斑点点的反光。我在夜晚观赏这都城，它有着多么奇特的美。它脱离了白日的喧闹，就像一个隐士躲在了梦中。

我不知道现在多少人在做梦，他们究竟做什么梦？其中必定有人梦见真实的事情，但我却不能穿过波动的月光，走入他们的梦境。这样的梦就覆盖在一个个瓦片下面，它被放在了黑暗的盒子里。谁能将这盒子的盖子揭开？谁能看见其中的秘密？我在火炬的映照中，在月光的映照中，却看不见自己。我只能从自己的暗影来判断自己的存在，那么我试图观看别人的梦，却不知自己乃是在梦中？在别人的梦的外面徘徊的人，又在自己的梦中徘徊。我又怎能知道自己在哪里？

我看见君王的宫殿也笼罩在黑暗里。尽管月光仍然照着，但它却带着自己的黑暗，停留在那里。那里的树木遮蔽着，我只看见它的屋脊高高挺起，好像波涛中的船帆。它根基上的石头已经搬走，它就要沉没了。不是这宫殿将沉没，而是住在里面的人，已经在梦中被淹没，并在梦中挣扎。

晋怀公还能睡着么？也许他也在做梦，但他所做的必定是噩梦。他的梦被这沉重的宫殿压迫着，月辉也被一块块石头挡住。即使是他的梦中也不会有光，是黑暗的梦，他已经不可能挣脱这看不见边际的黑暗了。我让士卒熄灭了火炬，我也要在这暗夜里享受这寂静。我坐在这高高的城头，看着月辉里的土地，似乎一切都是冰凉的，城外的树木就像一个个魅影，它们连成了一片，仿佛向着这里逼近。

但是它们是无声的，它们用这样的方式保守自己的秘密。这荒凉的春天只有在夜晚才显露真实，它拥有无数未知，不然为什么万物会从地下突然冒出来呢？它的骚动只在深层，而不是在表面。远处的山已隐没在微风里。它们在白日出现，又在夜晚躲藏。野兽开始出没，它们的绿光时隐时现。神灵也会在夜晚出现，但我不可能看见。因为神灵只有在夜晚才能深入到人们的梦中，它们有自己的路。

突然，从国君的宫殿那里传来了夜枭的叫声，这叫声是恐怖的。一声又一声，既尖厉又沙哑，就像一阵狂风将这寂静卷走了。它夹杂

古灵魂

着尘沙，也夹杂着人世的悲伤。据说，商纣王的江山要倾覆的时候，他的宫殿旁的大树上也不断发出夜枭的叫声。看来，上天已经有了新的安排，晋国将要改换它的主人了。

卷三百二十七

晋怀公

　　我知道重耳已经过了大河，秦军已经逼近都城了。我听说秦军已驻扎在郇城，郤芮和吕省率领的军队已经不战而散。我没想到重耳会回来，也没想到秦穆公竟然派兵护送他回来。我原想到我的基座是不稳固的，只是没想到这么快就要倒塌了。

　　现在想起来，也许我做错了很多事情。最重要的是我偷逃回了晋国。也许我太年轻了，以为自己只要接掌了晋国的君位，什么事情都会得以解决。可是因为我的逃跑，让秦穆公憎恨了我。可是我在秦国过的是什么日子？我是他的人质，差不多就是秦国的囚徒，我既没有足够的自由，也没有高贵的身份，我本是晋国的太子，但却受到众人的轻视。我早已不愿忍受这卑微了，我也不愿继续忍受失去自由的日子。

　　我还记得在深夜逃走的时候和夫人告别的情景，她的深情让我感动。我真想不回来，但还是经不起做国君的诱惑。我记得她的眼泪滴到了我的手背上，那种冰凉让我疼痛。我的泪水就像泉水一样喷涌，总是擦不干。可我还是乘着小船离开了雍城。河水在船下流淌，我的

古灵魂

眼泪也在流淌。那是一个多么暗淡的夜，满天的星光不能照亮我。我在船上看见群星缀满了水面，它们在波动，在我的前面闪烁，但我却看不见前面有着什么。

两岸的景物都是发黑的，好像天上的阴云在地上飘动。我就在这阴云里穿行。我成为真正的飘零者。秦都雍城很快就看不见了，变为了阴云里的阴云。我既不知道我来自哪里，也不知道将去往哪里。但我的心里却充满了希望。我就要做国君了，我将成为一个国家的主人。一想起这个希望，我的内心里立即就被光所充满，这光也充填了黑夜，波浪上漂浮的万点星光汇聚起来，我就从这星光里看见了我的晋国。

但我也是焦急的，我从这水里所见的，乃是虚无的。我捕捉不住这星光，我却不断伸出手来，抚摸我的另一只手，以证明我的确在船上，也的确在朝着晋国的方向行去。我从这发黑的水面上，看着一个个闪烁的幻影，就像看见一个个怪兽爬出了洞穴，它们露出了一颗颗奇特的牙齿，睁着突出的眼睛，也伸出了利爪。它们还有蛇一样的舌头，猩红的舌头，试图舔舐我。我缩着身子，在惊吓中保持着沉默。

我和船夫说话，并不是想问什么，但只要说几句，就感到浑身的紧张会消逝。我问船夫，我们现在到了哪里？他回答说，不知道。我又问，我们还在秦国么？他仍然回答，不知道。我得到的所有回答都是不知道。是啊，一个船夫不知道的事情，我又能知道多少呢？

现在想来，我应该和秦穆公谈一谈，向他说出我的想法，也许我就不会走到今天。他既然将自己女儿嫁给我，不就是为了让我回到晋国做国君么？嬴嫁给我的时候，秦穆公已经在内心有了计算。他怎会将自己的女儿嫁给一个秦国的囚徒？

但我还是逃走了。我并没有和他商量，这样在他看来，我已经背叛了他，他怎么会不恨我呢？何况，我是独自一人逃走的，我还丢弃了他的女儿，让他的女儿成为一个弃妇。他怎么会不恨我呢？这样的仇恨本是不该有的，但我却这样做了。仇恨就这样像雾气一样从我们中间升起，并弥漫于两个国家之间。

仇恨的种子一旦播下，它就要结下果实。但这样的种子的播撒者并不是我，而是我的父君。他生了我，却让我得到了不祥的名字。这样的名字不是要克服我可能的命运，而是暗示和印证了我的宿命。他本不该背弃自己的许诺，但却因这背弃而获得了背弃的恶果。他也不该发起韩原之战，却因此而成为秦国的俘虏。

他本该被杀掉，但秦穆公却释放了他。他已经答应让我继位，但他却回到晋国继续做他的国君，让我成为秦国的人质。我替代了他，继续成为秦国的囚徒。他不仅背叛了秦国，也出卖了我。不然，我早已是晋国的国君了，怎会让我在秦国等待那么长的时间？我又怎会从秦国逃走？若是他遵守自己所说的，秦国怎会将重耳召去，又将他送回晋国？

别人投下种子，却让我来收获这坏果子。我听从了父君的老臣郤芮和吕省的话，要将重耳身边的人召回，不然就诛杀他们的亲族。但我遇上了狐突。他不肯听从我的旨意，并用言辞激怒了我。于是他被杀掉了。也许我太年轻了，没有经历太多的世事，又抑制不住青春的怒火，它焚毁了我。我深知自己的根基并不稳固，但我杀掉狐突之后，许多老臣就不再扶助我了，就是卜偃这样的大臣，也托病不肯上

古灵魂

朝了。

也许我杀错了人。杀错了一个就等于从自己的脚底取走了一块石头，我的身形就会摇晃，就会站立不稳了。可是我听从了别人的话，也听从了自己的激情。事情是复杂的，可我想得太少了。那些老奸巨猾的人，总是能抓住一根木棒的中间，让这木棒获得平衡，而他自己也最省力。可我做不到，我总是拿住最重的一头，让自己费力捉住，却又掉下来。尽管一个国君总会有衰亡的时候，但我却衰亡得太快了。

我的年龄太小了，又在秦国过了几年，所以并没有多少真正跟随我的人。我的身边的人都各怀心事，他们曾追随我的父君，但他们对父君的忠诚并不会转移到我的身上。我和他们唯一的感情联系，就是我是晋惠公的儿子。但是这能说明什么呢？我和我的父君毕竟是两个人，他们所忠诚的人已经死了，我仅仅是一个死的替代物。

是的，我不是我自己，我仅仅是替死去的人活着，但我又不是那个死去的人。那个死去的已经死去，连他也丢弃了我。那么我所剩的就只有死的残渣。他掉在地上的，我捡拾。他不要的，我吃下去。他丢弃的，我不能丢弃，因为我也是被丢弃的。一个被丢弃者必须在被丢弃中寻找自己。

重耳是不幸的，也是幸运的。他一直在流浪中，却终于找到了机会。但他的机会是我给的。我若不追杀他，他就会在一个国家安稳地待下去，这样他就会忘记自己要做什么。他离开晋国的时间更长，渐渐地国人也将遗忘他。有什么东西经得起时间的磨洗呢？石头上的尘垢将被洗净，它将一直待在河底。有什么事情能将它推到河岸上？

我对狐突的杀戮唤醒了人们的记忆，让很多人重新记起了他。国人记起了他，秦穆公也记起了他。是我将它从水底捞出来，搬到了我的眼前。事实上，他的年龄已经很大了，已经到了垂暮之年，若是多等几年，也许他就死在了异邦。他之所以获得了机会，是因为他比我更能忍受。可是我太着急了，我害怕他，这反而让我所害怕的，成为我真正害怕的，他从我虚幻的恐惧中走了出来，成为真正的恐惧。我究竟做了些什么事情？

　　我早已察觉栾枝和郤縠似乎在密谋，他们听说重耳已经到了秦国，已经不听从我了。可是我为什么没有杀掉他们？是的，我还是没有杀掉他们，因为我的手软了，已经没有力气拿起身旁的剑。可即使杀掉他们又有什么用？我已经杀死了我自己，我杀掉别人又怎么样？我不是一下子杀死自己的，而是在不知不觉中杀掉了自己。我用自己的剑杀掉了自己，人世间还有什么比这样的做法更可悲？

　　在这春天的寒夜，我灭掉了所有的灯，这样我就不会看见自己可怜的影子了，也不会看见别人的影子。我不想看见一切，我只想在这黑暗里坐着。我从这黑暗里所看见的远比我真正所见的更多。我不仅看见了我曾熟悉的人脸，还看见了我不曾看见的陌生者。他们也许还活着，也许已经死去了。他们存在着，或者曾经存在，但会一起出现在我的面前。

　　这些人不是从门外走进来的，也不是从黑暗里产生，而是从我的灵魂里走出来的。他们是什么时候进入我的灵魂的？我看见了狐突，他的脸上有一道长长的刀疤，但仍在我面前没有畏惧，说着我听不清楚的话，眼里却含着轻蔑。我也看见了重耳。我出生的时候，他已经

古灵魂

逃亡到了很远的地方，我不曾见过这个人，但却一直被他的名字所威慑。他的脸是那么的清楚，他的眼睛里含有双瞳，真是太奇特了。他不太像是从人间来的，而是有着隐秘的神灵陪伴着，从高高的云头降下。他不和我说话，而是用他的眼睛盯着我，我忽然害怕了，双瞳里含有一道道闪电，我的眼睛被晃得睁不开了。

我还看见夹杂在他们中间的一些怪兽，它们的样子十分可怕，就像各种祭神的铜器上所描绘的那样。它们是活着的，有的有着触角一样的眼，有的有着很长的舌头，有的还有着奇特的尾巴，甚至身上还有着鸟翼。有的似乎来自水底，它的身上穿着鱼鳞所做的衣裳，嘴里的牙齿向外翻着，身上还缠着各种水草。它们混杂在人脸的中间，一会儿就会将人脸挡住，一会儿又移开了，重新将人脸浮现到表面。

不，它们都是在波浪上面浮动的，就是那些人脸也是这样。他们都在说话，他们一起说话，他们的声音混合在了一起，在波浪上躁动，和漂浮的闪烁的星光一起躁动。和我逃回晋国的路上的场景差不多，但又远比那个暗夜里的经历复杂。啊，这黑暗里竟然有这么多我所不知道的面孔，而我所知道的仅仅是其中的一小部分。我的灵魂里竟然住着那么多我所不知道的东西，可是我却一点儿也不知道。

我曾和自己说，你不要耽于幻想，因为幻想毕竟是幻想，它从来不会给你任何东西。你所得到的乃是从你的幻想之外获取的，而你所失去的都是从幻想里失去的。幻想既不是稳定的，也不是可靠的，你怎能沉湎于幻想呢？可我是年轻的，幻想是青春的天赋，若是没有幻想，你怎么会有自己的青春呢？又怎能获得悲愤的激情？美好的东西怎么存在？未来又在哪里？你又能在什么地方驻扎？你将向前面看什么？你的脸又朝向哪里呢？

当我的父君在秦国做囚徒的时候，他说要让众臣把我扶立为国君，我涌起了激流一样的幻想，可是他回来了，我的幻想归于破灭。当我在秦国做人质的时候，我的内心涌动着幻想，可是我一觉醒来，我还是秦国的人质。我逃离秦国的时候，我也充溢了涌泉般的幻想。我在离别夫人的时候，我看着暗夜的星空，想象着以后的日子，又在泪水里看见了无数幻象。可是我真的做了国君之后，发现这一切竟然和复杂的各种景象联系在一起。幻象消失了，幻想和真实竟然不能重合，做一个国君并不是想象的那么美好。

是的，我的确获得了一个国君的权力。我可以威慑我四周的人们，他们的面孔上布满了恐惧，他们的眼神是小心翼翼的，他们害怕在我的面前说错什么，因为我的剑就在我的身边，我随手可以拿起它。但是这又有什么快乐呢？我发现自己的快乐消失了，我的一切都是为了别人的恐惧和自己的恐惧而活着。是的，我乃是为恐惧而活着，而快乐却不在恐惧之中，快乐乃是存在于快乐中。

我的灵魂里也曾住着神灵，因为我感到他就在那里，可现在他也逃走了，他离开了我。因为我的逃离，他也随之逃离。是的，我不仅逃离了秦国，也逃离了我自己。这样我才坐在了国君的座位上。但是我所坐的座位却已经摇晃了，我就要掉下来了。我听说重耳已经向曲沃而去，我不知道他会在什么时候来到这里，但不会很远了。我已经看见了秦军的旗帜，看见了无数长戈在半空闪耀，也看见了后面长长的跟随者。我身边的大臣们已经出城去曲沃了，他们赶去向重耳朝拜，现在只有我自己坐在这黑暗里。

古灵魂

我仿佛又回到了逃出秦国时的河流上。我的船在急浪里颠簸，我既不知道自己在哪里，也不知道我的船朝着哪个方向行驶。那个船夫的形象又出现在我的面前。我问他，我在哪里？他回答说，不知道。我又问，我到了哪里？他还回答，不知道。是啊，我所不知道的，别人又怎能知道呢？我既然不知道自己，又怎能知道自己在哪里呢？

　　我似乎听见暗中有一个声音在对我说，你的悲伤不是来自现在，而是来自你出生之前，一切从出生之前就开始了。你现在所做的不过是一个出生前的梦，你一直在这样的梦中，你却不知道，你从未从这梦中醒来。或者说，你虽然只是经历过一次奔逃，但你却一直在奔逃中。因为你一直试图逃脱这个梦，但这梦却紧紧跟随在你的后面，你从来没有逃脱这个梦的追捕，现在你还要奔逃。

　　我吃了一惊，猛然感到了这黑暗里仍有什么在召唤。即使在波涛汹涌的河上，也到处有着幻影。那些幻影不是虚幻的，而是真实的。它们不是在简单观望，而是看着我逃命，还有一些暗影，则是我的追杀者。我唤起了我的家仆，告诉他，将宫廷的兵卒们集合起来，我们要从这虚幻的宫殿里出逃。我走出来，看见城头有着移动的火炬。我说，我们朝着没有火炬的地方走，那里仍然有着无穷的黑暗，只有这黑暗里才有逃命的希望。

卷三百二十八

狐偃

　　丙午日我们来到了曲沃，董因卜筮后，得到了吉卦，这是个好日子。晋都的大臣们陆续赶来，准备参加公子的即位大典。公子前往宗庙祭祀，告诉先祖自己已经归来。祭祀的仪式是简单的，因为过几天将要在这里举行更隆重的典礼。兵卒列阵，旄幡飘扬，宗庙的上空出现了五道祥光，祥云在天上飘游，日头在上升，宗庙的石阶前野花已经开放，微风在春天荡漾，树木笼罩了一层淡绿，澄明的空气里充溢了春暖时的清香。

　　还有什么比这更好的时刻？它意味着我们的流亡结束了。晋国将归于公子。但我却沉浸于悲伤。我想起了我的父亲狐突，他看不见这样的场景了。他让围杀害了。他是为了我，也为了公子，决然去赴死的。他的生前曾在曲沃见到了太子申生的亡灵，并和他一起乘车交谈。出于愤怒和绝望，太子申生的亡灵曾想将晋国献给秦国，但他改变了主意，却留下了对晋国的诅咒。父亲没有愤怒，也没有抱怨，只是坚守了自己的仁义，也遵循了先祖的法度，不肯把我从公子身边召回，并用自己的死，申明了忠诚和仁德的意义。

他追随太子申生去了，我想他已经到了天神的身边，和太子申生一起继续他们没有完成的交谈。我的悲痛在于，我跟随公子回到晋国却看不见他了。我在曲沃的城外徘徊，多么想见到他，就像当初他见到太子申生一样。我也想让他和我一起乘车，一起说几句话，可是我所见到的，是春天的荒凉，是被践踏的野草的枯叶，是荒地里已经发芽的野树。

我走向林间的小径，走向树林的深处。一层薄雾在林间弥漫，我听见了一阵阵泉水冒出地面的声息，也有飞鸟在树梢聚集。它们的声音都是好听的，因为它们在谈论什么，说着内心的秘密。我从这薄雾里似乎看见了父亲的面容，他从一棵棵树的梢顶缓慢飘动，我定睛看着他，但这苍白的胡须和头发掩盖着他的眼睛。他是朦胧的，在我的注视下变得清晰起来，但又一点点退去，随着这雾气一点点放大，然后又缓缓消散。

我的泪水从双眼就像泉水一样涌出，我擦掉眼泪之后，就再也看不见他了。我似乎听见了他在说话，他的嗓子有点儿沙哑，低沉而有力，就和他从前一样。我似乎听清了他所说的，但因为我的悲伤，一会儿就遗忘了。他要和我说什么？究竟说了什么？我竟然怎么也想不起来了。我狂奔着，追逐父亲的面容，但他却轻轻地飘散了。也许他要告诉我，他已经看见了已经发生的，也许他用这样的方式告诉我，他已经获得了轻，就像羽毛一样轻，可以随意在天上飘。他已经找到了他的路，不再需要在人间徘徊了。

似乎一切都不能逃离命运。命运既不能轻易否定，也不能直接顺从它。既不能将它放在一旁，也不能把它抛弃到荒地里。它跟从着你，它的里面住着神灵，住着你的亲人，也住着你自己。它是无形的房间，你就在里面。它有自己的窗户，你只有打开它，才能看见你自己。我跟随着公子，一路逶迤曲折，一直行走在命运的路上。我们待在这样的房间，并随着这房间漂流，却从来没有打开窗户。现在我们来到了曲沃，窗户自然而然地开启了。外面是一片开朗，光芒照射进来了，这不是别人的光芒，而是自己的光芒。

我终于知道了自己所做的究竟有什么意义。在狄国的时候，我曾看见了这意义，但它一闪而过就消失不见。在齐国的时候，我也看见了这意义，但它也一闪而过消失不见。它总是若隐若现，从来没有这样清晰地呈现。为了这一闪而过的、看不清楚的东西，我们忍受着饥饿，忍受着寒冷，忍受着屈辱，也忍受了无人理解的苦痛。我们将公子用酒灌醉，在他的睡梦里将他抬到车上，似乎看见了它。但在漫漫的长途上，它又消失不见了。

我的父亲也是随着这意义消逝的，我需要他，需要他看见我，看见我所做的事情的结果，可是他却不见了。但他被杀害之后，他就获得了轻盈，就可以随处飘飞，就可以随时出现在我的身边。只是我不知他在我的身边。我的身边有他的眼睛看着我，我却不知道。现在我在林间的雾气里看见了他，我已经知道他一直跟着我。我看见了他白色的须发，看见了他的眼睛，还听见了他的说话声。

他的声音也许就在我所听见的各种声音里。在落叶的声音里，在树木发芽的声音里，在寒风里，也在这春风里，在秋天的波涛里，也在这深林的泉水里。他的话语无处不在，也许就在秋虫的鸣叫里，在车轮碾轧的降降声里，在暴怒的雷霆里，也在野草涌起的广阔的声息

古灵魂

里。他只是独自一个人去了他所选择的地方，但他获得了无数个自己，可以在每一个地方和我说话。

他所说的话不再是直白的，而是变得委婉曲折，变得充满了暗喻。他的言辞已经丢弃了人间最优雅的言辞，是的，这些表面上的优雅有什么可以珍惜的呢？他用自己的语言，用所有的声音里的语言，用神灵的语言，所以这语言也就变化莫测，也就玄奥而绝美。我们以为美好的言辞，他已经弃之不用。他所用的言辞，则需要我细心揣摩。因为他所说的所有的话，已经融化在宇宙的众声之中，他乃是用万物之语呼唤我。

但我必须要杀掉围，我要复仇，他将别人的生命夺走，我也要将他的生命夺走。他所夺走的必须偿还。我在等待这个机会，我已经看见了这个机会，它已经在我不远的地方了。我已经看见我的剑光闪烁，看见他的哀求，看见了他要和我说话，但是我要告诉他，你所做的，都摆放在那里，所有的人都能看到。它就在那里，也永远在他的身上背负，它一直压着他，所以他不可能逃走。

但有人告诉我，围趁着黑夜出城了，向北逃跑了。我立即向公子请命，深夜率兵追赶。我乘着兵车，沿着一条近路，我必须在他将去的路上堵住他。我在这暗夜里追击，前面的士卒迷路了。我观看星象，大致判断着方向。我的耳边好像听见了父亲的声音，这声音混杂在夜风里，并随着我一起奔走。我似乎听清了他所说的，是的，我从风中辨别出了他的话。他说，你往前走，你已经距离他不远了。

我的父亲出现了，也许他原本就在我的身边。他早已看见了一切。我感到他已经住在了我的心里，并为这暗夜点亮了灯。我的前面始终有着他的指引。天渐渐发亮了，先是东方的山峦上显出了一点点微光，然后这光亮开始大了起来。我看见太阳露出了一条金边，就像山顶上的一条细细的金线，很快就露出了它的拱形，最后它一跃而起。那么大的红日，被群山弹射了出去，放在了我的身旁。我的车，我的马，以及那些我所率领的兵卒，以及我自己，都被这初日所染红。我们就像刚刚从炉膛里取出的炭，身上带着火焰，朝着我心里所想的地方前行——那个身负着罪恶的人，能逃往哪里呢？

我忽然想起在穆姬出嫁的时候，先君曾卜筮，得到了归妹和睽卦。太史史苏曾说，这是一个不吉之卦。卦辞上说，男人杀羊却看不见血，女人拿着箩筐却里面什么都没有，西面的邻居一直在责难，让自己无所收获。而归妹变为睽卦，意味着无人相助。侄子跟随姑母，六年之后将逃回自己的所居，又要丢弃自己所居住的，死于高粱的废墟。这不就是圉的结局么？他在秦国做人质不就是六年么？他逃出了秦国，回来做了国君，不就是逃回自己的居所么？这一切都已经应验了。

只剩下最后的一件事情了。他已经丢弃了他所居住的地方，这不就是逃出了晋都么？那么他也必定死于高粱。我仿佛听见父亲的声音，他说，你想得对，他已经往高粱方向逃去。父亲的声音是低沉的，这一次，我听见了，这是多么清晰，它从春风里分离出来，这是人间的言辞，是我能够听懂的言辞，是我熟悉的声音。它不是从天上飘落的，也不是从远处传递的，这声音就出自我的身体，出自我的内心。我的父亲是从我的内心里说话的，我听清楚了，我接受了这命令。

勤快的农夫已经到了地头，他们开始用锄头刨着自己的土地。我向一个路边田地里刨翻土地的老农夫问，你看见几辆车和一些兵卒了么？他说，我看见很多人，还有几辆车，听说是晋国的国君，他们也向我问路。他向前方指着，说，他们刚刚过去，看起来十分慌张。他不是一国之君么？好像发生了什么事情，那个问路的兵卒显得很紧张，他说话的时候都在打战，好不容易才说清楚。真奇怪，不就是问路么？他们害怕什么呢？你们这么多兵卒，是去护卫他的么？

　　我没有回答农夫，只是向他施礼拜谢。他的手指已经指向了那个逃跑者。我正要离去，农夫说，我看你们好像不是一伙的，我听说这个国君不是一个好国君，原来逃亡的公子重耳回来了，将要代替他。我说，是的，我不是去护卫那个人，而是去追捕他。农夫说，我知道他们为什么那么慌张了，原来他们在逃命。所以他们问路，却不知道自己将去哪里。唉，人间的道理是一样的，我的锄头用坏了，就要放在火里重铸一把好锄头。

　　我说，你就是要说这些么？我要去追赶那个人了。农夫说，不，我是要告诉你，前面有两条岔路，他们走了左边的一条，而右边的路是一条近路，你可以走到他的前面去。他说完话，顺手捡起地上的土块，朝着前面扔出去。那个土块从他的手中脱出，在空中划过，我没看见它落在了什么地方。但我从那条空中的弧线上，看见了一道闪光。

　　我跳上了车，四匹骏马在御夫的长鞭下飞奔，马的快跑就要让这车飞起来了。它们背上的轭变轻了，它们的身上好像失去了承载。我的车就像羽毛一样轻盈，我的面部被迎面的风所击打，马的鬃毛在飞扬，就像大河的波涛在起伏。车轮的声音几乎消失了，只有晨风的声音，只有我内心的躁动。我的心在狂跳。我顺着那土块划过的闪光在奔腾。不是这风在掀起骏马的鬃毛，而是我前面的马鬃将风卷起，抛到了我的脸上。

我的车上了一道长长的坡，然后又从一道大坡上飞身而下。是啊，我的骏马是长了翅膀的，它们在飞。我的车不是被这四匹骏马拉着，而是它们将我的车驮在了背上。我看见了它们的翅膀，看见了这翅膀在扇动，看见了我已经在云端，一条路，一条细长的路，并不在我的脚下，而是在我的俯瞰中。我的身形在波动，一会儿被推向了高处，一会儿又降落下来，我不是在路上，而是在一阵强似一阵的狂风里飞。

那条近路最后又汇合在另一条大路上。我看见了前面有一团尘烟，那必定是逃跑者的车轮扬起的尘烟。我离前面的车越来越近了，我已经看见了圉的脸。这张脸被高高的冠冕压低了，压扁了，他的表情是扭曲的，我看见了这个仇者的恐惧。我从背部的箭囊里抽出了箭，搭在了弓上。我在颠簸中瞄准，朝着那张脸射去。

我的箭从弓上飞了出去，白色的羽尾越来越小，就要接近他了。我的箭不仅是射向他的躯形，也射向了他的灵魂。我看见他的身形在颤抖，野草一样颤抖，这野草将被我的箭、我的狂风、我的愤怒以及我的仇恨连根拔起，并被我的火焰焚毁。是的，我的双眼清楚地看见他的身形在颤抖，野草一样颤抖。我想，我的父亲也看见了。

古灵魂

卷三百二十九

钓翁

这是垂钓的好时候，我将长长的钓线放到河里，总是有大鱼上钩。我的鱼篓里已经有好几条鱼了，但我还希望能钓一条更大的鱼。这条河很深，大鱼一般都沉在水底，它们很少浮出水面。只有一些小鱼在水面上跳跃，可是我不愿意捕获这些小鱼。即使有时候会钓起几条小鱼，我会将它们重新放回水里。它们还没有长大，让它们长大了再来咬我的鱼钩。现在让它们尽情地游吧，随意去跳跃吧。

这条河的旁边就是晋国都城。我从水面上可以看见它的倒影，它在我所垂钓的水上波动，它的面孔是模糊的。我知道它的里面有着华丽的宫殿，住着这个国家的国君。我很难想象他住在里面每天在做什么，但我知道他的身边有很多大臣，整天围绕着他。在我看来，一个国家并没有多么大，它的疆域只有一群大臣围绕着一个国君那么大。它是狭小的，远不如我所垂钓的河流。因为我的河流的源泉在很远的高山，而它要流过很多地方，最后它流到了哪里？我不知道。据说都要归于无限的大海，而大海已经是地的尽头了。

我住在河边的茅草屋里，我的每一天都是自由的，舒坦的。若是我困了，就去睡觉。我很少做梦，因为不想任何事情，所以神灵会觉得给我的梦是没有意义的，它只将那些梦给予那些需要梦的人。我不需要梦，我所拥有的一切已经比梦还要大。每一天我都能穷尽我的目力，看见最远的山影和最远的云，也能看见最深的水和水底的鱼。我的心能够和飞鸿一样到最远的地方，也能和我的游鱼潜入最深的水草里。那么我还需要什么呢？

我从这河上观察着一切。这里不仅能看见一个国家的都城，也可以看见天下。没有什么比一条河说出的更多。它的表面映着天空，天空里的每一丝云都逃不出河面，它们在天上飘动，也在河面上飘动，天上所有的，河面上也有。在夜晚，月亮和星辰都在河面上，它从天上发出的光和在河面上发出的光都是一样的。

岸上的树木也映照在河水里，它们在岸上生出新叶，也会在水中生出新叶，它们在岸上掉落叶子，水上所映照的树也会掉落叶子。秋风掀起河上的波澜，也会让树木摇动，它们好像从来都在一起，共同接受这炎热和寒冷。河面上也会出现我的面容，因为我就在它的身边，凡在它身边的，它都另给你一个。因为一条河流的存在，世界将变为两个，每一样事物都获得了另一个自己。

然而在它里面游动的鱼则只有它自己。这让它们的每一个，都成为独一无二的。它们若隐若现，一切都随着自己。它摆动尾巴，就会箭一样穿越，它停止摇动，就会将自己的身形停住。人世间的所有事物，谁能像鱼一样自由自在？没有这独一无二，就没有完全的自由。就拿国君来说吧，他的身上投射了无数大臣的影子，而他也将自己的影子投射在别人的身上。他们互相纠缠，无论是国君还是大臣，都在这无穷尽的影子里纠缠。他们互相捆绑，他们互相缠绕，谁能挣脱这看不见的绳索？

他们在互相捆绑中又互相屠杀。要么让别人互相残杀，要么借用别人的手来残杀，要么自己亲自拿起了剑。他们的手都染着血腥，这样的血腥在他们身上散发，很远很远就能闻见这样的气息。我总是听到，一个国君被杀掉了，另一个国君又被杀掉了。一个大臣被杀掉了，另一个大臣又被杀掉了。在这倒映在水面上的都城里，在城墙围绕的宫殿里，每一天都在发生着杀戮。这城墙不是用黄土筑就的，而是用无数尸骨支撑，不然它就会倒塌。他们最害怕的就是这样的倒塌，因为这倒塌将把他们一同掩埋。

所以我从水面上看见，这都城都闪烁着白骨的磷火。这磷火已经在波光点点中融化了，它的悲凉都融为河水的悲凉，又被鱼群所啃噬。因而这河里的鱼乃是被死亡所喂养，它们汲取了这死亡的养分，从而获得了自由。我是一个垂钓者，我所钓取的，不仅仅是鱼的身形，我还从这波光中钓取自由的灵魂。

一个夜晚，我突然听到了一阵嘈杂，其中有人的呼喊。后来我知道是都城里的国君逃走了。几天后，有一个从都城出来的人坐在我的身边，他告诉我，逃亡了十几年的公子重耳回来了，他在曲沃已经举行了即位大典。听说这是一个有德行的人，他从前在列国流亡，每一个大国都欢迎他，并按照礼节招待他。他的跟随者都有文韬武略，都是一些有本事的人。所以很多人都盼望他回来。据说他在曲沃的宗庙举行封典的时候，都城里的许多大臣都去朝拜，他已经是晋国的新国君了。

我说，我不知道以后会怎样，但我知道晋都已经一片混乱。每过一段时间都会经历这样的混乱。混乱和死亡总是联系在一起的。有混乱必有死亡，也必有新生。每一个国家都有自己的四季，春天的时候会万物萌动，夏天的时候会展现繁荣，秋天的时候将露出混乱和衰落，而在严冬的时候会归于寂灭。现在是春天了，也是晋国的春天，它们之间有着神奇的对应，也就是说，晋国已经到了一个新的节令，它必然会改换自己的国君，这是新的萌芽，也许繁荣已经不远了。

他说，你是从哪里看见这些的？我指着泛着涟漪的河面，说，我每天看着河水，河水总是在流动，流动就会有变化，但这变化的背后却藏着永恒。眼前的河水流得很慢，你几乎看不出它在流动，但它每时每刻都在更新着自己。万物都不是停滞的，它既在变化中又在不变中，若要不变，它就会成为死水，若要变化而又缺乏不变，它就会干涸，河流也不存在了。我也就不会在这里垂钓了，我的钓线放得再长，也不会钓到一条鱼，因为河里的鱼已经失去了它生存的依据。

他说，你在这河上垂钓，就什么都能看见么？我说，我看不见具体的事情，但我可以从河面上看见事情的倒影。比如你现在在我的身边，在河面上也会映现。你和我所说的话，也会在河面上激起微澜。人间所有的，都会在河流中显现，但需要我们倾听河流的话。河流是活着的，它就像我们一样活着。我们的内心只有我们自己，但一条河流的内心则存有所有的事情。河流是从前，是现在，也是将来。我们不知道它从什么时候开始，又在什么时候结束，但它却知道我们从什么时候开始，又在什么时候结束。

他说，那你已经知道一切了。而我知道的都是听别人说的。我还

古灵魂

听说原来的国君晋怀公出逃到了高梁，但还是被重耳派出的兵卒杀掉了。唉，做一个国君还不如做一个平凡的人。当初他为了做国君，从秦国逃回了晋国，现在又从晋国逃到了高梁。但是他还是没有逃脱。他好像做所有的事情都是为了逃命，但仍然躲避不了射向他的箭。我还听说，他出生的时候让人占卜，他的命运早已被占卜所决定，因为那卦象已经套住了他，一个人怎能逃出一个占卜者的卦象呢？

我说，他不可能逃掉。他所种的，就要由他来收获。这些天来，我从清晨起来，就来到河边垂钓。我从地里挖出虫子，作为钓饵，将它放在鱼钩上。然后我就将长长的钓线放到深水，并观察着河面上的动静。我是一个钓翁，我的天则就是等待。我等待着大鱼上钩。这是多么有意思的等待，在这等待中，我的胸中的一切被搬走了，我的心是空的，即使外面刮起了大风，我也是安静的。但我在大鱼即将出现的河面上，看见都城的影子在摇动。我知道，不是这都城在摇动，而是都城里的人在摇动，或者说，都城里的人心已经摇动了。在这样的摇动中，国君还能安心坐在自己宝座上么？

他若是做得好，一切都将稳固。他一定是因为自己的恶，也因为有另外的人到来，而使得都城失去了安稳。这河里有一种鱼，叫作虹。它的浑身都是红色的，它的头部却有着黄色，这种鱼身形很大，很少浮现在水面上。我听我的父亲说，这种鱼一旦现身，必定要发生大事情。就在前几天，我看见了这种鱼。它突然在水面上出现了，它的颜色几乎把水面都映红了。我先是看见了一片红，它在河心掀起了一个泉眼一样的突起，继而形成了一圈又一圈的波纹。它就在这波纹的中心一跃而起。

它就像飞起来一样，飞到了很高的地方，然后落了下去。河面上并没有溅起水花，却被它的通红的身影染红了。我的内心升起了一阵恐怖之情，你想吧，那种红就像鲜血，就像杀死一个人的场景。但我不知道，在远处的高梁，晋怀公已经被杀掉。我看见这样的异象，又发现我的钓线在颤动，当我将钓线拉起，这钓线是绷紧的。我觉得已经钓到了大鱼，可最后发现，我的鱼钩是空的。难道是我的钓获被那虹吃掉了？

　　他说，你看，你的钓线又动了，一定是钓到了大鱼。我看了看，说，不，是一条小鱼，它已经咬住了鱼钩，我还要再等一等。一条小鱼上钩后，就不能挣脱了，它会在水里挣扎，就会成为新的诱饵，直到更大的鱼过来试图吃掉它。那时候，我再将我的钓线拉起。我们继续等待吧，一切需要时间，也需要沉浸于时间中的耐心。

　　他说，我知道了，一个好的君王也应该是一个好的钓翁，他需要耐心等待。晋怀公太没有耐心了，他急于逃回来做一个国君，却仅仅看见了眼前的小鱼，没看见更大的鱼。他没有足够的耐心等待，所以必遭祸患。他回来之后，又急于让自己的座位稳固，但越是想得到什么，就越是得不到，这样他就更加急躁了。但是重耳就不是这样，他一直在外逃亡，却并不急于回来，因为他要捕捉更大的鱼。他也曾有过机会，但他放弃了。等待一条大鱼，必须放弃可以获得的小鱼。他周游列国，就是在耐心等待。十几年过去了，现在他终于获得了自己应该获得的。这是等待的结果。

　　我说，不，等待不是简单的等待，而是在等待中追求。我突然想起问我身边的这个人，你是谁？他说，我是一个行路者，我仅仅是路过这里，但对你的垂钓感到好奇。我看见你一动不动地坐在河边，不知道是什么东西在迷惑你。我最初想问你，你难道不会感到寂寞么？是什么让你获得了惊人的耐心？可是，我们在说话之间，我已经明白了。无论是我的行路还是你的垂钓，我们都是在等待。我们都在同样的时光里，我们的头顶有着同一个穹隆，它们一直在我们身边，等待的意义就是忘记这一切。

他提醒我说，你的钓线又动了，这一次一定是一条大鱼。我说，是一条大鱼。我的目光已经穿透了水面，看见了那条大鱼。他问，那你为什么还不把它钓起来？我说，我决定放弃了。你让我发现了自己。我坐在这里并不是仅仅为了钓到一条大鱼，乃是为了等待。等待的意义乃是在等待中，而不是在等待之外。多少年来，我都不知道自己为什么要每天坐在这里垂钓，现在我明白了，等待不在于获得，而在于放弃。

我看见那条大鱼吃掉了鱼饵，又自由自在地游开了。我看见了这大鱼已经获得了它要获得的，又因着这获得而重获自由。但它却不知道，这是我放弃的结果。我的放弃不仅让我获得了自己，也让一条大鱼获得了自己。但是，我所知道的，那条重获自由的大鱼却不知道，它也不需要知道。人世间的事情，为什么要让它知道呢？

卷三百三十

寺人披

又一个傍晚，西天的边缘冒出了一片霞光，这霞光将地上的一切烧红了。我的身上也盈满了红，我向着重耳所住的地方疾步而行。这个春天发生了太多的事情，晋怀公已经被杀掉了，重耳已经在曲沃的宗庙举行了封典，成为晋国的新国君。我就要改换主人了。

可是我曾两次追杀重耳，他会原谅我么？他会赦免我的罪么？我不知道。我的内心是忐忑不安的，可是我并不对我所做的事情悔恨。因为我所做的乃是我应该做的。我听从国君的命令有什么错？我听说重耳是一个心胸宽广的人，也许他能够成为一个好国君。所以我冒着杀头的危险，要去见见他。不过还有一件更重要的事是，他也将遇到危险。我得知郤芮和吕省已经谋划，要在三月的最后一天焚烧重耳所住的宫室。

我来到了国君的宫门前，请求进见国君。侍卫一会儿就出来了，他对我说，国君不想见到你，让我对你予以训斥。他十分厌恶你，你不会忘掉从前自己所作的恶么？你不会不知道自己做了什么吧？

我说，我知道，我从没有忘记。我所做的每一件事情，都牢记在

古灵魂

心里。重要的是，国君应该忘记它。现在国君刚刚即位，有许多大事需要料理，他需要忘掉好多事情。若一个人不懂得忘记，又怎能懂得将眼前的事情记住？

侍卫说，国君让我告诉你，让你想起自己的从前。在蒲邑的时候，先君命你第二天赶到蒲城，你却很快就到了，你几乎杀掉国君，幸亏国君及时逃脱，你只是砍下了国君的袍袖。后来国君流亡到了狄国，和狄国的国君在水边狩猎，你又替晋惠公前来追杀。晋惠公命你三天赶到，你却第二天就到了狄国。虽然你是受命追杀，但你为什么会那么快呢？也许你自己迫不及待地要杀掉国君。在蒲邑被你斩掉的那只袍袖的袖口，国君还保存着，你还有什么话说？趁着国君还没有反悔，你赶快走吧，不然你将送命。

我回答说，我知道自己是有罪的，但也是无罪的。有罪是因为我两次追杀国君，无罪是因为我乃是受命而行。我认为，国君这次东渡归国，已经获得了为君之道。若是还没有获得为君之道，就要遇到新的灾祸了。国君在外逃亡十几年，难道遇到的灾祸还少么？难道见到的灾祸还少么？所遇的和所见的都应该使自己惊醒，而不是在这灾祸里沉睡。

——就说我自己吧，对国君的命令绝无二心，这乃是自古以来的法度。帮助国君除掉心腹之患，乃是微臣的天责。国君发令，微臣就要不折不扣地执行。我有十分的力量，就不能只出九分，我必须尽我所能。国君当时身居蒲邑，后来又身居狄国，我前往追杀他，又有什么错？若是我拒绝执行国君的命令，那就是不忠，若是不能尽力，那就是不仁，我怎能失去自己的忠和仁呢？国君现在已经即位，你怎会知道发生于蒲邑和狄国的事情不会再次发生？又怎么知道自己不是身处险境？

——我听说，从前齐桓公也曾逃亡，曾被管仲射中自己的带钩，可是齐桓公不仅没有计较射钩之仇，还听从了鲍叔牙的良言，让管仲辅佐他治理国家。这才是一个贤君的胸怀啊。若是国君能够像齐桓公那样，依循他的做法，又怎会将我拒之门外，还要驱逐我，让我逃命？若是这样，我逃走了，别人也会逃走，也许会有更多的人因恐惧而逃命。那么，一个国君的身边还能剩下多少人呢？

侍卫又去向国君通报，转述了我所说的话。一会儿，他返回来说，国君觉得你所说的有道理，决定见你，现在你可以进去了。我在侍卫的引领下，走过了长长的通道，又走过曲折的长廊，踏上高高的御阶，来到了国君面前。我立即上前施礼而拜。他用威严的目光看着我，说，我原不想见你，但听了你的话，还是要接见你。我想你并不是仅仅想来见我，而是有什么话要对我说。

我说，我早已听说国君返国，但要寻找一个好时机来见你。我有很多话要说，但我此时只有一样最重要的事情告诉你。他说，你说吧，我相信你。我说，郤芮和吕省在你东渡的时候没有抵抗，是慑于秦军的强大力量。但他们并没有对你有归顺之心。他们是前君的重臣，一直跟从夷吾，又服侍夷吾的儿子圉，深知自己的罪责深重，所以就密谋杀害你。

他说，我已经是晋国的国君，而且晋怀公已被诛杀，我的宫殿四周布满了兵士，他们怎么能害我？我说，他们已经找了内应，要在三月的最后一天焚毁你的宫室，以将你一起焚烧。他说，他们为什么要

古灵魂

选择这一天？我说，他们需要准备，而且卜筮后认为这是一个能够成功的吉日。他说，现在他们在哪里？我说，他们在军营里藏身。他们商定一旦成功就发起叛乱。我已经是一个罪人，但我属于国君。当先君让我追杀你的时候，我执行国君的命令，恪守自己的忠义，我没有杀掉你，那是天意到了你的一边。这样我既没有违背国君的命令，也没有违背天意。晋惠公让我追杀你，我也没有丝毫的犹豫，因为我是晋国的微臣，必须为国君倾尽全力，但我仍然没有杀掉你，那也是天意袒护你。

我有着自己的职责，我做的一切乃是为国君尽责，而不是出于自己的私利和偏见。你没有杀掉我，还接见了我，并倾听我所说的话，说明你已经获得了为君之道。现在你已经是晋国的国君了，我之所以冒着危险前来见你，只是为了说出我的话。我已经得知了叛乱者的秘密，若是我不能如实告诉你，那么我也同样失去了为臣的忠义和德行。那么我即使活着，又有什么意义呢？

我已经把该说的话说完了，即若觉得我有罪，那么你可以杀死我了。我所做的都是危险的事情，我知道我随时都可能遭遇灾祸，但我仍然愿意在这危险之中侍奉国君。不是因为我愿意获得危险，而是这危险之中更能见出我的忠诚。忠诚从来不在平凡之中，而在于危境中仍能侍奉国君。一个人将自己的生死置之度外，他还有什么不能做呢？

他说，你所说的，我已经知道了。我听了你的一番话，也明白了很多道理。因为你的忠诚，我赦免了你的罪。不是赦免你所做的，而是赦免你为了忠义而所做的。我原本是憎恶你的，不是因为你受命追杀我，而是因为你在追杀中格外卖力。所以我想不通，我和你毫无个人恩怨，你却这样倾尽力量来追杀我，这究竟是为什么呢？现在我清楚了，你乃是为了忠信做这些事情。受命而不出力，就失去了忠诚；受人委托而办不到，就失去了信义。我乃是为了嘉奖忠与信而赦免了你，因为该获得嘉奖的，填补了你的罪。

我说，既然国君已经赦免了我，那我就说一下我的想法。你的面前已经有了危险，就需要先躲开身边的悬崖。你现在清剿叛乱者，还没有获得出师之名，没有名分的诛杀就会失去民心。众多前朝的大臣也会因侍奉前君而逃之夭夭，很多人就会离你而去。晋怀公就是因杀掉狐突而让众多人的心离开他的。

他注视着我，用疑惑的语气问我，说，那我该怎么办呢？明知道他们将要叛乱，我却不能阻止，那让我怎样做呢？我说，国君不必忧虑，最好的做法就是躲避。这不是失去勇气的行为，而是运用智慧的手段。若能秘密离开，又不惊动叛乱者，那么一切都将解决。他们会依照谋划而焚烧你的宫室，但他们将因此而暴露自己。他们以为自己得手了，但你突然出现，就会让他们惊慌失措，他们就会想着逃走，那时候就可以擒获他们了。宫殿失去了，还可以重修，但一旦失去人心，就再也建造不起来了。

他说，好吧，让我想想你所说的。他显然陷入了沉思，他的脸上露出了奇异的表情，我很难从这样的表情中获知国君究竟在想什么。不过他没有杀掉我，也理解了我，我因此而感激他。看来这是一个贤良的国君，侍奉这样的国君乃是我的所愿，以后我将听从这个主人的命令了。我从国君的宫殿里出来之后，天已经黑了。春风已经打扫了白日的残云，也拂去了天边的晚霞，我来时所见的红霞已经褪尽，天空显出了黑的本色。

　　我是多么熟悉这样的夜晚。我曾多少次在这暗夜里行路，就是为了执行君命。我似乎不属于白日，我是属于夜晚的。白日和傍晚的霞光，只是对这黑夜的暗示。它用光来说明暗，说明我的境遇。远处有着莹莹发光的斑点，我知道那是夜兽的眼睛，我乃是它们中的一个。因为我是一个天生的夜行者，我同样拥有窥视黑暗的眼睛。我惧怕白日，但我从不惧怕暗夜。我从这暗夜中穿过，我的前面仍然是漫漫长夜。

卷三百三十一

赵衰

据说郤芮和吕省要暗害国君，狐偃已经护送国君在夜晚悄然离开。他和秦穆公要在王城会面，商量晋国将怎样面对乱局。我留了下来，为了让叛乱者认为国君仍然在王宫里。我召集众臣，每天照常商量治国之策，并告诉他们，国君近些日子太累了，需要休养几日，命我处理朝政。大臣们纷纷献计献策，但谁知道真正的危险来自黑暗里。在这看似平静的表面，埋着枯木的毒根。它想要滋生新芽，想要死而复生。毒蛇已经出洞，隐藏在草丛里。它已经伸出了长舌，它的毒牙已经露到了外面，并借助这黑暗遮掩。

晋惠公死了，晋怀公也死了，但他们的旧臣仍蠢蠢欲动。他们害怕自己被清算，或者说他们被自己的罪过吓坏了。他们曾是刺杀公子的策划者，现在他们想从自己的罪中逃脱。所以他们唯一的办法就是继续暗害刚刚即位的国君。但我们已知道他们所要做的事情了。他们所做的，他们知道，但我们所做的，他们却不知道，因而他们所做的也必定陷于愚蠢。可是一个愚蠢者又怎知自己的愚蠢呢？

是的，毒蛇已经潜伏在草丛，但捕蛇者也在草丛的前面等待着。

我们都在等待着，等待着那个即将到来的日子。那个日子也潜伏在草丛里，可是我们已经看见了它。时光积聚在河面上，它缓缓流动，在寂静中闪烁。可我们已经从这河面上看见了结局，看见了将要来到的事实的倒影。这个倒影里映照着火光，这火光所焚毁的不是宫殿，而是那纵火者。那举起了火的人，将死于这火中的废墟。

三月的最后一天终于来了，我等待着的日子终于来了。它的脚步是轻的，没有惊动地上的尘土。国君的宫室真的燃起了大火，郤芮和吕省率兵围住了这燃起的火焰。但他们没想到自己所围住的，却是空洞的火焰。在奔逃的人群里，并没有他们想要谋害的国君。郤芮和吕省看着这空空的燃烧，内心感到了惊恐。

于是他们就向大河边奔逃，他们所率领的兵士也四散而去。他们看见的不是自己所渴望看见的，相反，从这大火看见了自己的末日。他们没有捕捉住自己要捕捉的，却捕捉住了空空的火焰，这火焰已借了春风，烧向了自己。火焰也照亮了他们奔逃的夜，他们在这样的奔逃中无处藏身。

我站在高处观赏着这场大火。我看见国君的寝宫在深夜突然出现了火光。然后这大火在蔓延。火光照亮了惊慌逃出的人们。这宫室的四周已经被郤芮和吕省的兵士围住，然后是他们惊慌的逃离。他们想用火为死者打开门，但这扇门敞开之后，竟然发现那里面的死者却是自己。他们从火的形象里看见了自己的面容，并发现这面容正在被烧成灰烬。这怎么不会让开门者感到惊恐呢？是的，他们从火中看见了自己，这火是他们的镜子。

他们是站在低处的，怎能看见高处的事物？他们所做的，也仅仅是用大火来焚烧自己的一个幻想。国君早已怀揣着天意离开了，因为他身上带着上天赋予的天责，谋害者的力量碰不到他。让他们奔逃吧，国君已经在大河的另一边等着他们。他们怎会知道自己奔逃的路呢？他们只能奔逃，却始终不知自己为什么奔逃。

从前是我们在奔逃，现在该轮到他们了。但是我们的奔逃是不同的。我们跟随公子奔逃，是怀着希望的，而他们的奔逃则在绝望里。这绝望不是我给他们的，也不是天神准备给他们的，而是他们自己寻找的结果。因为他们不愿意承认规则和法度，也不愿意承认事实。他们不承认从我们记事以来，蝙蝠就寄居在屋檐下，他们要烧掉这屋檐，却失去了自己所寄居的巢穴。不承认事实就必定要绝望。

他们也不想承认夜与昼、四季的循环和星辰的运行，不承认月亮和太阳，不承认所有的光。这是多么荒唐。夜与昼乃是交替而行，白昼既是对夜晚的承续，也是对夜晚的否定。他们应该接受这事实。夜会过去，会被昼所取替，这难道不是事实么？月亮是苍白的，但它在夜晚是明亮的。白日有了太阳，它的光芒就会盖过一切天光。春天到来就必定有草木萌生，盛夏的时候就会看见万物的兴盛，而秋天将扫除旧迹，使草木凋零、枯叶散尽。这难道不是事实么？

可是总有愚蠢者不愿意离开暗夜，因为他们已经适应了暗夜的晦暗。他们所依恋的，必定要弃他而去。难道大河里的水可以一直停留么？现在公子回来了，并已经是晋国的国君了。从前的事情都属于从前。无论是晋惠公还是晋怀公，都已经成为死者。他们的亡灵不知流落在了哪里。可是，郤芮和吕省，还有一些跟从者，就是不承认这样的事实。死去的灵魂是召不回来的。可是他们不愿意承认。

古灵魂

他们曾服侍从前的国君，从前的国君已经将自己的面影落满了这些人的身上。从前的国君已经死去，所以这面影也成为死亡的寓言。叛乱者就是在这样的寓言中挑起了叛乱，这意味着他们将在叛乱中重新领略寓言里的死亡。实际上，他们乃是死在了死亡的国君的面影里，他们已经在自己所侍奉的国君死去的时候，跟随着死掉了。可是他们不知道自己死亡的事实，他们也不愿意承认。

这春夜是美好的，但乃是在叛乱者的绝望中展现其美好。微风在吹拂，我的脸上划过了细沙般的东西。我的浑身是爽快的。我看到奔逃者在暗夜里遁去，他们的身形消失于茫茫夜色。只有那国君的宫殿仍在燃烧，但这火焰会渐渐熄灭。这燃烧着的，乃是一个叛乱者的失败的阴谋，是一个即将消失的暗夜。就像农夫的烧荒，地上的草木烧尽了，春天就可以翻耕成田，农夫就可以播撒自己想要播撒的种子了。

卷三百三十二

郤芮

　　我们本来谋划周密，要将重耳和他的宫殿一起焚烧。但没想到我们所烧的乃是一座空空的宫殿。重耳到了哪里？我想，必定是有人泄露了秘密，我们的事情败露了。于是我和吕省商量向着哪里逃跑。若是重耳预先知道了我们的策划，他一定会派兵守住我们将逃跑的路，现在只有向秦国方向奔逃，才可能活命。因为那里有秦军驻守，重耳不会认为我们会自寻死路。所以，只有这一条逃命的路了。

　　就在大河旁，秦穆公已经派人等候。我对来人说，你们是谁？为什么在这里等候？秦穆公的使者说，我知道你们是谁，这就足够了。秦国的国君让我们来迎候，你若跟着我们走，就可以活命，因为只要渡过大河，晋国的军队就追不上你们了。吕省说，我怎么能知道这不是你们的计谋？谁不知道就是秦穆公派兵护送重耳回国的？现在你不过是想为他除掉我们。

　　使者说，若是想除掉你，我们就会在这里埋伏雄兵，但我们没有这样做。我们国君的本意是解救你们，让你们能够留在秦国，这样，只要重耳背叛秦国，我们就能送你们回去，恢复你们的大业。若是你们不愿跟随我们渡河，不论走到哪里，都不会有人收留你们，那样你们将无处可逃。

我想，他们所说的也许是真实的。秦国需要晋国，需要有一个好邻居。但是晋惠公背叛了秦国，太子圉也背叛了秦国，并偷偷逃回了晋国。晋国已经失去了秦国的信任，要是秦穆公收留了我们，就可以牵制重耳的行为。秦穆公既不信任晋惠公，也不信任晋怀公，又怎么会相信重耳呢？

我和吕省都在犹豫。面对波涛汹涌的大河，我紧张地思索着。其实已经没有更多的选择了。要是重耳派兵追赶，我们也就失去了逃路。大河是那么开阔，对岸是一望无际的平川，秦国的高山顶上堆满了积雪，就像一个巨人顶着满头白发。我望着它，它在远远的地方沉默着。虽然大河用波涛说话，可是我听不懂它所说的。只听见大河在喧嚣，在我的面前展现了涌动的、恢弘的力量。在这样的巨力前，我已经没什么话可说了。

河边停泊着宽大的渡船，看来秦穆公已经准备好一切。他已经预计到我们的命运。我们还能到哪里去呢？我和吕省说，我们已经无路可走了，当年我们跟随公子夷吾出奔梁国，只有那里是我们所熟悉的。但现在梁国已经不存在了，它成了秦国的一部分。许多国家都曾是重耳居住过的地方，我们即使去了，也不会有好结果。

吕省说，秦穆公虽然和重耳交好，也派兵护送重耳东渡归国，可是他不也护送过公子夷吾么？即使公子背叛了他，毁弃了自己的诺言，并在韩原兵败后成为秦国的囚徒，秦穆公仍然没有杀掉他，最终还让他返回晋国。秦穆公这个人还是一个仁德之君，若我们投奔他，也许不会被杀。现在我们已别无选择，活着就是一切。一个人若死了，还能谈什么呢？公子夷吾曾遭秦穆公憎恨，也没有被杀掉。何况在秦穆公看来，我们是无罪的，我们所有的罪不过是跟随过一个有罪的君主。他的罪归于他，他已带着自己的罪死去了，那么我们还有什么罪不可赦免呢？

　　渡船在河边等待着，一些船只在大河行驶，它们的帆是饱满的，河风越来越大了。这滚滚激流向着南面而去，不远处就要转弯了。河流是神奇的，它以巨大的水流将无数泥沙冲到了两岸，又将一些泥沙带到更远的地方。看着它，我想到自己难道不是这泥沙中的一粒么？我将渡过河去，可是我将被它带到哪里？我是被抛弃到岸上，还是被它卷走，到我所不知之处？我似乎由不得自己了，我一旦投入这激流，就会被主宰，我的命运已经不在我自己的手中了。可是我将在哪里落脚？生和死都不再由我来选择，我所能选择的就是渡过河去，还是留在岸上？也许留在岸上，也是让别人的脚来践踏，渡过河去仍然是让别人的脚来践踏。我不知道，这一粒泥沙将会粘到谁的脚踝上。

卷三百三十三

吕省

　　我和郤芮乘着秦国的渡船过河，这大河的波浪太大了，船在风浪里不断摇晃。我坐在船边，看着这河水汹涌流淌。我不知道这河水流向哪里，也不知道自己的命运将把我带到哪里。我现在有点儿后悔了，不应该焚烧重耳的宫室，而是应该和重耳谈一谈，也许他不会抱着仇恨不放。我听说他是一个宽宏大度的人，很多人传颂他的仁德，也许他会放过我，不至于将我杀掉。

　　可是我却和郤芮一起谋划了焚烧重耳宫室的事情。原本是想孤注一掷，杀掉重耳之后，就可以大势逆转，我们的命运也将彻底改变，但却忽视了这样做的危险。或者坐在自己的屋子观望，看一看重耳在即位之后将做什么，然后再随机应变。可是，我也没有这样选择。我选择了最危险的道路，现在我该承担这选择的结果了。实际上，我并没有想到这样的结果，但我的树上只有这样的果子，我只能将其摘下，拿在自己的手里。

　　我扔不掉它了。现在我们行在大河里，过了河就是秦国了。我手里的果子不知能不能扔到这滚滚波涛里。我只能在船上看着这波涛，看着它在自己的面前不断涌动。天光落在开阔的水面，看起来就像万千金盏在漂浮。它们不断沉没，又不断滋生，最后都要被这波涛带到遥远的地方。我所乘的船乃是生与死的渡船，因为我的生与死都在这渡船上。我只看见波涛在起落，却看不出这船乃是在行走中。好像它已经停在了河心，停在了一个个波涛上。

一个波浪接着一个波浪。我看着它们，只是觉得一阵阵眩晕。它们好像在用最快的节奏表达神意。它将人间的事物变化，缩小为一瞬间。在我的眼前，这些波浪并不能决定自己的命运，它们仅仅是被别的波浪所推动，却在此消彼长中出现和结束。我所看见的一切不就是这么么？一个国君死了，另一个国君也死了，一个国君即位，另一个国君即位……除了我眼睛感到的眩晕，还有什么呢？

但这船却在移动中，谁又能看得见这船的移动？飘忽不定的光斑、一个个金盏，都在这明灭之中。它们仅仅是为了让我眩晕。我就在这样的眩晕里依凭着渡船，我只是知道它将载着我向着对岸行去，却不知道这一切为什么会发生。但发生的已经发生了，它甚至没有什么原因。或者这原因只能在神意中寻找。

那么我只能面对着河流保持沉默。我的伤口不在自己的身上，也不在自己的内心，而是在我嘴里的舌头上。因为这沉默，我不能开口说话，我的牙齿就咬伤了我的舌头。我将自己的血吞咽。于是我的腹中充满了血。我的浑身充满了血，而我的外表却显得十分干净。但我却在真实的伤痛里。

每一个人都有一个神意的起点，也有一个神意的终点。我是从哪里出发的？又将在哪里终止我的脚步？也许过了河，我就能看见了。

古灵魂

我为什么不能做一个无害的驯服者？我在晋惠公面前是一个驯服者，我在晋怀公面前也是一个驯服者，但重耳来了，我却成为一个叛逆者。我为什么在他面前就成为一个叛逆者？这其中有着怎样的神意？

难道重耳不应该成为自己的新主人么？还是他的德行比不上前面的君王？公子夷吾那样的人，自私而贪婪，又毫无信义，我却一直跟随他。他的儿子也是这样，年轻气盛又毫无仁德之心，我为什么还要跟随他？但一个有德行的君主来了，我却要背弃。那么我所跟随的究竟是什么？我想获取的究竟是什么？

何况我所跟随的两个国君已经死去，那么我还要跟随什么呢？是出于对死者的忠诚？还是出于对自己的忠诚？还是有另外的想法？我想不出来。我仅仅是在一念之间做出了一个决定，然而这一念之中包含着什么？这一念太快了，我都不知道这一念的真实含义。我是受了死者的诱惑？受着死者的诱惑是痛苦的，因为在这死者的诱惑中忘掉了自己。

你接受了死者，似乎也就接受了自己，实际上自己乃是在死者之外而存在，因为死者已经死去，他不属于自己。可是我曾跟随着死者，直到他死去。他已经是我的灵魂的一部分，我已经不可能完全摆脱死者。可是他死了，我的灵魂的一半已经随着他而去，另一半还能存在么？我所受到的歧引者，乃是死者的亡灵。

可是在这看不见的船的移动中，在一阵阵眩晕中，我一点点看见了对岸。它离我越来越近了。是的，谁知道我是怎么过来的？我乃是在船上，船载着我，我却看不见这船是怎么来到这里的。我所乘的船，只是一只虚无的船，它的真实不在这里，而是在我的命运里。

那样的船我看不见，可是我在自己真实的所乘的船上，看见了我的命运。

秦国的使者把我带到了王城。我沿着石头砌筑的路，来到了秦穆公所住的地方。但我却看见了秦穆公和重耳一起出现在我的面前。他们的脸上有着严峻的表情，重耳说，我早已在这里等待你，没想到你来得这么快。秦穆公说，这是我的客人，但他们是死去的客人。你看吧，他们的脸是晦暗的，他们的身体是僵硬的，因为他们已经死去了。

我大吃一惊，我知道自己受到了诱骗。是的，我一看见重耳，就知道我就要死了，郤芮也要死了。我对秦穆公说，我听说你是一个贤明的君主，但没想到你却欺骗我，看来我所听说的和我所见到的并不一样。

秦穆公说，我是欺骗了你，可你和你跟随的国君一直在欺骗我。这是对你的报应。我若不欺骗你，你怎会来到这里？若你和你的国君不欺骗我，你又怎会走到今天？我若不欺骗你，你的欺骗又怎么获得结果？我也听说，用谎言说话，就会得到谎言，用诚信说话，就能得到诚信。你所欺骗的，还要回到欺骗中。若是没有欺骗，这个世界该有多好。可是不能没有欺骗，因为没有欺骗的，乃是虚假的，因为人们就不容易辨认出好人和坏人。我还听说，对于欺骗者，必须施以欺骗，不然欺骗者怎会知道自己是怎么欺骗别人的？我只不过把你对我的欺骗还给你而已。这怎么能说是我欺骗了你呢？

郤芮说，可是，公子夷吾是你派兵送回晋国的，他背弃了你，必有背弃的理由。我不知道他是怎么想的。但是他毕竟背弃了你，他的背弃只能说明你的过错，因为你不认识背弃你的人。你既然不认识别人，眼前的这个人你就能认识么？他多少年在外逃命，你怎么能知道他就是你所中意的国君？

秦穆公说，虽然我护送夷吾归国是我的过错，因为我被你们诚恳的外表所迷惑，你们欺骗了我。但忠厚和仁德总会有报答。我不会每一次都犯错。若我不犯错，又怎能认识你们？也许真正认识一个人是有代价的，但这代价我将找回来，现在你们就是我找回来的，你们将补偿我所失去的。

重耳说，你们终于得到了你们想要得到的。你们完全可以归附我，因为你们跟随的国君已经死去了，现在我是真正的国君。但你们执意跟随死者，我又怎能阻拦你们？唯一的办法就是顺从你们的意愿，把你们送到死者那里去。我本想赦免你们的罪，可是你们却把自己的罪加重了。若是你们从前的罪仅仅是听从了一个恶君的指令，仅仅是为了侍奉那个恶君，我还会认为你们不过是为了忠义而为，你们的罪仅仅是因为恶君所犯的罪，因为你们背负了他的罪。可是，你们忘记了从前的忠义，却要暗害现在的国君，这就是叛乱，就是违背了你们从前所遵循的法度。自古以来，叛乱者都必须得到惩处，所以你们就要成为死者的祭品。我想，你们已经疯狂了，以至于要用火来焚烧一个即位的新国君。

郤芮说，我们不得不这样做。这也许是最好的办法。不然你怎么会饶恕我们呢？我们曾经给国君谏言追杀你，你怎么会饶恕我们呢？所以我们也许会杀掉你，那样我们就可以得到另一种饶恕。尽管国君的罪归于国君，但我们是国君的近臣，所以有责任捍卫国君。你杀死了国君，我们也应该为他复仇。不论怎样我们都逃不出一死，只是想着怎样死去。但对我来说，无论怎样死去都是一样的。

重耳说，好吧，疯狂是特殊的死者的祭物。你生来就是祭物，从前被生者享用，现在被死者享用，最好的归宿是随死者而去。你们早已受了死的诱惑，却以为自己还在生活中。你们受到了死者的歧引，却以为自己所行的乃是捷径。乌云飘到了脸上，却不知道反拨，我为你们感到惋惜。你们不是想用火来实现自己的想法么？这是一个好想法。我现在就给你们火，不过这是凝固的火。

他拍了拍腰间佩带的宝剑，说，我所说的就是它。它是从火中取出来的，又被重锤砸过，它是真正的火，是火的精华。现在，我就给你们以火。让它和你们说话，以让你们的灵魂在这永火里游荡。说着，他向着旁边瞟了一眼。立即拥上几个士卒扭住了我的手，然后用绳索捆住了我的手脚。秦穆公和重耳都背过身去，离开了我。我忘不了重耳最后向我投来的目光，它似乎是柔软的，温和的，平静的，却暗含着飞箭的闪光。

卷三百三十四

晋文公

　　郤芮和吕省已经死去了，但这看似平静的时间里，仍存着危险。我觉得在每一个夜晚都有着窥伺者，他们潜伏在暗处，我看不见他们，也不知道他们究竟是谁。就像我返国的路上，夜里总会有荧荧的兽眼在林间闪烁。

　　我不再是一个流浪的公子了，而是一个国家的国君。我已经是晋文公了，我的内心有了从前没有的天责。我从郤芮和吕省的大火中看见了我。它让我照出了自己。我几次在这烧焦的废墟旁徘徊，我看着这废墟，想了很多很多。它所烧掉的不仅仅是一座宫殿，而是我自己的幻想。我不能抱着幻想生活。从前我在一个个幻想中消磨了时光，现在我已经老了，我所剩的时间不会太多，所以必须抛弃我曾拥有的，寻找我该寻找的。

　　秦穆公可以派军队护送我返国，也可以将我扶立为国君，但这江山的稳固却要凭藉我自己。我不能再依赖别人了。郤芮和吕省虽然死了，但他们所说的话却犹在耳边。那么多跟随他们的叛乱者，我不能都杀掉。我不愿意看见太多的血，不能像从前的国君那样，仅仅凭着剑去治理国家。应该将自己的剑收起来，放到剑匣里。

我将狐偃、赵衰和胥臣召来，商议怎样使晋国更为稳固。狐偃说，郤芮和吕省已经死了，晋怀公的前臣和叛乱者已经失去了大树，残枝败叶也将渐渐腐烂，我们也该将他们清理干净，这样晋国就可以做别的事情了。赵衰说，不要低估他们的势力，从这次叛乱来看，跟随者仍然不少，仅仅用暴力来让他们感到恐惧，不是长久之策。

我问，那你说该怎么做呢？赵衰说，他们叛乱乃是源于他们的恐惧。以前的国君即位之后总是清洗旧臣，所以他们就以为你也要这样做。所以他们为了自保，不惜孤注一掷。最重要的是，我们应该让众人知道，现在的国君和从前的国君不一样，我们不会这样做。他们的内心有一个想象中的国君，而我们必须消除他们对于国君的幻象，让他们看见一个真实的、不同于以往的国君。杀戮仅仅是威慑的手段，但杀戮不能永远起作用。何况，杀戮会唤醒仇恨，而仇恨则会让人们暂时忘记恐惧，愤而复仇，因而会埋下更大的祸患。仇恨将比恐惧更有力，也更可怕和持久。

胥臣说，国君刚即位，许多人都在看着你，看你怎么做。我们平息了这次叛乱，都是借助了秦国的力量。但我们不能继续依赖秦国了，一个国家不能总是把希望寄托在另一个国家上，我们应该找到自己的立足之本。国家的强盛不在于有多少疆土，而在于你有没有德行。而这德行却在于国君。国君的形象就是国家的形象，现在应该是你展现自己形象的时候了。从前的晋惠公和晋怀公之所以失去了国人的信任，就是他们的形象里缺少德行。

我问，我们离开晋国太久了，国人并不了解我。他们不知道我

古灵魂

有没有德行，可是我用怎样的方法才能让他们相信我？胥臣说，我认为最重要的是先要稳固人心，人心不能稳固，国家就不能稳固，你的座位就没有根底。一样事情不能仅仅凭藉自己的话语，要凭藉自己的行动，而行动必须依靠法令，法令就能让国家有秩序，做事就会有依据。若要能先颁布法令，对从前迫害你的旧臣予以赦免，甚至对这次叛乱中的叛乱者予以赦免，一律既往不咎，让晋国的大臣各安其位，人们就不会心存恐惧，反而会感激你。晋国就会免除混乱，就会获得安定，你的形象就会得以呈现，更多的人就会归附和跟从。

赵衰说，这是最好的办法。若能这样，许多事情都好办了。人们会说，新的国君是仁德的，跟随他，晋国就有希望。人们乃是因希望而生活，没有希望的生活是暗淡的。记得我们在流浪中，受了那么多苦，却不觉得有多么苦，受了那么多屈辱，但又很快就会遗忘。别人轻视我们，我们也轻视他。别人给我们的恩惠，我们都心存感激。因为我们觉得在希望中生活，所以能度过一个个危困。

我说，你们说的有道理，和我的心意相合。那么我们就颁布这样的赦令吧。我也不愿一遇到危险就跑到秦国求助。我是一个国君，应该有国君的尊严。一个国君都没有尊严，一个国家又有什么尊严呢？你们跟着我周游列国，也见过别人的治理，也见过别人的混乱。凡是用剑来说话的，也必定将用剑来决断，结出的果子也是苦的。凡是用仁德来说话的，国人也报以仁德，就能用仁德来决断，最后结出的果子也是甘甜的。我们赦免了别人，别人也赦免了我们。我们给别人以仁德，别人也信赖我们，并回报给我们以仁德。若是这样，晋国不就变得很美好么？我们流浪了这么久，不就是为了能够做这样的事情么？

卷三百三十五

农夫

又要开始播种了，这个时候我是最喜悦的。我把田地翻开，让下面的土能够在太阳下翻晒，让底下的湿气上扬，让地里的寒气散尽，让温暖浮上地面。因为土地乃是神灵掌管的，我刨土之前，先要敬拜掌管土地的神灵，以求得它的允许。我还要让卜筮者择一个好日子，以便获得一年中最好的开头。

每当春天来临，我立即就会像地里的树根一样积蓄了力量，我浑身有使不完的力气，因为春天是万物新生的季节，也是我新生的季节。我挥动着早已擦亮了的锄头，刨着我即将播种的土地。我看不见我的锄头的形状，只看见它在我的手里飞舞，看见锄头的光斑有力地在空中划出一条条闪光的弧线。是的，它的形象消逝在这弧线中。我的手感到了一次次的震动，新土不断被这弧线带起，就像水花一样飞溅。

我的鼻子里灌满了新土的气味。这是一种独特的带着万物混杂的香气，呼吸着它，太让我舒适了。世界上所有的花香都比不上土地的香气，因为它们都来自土地，它们只是将土地的部分香气抽取出来，

古灵魂

变为自己的香气，而远不是土地香气的全部。土地是万物生长的源泉，是力量的源泉，是一切生活的根底，没有土地，这个世界上还会有什么呢？

我很快就开始流汗了，我的汗珠一滴滴落在了新翻的土地里。这是最初的种子，这是我能够赋予土地的东西，也是对土地的祭祀。我知道，用汗水浸泡的种子会生长得更快，也能结出最饱满的籽粒。前些日子下了一场细雨，我看见这新土里已经渗透了雨水，它是湿润的，它有着我的锄头的光滑的锄痕。发黑的土地里究竟有着什么秘密？我的眼光看不出它有什么奇特的地方，但它里面却包含着万物的秘密。是啊，神灵是住在里面的，它的秘密只有神灵才会知道，人只是用自己的汗水换取神灵给你的谷子。这就像人间的礼数，你给别人礼物，别人也会回赠你礼物。只不过土地对人更为慷慨，你给它一点点，它给你的却很多很多，因而我总是觉得歉疚。这实际上已经不是某种回赠，而是神灵的恩赐。

在这个春天里，许多事情都在发生。先是公子重耳在秦国军队的护送下返回了晋国，然后在曲沃的宗庙举行了即位典礼，成为新的国君。原先的国君晋怀公奔逃到高梁，却被重耳派兵在高梁杀死。这个国君运气太不好了，听说他的父君成为秦国的囚徒之后，本来要让他继位了，可是又被秦国放归，他作为太子就被迫到秦国做了人质。可他听说父君病重，就从秦国逃回来了，这让秦国十分愤怒。所以秦国就找到了流亡十几年的公子重耳，又将重耳护送返国，旧的国君就只有逃命了。

可是他又怎能逃脱呢？他逃跑得太晚了，所以没有跑到很远的地方。我听说这个国君还很年轻，真是太可惜了，他为什么非要做国君呢？一个人不了解自己就会犯错，不了解别人也会犯错，但更重要的是要了解自己。他既不了解自己，也不了解别人，这是他必定被杀掉的原因。就像一个农夫既要知道自己的力气，也要知道土地的性格，才能种好他的田地，才能获得好收成。你还要知道播种和收割的节令，这里有着深奥的天意。你若违背了它，就是辜负了你的好田地，也辜负了自己的汗水，你的田地就会荒芜。

这个晋怀公就是违背了本来的节令。他在不应该做国君的时候，做了国君，就像农夫在严冬播下了种子，那怎么可能发芽生根？这种子撒到地里，却被冻死了。重耳就明白这个道理，他并不急于回来，而是在流亡中等待时机。现在一切都水到渠成，他就回来了。树上的果子已经熟了，他只需要将好果子摘下来，把坏果子扔在地上。

现在新的国君已经即位，许多人都在观望，看他要做什么。原先的大臣郤芮和吕省要谋反，但他们的谋划泄露了，国君躲了起来，他们只烧掉了国君居住的宫室，但国君却安然无恙。叛乱者逃到了大河边，却被秦国诱杀。也许还有一些想谋反的人，但他们因为前面的叛乱者死去了，就蛰伏起来，用眼睛看着外面，就像躲在洞里的野兽，因为害怕而缩成一团。看来晋国也许还要陷入混乱，不知道什么时候才会安定。

可是这与我有什么相关呢？我只要种好自己的地就行了。我并不关心晋国发生了什么，虽然我所种的地在晋国的土地上，但我并不需要一个国家，我只需要土地、种子和我自己。我也不需要一个国君，他坐在自己的宫殿里，能帮助我什么呢？我休息的时候，有时候

古灵魂

会和一些路过的人谈论他们，不然我和别人说些什么呢？我见不到他们，也不知道他们在做什么，可是行路者有时会告诉我他们的一些事情，他们做什么，都瞒不过行路者的眼睛。他们所做的，仅仅供我们谈论。

我又听说，国君颁布了赦令，赦免了从前跟随前君的旧臣之罪，也赦免了这次跟随郤芮和吕省叛乱的人们的罪。我不知道这是不是真的？若是真的能做到，这个国君还是胸襟宽广的，也有仁德之心。那么杀戮就会终止，晋国就会少流血。我难以想象，那么多国君，那么多大臣，却为什么必须流血呢？他们也许都是一些嗜血者，他们用血涂满了一个个座位，然后坐在别人的血中。是不是这样做才能获得快乐？

唉，我只能理解自己的土地，却不能理解那朝堂上的人们。但对我来说，他们并不真实，他们只是一些幻影，就像夜晚的屋子里墙壁上的人影，它们不断晃动，我却不知道这晃动的原因。它们从我的面前一个个匆匆而过，但灯火熄灭了，一切都消失了。真实不在这些影子上，而在于灯火所投射的那个人究竟是谁？

我怜悯他们的虚幻，又怜悯他们不知道自己的虚幻。他们所争夺的，也是虚幻的。他们似乎从来没有见过实在的生活，也不知道生活究竟是什么。他们只是不断争夺一些空空的座位，并在这座位上感到满足。可是这些座位都设置在危险的深渊上，只要一个大浪来了，这座位就会倾覆，他们也将掉入万劫不复的深渊里。处于危险却不知道自己的危险，处于平安却不知道平安的宝贵，该要的生活却舍弃，最后所获得的，不过是秋风中席卷的枯枝败叶。在他们眼里，也许自己是聪明的，但却在这聪明中堕入了真正的愚蠢。因为这聪明乃是为了获得虚荣，而在虚荣中却包藏着愚蠢。

我还是珍惜这春天的每一天吧。对于一个农夫来说，春天的每一天都是美好的，它不仅明媚、和煦、温和和舒适，也是耕播的节令。春天的阳光是充足的，即使树影里也有着比其它季节更多的阳光。每一天都值得你使出浑身的力气，去做好每一件事情。我很早就起来，来到我的田地里，用锄头刨翻这土地，让我的每一次扬起的手臂都被光所浸泡。我看着太阳脱离了山脊线，将远处的山影边缘嵌上金缕。我看见它，内心就充满激动之情，不由得向着它朝拜。它使我的双眼更加明亮，使我看见了我所在的地方是这么辽阔，我获得了一个光明的背景，即使一个人站在地里，也不会感到孤寂。

我不断扬起我的锄头，锄头的形象消逝在一条又一条的弧线的闪光里。大片大片的新土浮上了表面。它就像一片开阔的湖水，跳动着波澜。而我就站在这湖面上，轻轻飘动。过几天，我就要在这土地里播撒种子，然后我将在每一天早晨来到这里巡查，察看我的谷子是不是发芽了，是不是长出了新苗。我将看着它们一点点长高，汇入盛夏的繁荣里。

我的额头上也闪耀着光亮，我的胳膊上同样闪耀着光亮，我所滴落的汗水也闪耀着光亮，我被这无限的、充溢的光亮所包围，我在这春天的光亮中沐浴。在我不远的地方就是晋国的都城，它从我的角度看去，是阴暗的，我所拥有的，它竟然是缺乏的。里面的人们都生活在春天的阴影里，因而他们不会感受到春天的美好。

有一个行路者过来了，他的身影是孤单的。他从都城出来，不知要到哪里去？对于我来说，他们都是陌生者，但似乎都是熟悉的。我的田头放着我打来的泉水，这泉水是甘甜的。他也许会和我一起坐下来，又一次谈起都城中所发生的事情。我听着他说，就是听一个遥远的地方发生的故事，或者是传说中的故事。它的真实和虚幻并不重要，重要的是我们不断地讲述。我只是一个倾听者，我倾听别人，也倾听着自己。

头须

我曾跟随国君逃亡了很多年，但我却不了解他。他所做的事情，我还不能理解，但我却认为他仅仅是为了逃命而流浪。因而我不愿跟着他过苦日子了。所以我选择了一条错路，就将国君逃亡途中的资费席卷而去，逃到了山林里。后来我听说，他们一路忍受饥饿，甚至靠着乞讨行路。

我带着这些资费到了卫国，后来又到了郑国，但我却找不到真正安稳的日子。也许我应该跟着他走下去，可那时怎会预料到他以后要当国君呢？我四处漂泊，厌倦了流浪者的日子。我不相信，他靠着这几个人，怎样才能返回晋国？这差不多是一个美梦，一个遥遥无期的美梦。可是我不曾做过这样的梦，于是我选择了逃走。既然跟着他逃跑，还不如我一个人逃跑。我乃是从逃跑者中逃出来的，是逃跑者中的逃跑者。

我失去了我所跟从的主人，又能逃到哪里呢？后来我独自一人回到了晋国，可他们仍然在流浪途中。但是现在他回来了，并且做了国君。原先我想着逃跑，到别的地方去，可是我又不愿离开晋国。若要不逃走，让他知道了我所躲藏的地方，那么他必定会杀掉我。

我究竟该怎么办呢？我很想去见国君，可是我说什么呢？他一定会憎恨我，并杀掉我。但好像我的运气来了。我听说曾一直追杀国君的寺人披前去朝见，国君不但接见了他，还给了他奖赏。也许国君是一个心胸广大的人，他可以宽恕所有的罪人。

可是从前的样子不一定是现在的样子。从前我跟着他流浪的时候，他是公子，而现在他已是国君了。一个人所在的位置不同，他的样子也会不同。他从前是和善的，是宽容的，一旦做了国君，难道还能是从前的样子？我几次已经到了都城，但又默默离开了。我看见高大的宫门，看见威武的侍卫，看见那手中的戈和腰间的剑，就好像看见了国君。我被这威严所震慑，我的脚步远远就停住了。

但很快就看见了国君颁布的赦令。他要赦免从前的众臣，也要赦免叛乱者。既然叛乱者都可赦免，那么我的罪难道不能被赦免么？我不过是将他的财物偷走，不过是在他危难的时候背弃了他。这样的罪难道比叛乱还要重？何况，他已经颁布了赦令，至少他不会杀掉我，也许他还会给我奖赏。

我已经看出，他急于安抚人心。因为他离开了晋国十几年了，没有多少人会相信他。即使他颁布了赦令，人们仍然不会相信他。也许这赦令是为了诱杀那些罪者。我已经看见，整个晋都陷入了慌乱，街道上的行人很少，从前的大臣都躲在家里，或者逃到了远方。

我不知道自己在宫门前徘徊了多久，还是决定走上前去。但是侍卫告诉我，国君不愿见我。我说，既然他可以见追杀他的寺人披，怎么就不愿见我呢？一会儿，侍卫出来了，告诉我，可以进去了，国君

—— 327 ——

在等着我。我心怀不安地在侍卫的引导下，踏上了高高的御阶，来到了高大华美的殿堂。

由于背光的缘故，我没看清国君的面容，只看见一个高大的黑影站在我的面前。不过我已经回忆起曾和他在一起的日子，那个黑影是熟悉的。从黑影里发出了熟悉的低沉而严厉的声音。他说，我以为你早已死了，可是你还活着。你若死了，我还有安慰，觉得你罪有应得。但你不仅活着，竟然还来到我的面前，我现在就可以杀了你，那么就可以连同你的罪一起杀掉，你和我，都可以心安了。

我说，我知道你是一个宽宏的国君，不然我为什么会跟随你那么久呢？他说，可你背叛了我，还将我的资费都偷走了。你让我在路上没有饭吃，让我在饥饿中快要晕倒了。你差点儿将我置于死地。我当时就想追捕你，将你杀掉。现在你来到了我的面前，你把从前的机会带到了现在。现在你还有什么可说的？

我说，我就是来向你认罪的。我深知自己的罪过，但却一直没有机会向你认罪。现在你已经是我的国君，我终于找到你了。我知道你不会杀我。你赦免了寺人披的时候，我就知道你不会杀我。现在你又颁布了赦令，就更不会杀我了。所以我才会朝见。我知道你既憎恨寺人披，也憎恨我。一个是两次追杀你，而我却在你最危困的时候逃离了你。我害得你一路乞讨，在饥饿中行路。

——那时因为我不能理解你，为什么放着安逸的日子不过，却要去流浪呢？我也不相信你，你就凭着几个跟随你的人，却要返国做一个国君？这怎么可能？我觉得与其跟随你没有希望，还不如自己去寻找希望。可是我错了。我并没寻找到我要的希望，却只能回到晋国等待你的处罚。现在才知道你是对的，多少年的流浪没有白费，一切如愿以偿。若你不嫌弃我，你仍然是我的主人。

他说，你背叛了我，我怎会不憎恨你？既然憎恨你，又怎会不嫌弃你？你若给我一个理由，我就不杀你。我说，我想不出什么理由。一个有罪的人怎能为自己的罪开脱和解释呢？我只是在想为自己寻找一个继续服侍国君的机会。你若仍然能用我，并信任我，人们就会说，国君的确像别人所说的那样，内心怀有仁善，他所颁布的赦令是真实的，他说的每一句话都是值得信任的。因为他对谋杀他的寺人披和在危难之中抛弃他的头须都能任用，我们还有什么可担忧的呢？

我的眼睛已经适应了眼前的幽暗，渐渐看清了国君的面容。他还是从前的样子，但似乎比从前老了，面部的皱纹也多了，也更深了。他的胡须已经白了。但他的眼睛仍然是锐利的，他的目光仍然让我感到畏惧。并不是因为他的严厉，而是因为这目光乃是柔软的，就像丝绸一样柔软，却闪着比丝绸更亮的光。这目光射向我的时候，我感到这柔软里包含着什么不可阻挡的东西。里面所包裹着的也许是利箭，但我却很难知其中的奥秘。

他就这样看着我，我却被这样的目光压低了头。我不敢直视这样的目光。我是卑微的，我是一个有罪的人，又怎敢面对这样仁厚的目光呢？他沉默了一会儿，然后收回了这目光，脸上露出了微笑。他说，你敢于认罪，也敢于来见我，那我就宽恕了你。我已经忘记了你从前的罪，你也要忘记它。就像我们流浪途中一样，你仍然跟随我，为我驾车。可是你要熟悉我的马，还要知道我一直坐在你所驾的车上。

我说，国君这样信任我，我还能说什么呢？我只能以我的忠诚相报了。我再也不会抛弃国君了，不论在什么时候，即使在遇到困厄的时候，我也为你驾车，并让你的车不在崎岖的路上颠簸。他说，好吧，那么现在你就去驾车，让我们到都城的大街上走一趟吧，我想到阳光里去，观赏春天里树上的花。

古灵魂

卷三百三十七

孩子

我在大街上玩耍，却遇见了出行的国君。他坐在一辆华美的车上，他的旁边坐着他的御夫。我向路上的人问，那是谁？他们告诉我，那就是晋国的国君。我又问，他身旁的人又是谁？他们告诉我，那是从前抛弃他的人，这个人叫作头须。

国君的华车两旁是护卫他的士卒，他们手里握着长戈，腰间挂着宝剑，右边背着箭囊，身穿着铠甲，头盔上飘动着长羽。四匹骏马迈着碎步行进。国君的面部威严，他的头几乎一动不动，戴着高高的冠冕，似乎被固定在肩膀之间。他的双眼也只看着前方。我是第一次看见国君，他真是太威风了。

我问一个人，什么人才能做国君？为什么是这个人做国君，而不是别人？那个人说，我说给你听，你也不会懂。我这么说吧，国君是一代又一代传下来的，他的父亲是国君，他的祖父也是国君，他的祖父的父亲也是国君。反过来说，也是这样。他的祖父的祖父都是国君，祖父的儿子是国君，国君的儿子也是国君。我又问，那你的父亲为什么不是国君？他说，因为我的祖父不是国君。

我说，你所说的我好像知道了，就是说一个人生来就是要做国君。那个人说，也不能这样说。一个国君会有很多儿子，只有其中的一个可以做国君。只有那个被指定的儿子死了，别的儿子才可能成为国君。我说，这么说，如果都想做国君，就必须让那个被指定的人死掉。那个人说，是的，所以他们就会互相杀戮。杀戮是一种需要。只有怀有希望的那些人才需要杀戮，杀戮是因希望而起。

我又问，国君旁边那个驾车的头须是什么人？那个人说，他原来跟着国君到处流浪，那时国君还不是国君，而是晋国的公子。就是我前面说的，因为都想做国君，原来的国君就想把他杀掉，好让另一个儿子继位。所以他就逃走了，变成了流浪者。这个头须就是曾跟着他逃命的人。后来，他不想跟着他了，就把路上用的财宝都偷走了，他也到处逃跑，这让现在的这个国君快要饿死了，只好向人乞讨。

我说，那国君还会让他驾车？他说，是啊，这个国君和以前的国君不一样，他还是用他来驾车，并没有计较他以前所做的坏事。他还重用以前要杀掉他的人。有一个人叫作寺人披，两次都是这个人去追杀国君，但都没有杀掉。有一次差点就把国君杀掉了，但国君逃得快，只砍下了国君的一截袍袖。据说，国君还一直保留着那件失去了袍袖的衣服呢。

我说，这个国君真是有意思，连谋害过他的人都要用，一定是他的身边没什么人了。他说，不是的，他身边的人很多。不论谁做了国君，很多人就会围住他，争着为他做事情。因为他的手里有着权力，他可以给别人很多东西。我问，那你为什么不去为国君做事情？他说，我也想去，但我不知道国君用不用我。我说，既然他都可以用自

古灵魂

己的仇人，还不能用你么？他说，是的，所以我也想去试一试。既然他都能任用自己的仇人，别人还要担心什么呢？

街上的人们多了起来，他们都在议论这件事。我看见头须的脸上都是胡须，他的半个脸都被胡须遮住了。他趾高气扬地驾着国君的华车，他前面的骏马不断昂起头，骄傲地甩着自己的鬃毛，马蹄敲击着地面，刨起了地上的烟尘。做一个国君多么好啊，国君不仅自己是威风的，还可以有那么多人侍奉，他又可以不断给别人各种好处。可是国君只有一个，多少人却看着他的车，因而他也是危险的，随时都可能遇到想杀掉他的人。他看不见他的仇敌在哪里，但他的仇敌却能看见他。

大人们的事情真是难以理解。现在我似乎明白了一点什么。一个个国君死了，而他也杀掉了很多人。不是他多么仇恨那些被杀的人，而是那些被杀掉的都在仇恨他，而仇恨他的原因只有一个，那就是他是一个国君，而且一个国家只有一个国君。所以每一个人都可能是他的仇敌。这样，一个国君就会用仇恨的目光看所有的人，所有的人也会用仇恨的目光对着他。这像两块石头的对撞，火星就会迸溅。

那么，所有的人都想要杀掉他，他也想杀掉所有的人。可是他的身边必须有人服侍，不然他还是一个国君么？既然所有的人都可能是他的仇敌，那么他又怎么不可以用自己能看见的仇敌呢？让自己的仇敌在明处，总比自己的仇敌在暗处好得多。他只要能看见，就能制服自己的仇敌。因为他随时可以杀掉别人，所以他的明处的仇敌就会因害怕而放弃仇杀。

可是我不再羡慕国君了，而是羡慕他的车，他的骏马。我要有一匹这样的骏马该有多好。尤其是最前面的那一匹，它浑身都是黑的，比黑夜还要黑，没有一点儿杂色。它的毛皮是发亮的，就像它自己会发光一样。我身边的那个和我说话的人，不知什么时候离开了，街上的人们也散去了，国君的车从我的身边很快就过去了。我一个人站在一棵树下，树上开满了花。虽然这花儿是好看的，它的香气一阵阵钻进了我的身体，但我望着空空的街道，仍然感到怅然若失。

古灵魂

卷三百三十八

介子推

我跟随国君十几年流浪，已经看惯了一个个国家的混乱和残杀。我们也历经了各种险境，也有过安逸的日子。从晋国的都城到边远之地蒲邑，又到狄国，又到更远的地方。那时国君还是一个流亡的公子，受尽了小国的侮辱，也享受过大国的礼遇，见到了各种各样的面孔，也听到了各种言语，既有赞誉也有羞辱。

现在我们已经走出了流浪者的峡谷，来到了宽广丰美的地方。流亡的公子已经即位，成为新的国君，晋怀公也被杀死于逃跑的路上，他的旧臣郤芮和吕省的叛乱也被国君挫败，并被诱杀于秦国。国君是贤明的，他看见了自己的不稳，感到了脚跟在摇晃，就颁布了赦令，又任用了曾谋杀他的寺人披和半途曾抛弃了他的头须，晋国都议论纷纷，开始信任他。前朝的大臣都获得了赦免，已经安于原本的位置，晋国已经变得稳固了。

我默默看着这一切，心里感到高兴。我该离开了。若我留在原地，就会被人认为我的长途跟随，原本是为了获得封赏，那样我岂不是和许多人一样，沦为名利之徒？我曾跟随公子的本意是为了让他返回晋国，晋国需要一个好国君，它不应该继续互相残杀了。现在，国君已经即位，晋国已经安稳，我的本意已经在现实中，那么我还需要继续留在这里么？何况，我的志向并不在这里，而是在山林之间。

在返国的途中，我已经看清了一些人的真面。狐偃在渡河的时候，公子还没有成为国君，他就开始索要，以致国君只好将自己的玉璧扔到大河，给他以许诺。赵衰虽然没说什么，但他的目光里已经有了私念，他的目光已经不纯净了。我已经羞于和这些人在一起共事了。我不愿意成为他们中的一个。我所希望的是自己的清洁，我要洗去所有落在我衣襟上的尘土，用山泉洗净我的双手，然后做一个自由的隐士，和这污浊诀别。

我从前的日子都归于公子，现在公子已经完成了自己的意愿，他已经是晋国的国君了，我就要将日子重新归于我自己了。从前他需要我，我就跟随和侍奉，现在他已不需要我了，最好的选择就是离开。我曾在晋国都城的大街上，看见国君乘坐着他的御车从街上驶过。他任用头须为他驾车，头须的鞭子在空中飘动，国君端坐在车上，目光是坚定的，他的内心已经激情涌动，已经在盘算将来的事情了。

我听见路上的人们在议论，也听到从前的大臣消除了担忧，并纷纷归附，以后的事情，既不需要我参与，也不需要我知道了。国君是贤明的，他知道怎样做才能摆脱国势的阽危。他所做的，也是我所想的。他能任用自己从前的仇雠，说明他拥有博大的胸襟。能够赦免与原宥，就可以消除积怨，也能避免偏见，就可以获得国人信赖。获得信赖就能聚沙成塔，就能让国运昌隆。

我曾在齐国的乡间遇到一个隐士，和他在一个秋天去观赏满山

古灵魂

黄叶。我们登上高高的山顶，站在一块巨石上，看着那漫山遍野的山林，感受着秋天的悲凉之美。那是多么壮美的景观啊，千山万壑穿上了斑斓的衣裳，大片大片的金黄，大片大片的通红，仿佛天上的落霞降落到了地上。

我的心胸顿时变得开阔和舒适，我似乎从中看见了我的将来。我们坐在石头上，饮着山泉水，一阵阵甘甜浸透了我。我们谈论着天下大势，谈论着人的一生应该怎样度过，也谈论着地上的山水之美。那一天我太快乐了，我觉得自己已经离开了人间，到了神灵所在的地方。或者我不是和一个隐士在一起，而是和一个神灵在一起。

是的，我更喜欢和神灵在一起。一个人的隐藏比他的显明更重要，也更能获得快乐。神灵是隐藏着的，可是他却在人的心中显明，我们希望成为神灵，那就必须离开显明的地方。但是人怎么能成为神灵呢？人只要向往神灵，神灵就会在人心中驻守。我在人间的使命已经完工，我就应该躲藏起来，让人不知道我，也不知道我究竟在什么地方。可是我是不是应该和国君告别？我若和他告别，他就必定挽留我，并会认为我乃是用离去的方式要挟，并获取利益。我若真心要离去，就不必和他告别。

悄悄离去是最好的，我已经不想继续待在他的身边，为什么还要告诉他呢？现在想来，我曾跟随国君一直在逃亡的路上。我已经是一个逃亡者，一个行路者，我已经习惯于逃亡和行路。那么我是不是又一次踏上了逃亡之路？我过去乃是和国君一起逃亡，现在我将独自逃亡。过去我所逃的，乃是被追杀的命运，现在我所逃的，则是功名和利禄，乃是与平庸者一起分享的人间筵席。我既不愿得到封赏的实利，也不愿与平庸者混杂，我乃是要重新寻找我自己的路，一条无路之路。

在行路中，我一直走在国君的前面，就是为了替他寻路。在国君端坐于筵席上，接受大国的礼遇，我就藏在他的身后，因这礼遇是给他的，我不应该沾染他的光彩。这样的沾染对我乃是多余的，我已用自己的手从心里掏走了虚荣，并将它丢弃在我所行的路上。现在，国君已经不需要我为他寻路了，而我也不需要路了。

说实话，我已经厌倦了路。我既厌倦行路，也厌倦寻路。我乃是希望看见一个没有路的地方，我要寻找那个地方。那将是多么好的地方，既没有路，也不用苦苦寻路。那里也许是荒凉的，但它也是繁荣的。因为是这样，所以它应该是混沌的、苍茫的，我无论怎样行走，都是自由的，就像飞鸟只要展开翅翼，就可以任意飞翔。天空还需要一条路么？路乃是对自由的限制，有路的地方就不可能自由。

那么，我无论怎样行，路就粘在我的脚底，我的脚就是路，我已经携带了路，所以再也不用寻路了。道路不是需要寻找的事物，而是跟随我的事物，它是我的一部分。这是我厌倦它的原由。我厌倦它，就是我厌倦自己。是的，我已经厌倦了自己，所以我才要离开我所在的地方，我将让我的所在成为虚幻，有一天，我试图捕捉自己的时候，发现我早已逃离了自己的捕捉。我不是为了逃离别人，而是为了逃离自己。

我要到孤寂中去，要到一个能够完全隐匿自己的地方去。我不知道这世界上是否有这样的地方，所以我乃是要再次寻路。不过这寻路不再是为了寻路，而是为了寻找无路之路。我将到无路之路上行走。

古灵魂

在那里，路已经消失，但我却仍然在那里。也许我将随着路的消失而消失，可是那不正是我要追寻的么？

在这无路之路上，我的行走将犹如神灵的行走。我将行走于云中，行走于水面，行走于深渊之上，我的行路将没有脚印，让我的脚印也归于无形。那么我也在这无形之中获得自由。那样，我既看不见我的脚印，也不知道自己究竟在哪里。我要将我的心事写在文字里，让国君不要寻找我，让所有的人将我遗忘。因为我要遗忘的，也要让别人遗忘。我要抛弃的，为什么要让别人记在心里？我要将自己抛弃于荒野，而不是抛弃于别人的心里。

我想了想，我就用我自己的方式和他告别吧。我挥笔写了一首诗，作为我向国君的告别辞，这也是我向自己的告别——

龙在天上飞，它周游天下。

五条蛇跟从着它，为它侍奉和辅佐。

龙已返回故乡，得到它所要的所居。

四条蛇跟从着它，获得它的雨露。

一条蛇感到羞愧，将死于荒野。

我将这首诗悬挂于我的门楣，然后背负着简单的行囊，到我所向往的山林里去。是啊，我过去不曾离开公子，是因为他遭遇不幸和困厄，从富贵而跌落到贫贱之中，我和他一起度过危困的日子。现在公子已是国君，拥有万乘之军，万顷之田，万户之民，他已经不会因为缺少我一个人而忧虑了。过去我跟随公子不是为了获取什么，现在我可以获取但不获取什么。我的离去就可以说明我当初的志向。若是我和别人一样，借着国君而获取，那就违背了我的灵魂，那样，我自己也羞于看见镜子里的面孔。当然，我将连同我所要照的镜子也抛弃于荒野。对于人世间，我已经死去了，而对于我自己，却获得了新生。

古灵魂

卷三百三十九

晋文公

　　有一天，我已经十分疲累，坐在自己的宫殿里休息。我的眼睛微微合上，微弱的光线仍然在我的眼帘上闪烁。渐渐地，我似乎在似睡非睡之间进入了一道峡谷。那峡谷是漫长的，那里是阴暗的，我的前面有一个人。我想知道这个人是谁，于是我追赶着他。但是我要接近这个人的时候，他就又离我远了。我能看见他，却追不上他。我想知道这个人究竟是谁，可是他始终没有扭过脸，我所看见的始终是他的背影。

　　我多么想让这峡谷里有一道亮光，这样我就能看清前面的那个人，可是这峡谷仍然是阴暗的。我开始呼喊他，我说，你停住吧，我想知道你是谁？他的声音传来了，他回答说，你已经知道了自己，这已经足够了，你不需要知道我是谁，因为你所知道的已经很多，不需要再知道我了。我说，你能不能告诉我一点线索，让我猜一猜？我虽然已经知道很多，但我仍然想知道你究竟是谁。他说，我是行路者，也是寻路者。你已经走出了这峡谷，还为什么要返回来呢？在这峡谷之外，光是充足的，你可以看清一切。

我说，我返回来是为了继续让你寻路，因为你就是我的路。他说我离开了，你的路会更加开阔，我若仍然在这里，就会挡住你的光。你看吧，这峡谷之所以是幽暗的，就是因为我还在这路上。可是我不是为了走进这峡谷，而是为了走近他。他说，你若走近我，就不会离开这峡谷了，所以你还是要返回去。你已经找到你的地方了，为什么还要到这峡谷里来？你即使走近我，又有什么意义？

我听见他的声音在峡谷里回荡，就像有千万个人在和我说话。我竟然不知道这声音来自哪里，好像既不是从前面传来的，也不是从后面传来的。这声音轰隆隆地作响，它让我感到了震动。这声音既不是人的声音，也不是神的声音，而是从我的双耳掠过的风声。这风声刮得我摇晃，但我的脸上竟然没有感到有一丝风吹过。

忽然我的侍卫进来了，他轻轻地唤醒了我。他对我说，人们从一扇门上发现了这张丝帛，上面写着一首诗。说着他将那首诗递到了我的手上。我细细地看着，我思索着它的含义。我离开座位，又来到阳光下细看。每一个字都是美丽的，它似乎是蘸着花香写成的。我说，这必定是介子推写的，你们看见他了么？

我忽然觉得他已经离我而去。不，我不能让他离去，我要找到他。我原来有五蛇跟随，现在我已是一国之君，怎么能独缺其中之一呢？在逃亡的路上，他们从来不离不弃，现在却为什么要离开呢？我是不是哪里做得不好呢？我想到他总是走在前面为我问路，但每次的欢宴中，他总是躲在后面。我饥饿难忍的时候，是他去寻找食物，甚至为我去乞讨。我饿得就要晕厥的时候，他甚至割下自己腿上的肉，和野菜一起煮成了汤，让我吃下去。他对我的忠诚之心，让我永远不

古灵魂

能忘记。可是我做了晋国的国君，他为什么却要离开呢？

他总是不争夺任何赏赐和荣誉，只是争夺行路的重担。这样的人，我到哪里去寻找？我曾答应一旦复国事成，我将报答他。可是他拒绝我的报答，那么我的许诺不就落空了么？介子推啊介子推，你为什么要让我的许诺落空？我的眼泪夺眶而出，我不停地擦拭眼泪，但这眼泪却就像泉水一样涌出，我怎么也擦不干。介子推啊介子推，你究竟去了哪里？你让我到哪里去寻找你呢？

我召来了众臣，商议怎样去寻找介子推。狐偃说，这个介子推，从来都是躲着人们，人们不注意他的时候，他又出现了。这次是不是又是这样？赵衰说，介子推是身怀仁德的人，我们都比不上他。国君现在的大事已成，他就会像以往一样，躲到看不见的地方。他不是害怕困厄之境，而是害怕国君的封赏。他从来都不贪功，只是默默做他的事情。他是一个有着大德的贤人，他走了，就必有他走的理由，我们都不会找见他。

胥臣说，我们应该把这样的人找回来，国君正是用人之际，这样的忠心之臣，我们到哪里去寻找？现在晋国虽然暂时摆脱了困厄之运，但以后的路还很长。狐毛也说，要么国君令我去寻找吧，要是找不到介子推，我也不回来了。我说，那怎么行呢？我若失去了介子推，又失去了你，你们不是更让我悲伤么？

胥臣说，可是天下这么大，我们又怎会知道他到了哪里？不如我们分头去寻访，询问有没有见到他的人。我们还有什么更好的办法呢？于是我乘着车亲自开始寻找他。有一个人说，他朝着北面去了。我们就奔往北面的路。但不久就会遇到岔路，就在岔路口占卜以询问神灵。然后不久又会出现岔路。这样一条又一条的岔路，把我们引向了一座山头。

一个樵夫背负着一些树枝过来了，我们就问他，你见到一个人了么？我们就将介子推的画像给他看。他看了半天，想了想说，我看见一个人，有点儿像这画像上的样子，但我不能肯定就是他。这个人很怪，他背着做饭的釜，拿着雨篓，好像要行很长的路。这个人虽然衣服被树枝挂破了，但他的脸上却遮不住非凡的气象。我看见他疲惫地登山，进入了山林。我曾和这个人搭话，问他，听说介子推跑出来了，国君悬赏百万良田找他，你是不是介子推大夫？那个人说，我也听说了，但我听说介子推不想见任何人，既然他不想见人，谁又能见到他呢？我又怎能知道他到了哪里呢？

我听了樵夫的话，知道这个人就是介子推，于是我让人在这密集的山林里寻找。士卒们钻入了山林，他们的影子消失在无穷无尽的山林里。经过很长时间的搜寻，谁也没有找到介子推。有人进谏说，若是将这山林烧掉，他一定会跑出来。但赵衰说，不可这样，那样他宁可被烧死，也不会跑出来。

——你想吧，介子推是刚烈的，他想定了的，就必然不会放弃，他所放弃的乃是他所不要的。他若不放弃的，就会不断追寻，他若不要的，谁也给不了他。我们一起逃亡了十几年，难道还不了解他么？他可以忍受困苦和内心的煎熬，但不能忍受别人的目光。他愿意在寂静和荒野里游弋，却不愿在快乐和喧嚣中停留。遇到危难的时候他会挺身而出，但别人在享受快乐的时候，他就会默默躲到一边。

——他所要的不是平凡的快乐，而是超过快乐的快乐。他的快乐是超出快乐本身的。这也是他所寻找的东西。当我们感到充实的时候，他却会感受到失落和空洞。他有着凡人的肉躯，却内里包裹着一颗神的心灵。他不愿享受人间的炊烟，因为他有着自己内心的炊烟。他的眼睛不是紧紧盯着外面，而是一直看着自己的灵魂。这样的人，我们又怎么能理解呢？他的灵魂已经远远超出了我们的理解。

我说，我似乎已经看见了他，但还是没有找到他。我已经感到了他的呼吸，听见了他的心跳，觉得他就在身边，但就是找不见他。这山林多么大啊，而山林还连着山林，山林又连着山林，这山林是无穷的。而我所派出的寻找者是有限的，有限的寻找者怎能寻遍无穷的山林呢？介子推乃是找到了无穷，他知道一旦逃身于无穷，就谁都奈何不了他。

就像从前在路上休息的情境一样，我坐在路边，一个人在沉思默想。介子推的脸在我的眼前不断闪现，我甚至怀疑，我从前所见的、一直跟随我的介子推是不是一个真实的人？这个人究竟是谁？我为什么一直没有认识他？现在他隐身于山林，我找不见他的时候，才充满了认识他的渴望。

我的内心里涌起了悲伤。我十分悔恨，我一直没有给他什么。虽然我是一个国君，我拥有整个晋国，但我却没有给他什么。因为他所要的，我不能给他，而我要给他的，他却不需要。我想把我所拥有的给他一部分，可他却为了拒绝而逃离了。他一直在服侍我，却成了我最大的债主。因为我要还给他的，他却不给我还给他的机会。

我在想，他为什么一直跟从着我？难道就是为了和我一起吃苦受累？为了和我受尽屈辱？我在注视他的时候，他总是躲开我，难道是不让我认识他？但他的面影在我的面前是清晰的，他的眼睛里总是含着忧郁。我原以为他乃是为我而忧郁，现在明白了，他之所以忧郁，乃是他本身就充满了忧郁，所以他要躲开所有的快乐。

我忽然想起我坐在宫殿里所做的梦。也许那并不是一个梦，我并没有睡着，怎么会做梦呢？那是他来到我的跟前，和我告别。那道深深的峡谷里，我追赶着他。他不让我追上，因为他总是比我跑得快。我随时可以看见他，却就是追不上他。是的，我必须承认，我追不上他了，他跑得太快了。他在那幽暗的深谷里奔走，我却返回了自己的地方。我真的想在这个地方一直等待他，但是我知道自己不会等到他，他已经在很深很深的山林里了。

我对他所承诺的，永远也不会实现了。这个人让我违背了我的诺言，也违背了我的心。介子推啊介子推，你为什么要陷我于不义呢？我坐在阳光里，阳光照着我的面前，空地上一片耀眼的光，从地上射出。而他已经在山林的幽暗里徘徊。我感到这山林闪现着一双眼睛，他远远看着我。那双眼睛被雨篷遮盖着，却那么明亮幽深，那么忧郁。他的眼睛里就有他的路。我从这眼睛里看见了。我的眼泪又一次泉水般涌出，我用手背揩擦着，那双眼睛却在我的泪水中越来越模糊了。

卷三百四十

文嬴

父君对我说，我的夫君返国之后，很快就顺利登上了君位，又挫败了晋怀公余党的叛乱，接着颁布赦令，赦免了前君的旧臣们以及叛乱者的罪，任用了曾经追杀他的和抛弃他的，使得那些谋反者纷纷归顺。现在朝堂已经安定，晋国的江山已经稳固。他用赞赏的语气说，这次我看对了人，晋文公还是一个贤明之君。一切都好了，你也该去和晋文公团聚了。

我真是百感交集，禁不住内心的激动之情。太子圉在秦国做人质的时候，我的父君曾将希望寄予他，将我嫁给了他。但他毕竟太年轻了，又受不了诱惑，心胸也狭窄，所以逃回了晋国，做了国君。虽说如愿以偿，但毕竟背弃了秦国。他回到晋国之后，一直国势阽危，尤其是他一时冲动，不计后果地杀掉了老臣狐突，失去了国人的信赖，众臣也离心离德，晋国江山也陷入了风雨飘摇之中。

他成为晋怀公，我也由秦嬴变为怀嬴。我的父君由于对晋怀公的极度不满，就开始将公子重耳召来秦国，又将我嫁给了重耳。我并不想嫁给他，但父命如山，我不得不从，只好嫁给了这个已经苍老的晋国公子。看得出来，他也并不想娶我做他的夫人，也许是我曾是他侄儿的夫人，他才嫌弃我。或者是因为晋怀公抛弃了我，我已是一个弃妇？但我是秦国的公主，不论嫁给谁，我也是高贵的。

他对我的嫌弃表现在对我的态度上，我双手侍奉他洗手的时候，他竟然将水溅在我的脸上。他对我的轻慢激怒了我。我质问他，斥责他，他才知道我是谁，知道他获得我才能获得晋国。他脱去外衣又自缚而罚，请求我的原谅。我原谅了他，从此他开始知道尊敬我，我也渐渐适应了他。是啊，我是遵从父命才嫁给他的，但我一旦成为他的夫人，就应该尽到自己的本分。但他就像我的前夫一样，很快就离开了我。但我并未又一次被抛弃，我乃是在秦国等待，等待他作为晋国的国君能够使自己稳固。

现在我已经跟随他又一次改变了我的名字，我变为了文嬴。可我觉得自己仍然是从前的自己，我从未变过，只是我的名字变了。这意味着我有了双重身份，我既是秦国的公主，也是晋国国君的夫人。我就要回到我的新家了，以后的日子，我将居住在晋国。父君亲自将我送到大河边，他的脸上洋溢着得意的微笑，而晋文公——也就是我的夫君渡河迎接我，他已经不是从前的流亡者了，而是拥有万乘之军的大国的君主。这迎接的礼节是隆重的，旌幡飞扬，渡船凌波而行，众臣向我朝拜，我成为真正的晋国夫人。

我的夫君的故事也渐渐变得完整了、清晰了，我了解了他的过去。因为，他的儿子欢也回到晋都团聚，这个儿子曾在晋献公征讨蒲邑的时候，躲入了民间，他的母亲也死去了。他是一个幸存者，他所经历的不幸，让我深感同情和怜悯，我就将他认作我自己的孩了。我看着他英俊的青春容颜，我内心的母爱被唤醒了。因为我们的相认，我成为一个母亲，一个真正的女人，我在一夜之间变得更加完整。

我的父君的背后，竟然拖曳着长长的不幸的暗影。每一个国君的背后都有暗影，但我的夫君的背后，这暗影太大了，以致更多的人都被笼罩于其中。没有多久，狄国也送来了他的另一个夫人季隗。这是他在狄国逃亡时的夫人，并为他生了两个儿子伯鲦和叔刘。现在她带着两个孩子也来了。

我的夫君曾在狄国居住了十几年，过着安逸的日子，不是在山间狩猎，就是在河边垂钓。他原以为就这样随着一度又一度的秋风渐渐老去，但有一天，事情突然有了变化。他正在湖边狩猎，一个人突然冲入了围场，狐偃和狐毛认出这个人原是自己父亲的家奴。这个人一句话都不说，就将一封信递到了狐偃手中，俯身一拜后就走了。

这封信讲述了晋国的状况，重耳的弟弟夷吾已经归国做了国君，害怕我的夫君重耳回去夺取他的君位，就要派人来谋杀他。他只好离开自己的夫人和孩子，逃往他乡。我理解我的夫君，他必定不想离开，但狐偃却说，你来这里并不是为了过安逸的生活，而是为了回到晋国，完成我们的复国大业。我的夫君只好和自己的夫人告别，并嘱咐季隗，我若二十五年之后还不回来，你就另嫁别人吧。季隗说，那个时候我坟上的树都很高了，还怎么嫁人呢？据说，他逃走后，季隗每天都要去山顶眺望，但她所看见的只是悠悠而行的白云和空阔的草甸，她不知为此哭泣了多少次，她的泪水流入了山泉，流入了幽深的湖。

我想到了自己，我的前夫也是在深夜逃走，我也曾到水边看着水上的船帆，在思念中度过一个个日子。我的泪水也曾流入了河边的沙子里，直到对那个人完全绝望。我的眼泪和我的身形都被他所抛弃，但水面上所映照的白云却仍然在飘动，水上的船帆一艘艘远去。我似乎也不存在了，我已经被这白云和船帆带走了，只是我的身形还在原地。

现在季隗带着两个孩子来到了晋国，站在了我的夫君面前。夫君问她的年龄，她说，我们分别已经八年了，你应该知道我的年龄了。夫君笑着说，还没有等到二十五年呢，天神给了我们足够的幸运。两个孩子已经长大成人，他们有点儿羞涩，脸上透出青春的光芒。他说，你们到我跟前来。两个孩子走到他的跟前，他伸出手来抚摸着两个孩子的头，说，我走的时候你们还很小，现在已经长到这么高了。我看见他的眼中涌出了泪水。

我看着他们，我的内心的悲伤就像野草一样生长，似乎被一阵阵无形的狂风卷起了洪波。他们的成长乃是被孤独和不幸伴随，但他们也要长大。是啊，什么力量能阻止一个人长大呢？就像没有什么能阻止一个人变老一样。即使是一棵树，也是这样，它的成长的力量就在自己的根须里，就在自己所扎根的土地里。它有着自己的秘密。上天已经把这秘密灌入它的身躯，它的树叶就会汲取阳光，它的根须就会汲取养分，它就会一天天长大。在漫长的时间里，它们只是在等待，但这等待中已经将所需的一切归于自己。

齐国也派来了使者，他们向我的夫君朝贺，又将另一个夫人齐姜带到了他的身边。夫君说，我们还是见面了，我从没有想到会在这里相聚。齐姜说，我早已知道会有这一天，我想自己必定会等到这一天。夫君说，我没想到你竟然使我醉酒，又将我抬到车上，我都不知道怎样和你分离的。我想到可能会中了别人的计谋，没想到会中了你的计谋。你害得我历尽艰辛，在路上差点儿饿死。你真是太残忍了，也太无情了。

齐姜笑着说，我不能让你过得太舒坦，不然你就会在安逸中忘记了自己。我要破除你的安逸，要击碎你煮肉的釜，还要将你的钓竿折断。若不是这样，你怎会拿起自己的戈？又怎会返回故园？我不仅对你是残忍的，我对自己也一样残忍，甚至更残忍。对于一个怀抱理想的人，不应该沉醉于温情，所以我要断除你的温情，这乃是为了让你的温情转为真正的温情，只有这样的温情才可能持久。所以我对自己的残酷，乃是为了自己拥有希望，也使你拥有希望。我虽然和你一样忍受着痛苦，但这乃是希望里的痛苦，这比没有希望的快乐要好。不然安逸中的快乐是盲目的，这样的快乐不是我想要的，也不是你真正想要的。

我又知道了齐姜的故事。这是一个绝美的故事，我又一次被感动了。我问自己，若我遇到这样的事情，我会怎么办？我既不会对自己残酷，也不会对别人残酷。我的内心是坚强的，我能忍受一切，但却不会施展计谋。我也不愿意和自己所爱的人分离。我所做的，都是我不得不做的。我知道怎样依照礼仪来服侍夫君，却不知道怎样真正理解他。一个人真正想要的，也许不是他现在想要的，他藏在心里的东西，我怎能将它挖出来呢？

我在她们的面前感到了自己的卑微，我自以为的高贵在这些故事里消逝了，我竟然是站在山谷里的，而她们却站在了高山上。我抬头仰望着，她们的面容是美丽的，因为她们的面容被天上的白云所妆饰，她们的双眼又被夜晚的星辰赋予了光辉。我赞美她们的品德，知道这品德的可贵，因为我的心里是稀有的，她们所拥有的填充了我的低洼。若是没有她们，怎会有我现在的夫君？

　　我的夫君是由她们捏制的。她们把泥土捏成了一个国君。女人的手是柔软的，但它是多么灵巧。女人的手是光滑的，也将这泥巴捏得光滑。她们知道怎样将柔软的泥巴变为坚硬的陶器，她们既懂得用自己的手去塑造，也懂得使用火来烧制。因为她们的内心早已拥有了美好的形象，她们从一团泥巴中已经看出来了。所以我只是看见了我的夫君，却没有看见他应该有的样子。而她们不一样，她们不仅看见了他的现在，还看见了他的将来，并用自己的心来感受这样的将来，又用手来捏制这样的将来。所以，我感激她们，因为她们将夫君以完美的形象给了我。

古灵魂

卷三百四十一

胥臣

晋国已经稳定了，国君的宫殿的基座增添了石头，它已变得稳固。一切都值得庆贺。让人欣慰的是，好事情都在汇聚，就像无数河流汇聚于大海的洪波。我看见了波光潋滟的广袤和万物兴盛的炫艳。

国君从大河边迎回了自己的夫人文嬴，又找到了在蒲邑失散的儿子。狄国送来了曾服侍他的夫人季隗和两个儿子，齐国也派使者送来了他的另一个夫人齐姜。曾经四散的，又因国君的安定而聚拢。曾经离别的，又重新相聚。从前缠绕的困厄已经解除，从前拥有的快乐又一起聚集在周围。这是何等的快乐，失去的都重新获得，农夫撒在地里的种子，已经成了收割的谷子。他的身上已经是金光一片。

我也被这金光所笼罩，我的内心也充满了快乐，因为这金光不是他独享的，而是披满了我们这些曾历经艰辛跟从他的人们。我们见证了他的痛苦与欢乐，又见证了他的收获，还有什么比收获更让人满意呢？

国君的夫人们都齐聚一堂，她们各自诉说着自己的故事，将这破碎的故事拼合为完整的图形，就像一棵树上所有树枝上的叶片拼接为一棵大树。她们都是国君的一部分，是命运的天籁之声。国君的形象在她们的形象里。或者说，国君的形象乃是从她们的形象中提取出来的。她们每一个人都是感人的，她们是天意的结晶。

现在需要排列她们的座位，就像天上的星辰需要各自的位置，并在这位置上发出自己的光亮。她们不是争夺，而是礼让。她们的德行在这礼让中熠熠闪烁。齐姜说，季隗和文公结合在先，应该是元配，她应成为晋国的夫人。不论每一个人年龄的大小，而要依照时间的先后，不然这四季的轮回怎样确定每一年的秩序？

季隗说，不，不应该这样。当初文公在齐国的时候，齐姜对他照顾得最多，心思也最为细密，以至于他都不愿意离开齐国到别的地方去。若不是你将他用酒灌醉，他怎会离开齐国呢？又怎会有今天的大业？无论是你的德行，还是你的智慧和功劳，都应该由你来坐在夫人的座位上。这不是我的礼让，而是天神的安排。

文嬴说，我是后来者，我既没有德行，也没有功业，你们所做的，我都做不到。无论是年龄还是先后顺序，我都应该排在最后。天上的星辰怎能与日月争辉？至于你们谁应该做晋国的夫人，我想应该由夫君来确定。在我看来，你们所做的一切，都配得上任何荣誉，我心甘情愿待在你们的下面，只有用心来服侍你们。

国君面对这样的情景，不知说什么了。他说，你们都是夫人，都是晋国的夫人，你们中的每一个人都有着山一般的高德和水一样的柔情。可为什么要排列座位呢？你们都应该坐在我的上方，没有你们又怎会有我的今天？我的今天都是你们给的，可是现在却让我给你们，

古灵魂

我能给你们什么呢？我的内心只有感激之情，除了这感激，我什么也做不了。

我说，这件事你必须去做，后宫的事情关乎国家的礼法，这必须由你来决定。夫人们都是贤淑的，她们互相礼让，已经说明了她们有着开阔的胸襟。国君想了很久，说，你们中的每一个人都应该是晋国夫人，但要说你们的座次，我真的难以确定。看来我还是要请教秦穆公。无论是我返国即位，还是我治国安邦和平息叛乱，他都给予我无限恩惠。我的最关键的选择，都是他帮助的，现在我又一次感到困惑，仍然需要他的帮助。他是我最佩服的人，也是我见到的最有仁德和智慧的君王，他一定能给我一个最好的答案。

国君是明智的，他若是自己做出选择，无论怎样都将出现偏差。他若将文嬴排在最后，秦穆公将会不高兴，因为国君所有的乃是秦国所给的。但若是让文嬴坐在前面，将有悖于自己的德行，也会让世人耻笑，自己也将成为失德的势利者。若要将这一难题推给秦穆公，他不论做出怎样的选择，都不会让每一个夫人感到他有着偏心。而国君又知道秦穆公的仁德，秦穆公怎么会将这座位给予自己的女儿呢？他要真是这么做，别人所耻笑的，不是国君，而是秦穆公。秦穆公是爱惜自己的名声的，他怎么会做让人耻笑的事情呢？

于是国君命赵衰修书一封，派使臣乘着快马前往秦国。不久使臣就回来了，他带回了秦穆公的决断。其结果和我所预料的一样，齐姜排在第一位，季隗第二，而文嬴排于末座。每一位夫人都十分满意，这使得她们各安其位。而国君又将欢立为太子，这样，因为文嬴已经将欢视为己出，所以她也获得了她想得到的，秦穆公也会欣然接受这样的结局。

有一次，我到晋国的各处巡察，路过冀野，看见郤芮的儿子郤缺在地里锄草，他的妻子将饭菜送到了地头。我看见夫妻相敬如宾，彼此恩爱，十分感动。于是我就坐下来和他攀谈起来。我说，你在这里耕播谋生，为什么不去找晋文公呢？也许他会任用你。他说，我的父亲是晋国的罪臣，他的一把火差点将晋文公置于死地，晋文公怎会原谅呢？我是罪臣之子，他若任用我，难道不害怕我谋反么？我想，我就这样种田，这样的日子也悠然自得，依靠自己的力气生活，不也很好么？

我从清晨起来就来到地里，看着我的谷子长势很好，我的心就是高兴的。晚上我除草归来，我的妻子在屋子里等待着我。在夜里我睡得踏实，甚至连梦都不会缠绕我，一觉醒来天色就亮了，我就开始又一天的生活。这样周而复始，日子一天天过去，我也会渐渐老去，一个人还对这世间有什么多余的要求呢？我觉得这样的日子就是我渴望过的日子，我为什么还要去做不可能的事情呢？

我说，晋文公是个贤明的君主，他和以往的国君不一样。也许你已经听说了，他任用了曾两次追杀他的寺人披，还任用曾在路上抛弃了他的头须，还让他为自己驾车，他就不怕他们谋反么？他相信这些曾给过他惊恐和痛苦的人，是因为他知道，这些人的罪不是来自他们自身，而是来自命令他们的国君，或者来自绝望中的愚蠢。现在国君已经是一国的主人，他的命令就是国君的命令，因而别人原先忠诚侍奉的，仍会对他忠诚侍奉。他已经是国君了，别人曾跟随他看不见的希望，已经是现实，就摆放在了曾经绝望者的眼前，他们怎么还会谋反呢？他们只会在原先的忠诚上再加上更多的忠诚。

国君都可以任用这样的仇人，怎么不会任用一个罪臣的儿子呢？你应该放下手中的锄头，现在就去找他。他说，我见了他该说什么呢？我从来没有想过这样的事情，现在也不想这样想。我已经习惯于只想我的庄稼了，我地里的庄稼已经占满了我的心。即使是在夜晚，我也能看见它们，因为它们是发光的，我能看见每一株谷子都在发光。它们不是映着天上的星辉，而是自己就散发着光芒。每当看见谷子，我的心就变得明亮。

我播种的时候，我的手上就粘上了谷子的香气，我回到家里，就将这香气带回到我妻子的身边，我们的呼吸就无比甘甜和顺畅。这样的香气也会带入睡眠，这睡眠也变得香甜。我不用像我的父亲那样，每天都胆战心惊地侍奉着君王，生怕自己有什么过失。君王死了，他又害怕自己的罪过，因为他已经看见多少人因这罪过而被杀掉。他的心里总是怀着惊恐，以致从来都没有一个完满的睡眠，总是有噩梦将他缠绕。

而我不用侍奉君王，我自己就是君王。我所拥有的就是我的田地和谷子。我不用它们侍奉我，相反我竭尽自己的力侍奉它们，然后它们将自己奉献给我。我对它们是忠诚的，它们也对我忠诚，我们之间毫无欺瞒。我在春天播种，在夏天除草，在秋天收获，然后在冬天里坐在自己的屋子里，守着自己满囤的粮食，烤着火打盹。这是多么好的日子，我为什么还要寻找别的日子呢？

我从谷子上看见了上天赋予的仁德，还从我自己的汗水里看见了忠诚和信义，因为我从不会背弃它们，它们就在夜里闪光，让我看见谷子里的心，也看见它里面住着的神。我每天所吃的，都是它们给我的，我的力气就越用越多，我的汗水也永远不会枯竭。我和它们说话，它们不是用空洞的语言，而是用真诚的风声和涌动的绿波来应答。我知道它们在说什么，因为它们所说的，就是我的心里所说的。何况，我还有一个美丽的妻子，她在我的身边守候，又把饭菜送到地头，我不用考虑什么时候会饥饿，也不会感到寂寞和忧愁。天地之间的大德不是在朝堂，而是在这无限的阔野，在这随风飘动的谷子的形象里。

我说，你虽然是邰芮的儿子，但他已经带走了他的罪，他的罪也不曾沾染到你的身上。他的东西归于他，你的还属于你。你能从谷子上看见德行，也能从自己身上看见德行。你不应该仅仅侍奉你的田地和谷子，一个人应该看见更大的地方，它超出了你所种的田地，你也许一眼望不到边际，可你的心里装着那还没有望见的。你的田地耕耘到地头，但人间的耕耘却是无限。你究竟是想在土地上耕耘，还是想在人间耕耘？在土地上耕耘，只有忠诚的汗水就已经足够，但在人间耕耘却需要智慧和仁义。

他说，无论是土地上的耕耘，还是人间的耕耘，它们有着相同的本义。你看吧，我已经锄掉了田间的杂草，只让嘉禾生长。剩下的就是等待，等待天上的雨水，等待谷子的成熟，等待我的收割。其间的理由是充足的，道理是质朴的，而真正的智慧不在人间的炫耀，而是在质朴和平淡中。天道既在人间也在谷禾里。我的智慧不是为了展露，而是为了隐藏，因为隐藏也是智慧，这样我就获得了双重的智慧，将智慧深藏在智慧里。

古灵魂

我笑着说，智慧乃是用德行包裹，智慧才有意义，所以智慧不是为了藏入智慧，而是为了藏于德行。而德行则要行于世间，而不是行于田地。行于田地的乃是有形的和有限的，行于世间的无形的仁德，才是无边的和不朽的。你的根须若在土地里，就会朽烂，若在人间就会在天意里永在。你还是放下自己的锄头，拿起无形的锄头吧。田地里的杂草易于锄尽，你难道不想除尽人间的杂草么？难道不想让人间的嘉禾旺盛么？

说完，我就转身而去。我登上了自己的车，骏马已经迈开了步伐。我的视线转向前面的道路。我回头看去，郤芮的儿子郤缺也转过身去，继续作务他田里的谷子。他挥动着锄头，将田垄里的杂草除去。他的背影在绿色的谷禾中，他的腿部已经被禾苗遮住，所以我看不清他的步履，却看见他好像在绿波上漂移，沿着他的田垄漂浮而去。

回来之后，我向国君谏言，郤缺是有德行的君子，你应该任用他，我们不能因他是罪臣的儿子而将他抛弃。我看见他在冀野的一块田里锄地，并和他相谈。他的妻子将饭菜送到了他的面前，他们彼此尊敬，这只有君子才能做到。我从他锄草的态度上看出他的忠诚和信义，也从他的谈吐中获知他的智慧。他的父亲是一个叛逆，但他已经得到了惩罚。他的儿子却是无辜的，我们为何不能任用他呢？

国君说，我既然能用寺人披和头须，怎么不能用一个罪臣的儿子？我相信你的话，也相信你的眼光。你看见的，必定是真实的。他既然能这样对待他的妻子和他的田地，就能够忠诚于我。若是他愿意，就让他继承他父亲的爵位，让他到更大的田地上挥动他的锄头吧。他有多重的锄头，我就给他多大的田地。只有拥有智慧的人才能看得见智慧，只有贤才才能看见良才，你既然看见了他，那么，你就让他来我的身边吧。

卷三百四十二

晋文公

　　胥臣向我推荐了郤芮的儿子郤缺，我想他所推荐的一定是一个良才。胥臣不仅是一个贤臣，还是一个目光敏锐的识人者。我相信他的话，就派他将这个人召来，让他继承他父亲的官爵。他的父亲郤芮是晋惠公夷吾的旧臣，曾一直跟随着夷吾逃亡他乡，是夷吾的近臣。我即位后，他竟然发起叛乱，密谋烧掉我的宫室，置我于死地。但是寺人披发觉了这个阴谋，及时告诉了我，使我免于灾祸。

　　晋国若要强盛，就必须任用贤能的人，不论他来自哪里，我都需要。我颁布了赦令，让曾经有罪的都归顺我，让那些有着不凡智慧的贤才都聚拢在我的身边。就像秦穆公那样，就像齐桓公那样，身边的贤能越多越好。每一个人都有不同的才智，只有将这众多的才智汇聚，才可以形成天上的星河，暗夜的天空才会变得明亮。也只有汇合众多的涌泉，才会有大河奔腾，才能将大船浮在水面。

　　我的夫人们也从各地来了，她们彼此尊敬，其乐融融。我的儿子们也来了，我已经不会感到孤单了。这让我不再担忧晋国的将来了。我已经将曾失散的儿子欢立为太子，这也是给他的补偿。但我却开始担心他如何能够获得教养。他需要一个师傅，以便让他知道该知道的一切，获得治理一个国家所需的知识和智慧。我若走在前面，后面必须有我的儿子跟得上我的脚步。这样我就不会觉得自己是一个孤独者。晋国需要一个人接着一个人，它的权柄需要一代代传递。

看来我还要请教我的师傅胥臣了。我问他，我想让阳处父来做欢的师傅，教会他如何做事，你觉得怎样？胥臣说，这就要看欢是一个怎样的人。一个弯不下腰身的残疾者，却硬要让他俯身屈背，这怎么能行呢？一个驼背的人却让他昂起头来行路，这怎么能行呢？矮小瘦弱的人却让他举起重物，个头小的人又让他攀到高处，哑巴却又让他开口说话，这怎么能行呢？耳聋者不能让他倾听别人的声音，愚蠢者不能让他运用智谋，这是一些简单的道理。你要为欢选用一个师傅，就要遵循这样的道理。

我说，我曾受教于你，却不知道你是怎样教我的，使我成为现在的我。每当我遇到难以抉择的事情时，总是能够想到你教我的知识。可是我仍然觉得学得不够，所以总是处于迷惑之中。但这迷惑仅仅是短暂的迷惑，我一旦请教别人，我就会豁然开朗。我想这都是你教我的结果。可是，欢需要什么样的师傅呢？

胥臣说，一个人的材质十分重要，就像造车选用材料一样，一些木头可以做车轮，但另一些就不行，一些木头可以做车轴，而别的木头就不行。因为它们都需要符合它们的用途的材料，这样，技术精湛的工匠才能将其打造为结实耐用的战车。若是他本质优良又获得贤良者的教诲，就可以期待他成为良才。若他的本质顽劣，不论谁去教育他，他又怎能听得进去？他又怎能变得良善和贤能呢？

——我听说周文王在出生前，他母亲的身体几乎没什么变化，她也没有意识到自己有了身孕，到了生产的时候，她也没有任何痛苦。因为文王不给母亲以任何忧痛，也不用更多的人为他操心，又不给他的师长带来任何烦扰，不会使他的父王生气和担忧。他对自己的两个弟弟虢仲和虢叔十分爱护，对自己的儿子也同样慈爱，与同宗的兄弟又很亲近。这一切从他出生的时候就开始了。他的本性在他母亲的胞胎里就已经造就，天神已经将他以后的事情做好了安排。

——《诗》上说，文王能为自己的夫人做出榜样，将仁爱推及自己的兄弟和周围的人，从而让家庭和国家都得到了良治。他的本性中就包含了仁德和厚善，所以能任用天下的贤能和忠良。他即位之后，遇到事情就咨询掌管八面山泽的八虞，还要仔细听取两个兄弟的想法，还要听取闳夭和南宫括的建议，还要询问四个太史，又有周文公、邵康公、毕公和荣公的辅佐，从而神灵安宁，民众安乐。他不仅有忠诚于他的四个好友，还有众多的好友襄助，所以没有不圆满的事情。

——《诗》上说，文王祭祀祖庙里的先人，连神灵也不会怨恨。这样看来，周文王能够获得功德圆满，并不是有高人教诲的结果，而是他本身就有这样的德行。无论是他的四个好友闳夭、散宜生、太颠和南宫括，还是众多辅佐者，之所以愿意忠诚与跟随，都是因为他本身的德行。若没有这样的德行，那么多贤良为什么会忠心不二？

我说，你的意思是，教诲本来是无用的？文采也是无用的？一个人生来的样子就是他以后的样子？胥臣回答，是啊，要文采做什么呢？文采是为了使得本性得以包裹，并让这本性变得更为美好。所以人要一开始就学习，就应该获得有益的教诲，不然他怎么会获得大道？他拥有好的本性，又获得好的教诲，他的道路就会开阔。

我又问，那么你先前所说的残疾者该怎么办？胥臣说，从某种意义上说，人是不可能完整的，人的天性不可能完美无缺，所以都有一眼可见的残疾或瑕疵，但更多的残疾不是在表面上，而是在他的内心里。每一个人都有他的长处，也有他不完备的地方。所以要因材施教，也要因材而用。这个世界上没有无用者，也没有什么都可以做的人。你要看他的特点，要发现他的优长，发现他能够做什么，这样才可以做一个卓越的君王。

——若是任用驼背者敲钟，他本来就适合俯下身子，就自然会做得很好。让弯不下腰的人佩戴玉磬，就能敲奏祭乐，因为他本身就是直胸，就不会因站立而感到劳累。侏儒就让他表演杂耍，这样他不仅能发挥自己的优势，也能给别人带来快乐。耳聋者就让他烧火，这不用他倾听，只要用眼睛来观看就可以了。愚蠢者、哑巴和矮小的人，若自己没有可利用的材质，就让他们到边远的地方去，让他们拓荒耕播，各有所得，自食其力。要实现教育的功用，就要以一个人的本性作为依据，将其引导到他本该走的道路上。

——每一个人的道路，都不是别人的道路，因为他的道路不在外面，而是在他的本性里。这就像一条河流一样，每一条河都有自己的源头，但都可以奔腾不息，都可以汇入大海。只要它的源泉不会干涸，只要它的河道不会阻塞，每一条河流都可以抵达目的地。没有无用的河流，只是它们的流向不一样，它们的道路不一样，却拥有同一个归宿。

我说，那我要用谁来教诲太子欢呢？他说，这个人必须是有德行的，若是缺少德行，就会将太子本身具有的德行也损毁。他必须是温和的和有耐心的，只有温和的教诲才会发挥作用，就像细雨可以滋润禾苗，而暴雨就会冲毁良田。他必须具有足够的耐心，若是缺少耐心，他就会为自己所做的感到厌烦，厌烦就会懒惰，懒惰就会放弃，放弃将导致半途而废，他即使有再好的教诲也不起作用了。就像农夫一样，他撒下了种子，却对锄草感到厌倦，以后的事情不愿意做了，那么他又怎能有好收成呢？

——这个人还必须是一个有文采的人，因为文采能够将一件事情说得更好，也更能够接近他所说的本意。若是缺少文采，他所说的话可能是好的，但因为没有文采的包裹，就不会引发受教者的兴致。没有兴致就不会认真倾听，没有认真倾听，就不会仔细领会，不会仔细领会，就不能将道理化入内心，那么这道理也不会被接受。即使看起来接受了，但却没有真正地接受。教育者所讲解的也就白费了。

——这个人还需要有智慧。缺少智慧的就是糊涂的，他不知道怎样开启别人，他不理解的，又怎么将自己的知识给别人？又怎能解开别人的迷惑？他的无智就会将别人本来具有的智慧也用灰尘蒙住。只有智慧能启发智慧，也只有智慧才能揭示智慧。若太子本来是有智慧的，这就要由智慧者来引出。就像发现了泉眼的人，他把泉眼上压着的石头搬开，泉水就会自然冒出来。若是没有发现者的眼睛，他到处搬开石头，却不知道泉眼隐藏在哪里，他所搬开的都是无用的石头，泉眼仍然压在别的石头下面。

我说，好吧，我就照着你说的寻找这个人吧。但是我还不知道这个人在哪里。胥臣说，我也不知道这个人在哪里，但我一旦见到他，我就知道他是不是那个人。不过我已经给你画出了那个人的样子，想必你已经心里有数了。珍珠是藏在蚌贝里的，美玉是藏在顽石里的，看见它，需要我们穿过它的遮盖，然后还要小心地将之分离出来。好的东西多藏在碎渣里，所以要小心对待它。寻找一个贤能者也是这样，你要能从众人中找见他，还要尊敬地将他请来，还要小心对待他。美好的事物都是易碎的，也易于丢失。

——不仅贤能者是这样，一个受教者也是这样，你要小心地对待受教者，不要让他受到伤害，以保持珍珠和美玉的完整。好的师傅就是要将受教者好的自有东西发掘，然后小心翼翼地和他心中的碎渣分离，让自己的珍宝凸显，让碎渣被抛弃。所以为太子寻找一个师傅并不容易，而那个人所要做的也不容易。

我说，是啊，我又何曾容易呢？人世间没有容易的事情。我是喜欢太子欢的，文嬴也喜欢他。但他的珠贝和美玉又藏在哪里呢？或者说，他的碎渣里是否真的藏着宝贵的东西？不过我需要尽到自己的职责，要给他寻找一个好师傅，一个好工匠，将他内心里美好的东西找到，不让它受损，并显明于世间。你已经给那个师傅画好了他的像，我仿佛已经看见了他的样子，我就照着这样子寻找吧。

栾枝

国君即位以来，晋国的国势逐渐稳定。国君赏赐了跟从自己的功臣，并起用前朝的旧臣，已经百官各司其职，民众归于一心。只有曾跟随他的介子推不愿接受封赏，隐居于山林了。介子推真是一个贤臣啊，他跟随国君流浪四方，从来没有后悔过。在国君饥饿难耐的时候，他竟然将自己腿上的肉割下来，和野菜一起煮为肉汤来侍奉国君。但国君封赏功臣的时候，他却默默离去。国君曾四处寻找，但介子推的心意已决，你怎么能找到他呢？

但一切都安稳的时候，一件事情发生了。周天子遭遇他的兄弟王子带讨伐，王子带联合狄人攻破王城洛邑，周襄王逃到了郑国。他差遣使者简师父大夫和左鄢父大夫前来求助。国君将我们召到朝堂，询问众臣该怎样因应。狐偃说，听说秦军已经陈师河边，随时准备前往征讨，他们已经从这突然的变乱中看见了机会。过去齐桓公能够称雄于诸侯，就是因为他对天子的尊顺。天子是天下的最高者，若能尊顺天子，就能够号召天下，国势也能兴盛顺畅。

他说，晋国几次变更君主，民众觉得这已经是习以为常的事情了，因而也就忘记了君臣之间的秩序礼仪和忠君大义。现在我们若能够接受天子的请求，讨伐王子带并兴师问罪，不仅能够匡扶正义，还能让民众得到最好的教化，从而嘉厚风习，也使得晋国为将来雄霸中原做好预备。我们的先人仍在辉耀世间的功勋，就是在辅佐周王中获得的。当初镐京之乱，二王并立，晋文侯能够果断出兵勤王，护送周平王迁都洛邑，除掉不合礼法的携王，像周公匡扶周王室一样成为天下功臣，获得封赏和美誉。

——若是我们不去力助天子平定叛乱，压制狂澜，秦国就会去做这件事情，那么这卓越的功业就归于秦穆公了。因为秦军已经在河边等待，但是它慑于未知之患，尤其是和戎狄不能沟通，贸然深入可能酿为覆灭之灾。可以说，秦军在等待最好的时机。然而时机乃是天赋，它现在已经交予晋国了。我们万不可失去良机，这乃是扭转国运的抉择。

国君对太史郭偃说，狐偃说的有道理，但我仍然犹豫不决。这乃是胜败之间的抉择，一切福祸难料，你可使卜筮问神，看我们能不能勤王有成。郭偃取来卜具，摆放蓍草，虔诚地敬拜天神，在占卜中沉思不语。他的眉头紧锁，仿佛远方的风暴凝结于眉宇，他一袭玄衣，就像一个黑色的神灵端坐于朝堂。我看着他，就像看见了神灵在他的身上，散发着幽暗的光，只有他的目光从暗处射出，让微尘在飘荡中闪烁。大臣们在焦急等待，寂静笼罩了一切，然而每一个人的内心都在喧嚣。这喧嚣乃是寂静的喧嚣，这寂静也是喧嚣中的寂静，两者在交集中冲撞，卦象在天地互生中萌动。

一会儿，郭偃抬起头来，露出了他额头的皱纹。他说，这是大吉

古灵魂

之卦，乃是黄帝战于阪泉的吉兆。国君说，我怎么能和黄帝相比呢？我担当不起这样的卦象。郭偃说，周王室虽然衰微了，但它仍然承载着天命。今天的天子就是古时的帝王，所以他必定将战胜王子带。叛乱仅仅是暂时乱象，但天下的大势仍然在按照自己的规则运行，不会因为短暂的骚乱而改变方向。就像乌云有时会涌到天的中央，但天风会扫开它，因为天下不能缺少太阳的光辉。

国君说，我来亲自卜筮，不知会出现什么结果？于是国君亲自问卦，得到了乾下离上的大有之卦，第三爻动变为兑下离上的睽卦。郭偃占断说，大有是一个吉卦，有着获得天子封赏的含义，只有在平息叛军中获胜，才可以得到天子的封赏，还有比这更好的吉兆么？乾代表着天，而离却是日的象征。日在中天而辉耀，乃是昭明的意象。乾卦变动为兑卦，兑又是泽的意象，泽在下而日在上，意味着天子的恩泽将降临晋国，这还需要犹豫不决么？

我说，狐偃所说的，乃是我们所想的。太史的占卜已经说出了天意，所以国君应该做出命令，让我们出兵前往攻打叛军吧。这是一个恰逢其时的好节令，我们不可违背上天给予的时机。既然卜筮已经给出这么多吉兆，那么我们就承接日的光辉和天的晴朗，接纳天子归朝，扫除天上的乌云，将晋国带入天神的恩泽中。虽然晋国刚刚经历了乱局，国力积蓄还不够厚实，但若能精心调度运转，借助天赐良机和暗藏的运势，就必定一举逆转颓势，为与楚国争夺中原累积厚势。重要的是，若可勤王成功，就能获得诸侯的信赖，提升晋国的威望，晋国又与周王室一脉相承，这样做乃是行天下大义，我们不去做这件事，就会失去道义。

狐偃说，启土安疆的大业将在一战之间决定。即使我们不能获胜，还可以退回晋国，那么我们将什么都不会损失。国君还有什么犹豫的呢？国君说，可是秦军已经屯兵河上，随时准备渡河，我们怎么和秦军交涉呢？狐偃说，秦穆公虽然地处边远，但他早有入主中原的雄心，我们在秦国的时候，他即兴吟诵，已经说明了他的胸襟和情怀。所以，他也不会放过这个机会的。他之所以在河边观望，是因为他对沿途的戎狄不了解，而戎狄的疆域又是必经之路，所以他才在河上犹疑不定。

国君说，既然秦军不敢贸然进兵，我们又有什么把握呢？狐偃说，我们可以向戎狄行贿，他们必然高兴，再借用天子的命令说明我们出兵的用意，必定能够得到他们的理解和帮助。另外我们还需要派遣使臣，前往秦国说明我们的大军已经出发，那么秦军就会撤退。国君说，要是秦军也趁机渡河呢？狐偃说，不会的，秦穆公是一个仁义之君，他与晋国又是睦邻，所以不会强渡以与晋国争夺功勋。

国君面露微笑，说，你们既然都认为是天赐良机，那么我们还有什么理由不去做呢？他很快就开始阅兵，让赵衰统率左军，魏犨作为副帅，让郤溱统率右军，颠颉作为副帅。他说，我和栾枝、狐偃在左右策应。去秦国交涉需要能言善辩的贤能之才，就让胥臣前往河上吧。凭藉胥臣的智慧，必定能够和秦穆公说明我的想法，以辞谢秦军。向戎狄行贿，就让狐射姑带上金帛重礼，以他的辞采必能说动戎狄，打通道路关节。

现在，国君已经下令，我将跟随国君出征。夏天就要过去了，但天气仍然是炎热的，田地里的谷子似乎透出了最终的金黄，但还被一种淡绿掩盖着真相。我来到郊外的军营里，检验兵卒们和战车的准备情况，看见战车都排列齐整，士卒手执长戈在操练，我的心就怦怦直跳。我不知道这将是一场怎样的战役，但征战又要开始了。我们已经多少年没有出征了。晋国仅仅是沉醉于内部的杀戮，它的兽齿已经被嘴唇紧紧包裹，它下巴上的血痕也看不见了，现在却又要露出一个国家的利爪了。

我在草地上徜徉，然后转到了马厩前。我找到了自己的战马，过去抚摸它的鬃毛，抚摸它发亮的黑色皮毛，一股股温热从它的身上传递到了我的血液。我已经感到了热血沸腾。我对我的战马轻轻说，我们就要开始新的生活了，你不会永远等在这里，你不仅吃的是青草，你的青草也该用血来调制，你的眼睛不仅要看见你的主人，还要看见你的敌人。它打了个喷嚏，昂起头来长长嘶鸣，并竖起了双耳，似乎在倾听我所说的。

我将长戈立在一旁，清晰地看见日影越来越长了。日头正在西倾，它的辉煌将荒凉的军营辉照，我从战马的眼中看见了自己。我在它的眼中是微小的，那么小，那么淡淡的，我知道它看见了我的样子。它是这样的温顺，它不断地将嘴唇贴近我的脸，热气呵在我的脸上，带着微微的湿润。远方的山峦在起伏中，好像无数呼喊顺着它的脊梁在爬升，这个世界并不是静止的，群山也在移动之中。

卷三百四十四

胥臣

我已经看见大河宽广的滩涂了。据说这大河并不是固定在自己的河道上，而是不断在两边游荡。一条河流是活跃的，也是神奇的。我不知道这河流来自哪里，但我知道它的源头必定有大泉眼，无数的流水从地下冒出来，汇聚到了一起，来到我的面前。它将地上的事物分成两半，划出了人世间神秘的界限。

它也将泥沙和无数枯枝败叶以及无数死者的灵魂带入其中，席卷而去。它的一个个波涛乃是一个个坟墓的样子，它的看起来洁净的水花里含着腐烂的事物，就像人间的每一个人，身上堆累着坟墓和尸体，散发着恶臭。我们只是继承了这些尸体和坟墓里的东西，但我们又怎知道自己来自哪里呢？我们活着，只是死亡的延续，也是对死亡的渴求和等待。

所以生活的活力来自挣扎，来自等待中的抗拒，但又在这抗拒中表现自己的顺从和理解。大河不仅给我们某种外表的美感和震撼，给我们某种力量的启示，也给我们对自己的遐想。每当来到这熟悉又陌生的大河边，心里就生发出无限的感慨。我已经这样苍老，我所能做

古灵魂

的已经很少了。现在看见国君已经成熟，他能够采纳众臣的进谏，必定会有所作为。这一点，我已经看见了，也为此感到欣慰。

我接受国君的命令，前来觐见秦穆公。我要说服他，让他放弃自己渡河的打算，但是我将从哪里说起呢？人是被语言控制的，或者说，人是语言的奴隶，他带着语言的绳索，被语言所捆绑，然后在语言中失去了自己的真实，进入由语言所交织的茧壳里，从而失去了宝贵的自由。我就是来做这件事情的。我要让秦穆公抛弃自己的真实想法，退回到虚假的茧壳里去，这样，我的国君就可以实现自己的愿望了。

过了河就到秦国了。远远地我已经看见了秦军的旌幡，它飘动在大河的波涛之上，就像飘动于水面上。背后是起伏的群山，是无数葱茏的树木。一群水鸟从河边起飞，它们受到了谁的惊吓？还是要到另一个地方捕鱼？乌鸦从头顶飞过，几声惊恐的怪叫，被迅速淹没在波浪声中。这大河的声音里，混杂了多少我所不知道的声音啊。这些声音是汇合在一起的，就像人间的声音，说的都是同一个词，争夺，争夺，争夺……可是这争夺什么时候可以穷尽呢？无限的争夺，构成了万物繁茂的景象。

若是一个完全没有争夺的世界将会是怎样的？也许那将是一个死寂的世界，一个失去了生机的世界。但是人们是在争夺什么呢？他所争夺的最终不属于自己。可是他仍然为这不属于自己的东西而振奋，而感到必须这样做。所以，鲜血乃是为争夺而流淌的，大河也是为争夺而流淌的，水鸟是为争夺而飞，乌鸦乃是为了争夺而叫，野兽也是为了争夺而昼伏夜出，猎手为争夺而布设陷阱，农夫为争夺而耗尽汗水。

唉，我也是为这争夺而来。我将用自己的语言争夺我所要的，争夺国君所想要的。这既是虚幻的争夺，也是真实的争夺，我乃是与这大河的波浪一样，被其它波浪推着，向我的终点走去。我不知道自己还有多少日子，但我将在这所剩的日子里，仍然去争夺不属于自己的东西。我就是这些眼前的波浪，我涌起，然后跌落，我又一次涌起，然后又一次跌落……就在这无数次的起伏中，走向我从来没有见过的幽暗的、无边的深渊。在那里，边界消失了，深度消失了，光亮消失了，一切消失了，我不再存在。

我乘着渡船到对岸去。波浪击打着船，我像一截失去了根的枯木在这河上漂浮。从这一个个波浪上看见了船上的我，我的面容并不清晰，只是在昏黄的水面上的一个黑影。太阳的光斑在上面闪烁，船头从波浪之间穿过，将这水浪打碎，然后在船尾重合。我的心是慌乱的，我不知道能不能完成国君交付我的使命。

秦穆公的弱点就是他的所爱。一个人喜好什么，他就必定因这喜好而薄弱。他所爱的就是他的名誉，他的美德，他想信守的，就是可以被摧毁的。因为他的喜好，就会因这喜好而掩藏自己的真实，这时真实与虚假之间就会产生对撞，最终虚假将击败真实。所以我必须对准他的弱点射出我的箭镞。质朴的语言可以打动人，也易于被人理解，而华丽的词采则可以迷惑人，可以让人掉入陷阱。我要将这两者合为一体，既要打动他，又要迷惑他。这两者要混合在一起，就像于干土中放入适当的水，就会使它成为泥巴，然后就可以将之捏造为你所要的形状了。

古灵魂

由秦国的大臣引导，我在秦军的营帐里见到了秦穆公。他穿戴着铠甲，长戈就放在一旁。他是热情的，就像我跟随国君和他见面时一样。他微笑着说，你路途遥远，又跋山涉水来到我面前，一定有重要的事情要和我说。我说，是的，我将国君要说的话传给你，我所说的都是他的话，因为我只是一张嘴巴而已，我说的都不会走样。他说，我多想见到你的国君本人啊，他是一个心怀坦荡的君子，他所说的都充满了词采，我愿意倾听他的话。

　　我说，王子带作乱使得天子蒙尘，我的国君和君王你一样感到忧虑。你们所想的都是一样的。我的国君想着如何为你解忧，所以已经兴师代你讨伐强敌，晋军已经行军于半途。晋国虽然比秦国羸弱，但国君心意已决，士气旺盛，必定能够一举击败叛军。他不想让你远劳了，因为秦国对晋国的恩德太多了，这是报答秦国的一个良机，愿你把这个良机给晋国吧，我的国君让我前来向君王致谢。

　　秦穆公说，我只是想着晋国的国君刚刚扶立，大军还没有集结，就这样长途奔袭，恐怕有不可预知的艰难。但你的国君深明大义，志在解除天子的祸患，那么我就听候你们的捷音了。我说，君王是心怀美德的，我的国君知道你必定能够理解他的一片赤诚。

　　坐在一旁的蹇叔对秦穆公说，晋侯乃是想着独自施行大义，这样晋国就可以借此让诸侯信任和顺服。他可能是害怕君王分享他的功劳，所以才派遣使者前来说服，以便让秦军止步。百里奚接着说，若是我们乘势渡河，秦晋两国共同迎接天子，岂不是更好么？现在秦军已经陈兵河上，蓄势待发，一切都已经预备好了，怎么好退回去呢？

　　我的心里顿时变得紧张起来。显然蹇叔和百里奚已经看出了我的用意。我看着秦穆公，不知他的心里究竟在想什么。不过他已经说出了要退兵，即使是后悔也不会改变吧？说出来的话怎么会收回去呢？秦穆公平静地思考着，从他低垂的目光里可以看出他的烦恼。过了一会儿，他说，我并不是不知道勤王之事的重要，也不是不知道这乃是一件美事，但是对面的道路并不通畅，要是戎狄趁机阻塞，就可能遭遇不测之险。现在晋国国君建政不久，还缺少建功立业的机会，要是将这个机会礼让给晋国，就可以使它更加安定。所以，我的意思是不如将这个机会让给晋国，它更需要这个机会。我可以遣使公子絷跟随左鄢父，前往汜上问劳周襄王，这样我们也表明了迎候天子的愿望。

看来我奉命要做的，就已经成了。但却忽然有几丝悲凉袭来。我感到了自己的卑下，也感到了秦穆公的仁德之美。因为我乃是借用了自己的诡诈，也利用了别人的美德。我曾恐惧的和厌恶的，却成了我所做的。我在别人的美德中营筑了自己的诡计。我一下子对自己产生了某种憎恶之情，我的毛孔张开，内心感到了慌乱。我用手遮住了自己的眼，因为我害怕别人的目光洞察出我的慌乱。

我曾在从前教导国君，要用诡计来应对诡计，也要用美德来回报美德。但我现在所做的并不是我曾经所说的。我已经违背了自己。我让别人朝着自己所指的路行走，自己却朝向另一个方向。这样自己将智慧放在了诡计中，智慧就变得卑劣。因为这智慧不是为了成就自己，而是用它来毁弃美德。美德不是实用的计谋，而是超出了计谋的高度。它凌驾于计谋之上，并蔑视所有计谋。

我似乎完成了国君给我的使命，但却沦为一个卑下者。我似乎说服了秦穆公，但我从秦穆公的眼神里看出了他对我的怜悯。他知道这

古灵魂

个机会是重要的，他分明已经做好了准备要接受这个机会的，但他因自己高傲的美德，放弃了，并将之施与一个卑下者。我实际上是被击败了，被我的卑下所击败，但更是被秦穆公的道义所击败。他乃是用一个富有者的姿态，给予一个饥饿者以食物。

秦军就要班师回朝了，我也完成了我的使命，似乎一切都是顺利的，也许这意味着天意已经向晋国倾斜。若是狐偃的儿子狐射姑贿赂戎狄，可以开通东路，那么勤王功成指日可待。尽管这样，我仍然内心感到不安。归晋的路上，我的心里并不是明亮的，而是晦暗的。我回头看着河上的帆影，似乎感到已经远离了自己。万木葱茏的盛夏已经要过去了，我已离开了闷热的河谷，来到了开阔的原野上。清爽的空气进入我的肺腑，整个大地显出了一片明光，天上飘着淡淡的几缕白云，但我的心已经从高高的天上，落到了地上，并在我的灵魂里投下了一些灰暗的斑点。

可是，我完成了国君交予我的使命，我本是应该高兴呢。车轮在我的身后留下了两道车辙，这是我来时的路上已经碾过的，现在我又一次在这车辙里，这是时光的重复。可是那重复的一切又在哪里呢？多少年前我曾越过大河，多少年后我又一次越过大河，可是我所越过的仅仅是一条河流？我曾跟随国君逃亡，在路上越过了多少河流啊。我仿佛是行进于波浪翻飞的大河的下面，我乃是从我的头顶一次次渡过。我抬起头来，看见的是我的身影在飞渡，而我自己却已经沉于河流底部的泥沙里了。

卷三百四十五

狐射姑

　　我来到戎狄之地，见到了戎狄之王，受到了高贵的礼遇。我将国君的话告诉他们，并献上了所带的重礼。他们既尊奉天子之命，又对晋国献上的厚礼十分感激，答应将让开道路，使晋军东行没有阻碍，还答应在沿途给予足够的帮助。我非常高兴，竟然一举完成国君给我的使命。在返回的路上，我在每一个岔路上都做了标志，好让我们的大军识别道路。

　　我和我的父亲跟从国君一直在奔逃的路上，直到国君返国即位。晋国安定了，我和父亲都得到了国君的封赏，现在到了我可以建功立业的时候了。我们当初跟随国君不就是为了能一展抱负么？这是多么好的时机啊，我感到兴奋，感到浑身充满了热血，好像我的身体在燃烧，我就像一团炽烈的火焰在空中飘动。我所乘的车好像不是行于平地，而是在飞翔。骏马的鬃毛在风中飞扬，它的无形的翅膀已经张开，我听见了一片亮光里的振翅之声。

　　从前的晋文侯不就是顺应时势，护送周平王迁都洛邑么？那时，申侯联合犬戎攻克镐京，杀死荒淫无度的周幽王和姬伯服，诸侯拥立

古灵魂

周平王即位，但旧臣虢石父又扶立周幽王的另一个儿子为周携王，竟然出现了二王并立的奇景。于是晋文侯与郑武公、秦襄公一起合力勤王，完成东迁之举，又诛杀了携王，获得了周王的赏赐。现在，又出现了王子带的叛乱，天子又处于险境，国君必定能利用这样的机会，获得天下诸侯的拥戴以及像晋文侯一样的天子赏赐，那么晋国将会重现昔日的荣光。

叛乱者王子带是周惠王的儿子，和周襄王是异母兄弟。王子带的母亲是周惠王最宠爱的惠后，因而周惠王在生前也最宠爱王子带，原想将他立为嗣君，但没想到周惠王去世了，一切化为泡影。因为周襄王从小就很畏惧王子带，所以在即位之后仍然心存惧怕。王子带也感到自己失去了王位，心里一直想把自己失去的夺取回来。于是，联合戎人攻克王城，烧掉了王城的东门。但这一次叛乱并没有得逞，因为周襄王率兵讨伐，王子带逃到了齐国。后来经过诸侯斡旋，王子带和周襄王讲和求安。

我听说王子带返回王城之后，就和王后隗氏私通，这一丑行败露之后，周襄王便废黜了隗氏。两人害怕被追究，就和大臣颓叔、桃子一起引戎人起兵叛乱，并将周兵击败。周襄王便离开了王城，出逃到了郑国的氾地，王子带就自立为周王。所以周襄王才派遣左鄢父前来晋国求助。唉，兄弟之间为了王位而相争，彼此成为仇敌，不断在生死之间游荡。想到这一切，我的身上就感到寒冷。

可是天子只能有一个，这就是不幸的根源。就是这样的一个简单的事实，天子和王子带都不能接受人的卑下，即使高高在上的天神也会感到无奈。这时另一扇我们不曾见到的门就会开启，在里面，高贵和邪恶失去了界线，它们混合在了一起，就像石头、沙子和污泥混合在一起一样，谁又能将它们分开呢？它只有等待冰冷的剑，将之从中间割开，可是那石头、沙子和污泥的混合却仍然是原来的样子。

若是天子也是人，也和我一样，似乎就可以得到理解。他也有着和我一样的愿望，一样的渴求。他想得到的乃是他能得到的，王子带也是一样，他觉得自己本应得到的被剥夺了，而又不甘于被剥夺，所以就要反叛，就要将那应该属于自己的重新夺取。可是周襄王获得天子的位置，也是夺取的结果。当初周惠王死后，王子姬郑秘不发丧，让人前往齐国求助，齐桓公召集诸侯会盟，拥戴姬郑成为天子，也就是周襄王。天子就这样成为天子。他不该有的，却归为己有。天子尚且可以夺取，还有什么不可以夺取呢？

天下的事情也许就是这样，没有什么是应该自己获取的，一切都是争夺的结果。它被谁得到，就属于谁，这就是天道么？就拿晋国来说吧，究竟谁应该成为国君？先君死后，本应让太子申生继位，可是先君和骊姬合谋害死了太子申生，那么接下来应该由公子重耳来继位，可是公子重耳却被追杀，我们跟随着他一路奔逃。一个个国君被杀掉，一个个国君昏庸无道，可是他们夺去了国君之位，他们就是晋国的主人。一个人成为什么，就是什么。谁又真正怀疑过这样的事情呢？

那么人世间的道理也许只有两个字：争夺。只要争夺到的，就是自己的？这也许是人世间互相厮杀的原因？你怎么知道哪一个争夺是正当的？我难道不是在参与别人的争夺么？可是在这别人的争夺中，我又怎么不是为了争夺我所要争夺的？只不过我的争夺乃是借助了别

古灵魂

人的争夺，以在别人的争夺中获取我想要的。那么，我不就是一个趁机的打劫者么？

人们所崇尚的和人们所做的从来不是一回事。我们所说的，乃是说给别人听。我们所做的乃是为了自己。说给别人听的，乃是为了让别人照着我们所说的去做，而自己所做的却是为了抛弃自己所说的东西。所以我似乎已经不相信别人的话了，我只是看他怎样做。这样看来，一个人的眼睛比他的双耳更重要。因为你听到的也许会被迷惑，而你所看见的，却更加真实，也让你的心更加踏实。

天上的乌云在集聚，我已经感到一场激雨就要来了。我就在中途的一家农舍躲避。这个农舍里住着两个兄弟，一个种田，一个打猎。他们都有着健壮的身体，浑身都充满了力气。我就和兄弟两个谈起了晋国的事情。其中的一个说，晋国换了一个个国君，我们已经厌倦了谈论他们。他们总是不断杀戮，所有的国君都是嗜血的，即使是兄弟也毫不留情。他们所追求的就是死，一个人一旦死去，就什么都没有了，他们向往的就是这样的结局么？

我说，我只是一个大臣，他们所做的我不能理解，但我所做的却是我所想的。我只知道自己，不知道他们为什么这样做。不要想着去理解别人，做好自己的事情就足够了。因为理解别人是徒劳的，因为你不是别人，你又怎会知道别人为什么这样做呢？他说，就拿我种地来说吧，我需要理解我的土地，也需要了解我的种子，我要知道这土地适合种什么，也要知道我所种的种子是什么。我还要了解它们怎样生长，需要在什么节令播种和锄草。我还想知道什么时候要下雨，什么时候会天晴，这一切都和我所种的庄稼相关。我生活在晋国的土地上，我就想知道谁是国君，他要做什么。

他的弟弟说，是啊，我们虽然居住在山间，但却想知道天下的事情。我在山里打猎，要知道野兽什么时间出没，知道不同的野兽有着怎样的习性，要不然我怎能捕捉住它们？不过我们的生活是安逸的，不希望拥有血腥的日子。晋国都城里发生的，都有行路者给我们讲述。根据我们生活里的推测，差不多知道究竟发生了什么。我可没有把这样的事情作为闲谈，因为国君所做的都和我们相关。比如说，有一年发生战事，我们田地里的庄稼被战马和战车踏平，我们播种和锄草的辛劳，都沦为雨中的泡沫。

我说，一个国家不能没有国君，没有国君还会有国家么？不过，国君也有两种，一种是好国君，一种是坏国君，这两种国君给你们带来的可不一样。就说现在的国君吧，他就是一个好国君，我和我的父亲曾跟随他在外逃亡十几年，我亲眼看见他所做的一切事情。他是一个和善的人，一个有仁德的君子。他不论走到哪里，都会受到尊重和款待，就是那些大国的国君也是这样。他所说的，没有虚假，他承诺的，必定要兑现。他和你们一样，也喜欢安逸的生活，但他因为心中怀有志向，所以宁肯抛弃安逸，又在流浪中寻找机会。

——我为什么要跟随他受苦受累？就是因为他能够实现我梦想中的东西，我做不到的，他能做到。我们一直相信他，所以愿意在希望里接受一个个困厄。在希望中的一切都是美好的，最害怕的就是没有希望的生活，那是多么难熬啊。有一些时候，我们似乎失去了希望，每一天尽管是安逸的，但我们却看不见日子的尽头。现在他已经是晋国的国君了，我也得到了自己想要的，我能够发挥自己的才能，能做

古灵魂

更有意义的事情，我感到自己不是一个平庸的人，而是因国君而获得了自己的光芒。

那个种田人说，真的是这样么？那么我愿意跟着你走。我只是舍不得我的弟弟，他一个人太孤单了。我要是种地，尽管是安逸的，但我和你一样，也想着在希望里生活。我现在的日子，一天接着一天，从春天开始耕耘播种，到夏天锄草，然后秋天到来的时候就收割，而冬天则是漫长而寒冷的寂寞。我的前一天就可以看见后一天的样子，我的这一年也可以看见下一年的样子，白天和夜晚一个接着一个，每一天都没有什么变化。我经常想，我的希望在哪里呢？我也愿意抛弃安逸，跟着你去建立功勋，做一个男人应该做的事情。唉，要是我走了，我的弟弟就一个人了，他又怎么度过一个个日子呢？

他的弟弟说，我也愿意跟随你去，我也想去更大的地方来施展自己的才能。我每天出入山林，拿着弓箭和刀剑与野兽周旋，为什么不用我狩猎的技艺去做更多的事情呢？我本来是喜欢这生活的，因为我虽然是孤独的，但我面对孤独获得了自己。我熟悉野兽的声音，也知道如何从它们的足迹中寻找它们。我也熟悉山林里的每一条小路，这些小路不属于别人，只有野兽和我的足迹。我总是箭无虚发，每天都有收获。我不需要我兄长那样的耐心，每一天都有着希望。因为每一天的路都是不同的，每一天的收获也不一样。

——但是，我和我的兄长相依为命，我们在晚上相见的时候是快乐的。我给他讲述在山林里的各种遭遇，以及我所看见的各种奇特的野兽，它们的可爱和狡猾，以及它们的凶狠和敏捷。我本来觉得这样的日子很好，这样一天又一天有什么不满足？可既然我的兄长想跟随你闯荡天下，我又为什么不能放弃自己的生活？

我说，你们虽然有着安逸的生活，但却能怀疑自己。不能忍受怀疑的人就不能忍受生活本身。所有的生活都值得怀疑，尽管是看起来非常美好的生活也值得怀疑。因为美好本身就值得怀疑。没有怀疑就没有希望。怀疑的意义在于它使生活不会停止，只有处于怀疑中，才能使自己变得强大，变得不易于被平庸的生活吞噬。一直认为自己处于快乐中，就意味着承认自己是弱者。更多的时候，没有人认为自己是值得怀疑的，因为他从来不检视自己，也不愿意认真看自己所做的。你们开始怀疑自己了，说明你们在安逸的日子里并不是真正安逸的，这安逸里实际上包含着激情的压抑。种田是好的，我们每一个人都需要吃饭，需要滋养身形的食粮，但这还不够，因为我们来到人世间，还需要更多的东西。当你们看见自己的庄稼时，会产生喜悦，看见自己的收获时，也会产生喜悦，但这喜悦是有限的。一个人需要无穷的喜悦，这就需要更多的令人喜悦的源泉。

种田人说，从前我从没有怀疑自己，但我见到了你之后，听见了我内心的声音。我原以为自己已经拥有了一切，因为我每日都是忙碌的，我在这忙碌中获得了满足，忙碌填充了虚空。我的眼睛只看着我的庄稼，看着田地里的一切。我可以从田地里获得我要的东西。我的腹中是饱的，不用感受饥饿的折磨。我的弟弟在山林狩猎，我们可以享受肉食。

——我们兄弟可以在夜晚的星空下谈论天下所有的事情，所以我的心是开阔的，我以为自己在这谈论里已经拥有了天下。可是我从没有经历天下的其它事情。我所知道的事情，都是来自行路者，来自别

古灵魂

人，可是我自己却从没有经历过。所以我想，要是我能够经历更多的事情该有多好。那么多事情，无论它多么荒唐，多么愚蠢，乃是被人经历过的荒唐和愚蠢。若是什么都没有经历的智慧，又有什么用呢？

他的弟弟说，我不一定和我兄长的看法一样，但我愿意和我的兄长在一起。他要到哪里，我就到哪里去。因为我们从来没有分开过。我是一个狩猎者，我觉得自己即使没有出去和野兽打交道，也已经熟知它们，它们也知道我。它们见了我都会躲开，都会敏捷地奔逃。我听见它们的声音，就知道它们将做什么，在什么地方。这一切我已经习惯了。也许不习惯做别的事情，但我愿意和你们一起去。

——外面的世界是什么样子？我不知道。但我从山林里发生的，就可以推测人间发生的。人间的事情和山林里的事情有什么不同呢？人们所做的事情和野兽所做的事情有什么不同呢？只不过野兽比人少一些诡计，它们之间也争夺，但不会寻找争夺的理由。它们之间也说话，但它们所说的可能要简单。它们不想更多的事情，只想着自己的事情。人却不一样，除了想自己的事情，还要想别人的事情，更多的事情，其实很多事情和自己有什么关系呢？不过，我仍然愿意和你们一起去。因为我的兄长跟随你走了，我的世界就少了一半，而这样不完整的生活也不值得留恋。

我说，既然这样，你们就跟着我走吧。我看见你们是真诚的，也是朴素的，我愿意带着你们做另外的事情。不过这些事情都是天下的事情，它不是一个山林里的故事，也不是一块田地里的故事，它是国家的事情、天下的事情。你在这样的事情中，既有你自己，也有别人，所以你不是孤独的。比如这次国君就要征伐叛乱者了，天子的兄弟王子带叛乱，天子召唤我们，我们就要平息这叛乱，让天子归于本位。你想，我们怎能让一个人随意赶走天子呢？这不就违背了天意？我们所做的，乃是为了高高在上的天神，而不是为了自己。

种田人说，我不懂你讲的道理，但我知道，天子是天下的榜样，若是天子的兄弟作乱，让天下的人们怎么和睦相处？你的国君要去制止这样的乱象，就是让天下人都看见什么是应该做的，什么是不应该做的。人们需要一个榜样，需要从天子身上看见自己行事的规则。我愿意和你去做这件事，也想跟着你闯荡天下，见我从没见过的事情。我想换一种生活，也许这才是有意义的。

一阵暴雨扫过了大地，外面到处是积水。我要急着赶路，于是我在泥泞中乘车而去，我的后面跟着他们兄弟。他们身上披着雨披，踩着泥泞，健步而行。我曾跟随着父亲，父亲又跟随着国君，我们多少次在这样泥泞的路上行走。我一直是一个跟随者，现在我的背后也有了跟随者。我没想到，一场暴雨之后，天空仍然在云中，可我却有两个兄弟跟在我的后面。道路上的水洼一个接着一个，它不断照着我以及我的跟随者，我从中看见了我过去长长的日子，这些日子一直绵延到现在。

古灵魂